10|18
12, avenue d'Italie — Paris XIIIe

Sur l'auteur

James D. Doss, né en 1941, est un éminent scientifique, spécialiste de la supraconductivité à haute température ; depuis trente ans, il fait de la recherche au Los Alamos National Laboratory, l'un des temples de la physique nucléaire aux États-Unis. Il vit au Nouveau-Mexique, où il partage son temps entre Los Alamos et Taos. James D. Doss s'étant toujours passionné pour l'écriture, les cultures indiennes et le roman policier, c'est tout naturellement que sont nés les personnages de Scott Paris, Daisy Perika et Charlie Moon. Quatre romans ont été publiés aux États-Unis, avec un succès toujours croissant. Dès la parution de *La Rivière des âmes perdues*, la critique américaine a salué la performance de James D. Doss, le plaçant au même niveau que Tony Hillerman.

LE CANYON DES OMBRES

PAR

JAMES D. DOSS

Traduit de l'américain
par Danièle et Pierre BONDIL

10|18

« Grands Détectives »
dirigé par Jean-Claude Zylberstein

ALBIN MICHEL

Du même auteur
aux Éditions 10/18

LA RIVIÈRE DES ÂMES PERDUES, n° 3200
► LE CANYON DES OMBRES, n° 3311

Titre original :
The Shaman Laughs

ISBN 2-264-03203-0

À Martha, Bret et Kirk,
et à Rolling Thunder (Tonnerre-qui-gronde).
Puisse-t-il reposer en de verts pâturages.

Les *pituku-pi* étaient généralement bien disposés, mais pouvaient, à l'occasion, se montrer grincheux.

Anne M. SMITH,
Ethnographie des Utes du Nord

1

Colorado, réserve des Utes du Sud, Cañon del Serpiente

De loin, le monolithe solitaire présente l'aspect sinistre d'une dent verticale fichée solidement dans la gueule du canyon du Serpent. Un examen attentif révèle que le sommet de cette projection de grès est remarquablement plat. Bien adapté, peut-être, pour servir de table. Ou d'autel.

Près du centre de cette surface se trouve une cavité. À l'âge des mammouths et des mégathériums, ce n'était qu'une dépression sans profondeur qui retenait quelques gouttes de pluie ; à peine assez pour que s'y baigne un moineau. C'était il y a longtemps. Aujourd'hui, elle est plus grande. Plus profonde. Le moineau ne vient plus s'y baigner.

À une époque qui n'est plus connue que de quelques fantômes tenaces, cette cuvette était utilisée dans la vie de tous les jours par les femmes anasazis promptes à tirer parti de toute chose. Elles remplissaient ce métate naturel de durs grains de maïs bleus et jaunes qu'elles écrasaient sous de lourdes *manos* de granite pour obtenir une farine grossière. Une vingtaine de générations durant, ce labeur agrandit progressivement le creux, lui conférant des proportions symétriques. C'étaient les années grasses, avant que la grande soif ne s'abatte sur la région. La Sécheresse ne voyageait pas seule ; chancelantes, main dans la main, la Famine et la Maladie suivirent avec quelques pas de retard à peine. Le moment venu, la Mort, sous la forme d'une petite chouette grise, se posait sur la tête de ceux qui étaient appelés vers le monde des ombres. Beaucoup l'étaient.

Au cours des siècles, lorsque les Anasazis ne furent plus qu'un mythe romantique, la cavité en forme de coupe reprit sa fonction d'origine, domaine provisoire de l'araignée à tête de chèvre ou du grillon à élytres argentés. Mais cela, c'était à la saison sèche. Quand les nuages d'orage tonnaient au-dessus du canyon sinueux, elle retenait une précieuse réserve d'eau. Les teignes du yucca au vol irrégulier, voire les corbeaux aux ailes luisantes, venaient y boire. Elle aurait pu conserver cet aspect et cette fonction pendant des milliers de millénaires, jusqu'à ce que les vents chargés de sable aient achevé d'éroder le monolithe et de le réduire en poussière.

Il en alla autrement.

En cet instant précis, le creux dans la pierre est rempli d'un liquide chaud. Plus épais que l'eau.

Le long doigt plonge dans cette substance visqueuse, se porte au bout de la langue. Oui... délicieux. Le doigt plonge à nouveau, parcourt à traits lents et réfléchis la toile granuleuse : les dessins qui ornent la paroi de grès du canyon du Serpent sont simples, mais leur signification évidente. La silhouette tracée à l'origine représentait un wapiti mâle. Il y a également des cerfs-mulets, quelques chevaux, plusieurs bêtes à cornes domestiques.

Mais la mise à mort des animaux n'a jamais été autre chose qu'une préparation menant au but ultime... et à cet incomparable délice.

Les nouvelles esquisses écarlates représentent des êtres humains, la seconde plus grande que la première. La main gauche de la plus petite tient un objet rectangulaire. Une observation rapide révélerait qu'il s'agit peut-être d'un sac à main. Ou d'un livre. Pour donner son identité à la plus grande des victimes programmées, le doigt maculé exécute un bref arc de cercle au-dessus de l'épaule de l'homme-bâton. Pour quiconque possède la connaissance de pareilles choses, nulle confusion ne sera possible devant ce signe archaïque.

Il s'agit d'un croissant de lune.

La maison de la chamane, Cañon del Espiritu

Daisy Perika, appuyée au rebord d'aluminium de la fenêtre de sa cuisine, scrutait le contour dépouillé des grandes femmes de pierre juchées sur la Mesa des Trois Sœurs, ce doigt de grès de huit kilomètres de long qui sépare le canyon du Serpent du canyon de l'Esprit. Elle le faisait chaque fois qu'elle se sentait tourmentée car cela l'aidait à trouver l'apaisement de l'esprit.

Mais quelque chose bougeait. Elle cligna des yeux en regardant la forme fantomatique et brumeuse qui descendait la pente d'éboulis de la mesa. La vaporeuse entité inconnue progressait pas à pas avec une prudence exagérée, comme redoutant qu'une chute n'entraîne une blessure grave. Quel comportement singulier ; le comique de cette attitude fit naître un léger sourire sur le visage ridé de la vieille femme. Le spectre sembla lever un bras sans consistance comme pour un bonjour hésitant, puis manifesta des velléités de s'avancer, comme s'il manquait d'assurance. Le fantôme allait-il s'approcher de la demeure de la vieille Ute sans y avoir été convié ? Peut-être l'ombre souhaitait-elle parler, chuchoter des mythes secrets à l'oreille de la femme-médecine, des récits du temps où la terre était jeune, avant que le Peuple n'existe. À l'instar des êtres humains, beaucoup d'esprits avaient tendance à l'exagération. Plus d'un était incapable de dire la vérité. Mais l'apparition fit halte et se détourna, apparemment attirée par la protection que représentaient les parois de grès du *Cañon del Espiritu.* Les esprits errants, y compris les fantômes d'êtres humains, étaient assez fréquents en cet endroit. De telles apparitions ne troublaient ni même ne surprenaient la vieille femme. C'était un lieu reculé où ils éprouvaient le désir de converser avec les vivants.

Des réflexions d'une tout autre ampleur que cette timide apparition occupaient l'esprit de Daisy. Mais depuis que Nahum Yaciiti avait disparu de manière aussi mystérieuse au cours de cet épouvantable orage, qui restait-il pour discuter de choses d'une telle gravité ? Daisy en avait presque oublié son cousin ; Gorman Sweetwater était assis à la petite table de la cuisine où, l'air renfrogné, il faisait durer une tasse de café au goût amer.

Gorman avait très envie d'une cigarette et, comme il en avait coutume, s'apitoyait sur son triste sort. Il se disait qu'il devrait pouvoir fumer s'il en sentait le désir. N'avait-il pas fait toute la route depuis la ville pour apporter à sa cousine un chargement de provisions qui lui faisaient défaut ? Le rancher ute envisagea de se rouler une cigarette, mais il changea d'avis. La vieille femme était d'humeur exécrable, ce soir. Et il ne voulait pas déclencher un interminable discours : les cigarettes étaient mauvaises pour ses poumons, elles ne manqueraient pas de causer sa mort, il s'en moquait donc que cette pauvre petite Benita se retrouve seule sans son papa, et d'ailleurs, qui s'occuperait de ses précieuses vaches, quand cela arriverait ? Il reposa sa tasse de café avec assez de bruit pour attirer l'attention de Daisy.

Elle sursauta, puis se souvint des courses que son cousin avait apportées jusqu'à sa caravane isolée, à l'entrée du *Cañon del Espiritu.* Elle souleva une boîte d'œufs d'un air songeur, comme pour la soupeser.

— Il y a quelque chose qui cloche, déclara-t-elle d'un ton agressif comme si Gorman en était responsable.

— La femme du magasin a dit (une toux sèche secoua ses poumons), elle a dit qu'ils étaient de toute première qualité, ces œufs, qu'ils viennent d'être pondus et qu'ils sont encore tout chauds.

Il porta une pipe non allumée à sa bouche ; le goût du tabac froid lui redonna le moral :

— Renifle-les un coup, je te parie que tu sentiras encore la poule...

— C'est pas des œufs que je te parle...

Il pouvait être d'une bêtise, quand il voulait ! Mais ce n'était peut-être pas seulement quand il le voulait. Elle ouvrit le réfrigérateur, plaça avec précaution la douzaine d'œufs dans leurs réceptacles ovoïdes sur l'une des étagères de la porte :

— Ce qui ne me semble pas tout à fait normal, c'est l'atmosphère, ce soir, précisa-t-elle comme si elle se parlait à moitié à elle-même, je ne vais pas pouvoir dormir correctement.

Son cousin leva un sourcil.

— Qu'est-ce qu'y a qui va pas ?

Parfois, Daisy voyait jusqu'au lendemain. Et au jour d'après.

— On dirait que *Kwasigeti* vient chercher quelqu'un. Quelqu'un que je connais.

Quand elle mentionna le nom du démon, la pipe échappa des lèvres de Gorman et tomba bruyamment sur le linoléum.

— Quelqu'un que tu connais ?

Il ne se sentait pas si bien que ça, ces derniers temps... Peut-être sa vieille cousine détectait-elle une maladie mortelle qui venait arracher son âme à son corps. Il réitéra sa question tout en ramassant sa pipe.

— Tu veux dire... comme quelqu'un de ta famille ?

Elle remplit de café la tasse de l'éleveur. Charlie Moon, son neveu préféré, était dehors, quelque part, dans sa voiture de police, à patrouiller sur les petites routes creusées d'ornières de la réserve des Utes du Sud.

— Pas toi, Gorman.

Avec un soulagement intense, il relâcha la respiration qu'il avait retenue jusqu'alors.

— Tu t'es toujours fait trop de souci. Moi (il pointa sa pipe sur sa poitrine), je pense que quand c'est ton tour, c'est ton tour.

Il se pencha en arrière et coinça le tuyau entre ses dents avant de poursuivre :

— Le jour où ce bon vieux Saint Pierre fera retentir sa grande trompette, moi, je sellerai tout de suite mon poney et j'irai retrouver Gabriel devant les majestueuses portes violettes.

Daisy soupira. Comme la plupart des hommes âgés, Gorman devenait de plus en plus bête avec les années. Elle plissa les yeux pour observer, par la fenêtre ouverte, nuit qui s'épaississait, serra ses bras contre elle, mains aux épaules, et huma l'air nocturne. Le souffle du canyon était encore chaud, mais il n'avait pas la douceur que lui conféraient d'ordinaire les arômes de la sauge, du genévrier et du pin pignon.

— Je ne sais pas ce que c'est, Gorman... Il y a une odeur qui n'est pas normale.

Gorman Sweetwater, dont ce sursis devant les doigts glacés de la mort avait considérablement amélioré l'humeur, jeta un coup d'œil sur sa cousine en gardant le nez penché sur sa tasse. Avec un sourire que seules les rides du coin de ses yeux indiquaient, il déclara :

— Peut-être que c'est ce vieux *pitukupf* qui vit là-haut dans le canyon, dans son terrier à blaireau ; je doute que ce petit bonhomme ait pris un bain depuis... probable que ça fait entre huit et douze cents ans. À vue de nez.

La vieille femme fit comme si elle n'avait pas entendu ces inepties. Son cousin, qui avait un jour perdu un bon cheval parce qu'il ne témoignait pas le respect dû au *pitukupf*, aurait dû savoir qu'il ne fallait pas dire de bêtises sur le compte du nain-esprit. Mais comme la plupart des vieux messieurs, il avait tendance à oublier les rudes leçons que la vie lui avait enseignées.

Et puis, il y avait Charlie Moon. Il ne servirait à rien d'avertir le policier qu'un événement épouvantable allait se produire, là, dehors, elle le sentait. Son neveu lui témoignerait beaucoup de respect, mais il ne prêterait que peu d'attention à une mise en garde basée sur sa seule intuition. Daisy Perika ferma les yeux et tenta de voir dans les ténèbres. Cette nuit, elle le savait, le sommeil ne viendrait pas du tout.

La maison du policier sur les rives du Los Piños

Il était presque minuit lorsque Charlie Moon dégrafa enfin sa cartouchière en cuir qu'il posa sur le dossier d'un lourd fauteuil en chêne. Il retira ses bottes. Les pensées du policier ute s'orientèrent vers Benita Sweetwater. D'un jour à l'autre, maintenant, la fille de Gorman allait rentrer de l'université de Fort Lewis, à Durango. C'était presque comme s'il voyait ses yeux foncés, l'éclair de son sourire radieux. Mais de telles pensées risquaient d'accaparer son attention et de lui dérober le sommeil. Moon s'obligea à réfléchir à d'autres sujets. Comme le congé imminent de Severo, le chef de la police, et son remplacement par Scott Parris durant ces quelques semaines. Il sourit à cette idée ; ce serait agréable d'être à nouveau en compagnie de son ami. Il songea aussi à sa maison d'adobe inachevée ; il restait tant de travail à faire, et il ne disposait jamais du loisir nécessaire. Enfin, il laissa ses pensées dériver vers sa tante Daisy. Ce n'était pas bon pour l'esprit de la vieille femme de vivre seule à l'entrée de ce canyon hanté. C'était un lieu que les Utes dotés d'une plus grande prudence préféraient éviter. L'isolement qu'elle y connaissait contraignait ses réflexions à tourner sur elles-mêmes, donnait une réalité aux représentations imaginaires qui venaient danser autour de son petit lit quand le soleil disparaissait derrière la mesa. Mais il était inutile de lui parler d'aller s'installer ailleurs. La vieille femme était obstinément attachée à cette idée : puisqu'elle était venue en ce monde à l'entrée du *Cañon del Espiritu*, c'était en ce lieu sacré qu'elle s'en irait.

Mais Charlie Moon ne cédait pas aux pensées dérangeantes qui empêchent des âmes moins fortunées de dormir jusque tard dans les profondeurs de la nuit. Pour cette raison, il était généralement assoupi moins d'une minute après que sa solide ossature eut atterri sur le matelas. Cette nuit-là, il roula dans son lit et s'égara bientôt dans le paysage infini et toujours changeant de son esprit. Lorsqu'un rayon de lune froid s'infiltra doucement par la fenêtre et lui caressa le visage, le rêve commença de manière assez innocente, sans laisser en rien deviner ce qui allait suivre.

Le rêveur marchait sur une piste fréquemment utilisée. Sans savoir comment il pouvait en être ainsi, Charlie Moon avait la certitude que c'étaient ses pieds qui avaient tracé ce chemin.

L'endroit n'avait rien de remarquable à l'exception de son aspect d'extrême familiarité. Devant lui s'étendait un champ de gros rochers de basalte, quelques pins pignons et genévriers disséminés ici et là, et des touffes irrégulières de sauge à feuilles découpées. Il fit halte pour observer un bison femelle se repaître des herbes luxuriantes ; le mâle s'abreuvait dans les eaux du torrent. Quel était donc le nom que donnait sa grand-mère à ce cours d'eau qui brassait ses eaux d'un brun rougeâtre à travers cette vallée peu encaissée ? Les Douces Eaux de l'Oubli ? Le Sang du Manitou ? Les Larmes de la Vierge Céleste ? Il n'arrivait pas à s'en souvenir. Mais il y avait un point de repère qui ne pouvait lui échapper. Le profil net des collines Cochetopa se dressait dans un ciel matinal dont le bleu tirait sur le blanc. Pourtant, le rêveur distinguait au-delà de l'horizon... loin vers l'est, cet océan sans bornes, cette couverture céleste tendue au-dessus de la terre, parsemée de volutes de nuages qui roulaient et s'enflaient... d'immenses vagues vaporeuses chassées par une tempête invisible qui n'avait pas encore atteint sa pleine furie. Un petit vaisseau de bois tanguait à la surface tumultueuse de ce ciel-océan, ses voiles carrées couchées sous le vent. Une embarcation qui porterait les féroces Yeux Bleus vers cette terre de la grand-mère de tous ses grands-pères. Certains parmi ces grands-pères seraient tués, quelques-uns réduits en esclavage, d'autres, moins nombreux encore, absorbés dans la confédération des tribus qui habitaient en ce lieu où se levait le soleil. Mais ils seraient des hordes à traverser les eaux froides. Des hordes innombrables. Le bateau disparut dans un brouillard dense.

Le policier ute savait qu'il avait très souvent cheminé sur cette piste, un millier d'hivers avant que le Peuple n'ait reçu le don du cheval, avant même que l'arc et la flèche n'aient remplacé les armes de jet à pointe de silex et l'atl-atl, le bâton propulseur. Charlie Moon savait également qu'il y reviendrait. Bientôt. Avant que le plumet apache n'ait confié ses derniers pétales à Vent du Nord. Il entendit un grondement lointain, grave, comme un tonnerre d'été au-dessus des monts San Juan. C'était le bison mâle ; l'énorme animal martelait nerveusement les mottes de terre tout en adressant ses meuglements aux nuages. La femelle continuait de paître.

L'attention de Moon fut tout à coup détournée du bison ;

il pivota pour découvrir un vieillard, vêtu d'une chemise blanche immaculée à boutons d'argent et d'une culotte de cuir. Ses jambes étaient arquées, sa petite silhouette penchée en avant. Il avait les cheveux longs, raides et épais : noirs comme le charbon, avec des mèches d'un blanc neigeux. Le visage était vénérable et ridé, le nez aplati, la peau tannée tel du bois de noyer poli. Le bandeau décoré de perles qui lui enserrait le front était une pure merveille pour le rêveur ; cet ornement luisait de plus de couleurs que n'en possède l'arc-en-ciel, ambre, turquoise, fleur de maïs, jaspe et une douzaine d'autres nuances que Charlie Moon n'avait jamais vues ni imaginées et dont il ne garderait pas le souvenir après son rêve.

Les lèvres du vieillard émirent un soupir puis formèrent des mots sans son. « Fils de la Lune Peau de Cerf, fils d'Alice Winterheart... veux-tu bien regarder attentivement ce que je dois te montrer ? »

Moon hocha la tête. Il y avait quelque chose de familier, chez cet ancien, quelque chose qui jamais ne s'oublie, mais son identité était cachée au rêveur.

Le personnage vénérable leva le bras ; il le pointa vers une petite forêt de pins pignons et de genévriers, dévisagea le jeune Ute avec une expression d'indicible tristesse puis tourna les talons. Sa silhouette voûtée quitta la piste pour s'enfoncer dans le bois de résineux. Moon n'était pas très pressé de le suivre, mais il s'aperçut que ses jambes décidaient pour lui. Elles faisaient de longues enjambées bien marquées.

Dans le Monde du Milieu, le tonnerre grondait désormais sur la large vallée, le long des rives boueuses du Los Piños, se répercutant sur la paroi rocheuse de Shellhammer Ridge, sur le toit métallique peint qui abritait le sommeil du rêveur. Le vent venu de l'ouest poussait de profonds soupirs, ridant les eaux du Piños, courbant les branches des grands trembles de Fremont et les rameaux souples des saules sur les berges. Juste au-dessus des rapides écumants, au coude de la rivière, dans la maison construite en briques d'adobe, le rêveur entendit le message du tonnerre. Charlie Moon perçut également le bruissement inquiet des feuilles. Il s'agita dans son sommeil, mais n'échappa pas à la prison de son rêve.

Il avait maintenant conscience de courir. Il voulait faire demi-tour, mais les jambes du rêveur étaient semblables à deux immenses pistons en action qui le poussaient vers quelque ténébreux et incertain rivage. Pour l'instant cependant, dans une clairière, elles reprenaient le rythme de la marche. Mais c'était très étrange... la lumière du soleil n'atteignait pas cet endroit de brumes sombres ! Pire encore, le vieillard n'y était pas.

Il y avait un petit arbre, à peine vivant, isolé au centre de la clairière ; même les herbes sèches ne poussaient pas près de ses racines... L'Indien s'approcha et se trouva soudain arrêté comme par une paroi de verre fumé. À peine visible à travers les plis de ténèbres, il distingua une forme en suspens sous l'une des branches de l'arbre. Ce devait être un animal. Une carcasse de cervidé fraîchement tué qui attendait d'être vidée. La brume se dissipa un moment... Non... c'était un être humain... nu... pendu par les chevilles. Le visage, tordu de douleur, était méconnaissable dans les tourbillons de brume. Charlie Moon ne pouvait dire s'il s'agissait d'un homme ou d'une femme... mais il avait le sentiment qu'il connaissait bien cette personne. Tout comme il se connaissait lui-même.

Tandis que le tonnerre déferlait au-dessus de son corps endormi et que les arbres frémissaient et s'entrechoquaient, le policier prit conscience qu'il luttait dans les tréfonds d'un étrange cauchemar. Mais il n'y avait pas grand soulagement à le savoir.

Le malheureux prisonnier lui adressa son appel, mais il ne put en comprendre le sens. Des ténèbres surgit une seconde silhouette. Celle-ci n'était ni humaine, ni animale. L'apparition était couverte de poils et avait de courtes jambes musclées qui se terminaient par des sabots noirs luisants. Et une grosse tête surmontée d'une crinière. Du sang gouttait des lèvres de la bête, entrouvertes dans un sourire, des flammes jaillissaient comme des éclairs des cornes incurvées au-dessus de ses oreilles. La silhouette hirsute s'approcha de l'être humain nu pendu la tête en bas. Son bras droit était levé... une fine lame bleutée apparut dans le poing couvert de poils. Pendant que le rêveur regardait, saisi d'horreur, la bête cornue entreprit, très méthodiquement, à la manière d'un boucher aux gestes sûrs, de démembrer sa victime qui se débattait.

Charlie Moon tenta de briser la barrière invisible et de venir en aide à l'être supplicié, mais ses efforts demeurèrent vains. La victime suspendue au-dessus du sol hurlait, criait, suppliait. Mais la bête était sans pitié. Puis l'être humain émit un ultime cri et ce son pitoyable fut semblable à celui d'un animal impuissant déchiré par les griffes et les dents d'un prédateur sans merci.

Moon rugit son refus d'une pareille abomination ; il dirigea sa protestation vers les cieux qui semblaient si loin de ce lieu plongé dans les ténèbres. Il n'en reçut nulle réponse. Mais la créature à cornes marqua une pause dans sa tâche sanglante, se tourna pour observer le rêveur. Sa tête marqua une légère inclinaison sur le côté. Un signe de reconnaissance.

Avec un sursaut spasmodique de sa colonne vertébrale, Moon se réveilla sur son drap trempé de sueur. Son corps était écartelé, comme celui de la misérable victime accrochée à l'arbre. Il avait la bouche grande ouverte... sa poitrine se soulevait en quête d'air, comme il arrive aux asthmatiques. Il fut pris de honte ; même lorsqu'il était enfant, aucun cauchemar ne lui avait causé une frayeur aussi primitive. Il grinça des dents et fit appel à toute sa volonté pour chasser la terreur. Lentement, il se détendit.

La tempête sans pluie, toute de vent et de tonnerre, roula

vers le sud. Mais une rafale mauvaise avait projeté la branche d'un tremble contre sa fenêtre, et il y avait désormais une fente, courte et incurvée, dans la vitre. Le rayon de lune froid se glissa à nouveau par la fenêtre. Réfracté par cette félure dans le verre, le doigt de lumière peignit une géométrie habile sur l'oreiller, juste au-dessus de l'épaule du policier. C'était un court arc de cercle... un croissant. Un signe.

Maintenant le cercle était fermé.

La maison de la chamane, Cañon del Espiritu

Daisy Perika s'assit sur son séant, ses doigts arthritiques agrippés désespérément à la couverture de coton effilochée. Sa prière était un chant solennel. « Ô... Être du Grand Mystère... protège Charlie Moon... couvre-le de l'ombre de tes ailes. »

À l'est d'Ignacio, l'enclos du bison

Le vieux mâle s'interrompit, oubliant une bouchée d'herbe-aux-bisons à demi-mâchée. La femelle, inconsciente de ce soudain malaise, continua à brouter dans la paix et la béatitude. Le bison dressa son énorme tête et huma l'air tandis que la brise fouettait sa barbe. Tout d'abord, il ne détecta rien de plus que l'arôme âcre des pins. Il tendit les muscles de ses pattes, adopta une immobilité absolue et écouta ; il n'y avait que le chuchotement chaud du vent d'ouest et le clapotis de l'eau douce sur les rochers de la rivière. Un profond beuglement roula dans sa gorge ; il cligna des yeux et parcourut du regard l'horizon familier : l'océan d'herbes sèches, les vagues assoiffées s'agitaient et enflaient tandis que le vent secouait la surface de la pâture. L'animal leva la tête pour porter son regard vers la fine couche bleue qui séparait son monde du vide infini de l'espace. Deux buses à queue rousse tournaient autour d'un gigantesque tremble sur la rive du Los Piños. Elles flottaient sans effort, comme perdues dans un rêve. Le plus infime détail de son domaine semblait exactement tel que la nature l'avait ordonné. Mais en fait il n'en était rien. Quelque chose épiait.

Et attendait.

Homer Tonompicket manœuvrait Charlie Moon pour le conduire exactement là où il le souhaitait, et cela le mettait d'exceptionnellement bonne humeur. Le garde-chasse rejeta la tête en arrière et claironna le dernier refrain venu de Nashville :

Now sweet Sally's gone... my heart I would of give her...
She'd swallered enough gin to pickle all the catfish in Mud River...
Sally's eyeballs they turned yeller, she'd shake and she'd shiver...
But the bartender told me ; « What killed her was her liver ! »

Homer s'arrêta pour reprendre son souffle et jeta un regard vers le conducteur de la Blazer.

— Ce bon vieux Gene Autry... ça, c'était un cow-boy chantant qui savait monter à cheval, tirer au pistolet et manier le lasso.

Charlie Moon eut un large sourire. Pour quelqu'un qui faisait partie du Peuple, Homer entretenait une étrange fascination pour les cow-boys.

— Et en plus, rappela Homer à son compagnon, Gene, il se tapait toujours la jolie fille du film.

Un sombre froncement de sourcils tomba tel un rideau sur le visage du garde-chasse.

— Bon Dieu, Charlie ! Pourquoi qu'y a plus de cow-boys chanteurs ?

Moon retira son pied de l'accélérateur.

— Il faut croire qu'y a rien d'immuable.

Le policier abandonna la chaussée goudronnée de la route du comté 321 ; il enclencha la seconde et s'engagea sur le plan incliné parsemé d'ornières qui menait au pâturage ceint d'une barrière.

— Le vieux Gene qu'arrête de chanter, murmura le garde-chasse d'un ton d'incrédulité. Il va s'acheter une équipe de base-ball.

Homer, qui était un puriste, avait mis un terme à ses pèlerinages annuels à Nashville lorsqu'« ils » avaient transféré le Grand Ol' Opry, abandonnant la petite salle de spectacle du centre ville pour ce qu'ils avaient baptisé Opryland, un lieu tapageur de plusieurs hectares situé en périphérie. Cela s'était produit il y avait plusieurs décennies, mais pour l'intraitable vieux monsieur, ça ne datait que de la veille. Disneyland au Tennessee, ce n'était pas autre chose. Il avait dit à tous les gens d'Ignacio qui voulaient bien l'écouter qu'il n'y manquait plus que cette espèce de grosse souris noire qui parlait avec une voix de fille. « C'est la fin de la vraie musique country et rien d'autre », se plaignait-il amèrement auprès des autres Utes, lesquels se demandaient bien pour quelle raison il se préoccupait de ce que ces pousseurs de trilles *matukach* pouvaient bien fabriquer au Tennessee.

Moon rétrograda en première.

— Tu es prêt à m'expliquer à quoi rime ce petit voyage ?

Le garde-chasse tribal pointa un doigt boudiné sur le pare-brise et cria pour couvrir le rugissement du moteur.

— Là-bas, Charlie !

Moon freina pour s'arrêter dans un à-coup près de balles de foin et coupa le contact. Il suivit le vieil homme vers la porte qui interrompait la barrière en fils de fer barbelés.

— Là, lui dit Homer en montrant du doigt la lourde chaîne qui retenait les doubles battants métalliques en leur milieu. Tu vois, ça ?

Le policier se pencha et examina de près le nouveau cadenas Master.

— Il m'a l'air tout à fait normal.

Il se redressa et dévisagea Homer, partiellement dissimulé sous le rebord poussiéreux de son Stetson noir.

— C'est bien ça, le problème, Charlie. Ce cadenas, il a pas été forcé. T'es témoin.

— Tu m'as fait venir ici au lever du soleil pour me montrer un cadenas qui n'a pas été forcé ?

— Bon, fit Homer, maintenant, jette un coup d'œil par là, dans la pâture. Qu'est-ce tu vois ?

Moon parcourut du regard les seize hectares de l'enclos. Il n'y avait pas grand-chose à voir. Un peu d'herbe-aux-bisons, quelques bouquets de sauge, les ruines affaissées d'une maison, à l'angle nord-ouest. Et, bien sûr, N'arrête-jamais-de-parler. La vieille femelle bison était debout près de l'abreuvoir rectangulaire, ne tenant aucun compte de la présence de ces représentants officiels de la tribu des Utes du Sud. À l'exception d'un léger mouvement de tête, il aurait pu s'agir d'une statue. L'animal avait acquis ce surnom parce qu'elle avait l'habitude de souffler l'air par les naseaux et de beugler presque continuellement. Ce matin, elle était anormalement silencieuse. Et d'une extrême immobilité, plus proche d'une création de taxidermiste que d'une créature vivante. Moon fronça les sourcils en regardant le garde-chasse.

— Je vois une vieille femelle bison. Pourquoi tu ne l'as pas conduite à la nouvelle pâture, avec le reste du troupeau ?

— J'ai décidé de la laisser ici. Je me suis dit que Tonnerre-qui-gronde avait besoin d'une présence féminine.

Charlie Moon comprenait. Un mâle plus jeune allait saillir les femelles du troupeau dans la grande pâture et, par conséquent, pour que la paix règne, le vieux mâle devait rester en arrière. Homer Tonompicket, romantique dans l'âme, s'était dit que Tonnerre-qui-gronde avait besoin d'une compagne. La maison de Homer était vide, maintenant, et il devait en connaître un rayon sur la solitude. Moon s'étira, inspectant à nouveau le champ.

— Où il est, Tonnerre-qui-gronde ?

Une douzaine d'années plus tôt, un concours avait été organisé pour donner un nom au premier bison né sur la réserve.

— Ah, fit Homer d'un ton grave, tu vois ce que je veux dire. Il a disparu sans laisser de traces. Et la porte n'a pas été touchée. C'est comme... (il leva les bras vers le ciel), comme s'il s'était envolé d'un seul coup. Comme le vieux Nahum Yaciiti.

— Les bisons ne volent pas, Homer.

Le ton sévère de Moon signifiait qu'il n'appréciait pas la référence au vieux berger qui avait disparu lors d'une soudaine et violente tempête. On n'avait jamais retrouvé de trace de son corps, et les affaires non résolues mettaient toujours le policier mal à l'aise. Et l'inclinaient à de mauvais rêves. Sans oublier la vision du cauchemar... celle d'une âme qui ne pouvait se défendre, suspendue la tête en bas à la branche d'un arbre, ligotée et offerte au couteau de... Moon chassa cette image de son esprit.

— Qui possède les clefs de ce cadenas ?

La voix de Homer se fit catégorique.

— J'en possède le seul et unique jeu.

Peut-être le grand policier se trompait-il cette fois. Peut-être les bisons pouvaient-ils voler. Si quelqu'un les y aidait.

Charlie Moon regarda de l'autre côté de la rivière ; le ciel parait le paysage d'une douce lumière jaune. En plissant les yeux, il se tourna vers le lever du soleil qui s'épanouissait telle une fleur flamboyante sur les chaînes de montagnes à l'est. Un épais nuage était ourlé à sa base d'un vaste champ de braises rougeoyantes, menaçant de faire pleuvoir des gouttes d'or fondu sur les reliefs. Le feu tombé des cieux. Ou d'ailleurs. Quand il parla, il ne regarda pas Homer.

— Tu as inspecté la clôture sur toute sa longueur ?

— Bien sûr que oui, répliqua le vieil homme d'un ton vif. Elle est en bon état.

Il attendit ce qu'allait dire le policier, mais Moon observait un silence de mauvais augure.

— Bon Dieu, Charlie, je le sais, ce que tu penses ! Non, je suis pas parti en laissant la porte ouverte avant de revenir, de m'apercevoir que le bison était sorti tranquillement, de remettre le cadenas et d'appeler mon vieil ami policier pour lui raconter un mensonge éhonté.

Charlie Moon se sentait gêné que le garde-chasse ait lu aussi facilement dans ses pensées.

— Je te crois, Homer, fit-il en lui tapotant l'épaule.

— Dans ce cas, dis-moi ce qu'il est advenu de ce bison mâle adulte !

— Eh bien, il y a sans doute quelqu'un qui avait besoin de

viande. Peut-être d'une peau à vendre. Ils ont probablement attendu que Tonnerre-qui-gronde vienne se frotter le cuir contre la clôture pour pas avoir à le traîner sur une trop grande distance, et ils lui ont tiré dessus.

— Comment ils s'y seraient pris pour faire passer un bison d'une demi-tonne par-dessus la clôture ? Réponds un peu à celle-là.

— Peut-être qu'ils avaient un camion équipé d'un treuil.

Il allait demander à Sally Rainwater d'aller enquêter du côté des camions de dépannage locaux. Peut-être quelqu'un était-il venu en louer un. Il poursuivit :

— Ou alors ils l'ont débité en morceaux qu'ils ont ensuite jetés par-dessus.

Le garde-chasse s'appuya sur la clôture, se saisissant d'une portion de fil de fer barbelé rouillé à deux mains. De la tête, il montra la femelle.

— Ça s'est peut-être passé comme ça, Charlie. Mais N'Arrête-jamais-de-parler, alors ?

Moon savait parfaitement ce qu'il voulait dire. Si quelqu'un était prêt à affronter pareilles difficultés et à prendre de tels risques pour de la viande fraîche, pourquoi ne pas emmener les deux bisons ? Même si cela faisait trop à emporter, la vieille femelle aurait représenté un danger pour quiconque devait passer suffisamment de temps à l'intérieur de l'enclos pour découper en morceaux Tonnerre-qui-gronde. Il semblait logique d'abattre la femelle, mais elle était bel et bien là.

— Quand as-tu déplacé le reste du troupeau ?

— Voyons voir, fit Homer en grattant nerveusement les poils de barbe gris qui couvraient son menton. Quel jour on est aujourd'hui ? Jeudi ? Ouais. On les a changés lundi. Ça a pris presque toute la journée, je crois qu'on a embarqué le dernier au coucher du soleil, pratiquement. Je suis sûr de lundi parce que c'était juste avant la grosse pluie de mardi matin. (Il regarda un long banc de nuages.) On peut dire qu'elle a nettoyé les ravines.

Moon laissa Homer appuyé sur la clôture ; il contourna l'enclos par le sud, puis par le côté ouest, parallèle à la rivière.

Il jeta un coup d'œil dans la maison en ruine ; Homer l'avait presque entièrement remplie de luzerne coupée. Il lui fallut presque une demi-heure pour effectuer le tour complet, faisant halte à plusieurs reprises afin d'étudier le sol, encore tendre après la pluie du mardi. Par endroits, il y avait des traces de coyotes et de rongeurs. Et même de dindons sauvages. Mais aucune empreinte humaine à l'exception des bottes Tony Lama taille quarante à bouts pointus appartenant à Homer. Et aucune trace de pneus. Cela posait d'autres questions en plus de la porte cadenassée et de la clôture intacte. La manière adéquate pour tuer un bison consiste à se servir d'un fusil ; mais une détonation aurait presque certainement été entendue. C'était un endroit tranquille, et pas grand-chose n'échappait au vétérinaire qui vivait sur la colline, près de la route du comté. Pas plus tard que le mois précédent, Harry Schaid avait appelé la police après minuit pour signaler un « grand chambardement en bas, dans l'enclos des bisons ». Les policiers Sally Rainwater et Daniel Bignight avaient répondu à son appel. Le rapport de Sally spécifiait qu'ils avaient chassé une bande de chiens errants qui harcelaient les bisons. Non, s'il y avait eu un coup de feu près de l'enclos, le vétérinaire aurait téléphoné pour le signaler. À moins que Doc Schaid n'ait pas été chez lui cette nuit-là. Rien n'était simple.

Homer attendait au poteau qui faisait l'angle, emplissant sa joue de tabac à chiquer.

— Trouvé quelque chose ?

Moon eut un hochement de tête.

— Ça ne va pas loin.

Mais il était clair que Tonnerre-qui-gronde avait disparu avant que la pluie n'efface les traces. Et, bien sûr, après que les autres membres du troupeau eurent été conduits à leur nouveau pâturage. Quelque part entre le coucher du soleil, le lundi précédent, et deux ou trois heures du matin, moment où la pluie était survenue.

Homer cligna des paupières et se passa le dos de la main sur les yeux.

— Il va me manquer, ce vieux râleur.

Le vieil animal était irritable et, si on l'énervait, dangereux. Mais Homer, qui devenait vieux et râleur lui aussi, adorait le bison. Il ressentit une pointe de déception en constatant le peu d'effet que cette disparition faisait sur le policier ; il avait espéré mieux. Avec Moon aux commandes, il aurait dû y avoir une belle histoire à raconter, à de multiples reprises, et à laquelle apporter des embellissements durant les longues soirées d'hiver où les vents glaciaux déferlent des montagnes et sifflent à travers les pins.

Mais il comprit qu'il allait lui falloir être patient. Roy Severo, le chef de la police, disait toujours que même si Charlie Moon prenait amplement son temps pour découvrir de quoi il retournait, en fin de compte, il parvenait généralement au but. Les Utes étaient fiers de sa remarquable capacité à trouver une explication à des actes qui, de prime abord, paraissaient n'en avoir aucune. Pas plus tard que l'année précédente, il avait compris pourquoi quelqu'un s'était introduit dans l'épicerie de Goddard Avenue et y avait dérobé quinze flacons de bain de bouche sans toucher aux deux cents dollars qui se trouvaient dans le tiroir-caisse. Et au printemps, il avait immédiatement su pourquoi quelqu'un avait délogé la hampe du drapeau devant le bureau de poste d'Ignacio et avait révélé l'identité du coupable. Mais pour l'heure, songeait Homer, le policier donnait l'impression d'avoir autre chose en tête.

Charlie Moon enfonça les mains dans les poches de son blouson. Normalement, à cette heure-ci, il aurait dû déguster une assiette de *huevos rancheros* au restaurant d'Angel. Et sa troisième tasse de café noir. Par-delà les eaux du Los Piños, son regard se porta vers le champ de course. Il avait le sentiment... Il allait voir Benita aujourd'hui.

La vieille femelle bison interrompit sa rêverie.

Le policier reporta son attention sur elle. N'Arrête-jamais-de-parler avait commencé à s'exprimer. Elle soufflait de l'air par les naseaux, s'ébrouait ; ses poumons vibrèrent pendant qu'elle rejetait une brume chaude. C'était comme si elle avait soudain pris conscience de la présence des deux hommes. Elle secoua sa tête hirsute puis racla le sol de son sabot.

Essayez un peu de vous approcher, leur annonçait-elle dans un langage qui ne pouvait prêter à confusion, et je vous réduirai en bouillie ! Moon observa l'animal avec la fascination innocente d'un enfant. Si seulement tu *pouvais* parler, tu me raconterais ce qui s'est passé ici. Autrefois, il y avait des Utes qui parlaient aux bisons. Et les bisons, insistaient les anciens, parlaient au Peuple. Les yeux du policier rencontrèrent ceux du grand mammifère à la crinière emmêlée. Moon était comme hypnotisé ; incapable de détourner le regard. N'Arrête-jamais-de-parler secoua tout à coup la tête pour la diriger vers le Los Piños. Que fixaient ainsi ces énormes yeux marron qui ne cillaient pas ? Moon parcourut du regard la rive du cours d'eau. Une brise matinale commençait à agiter les trembles de Fremont ; les feuilles cliquetaient tels des ossements secs. Puis la femelle se tourna pour porter son regard furieux derrière Moon, en direction de la route. Elle s'ébroua, secoua plusieurs fois la tête de haut en bas, frappa le sol de son sabot.

Homer ricana.

— Je crois que tu lui plais, Charlie. Peut-être qu'elle essaie de te dire quelque chose.

Peut-être, effectivement. Quelque chose de singulier s'était produit ici, et il en sentait encore les vestiges. Comme une mauvaise odeur. Le policier ressentait une impression désagréable... depuis qu'il était arrivé à l'enclos des bisons, il sentait des yeux invisibles rivés sur l'arrière de son crâne. Tante Daisy dirait : « Écoute ton esprit lorsqu'il te parle, Charlie. Parfois, il voit ce que tes yeux ne peuvent distinguer. » Peut-être. Mais une imagination mal venue peut faire obstacle à un bon travail de policier. Il lâcha un grognement et se tourna vers la Blazer.

— Allons avaler un petit déjeuner.

Homer Tonompicket lui emboîta le pas, heureux de ce qu'il avait accompli en associant Moon à ce mystère. La disparition relevait désormais du domaine de la police ; c'était à Charlie Moon qu'il appartiendrait de rédiger le rapport officiel, d'affronter le chef de la tribu qui siégeait dans la vaste salle, sous la tête naturalisée d'un grand bison, là où il présidait aux affaires du Peuple. Tonompicket frissonna en imaginant la scène. Le chef serait flanqué de membres du conseil tribal furieux qui exigeraient de savoir comment Tonnerre-qui-gronde avait été égaré et qui en était responsable. Mais Charlie Moon couvrirait le garde-chasse ; le visage de Homer avait retrouvé son sourire habituel. Il se laissa aller à des souvenirs nostalgiques d'Ernest Tubb, de Roy Acuff et de Little Jimmy Dickens. Et, au sommet de la liste, de ce vieux Hank Williams. Tout bas, de telle sorte que Charlie ne puisse l'entendre, il chanta quelques mesures sur l'homme qui se sentait si épouvantablement seul qu'il aurait aussi vite fait de s'allonger et de mourir. Il sentit les larmes monter à ses yeux ; sa gorge se serra et étouffa la chanson triste. Homer se souvenait de quelqu'un... de sa petite femme silencieuse. Par une grise journée de mars, Elisabeth avait achevé la vaisselle du petit déjeuner. Puis elle était sortie par la porte de devant, sans rien dire. Il s'était dit qu'elle allait chercher le journal, mais elle n'était pas revenue. Il avait entendu dire que sa femme vivait avec un instituteur à Albuquerque. Ou avec un chauffeur routier à Fort Collins. Ou qu'elle était morte de la tuberculose à Kansas City. Plus de trois ans s'étaient écoulés depuis, mais Homer s'attendait toujours à la voir réapparaître un jour ou l'autre. Il poussa un soupir et secoua la tête sous le coup de ce chagrin, doux et amer à la fois.

— Tu sais, Charlie, fit-il d'une voix rauque, ce qu'y a de sûr, c'est que quelqu'un comme Hank Williams, on retrouvera jamais pareil !

Ou comme Elisabeth.

Moon s'engagea sur la chaussée goudronnée et réfléchit à cette déclaration. Homer avait raison. Il y avait longtemps que le vieux Hank avait franchi les eaux profondes de la rivière. Et maintenant, Tonnerre-qui-gronde n'était plus là. Disparu. Comme une brume nocturne aux premiers rayons du soleil matinal. Mais le policier avait senti quelque chose ; cet acte avait tout d'un... message. Il n'avait aucune idée de qui avait écrit cette lettre, mais il n'y avait pas à s'y tromper... le nom inscrit sur l'enveloppe était celui de Charlie Moon.

2

Cañon del Espiritu

C'était tôt le matin. La lune pâle était encore accrochée dans le ciel, à l'ouest, et le soleil se levait, bloqué derrière un épais rideau de nuages. Daisy Perika se pencha pour verser sur les racines assoiffées d'une Better Girl l'eau froide prélevée dans le puits avec le seau en acier galvanisé.

— Voilà, voilà, jolie petite *tumatis*, bois un bon coup, chantonna-t-elle d'une voix apaisante au maigre plant de tomates.

Elle se serait sentie idiote si quelqu'un avait pu l'entendre parler à une plante, mais il n'y avait pas âme qui vive à moins de quinze cents mètres de sa caravane située à l'entrée du *Cañon del Espiritu*. La chamane ne se préoccupait nullement de savoir si l'un des innombrables fantômes séculaires s'aventurait à quitter son lieu de repos paisible pour surprendre la conversation d'une vieille femme. On apprend à cohabiter avec les *uru-ci* tout comme on apprend à vivre avec les petits serpents à sonnette vifs et nerveux de la prairie. Si on les laisse en paix, si on respecte leur droit d'être là où ils se trouvent, ils ne vous font pas de mal. Enfin bon, la plupart du temps.

Avec une certaine difficulté, elle se releva, redressa son dos douloureux. Ce dont avaient besoin la demi-douzaine de plants de tomate atteints de la rouille, c'était de goûter un peu d'engrais, mais elle avait déjà utilisé toute la poudre bleue contenue dans la boîte de Miracle-Gro et ne pourrait pas en racheter avant que sa pension n'arrive dans sa boîte aux lettres. Acheter des tomates à l'épicerie d'Ignacio reviendrait moins cher, mais leur goût acide ne pouvait se comparer à la douce saveur de ses Better Girls mûries sur pied.

Tandis qu'elle s'interrogeait sur la capacité de son minuscule potager à supporter une semaine supplémentaire sans engrais, un petit nuage se glissa devant le disque blanc de la lune. Dans le silence empli d'ombres, par la bouche bâillante du *Cañon del Espiritu,* s'exhala une rafale de vent qui fouetta les jupes de laine de la vieille femme. Le vent était d'un froid mortel. Elle se tourna pour scruter intensément dans la direction de l'entrée du canyon, certaine de pouvoir distinguer l'esprit mâle du vent glacial : une forme grise agitée de tourbillons qui lui faisait signe. C'était, comme sa grand-mère aurait pu le lui dire quand elle n'avait que douze ans, un message qu'il fallait déchiffrer. Daisy tourna son regard vers le petit nuage sombre qui progressait avec obstination en luttant contre les vents. Alors que de grands cumulus étaient entraînés vers l'est, cette triste poche de vapeur glaciale s'attachait à la face de la lune tandis que le globe gigantesque plongeait sur l'horizon. Oui, le vent froid venu du canyon de l'Esprit était assurément un signe. Et le nuage qui filait en sens inverse, également un mauvais présage. Mais que signifiait-il ? Daisy Perika pensait le savoir.

— Charlie, murmura-t-elle. Charlie Moon...

Autoroute 25, au sud de Denver

Scott Paris n'avait pas prononcé dix mots durant le long trajet qui les conduisait à l'aéroport. Anne Foster ôta sa ceinture de sécurité et se rapprocha de lui, appuyant sa tête sur son épaule. Il tenta de rester insensible aux douces vagues de cheveux roux, et au parfum du chèvrefeuille. Il jeta un regard à la ceinture de sécurité d'Anne, désormais inutile sur le siège du passager.

— Je devrais te dresser une contravention, pour ça.

Elle murmura à son oreille.

— Parce que je me blottis contre toi ? Même le chef de la police ne ferait pas preuve d'une telle absence de romantisme.

En dépit de son humeur morose, il eut un bref sourire et l'entoura de son bras.

— Tu vas être partie longtemps.

Et tellement loin.

— Oh, je ne sais pas. Ça va passer assez vite pour toi, avec toutes tes tâches officielles pour occuper ton temps. (Elle eut une moue feinte.) Tu m'auras probablement complètement oubliée.

— Oui, grommela-t-il, quand les cochons auront appris à voler.

— Quand ils sauront, rétorqua-t-elle, tu pourras venir me voir d'un coup d'ailes.

Puis, d'une voix basse et voilée, elle ajouta :

— J'adorerais te recevoir.

Il l'attira plus près de lui et eut un sourire coquin.

Anne n'ajouta pas grand-chose d'autre sur le trajet de l'aéroport international de Detroit, et lui encore moins. Il fit enregistrer les bagages, récupéra la carte d'embarquement. Pendant qu'ils se hâtaient vers la porte d'accès aux avions, il tenait le volumineux sac d'Anne d'un côté et serrait de l'autre sa main menue. Ses pensées s'orientaient vers un voyage antérieur. Il s'était alors agi de l'aéroport de Chicago O'Hare. C'était Helen, sa femme, qui était accrochée à son bras et qui lui avait promis que la courte visite qu'elle rendait à sa mère au Canada allait « passer à toute vitesse. » Mais elle était morte à Montréal dans un accident de la circulation. Cette catastrophe avait précipité Parris dans une dépression abyssale et avait causé sa retraite anticipée des forces de police de Chicago : ce trajet à l'aéroport avait enclenché une succession d'événements tragiques qui avaient fini par le conduire à Granite Creek, au Colorado, où depuis presque deux ans il occupait les fonctions de chef de la police.

Il embrassa Anne puis regarda sa silhouette disparaître dans le long tunnel qui dégorgeait son contenu dans le ventre de l'appareil aux lignes profilées. Parris demeura à côté de la baie vitrée ; il fronça les sourcils en découvrant les taches de cambouis sur la nacelle du moteur et se demanda si la compagnie aérienne, qui frôlait le dépôt de bilan, pouvait se permettre d'entretenir correctement ses appareils. Il se demanda également quand il la reverrait... s'il la revoyait un jour. Le policier se détourna, furieux de se laisser aller à ces absurdes délires névrotiques. Bien sûr que le moteur n'allait pas se décrocher de l'aile. Bien sûr qu'elle reviendrait. Et si les profondes angoisses de la solitude s'installaient à demeure, il ferait ses adieux au Colorado et irait frapper à sa porte. Une rêverie qui eut un immense pouvoir apaisant.

Il se trouvait dans le parking souterrain quand il entendit la voix tonitruante de Sam Parker.

— Parris ! Scott Parris, satané pêcheur de truites, c'est bien toi ?

Parker jaillit d'un groupe de voyageurs, portrait craché de l'avocat qui a réussi, avec son coûteux costume trois-pièces.

Parris s'empara de la main tendue et la secoua avec enthousiasme.

L'agent spécial responsable du bureau de Denver rentrait à l'instant, expliqua-t-il, d'un voyage à Boston. Pour une affaire non précisée concernant le FBI.

— Pourquoi tu ne viens pas nous voir tout à l'heure à la maison, histoire de passer la soirée avec nous ? Je ferai griller des steaks.

Parris eut un large sourire et jeta un coup d'œil à sa montre ; la matinée touchait à sa fin.

— Une proposition à laquelle il est difficile de résister, mais il faut que je rentre à Granite Creek pour mettre tout en ordre au poste avant de partir pour Ignacio.

Parker laissa tomber sa valise à ses pieds et appuya un long cylindre en carton contre le mur.

— Ah, ouais. Il paraît que tu vas jouer les chefs de la police indienne pendant que Roy Severo prend ses congés.

Il scruta le visage de Parris à la recherche d'un indice trahissant ses sentiments. Celui-ci avait vu cette même expression quand, lors d'une partie de pêche, Sam Parker, assis dans une barque, déchiffrait la signification des rides à la surface du lac Navajo.

— Je suis surpris que Granite Creek puisse se passer de toi aussi longtemps.

— Pas de problème, en fait. J'ai un congé sans solde. Leggett tiendra la boutique pendant mon absence. Il m'aura vraisemblablement remplacé à mon poste avant mon retour.

Parker inclina la tête d'un air interrogateur, le signe indubitable qu'il avait une idée en tête.

— Franchement, je suis surpris que les Utes n'aient pas nommé Charlie Moon chef intérimaire. Ou Sally Rainwater. Elle est là depuis que Moïse a ordonné aux eaux de la mer Rouge de s'écarter.

— En ce qui concerne Sally, je ne sais pas, mais Moon leur a opposé un refus catégorique. Charlie leur a dit qu'il ne voulait pas d'un boulot administratif. Il leur a suggéré de me demander, à moi, de remplacer Severo. Alors ils m'ont fait une offre.

Parker hocha la tête.

— Le sergent Moon est un bon policier. Il n'y a qu'une seule chose que je retienne contre lui, poursuivit-il avec toute la consternation voulue, c'est qu'il pêche à *l'appât naturel.* (Il eut un frisson feint.) Vers de terre, criquets, sauterelles.

— Je me suis dit qu'un changement de décor me ferait du bien. Il ne se passe rien à Granite Creek. Anne vient de partir pour Washington, elle ne sera pas de retour avant des semaines.

Des mois peut-être.

— Qu'est-ce qu'Anne Foster va fabriquer à la capitale ?

— Elle est très sollicitée depuis son passage à l'émission « Sunday Morning », l'an dernier. Elle a décroché je ne sais pas trop quel contrat avec CBS. (Son regard avait un aspect lointain.) Comme elle parle plusieurs langues, je suppose que la chaîne va trouver quantité de moyens de l'occuper.

Parris eut soudain honte de l'amertume qui perçait dans sa voix. Il reprit :

— Je pense que je vais passer plusieurs semaines avec Charlie Moon, histoire de découvrir où se trouvent tous les bons coins de pêche de la région. Avec un peu de chance, mon séjour sera comme des vacances. Quand le remplacement sera terminé, je prendrai une semaine ou deux de vrais congés, j'irai frapper à la porte d'Anne.

Parker était entièrement perdu dans ses pensées : il voyait sa ligne de sept livres fendre les flots tel un fil qui coupe du beurre, une Joe Hopper à poils raides filant par bonds successifs à l'extrémité d'un mètre de soie flottante. Il voyait déjà une truite fario de trente-cinq centimètres dont le corps luisant crevait la surface pour s'emparer de la mouche fabriquée à la main, après quoi elle replongeait et pliait la canne en deux.

— Peut-être que j'aurai moi-même l'occasion de faire un saut à Ignacio, fit-il en donnant une petite tape sur le cylindre en carton comme s'il s'agissait d'un chiot sympathique. Dans le Connecticut, la semaine dernière, je me suis acheté une canne qui est une vraie antiquité : une Quadrate d'Edward.

Il se tut pour laisser l'information faire son chemin.

— Tu te fiches de moi ! s'écria Parris dont la jalousie se lisait sur chaque trait. Une de la série numérotée ?

— Numéro de série cinq-zéro.

Parker fit un large sourire, découvrant une rangée de dents trop grandes. La canne à pêche lui avait coûté une semaine de salaire.

— J'ai hâte de lancer quelques mouches sèches dans la Piedra. C'est à peu près le moment où les truites saumonées ont faim.

Il marqua une pause, choisit bien ses mots :

— Quand tu seras à Ignacio, il y a des chances que tu travailles avec des gars de chez moi. De temps en temps.

— Ouais, ce n'est sûrement pas exclu.

Parris attendit. Le FBI avait la responsabilité de tous les crimes aggravés se produisant sur les réserves indiennes. Mais il sentait que Parker pensait à quelque chose de bien précis.

— Tu connais nos gars de Durango ?

— Bien sûr. Stan Newman. George Whitmer. Des types super.

L'agence de Durango avait la responsabilité des deux réserves utes, à la frontière du Colorado.

— Il y a deux jours, Newman a dû se faire hospitaliser pour une intervention au genou. Il va rester alité au moins deux mois. Whitmer est pris par un procès fédéral à Salt Lake, et après, il part en mission en Arizona. Je ne sais pas quand il va revenir. (Parker évitait de le regarder.) J'ai envoyé un nouveau. Tu vas sans doute le rencontrer très vite, une fois que tu seras installé à Ignacio.

— Parfait, commenta Parris. Ce sera un plaisir.

Il s'en fichait complètement, mais ça semblait être la réponse adaptée à la situation.

— Si tu pouvais le présenter à Charlie Moon et aux autres Utes influents, je t'en serais reconnaissant. Que tu lui arrondisses les angles, tu vois.

Il y avait quelque chose d'étrange dans cette requête. Elle paraissait on ne peut plus raisonnable, mais une certaine inquiétude se lisait dans le regard de Sam. Parris hocha la tête.

— Aucun problème. Charlie Moon et moi, on s'occupera de ton petit nouveau.

Scott Parris avait franchi la moitié de la distance qui le séparait de Granite Creek avant de s'apercevoir que Sam Parker n'avait pas prononcé le nom du nouvel agent spécial.

Près de Bondad, sur les rives du Rio de Los Animas perditas

Charlie Moon croisa ses bras sur sa poitrine et s'appuya contre l'aile de la grosse Bronco. Et il se souvint. Une année presque entière s'était écoulée depuis la disparition de Nahum Yaciiti. Le vieil homme n'avait plus été vu depuis la nuit où ses moutons avaient été occis durant la violente tempête. Il n'y avait eu que des rumeurs sur l'endroit où le berger pouvait bien se trouver, mais chaque fois que ses tâches l'appelaient au sud de Durango, le policier faisait halte le long de cette portion de la Route 550. Il sortait de sa voiture et restait là, silencieux, à observer ce point infime de la planète : le lieu qu'avait habité Nahum et qui avait fourni à son petit troupeau une maigre pâture. Il faisait moins de cinq hectares, ce coin effilé de terre qui pointait vers le sud. La rive basse des Animas, parsemée de petits trembles et de saules touffus, en constituait la frontière ouest. La route goudronnée à deux voies, entre Durango et Aztec, en formait la limite est. La terre d'Armilda Esquibel venait s'appuyer contre la propriété de Yaciiti au nord et, de sa maison d'adobe perchée en équilibre sur la rive d'argile, la vieille femme dominait entièrement les terres alluviales du berger. Moon se demanda si cette casse-pied était là à l'observer depuis la fenêtre de sa chambre. Bien sûr. Si Armilda était en vie, elle épiait.

Il mit les mains dans les poches de son blouson et se dirigea lentement vers l'allée parsemée de graviers qui menait à la petite maison de rondins de Nahum. Aucune fumée ne sortait de la cheminée de pierre ; une plaque de tôle qui recouvrait le toit s'était partiellement détachée, vibrant au gré des rafales intermittentes. Le pick-up délabré du berger était garé sur l'arrière de la maison, près du petit corral, à l'endroit exact où il s'était trouvé le matin où la tornade était survenue. Les choses n'avaient pratiquement pas changé, si ce n'est que le petit Dodge rouillé était couvert d'une fine couche de poussière jaune. Et il avait fait beaucoup plus froid le matin qui avait suivi la tempête. Ça s'était passé en octobre, la période de l'année que les anciens appellent la Lune-des-Feuilles-Mortes-qui-Tombent. Les moutons de Nahum étaient tombés comme des feuilles mortes. La pâture restait piquetée d'ossements blanchis, disséminés par les coyotes et les vautours. Des petites touffes de laine sale s'accrochaient encore, ici ou là, à quelques herbes-qui-roulent.

Moon s'appuya des deux mains à un tronc imprégné de créosote servant de lourde entretoise à la barrière du corral qui ployait. Un des proches du vieux berger, domicilié à Towaoc, avait emporté sa jument appaloosa efflanquée pour la mettre à l'abri dans sa propre écurie en attendant son retour. Mais l'odeur de l'animal planait encore sur le corral. La présence de Nahum Yaciiti était également forte.

Le policier n'eut pas conscience d'une approche, dans son dos, mais il sentit quelque chose qui ressemblait à une plume lui caresser la nuque. Il se tourna lentement, sa main droite remontant inconsciemment vers la poignée en os du revolver rangé dans son étui de ceinture.

Armilda Esquibel était amusée et agacée à la fois de voir ce solide policier qui n'avait jamais prêté foi à son témoignage concernant la remarquable disparition du berger.

— Pas la peine d'avoir peur, jeune homme, lui dit-elle. Je ne suis qu'une vieille veuve inoffensive.

Mais sa main droite ridée était enfoncée dans la poche de son imperméable en plastique. Ses doigts étaient crispés autour de la crosse noire d'un derringer Remington du temps jadis qui n'avait pas tiré une seule cartouche calibre 41 à percussion annulaire depuis 1952, date à laquelle elle avait expédié une balle dans la cuisse d'une grosse femme apache.

Moon eut un sourire forcé et toucha son chapeau.

— Vous êtes drôlement silencieuse dans vos déplacements.

Sournoise convenait mieux. Il observa avec méfiance la main qui frémissait dans la poche de l'imperméable. Il réfléchit à sa mort. La vie d'un policier n'avait pas grand-chose de glorieux ; sa mort, absolument rien. Selon les statistiques du FBI, il avait beaucoup plus de chances d'être victime d'un coup de feu tiré par une vieille femme psychologiquement perturbée que par un voleur de banque au comportement violent.

Elle se remit à mâcher une minuscule carotte de tabac Red Man contre sa joue, et relâcha sa prise sur le derringer invisible.

— Depuis que le pauvre vieux a été emporté au ciel par les anges, il y a des rustauds, des malotrus et des cornichons qui viennent traîner dans les parages pour embarquer tout ce qui n'est pas cloué sur place.

Elle sortit sa petite main de sa poche d'imperméable et la pointa vers l'abri à vigne de Nahum où une douzaine de cratères indiquaient des lieux de fouilles dans l'argile.

— Ces empotés, ils s'imaginent que Nahum y a enterré ses

billets verts. Des fois ils viennent creuser pour les trouver... ils creusent comme des chiens de prairie.

Elle cracha du jus de tabac tout près de la botte gauche de Moon et sourit à une plaisanterie connue d'elle seule. Ses petits yeux marron lancèrent des lueurs.

— Je viens ici et je les fais déguerpir, ces saligauds de voleurs.

— Vous devriez appeler le poste de police, lui conseilla-t-il doucement. Nous nous chargerons de tous les intrus.

Plus exactement, ils les protégeraient de cette vieille femme imprévisible.

Elle eut un grognement exprimant la dérision. Une veuve honnête ne pouvait attendre une demi-journée que les Utes, qui fonctionnent à l'« heure indienne », fassent leur apparition et la traitent comme s'ils avaient affaire à une simple d'esprit. Par ailleurs, elle aimait beaucoup chasser ces voyous. Chacune de ces confrontations lui redonnait sa jeunesse. C'était comme si elle allait vivre toujours. Secrètement, elle espérait que l'un de ces vandales lui fournirait une raison de lui tirer tout droit entre ses petits yeux perçants.

— Vous allez rentrer dans sa maison ?

Sur l'écran de télévision d'Armilda, les policiers voulaient toujours passer au peigne fin l'intérieur de la demeure des personnes qui avaient disparu pour y découvrir un miraculeux indice. Armilda Esquibel voulait elle aussi voir comment c'était, dedans.

Moon ne répondit pas, mais il s'approcha de la porte d'entrée. La vieille femme le suivit, s'efforçant de ne pas se laisser distancer.

— Je sais où Nahum cachait sa clef, mais j'irais jamais m'en servir, pas moi... Mais vous, vous êtes policier, et vous êtes un Indien, comme Nahum, alors je suppose que ça serait normal que vous vouliez entrer et que vous fouilliez un peu.

Il était sûr qu'Armilda se souvenait l'avoir vu inspecter la maison, le jour de la disparition du berger.

— Pourquoi vous n'entrez pas avec moi ? proposa-t-il d'un air pensif à la vieille femme maigrichonne. Vous repérerez peut-être quelque chose que moi j'ai raté.

— Euh, peut-être bien que je vais entrer, fit-elle d'une voix entrecoupée par la difficulté qu'elle avait à trouver sa respiration. Si vous pensez que ça peut être utile.

Moon posa le pied sur les marches basses du perron ; les planches qui n'étaient pas peintes craquèrent sous son poids. Il compta les chevrons de cinq centimètres sur dix jusqu'à ce qu'il arrive au septième en partant de l'extrémité sud. Il fit courir ses doigts le long d'une des pièces de bois brut, enlevant un fin voile de toiles d'araignées. Il trouva la clef de cuivre terni à l'endroit où il l'avait laissée l'année précédente, accrochée à un clou de toiture. Nahum n'était pas quelqu'un de prudent, mais il avait eu de la chance. Les fenêtres étaient intactes, la serrure de la porte ne présentait pas de trace d'effraction. Aucun signe n'indiquait que des vandales aient pénétré dans l'habitation. Peut-être était-ce dû aux rumeurs persistantes disant que Nahum revenait chaque nuit dormir dans le grenier de sa maison. Qu'il buvait des litres et des litres de whisky et qu'il ne manquerait pas de tirer sur quiconque serait assez stupide pour s'introduire chez lui. Mais les gens du coin étaient friands de ce genre d'histoires et beaucoup prêtaient foi au récit fantastique d'Armilda selon lequel un groupe d'anges avait emporté le vieux berger dans les cieux. *Swing low, sweet chariot !* Tout ça, c'était des bêtises, bien sûr. De l'autosuggestion. Mais le ventre de Moon se noua au moment où il ouvrit la porte.

Comme Armilda ne s'attendait pas à trouver Nahum Yaciiti à l'intérieur, elle s'empressa d'entrer derrière le policier et voleta dans cet espace poussiéreux tel un vieux papillon de nuit erratique, touchant un objet, essuyant la poussière sur un autre, murmurant sa stupéfaction qu'« un homme puisse vivre dans un lieu aussi sordide ».

Moon trouva l'endroit raisonnablement bien rangé. Le bas se composait d'une seule grande pièce. Une lourde table de séquoia avait été placée près de la fenêtre ouest qui offrait une vue sur les eaux agitées des Animas. Ce meuble massif servait aux repas et, à en juger d'après les papiers éparpillés et les crayons à mine de plomb posés dessus, également de bureau. Et partout, il y avait des livres. Une Bible familiale en lambeaux. Un dictionnaire anglais-espagnol. Un livre de cuisine intitulé *Toute la pâtisserie.*

— Trop de livres, trop de temps passé à lire, fit Armilda en se tapant la tempe d'un index arthritique et avec une expression de sagesse, c'était ça, le problème de Nahum. Ça le faisait trop réfléchir, et ce pauvre vieux, ça lui a usé l'esprit.

Moon ouvrit le livre de cuisine à une page marquée d'un bout de papier jauni.

Macarons mexicains. Rectangles aux noisettes. Biscuits au gingembre. Motifs vanillés. Une mesure pleine, plus trois quarts de mesure de farine. Une demi-tasse d'amandes pilées. De la margarine pour graisser la poêle.

Le policier secoua la tête et sourit. Il était difficile de se représenter Nahum consacrant ses soirées à faire cuire des gâteaux. Mais on ne connaît jamais vraiment quelqu'un.

Il replaça soigneusement le livre dans son rectangle de poussière, sur la table, et se tourna pour étudier la pièce. Elle était exactement telle qu'il en avait gardé le souvenir. Un grand calendrier RC Cola, punaisé sur le mur à côté de l'évier, présentait une femme brune d'une impossible beauté. Une de ses longues jambes fuselées reposait sur le cadre d'une bicyclette rouge. Elle levait une bouteille de soda à ses lèvres légèrement entrouvertes. La carabine Winchester que Moon avait trouvée dans le pick-up Dodge et qu'il avait accrochée à son râtelier au-dessus de la porte de derrière était toujours à sa place. Il y avait une lampe à pétrole sur l'épais manteau en pin de la cheminée de pierre ; le liquide rouge foncé contenu dans le récipient de verre ressemblait à du vin bon marché. Un lit en fer peint était poussé dans un coin, la belle courtepointe passementée encore rabattue sur un drap bleu, invitant le berger à reposer ses vieux os. Dans un coin sombre, une radio d'autrefois à tubes à vide, insérée dans un coffret en bois vernis, attendait en silence.

Le policier sortit son calepin et tourna les pages où figuraient les dates afin de remonter à ce froid matin d'automne de l'année précédente. Il avait répertorié ce que contenait la maison, y compris un inventaire détaillé de la nourriture emmagasinée dans le placard grossier placé en angle. Il compara ses notes avec ce qu'il voyait. Six boîtes de haricots pinto Bush's Best, huit petites boîtes de piments verts Hatch. Dix boîtes de maïs doux d'une marque correspondant à une chaîne de magasins. Il y avait un sac non entamé de cinq livres de farine de blé complet. Une boîte en fer contenant huit kilos de farine de maïs. Un pot de verre renfermant du sucre roux. Une bouteille en plastique, à demi remplie de sirop d'érable. Et un bocal de savoureux maïs Aunt Nellie. Tout y était, exactement comme il y avait un an. Attendant le retour du propriétaire de la maison.

Un petit réfrigérateur bourdonnait toujours près de la porte de derrière. Il avait probablement besoin d'un dégivrage. Un double panier en fil de fer était accroché au plafond ; une partie était remplie d'oignons jaunes qui avaient germé plusieurs mois auparavant. L'autre, de pommes de terre ratatinées qu'il était grand temps de jeter. Presque assez de provisions pour nourrir un vieillard jusqu'au terme du long hiver du Colorado.

Moon escalada une échelle et jeta un œil dans le grenier poussiéreux. Le soleil pâle entrait par l'unique fenêtre à quatre carreaux ; une souris courut se réfugier sous une pile de journaux jaunis. Il y avait un vieux coffre en bois auquel manquait une charnière, des planches de construction de formes et de longueurs diverses, des tas de livres et de magazines. Il y avait aussi un autre lit en fer, mais celui-ci n'avait pas de matelas sur ses ressorts fatigués. Le policier redescendit prudemment l'échelle qui craquait.

Armilda Esquibel l'observait et se demandait à quoi cet Indien silencieux pouvait bien penser. Vraisemblablement, à rien du tout. C'était un homme.

Moon se tourna pour jeter un dernier coup d'œil. Il n'y avait rien qu'il n'eût déjà vu la fois précédente. La plupart des biens du vieillard étaient là. Mais pas tous. Son feutre gris avec sa bande de conchos en argent, de la taille de pièces d'un demi-dollar, n'était pas accroché à la patère en bois à côté de la porte d'entrée. Pas plus que son manteau de laine bleu. Il n'y avait pas trace de ses bottes de cuir brut. Où qu'il fût, il y était allé, vêtu de pied en cap.

Sa selle était accrochée à une robuste patère en chêne près de la porte de derrière. Ce cadeau de Noël, que lui avait donné sa femme, était un trésor très particulier. Le vieux berger en avait frotté le cuir au savon de selle et l'avait enduit de graisse chaque samedi soir. Moon passa son doigt sur la poussière qui la recouvrait. De minuscules fentes s'ouvraient dans la surface brillante du cuir poli : elle n'avait pas été traitée depuis la semaine des quatre jeudis. Nahum ne donnait vraiment pas l'impression d'être revenu. Ni de devoir revenir un jour.

Charlie Moon, qui regardait fixement la vieille selle, murmura à part lui :

— Eh bien, vieux berger... où chevauches-tu donc ce soir ?

3

Cañon del Espiritu

Insensible à la beauté sévère des ombres nettes et denses tracées par la lumière laiteuse de la lune, la petite souris à pattes blanches s'immobilisa, hésitante, pour humer l'air, s'arrêtant de grignoter une graine de genévrier au goût âcre. Le rongeur inclina sa tête et orienta ses oreilles démesurées vers l'origine à peine perceptible de ces bruits. *Scuff-scuff,* faisaient les bruits étranges. Après un bref moment de silence, ils se répétaient. *Scuff-scuff.* La minuscule créature, depuis longtemps accoutumée à la menace du crotale qui détecte la chaleur et à la chouette naine aux serres acérées, sentit qu'un être plus sinistre encore s'avançait sur le sol du canyon. Elle escalada en toute hâte le tronc d'un très vieux pin pignon, se glissa dans son nid de lambeaux d'écorce, expertement calé à la fourche d'une branche. Enhardie par la relative sécurité que constituait cette cachette située à un mètre à peine au-dessus du sol, elle regarda avec une appréhension proche de l'hypnose approcher la cause de ces frottements. Les yeux noirs du petit rongeur clignèrent avec incompréhension à la première vision de cette *chose* ; l'apparition surnaturelle se déplaçait selon un mouvement ondulatoire, telle une vague d'ombre sur le sable du canyon, éclairé par les rayons de lune. D'abord, la forme de l'intrus fut indistincte, plaque de brouillard sombre mal définie qui flottait au-dessus du sol. Puis, comme si elle pouvait changer de forme à volonté, la présence sembla acquérir substance et contours. La chose s'immobilisa, se redressa en position verticale... tel un grand ours. Mais ce n'était pas un ours... La créature hirsute avait de larges épaules, pas de cou, et une tête étrange, aplatie. Une tête pourvue de cornes. Et d'un unique œil rouge. Un instant il brillait d'une lumière vive, telle une braise dans un foyer. Puis il s'obscurcissait, comme si la créature avait baissé sa paupière. La souris était incapable d'appréhender des concepts abstraits, tels que le Bien et le Mal. Mais il y avait des instincts primitifs profondément enfouis dans sa poitrine qui lui martelaient leur mise en garde insistante : Ne bouge pas, ne bouge pas !

Un moustique vrombit paresseusement autour de la sombre silhouette, désorienté par la bizarre association d'odeurs qui lui était inconnue et, cependant, étrangement attirante. L'insecte se posa pour aussitôt enfoncer profondément sa longue trompe à la surface de la créature. Aucune trace de sang... aucun indice pour signifier qu'elle était vivante ; le moustique prit son envol à la recherche d'une proie dont le cœur pompait la chaude et nourrissante substance de vie.

Quelque chose bougea sous la fourrure puis l'apparition s'éloigna tel un fantôme à travers la végétation vers le renfoncement dans le sol, sous le vieux genévrier, où dormait le grand animal tacheté. Pour la souris, ce choix paraissait plus que téméraire. Le grand animal mugissant qui régnait sur le canyon serait d'humeur irascible s'il était tiré du sommeil ; ses grandes cornes, en balayant l'espace, auraient tôt fait de le débarrasser de ce mystérieux intrus.

Une chouette naine, dissimulée dans une crevasse de la paroi rocheuse du canyon, cessa de hululer ; même la stridulation que faisaient les gros grillons noirs en frottant leurs élytres céda la place au silence. Les créatures nocturnes étaient anormalement silencieuses, comme si toute la vie du canyon avait senti approcher l'ombre de la mort. Durant un instant, il y eut un silence absolu, comme si la souris était devenue sourde.

Quand le terrible hurlement emplit le canyon sinueux et

se répercuta sur les falaises de grès dressées vers le ciel, la souris secoua sa petite tête de manière spasmodique, à l'intérieur de son nid d'écorce, et fut prise d'un tremblement incontrôlable causé par la terreur à l'état pur. Tel un épais brouillard, l'odeur suave et riche du sang frais se répandit sur le décor éclairé par la lune.

La faible lueur du soleil matinal touchait à peine l'horizon quand Gorman Sweetwater rétrograda en seconde, puis jeta un regard latéral en direction de sa fille. Benita était presque aussi jolie que sa mère, et depuis le décès de celle-ci, elle restait la seule, de sa proche famille, à être encore vivante. Il redoutait l'idée qu'elle allait rencontrer un jeune homme à l'université de Durango, qu'elle se marierait et qu'elle irait s'installer ailleurs. Alors il se retrouverait seul.

Il grogna pour attirer l'attention de sa fille, désigna du pouce la caravane de Daisy Perika.

— La lumière de la cuisine est allumée, papa. Ça veut dire que le café est en train de passer. (Elle lui tapota le bras.) Tu as l'intention de t'arrêter pour discuter avec Tante Daisy ?

— Le travail avant les bavardages. On va d'abord aller voir comment vont les bêtes.

Il poursuivit sa route sur une centaine de mètres puis freina et immobilisa le pick-up à l'entrée du *Cañon del Espiritu* ; Benita mit pied à terre et ouvrit la frêle barrière en fils de fer barbelés qui barrait le chemin de terre. Lorsqu'elle fut remontée à ses côtés, le rancher enclencha la première et relâcha l'embrayage. Le véhicule avança en peinant sur la piste défoncée. Gorman clignait des yeux dans la brume matinale pour scruter du regard les broussailles à la recherche de son petit troupeau de Herefords pure race. Ce n'était pas parce que ses bêtes avaient besoin de sa présence, mais parce qu'elles étaient pour lui source de joie. Plusieurs fois par semaine il partait de chez lui avant l'aube et se rendait dans le canyon pour admirer leurs formes magnifiques. Et pour leur parler. Il connaissait tous ces animaux ; chacun avait sa personnalité propre. Il avait chargé trois balles de luzerne dans le pick-up, juste afin d'avoir une excuse pour effectuer le trajet.

Il connaissait bien leurs habitudes. Quand la nuit était froide, les Herefords dormaient généralement dans le bouquet de pins pignons, le long de la plaque de grès, du côté nord du canyon. C'était un endroit bien choisi ; la roche était couverte de pétroglyphes, les inscriptions sacrées des Anciens dont les esprits reposaient paisiblement entre ces parois verticales. Il y avait aussi, bien sûr, le *pitukupf*, mais le nain n'avait vraiment causé aucun ennui depuis de nombreuses années. Pas depuis que son cheval avait brouté trop près de sa demeure souterraine. Il chassa ce souvenir désagréable de sa mémoire, se demanda si le *pitukupf* était, comme lui-même, devenu trop vieux pour causer des difficultés majeures. Il sourit à cette pensée ; Daisy Perika prétendait que le nain avait accumulé plus d'années qu'on n'en pouvait compter, et elle savait quantité de choses sur ce sujet. Daisy avait le Pouvoir. Le Pouvoir des Anciens. Elle était probablement la dernière Ute en vie à entendre la voix du *pitukupf*. La plupart des membres de la jeune génération ne croyaient pas à la présence du nain. Contrairement à Benita, beaucoup de jeunes ne parlaient même pas la langue du Peuple. Mais avec le nouveau programme d'apprentissage de la langue ute dans les écoles publiques d'Ignacio, les choses allaient changer. Quelques-uns partaient à l'université de Fort Lewis où ils apprenaient la vision que se faisaient les *matukach* de l'histoire des Indiens. Qu'est-ce que les Blancs leur enseignaient d'autre ? Cette pensée le troubla ; qu'adviendrait-il d'eux d'ici seulement vingt ans ? Ils étaient à peine plus d'un millier sur la réserve, encore moins sur celle de Ute Mountain. En resterait-il un qui serait à même de comprendre les coutumes du Peuple ? Daisy Perika était très âgée ; lorsqu'elle serait partie pour le prochain monde, qui parlerait au nain-esprit ? Le fermier se demanda si le *pitukupf* avait parfois conscience de la solitude. Gorman, lui, la ressentait chaque jour que Benita passait à l'université de Fort Lewis ; une autre raison pour venir voir son troupeau et s'arrêter chez Daisy.

Il serra le frein à main, bourra sa pipe en bruyère d'une

pincée de l'odorant Prince Albert puis l'enflamma. Il aspira longuement, rapprocha les lèvres pour chasser une bouffée de fumée grise en direction du pare-brise.

Benita adopta son expression sévère ; de petites rides froncèrent son front.

— Tu devrais arrêter de fumer.

Inconsciemment, elle imitait le ton qu'avait employé sa mère.

— J'essaie de me réhabituer à la pipe, c'est pas aussi mauvais que les cigarettes. Enfin bon, ajouta-t-il d'un air vertueux, je n'empale pas.

Depuis quelque temps, il éprouvait des difficultés à trouver le mot exact.

— Tu n'*inhales* pas, le corrigea-t-elle affectueusement.

— C'est pour ça, poursuivit son père, que ça me fait pas de mal.

Il rejeta la fumée qu'il avait aspirée tout au fond de ses poumons. Benita étudia son profil ; quand elle n'était pas là pour le surveiller, est-ce qu'il se roulait une nouvelle cigarette toutes les dix minutes ?

Gorman réfléchissait à toutes les choses qui pouvaient susciter sa reconnaissance, quand il entendit le bruit. Il se situait quelque part entre hululement et hurlement et provenait du sommet de la falaise qui dominait le canyon. Était-ce un cougar... ou une espèce animale totalement différente ? Le fermier posa sa pipe sur le tableau de bord et s'empara de la vieille carabine trente-trente accrochée au râtelier, au-dessus de la vitre arrière.

— Ne bouge pas de là, ordonna-t-il.

Il ne serait pas venu à l'esprit de sa fille de contester ce commandement solennel. Gorman se laissa glisser à bas du siège et planta ses grands pieds dans le sable. Il essaya de se remémorer une prière. Quand il était jeune, il avait appris par cœur une demi-douzaine de celles qui figuraient dans le tout petit livre noir trouvé dans le sac-médecine de son oncle. Sa mémoire défaillait ; il se répéta avec ferveur la seule et unique dont il avait gardé le souvenir. Il murmurait « ...délivre-nous du mal, » tout en s'avançant vers le bouquet de pins pignons. Il leva les yeux vers le rebord de la mesa, à plus de trente mètres au-dessus du fond du canyon. « Car c'est à toi qu'appartiennent le règne, la puissance et la gloire... » Le vieil homme ne distinguait rien d'anormal sur la corniche, mais il sentait bien que s'y trouvait une présence. Qui l'observait. « ... pour les siècles des siècles. » Il grinça des dents et actionna le levier d'armement de la carabine. « Amen », grogna-t-il.

À l'angle de son champ de vision, il lui sembla apercevoir quelque chose qui se rapprochait de lui, au bord de la falaise. Ce pouvait être son imagination. Probablement quelque chose d'ordinaire, un coyote ou un *uru-ci* errant ; il y avait quantité de fantômes en ce lieu. Il progressa le long du chemin à travers la sauge. Il y avait des bouses fraîches sur le sol, à côté d'un chêne blanc de l'Utah, et d'autres traces indiquant que les Herefords avaient dormi dans le bouquet de pins pignons. Il se rapprocha encore de la paroi du canyon, écartant les plumets apaches à peine fleuris. Ici planait une odeur qui imprégnait l'air vif du matin. Celle du sang. Du sang fraîchement répandu. Gorman posa le doigt sur la détente et s'avança face à la brise légère qui soufflait vers l'entrée du *Cañon del Espiritu.* Il vit la carcasse au moment où il contournait la face trapue d'un pilier de grès. Le grand animal gisait sur le flanc, les pattes tendues, rigides, et son ventre commençait à gonfler à cause des gaz.

— Non, non, pria-t-il. Je t'en supplie, Seigneur, fais que ce ne soit pas mon taureau.

Il s'immobilisa, ferma les yeux, espérant que cette épouvantable vision allait disparaître.

— Seigneur, écoute-moi. Je peux me passer d'une vache ou d'un bœuf, mais j'ai besoin de mon taureau !

Il ouvrit les yeux. L'animal était toujours là. Lorsqu'il s'obligea à s'approcher suffisamment pour examiner la carcasse, ses pieds lui semblèrent peser des tonnes.

C'était bien le taureau. Ce qui avait été le taureau. La bouche était ouverte, la langue pendait comme si l'animal avait poussé un meuglement. Les oreilles avaient été coupées. Il y avait quelque chose d'horriblement familier dans cette façon de procéder. Oui. Le wapiti mâle trouvé sur la chaîne des Never Summer. Les jambes de Gorman vacillèrent sous lui ; il se força à s'avancer tout près du cadavre, il se servit de la carabine comme d'un bâton afin de prendre appui tandis qu'il s'accroupissait pour découvrir l'horreur finale. Avant de regarder, il était pratiquement certain de ce qu'il allait voir. Il ouvrit les yeux puis les referma et jura. Le boucher avait également prélevé les testicules du taureau !

Un hurlement plaintif retentit au sommet de la mesa. Gorman pivota sur lui-même, cala fermement le fût de la carabine contre son épaule et tira dans la direction du bruit.

— Saloperie !

Il réarma, tira encore. Et encore. Les détonations se répercutèrent sur les parois rocheuses, d'un côté à l'autre du canyon, jusqu'à ce que les sons se dissipent dans les brumes matinales. Puis régna le silence absolu. Il s'accroupit à côté de l'animal mort, appuya sa vieille carabine contre un chicot de genévrier. Et pleura.

Daisy Perika faisait frire une épaisse tranche de jambon dans sa poêle en fonte quand elle entendit l'écho étouffé de lointains coups de feu. Son cousin tirait-il un cerf en dehors de la saison ? Si oui, elle savait qu'elle aurait droit à sa part. Elle se représenta des tranches de foie avec des oignons coupés en cubes dans la poêle, et cette perspective la fit saliver. Non, plus vraisemblablement, Gorman tirait sur un cougar. Non pas qu'il eût de grandes chances de toucher sa cible ; la cataracte qui envahissait ses yeux abaissait progressivement un rideau laiteux devant son univers.

Quelques minutes plus tôt seulement, elle l'avait entendu pénétrer dans le canyon. Il était impossible de ne pas reconnaître son vieux pick-up GMC ; le tuyau d'échappement branlant cognait contre le châssis quand il bringuebalait dans les ornières de la piste de terre. Même sans cet indice, ce ne pouvait être que lui. Qui d'autre entrait dans le *Cañon del Espiritu* au point du jour ? Puis, dans le silence du matin, elle perçut le bruit du moteur qui redémarrait. Aujourd'hui, il avait abrégé sa visite. Il restait généralement pendant au moins une heure dans le canyon de l'Esprit, à exulter au spectacle de ses vaches bien grasses. Mais... le camion ne cahotait pas sur les bosses du chemin ; quelqu'un qui conduisait beaucoup plus en douceur tenait le volant. Daisy eut un sourire de satisfaction ; Benita était rentrée de l'université de Fort Lewis à Durango. Pour son cousin, la femme-médecine avait déjà posé une assiette supplémentaire sur la table de la cuisine ; elle en ajouta une pour Benita. Gorman s'arrêtait toujours pour lui rendre visite, en sortant du canyon. C'était invariablement la même routine : Daisy lui proposait un petit déjeuner, qu'il refusait. Puis, quand elle l'avait bien supplié, il acceptait à son corps défendant. « Si tu dois continuer à me harceler, disait-il, autant que j'en mange un peu. » Gorman était l'une des constantes de l'existence.

Daisy ouvrit la porte de sa caravane en entendant le pas lourd de l'éleveur sur les marches du perron. Il portait ses bottes de caoutchouc sales ; elle fronça les sourcils en regardant ses grands pieds. Il prit appui sur la balustrade pour les retirer. Daisy s'avança pour serrer Benita dans ses bras.

— Comment vas-tu, petite ?

Les yeux de Benita étaient humides.

— Bien, Tante Daisy.

Gorman était visiblement d'humeur exécrable et Benita bouleversée. Daisy attendit impatiemment d'apprendre ce qu'ils avaient à lui dire. S'il s'agissait d'une dispute familiale, les Sweetwater allaient la garder pour eux. Il serait impoli de s'immiscer dans leurs affaires, mais s'il n'y avait pas moyen de faire autrement, elle le ferait.

Benita remarqua le troisième couvert présent sur la table.

— Mais comment as-tu su que j'allais venir ?

Daisy adopta une expression grave et se toucha la tempe avec l'index.

— J'ai mes moyens à moi de découvrir ce genre de choses.

Elle fut récompensée par une expression de crainte et d'admiration mêlées dans les yeux arrondis de la jeune femme. Il valait mieux garder une marge d'avance sur ces jeunes qui allaient à l'université. Ça leur apprenait à rester à leur place.

Gorman s'assit pesamment à table. Daisy versa du café noir dans sa tasse favorite, celle où apparaissait le lapin Nestlé quand elle était chaude. Benita ne buvait pas de café ; elle disait que ça l'énervait. Les enfants se comportaient de manière tellement étrange, désormais. Gorman trempa ses lèvres pour goûter.

— Vous voulez un petit déjeuner, tous les deux ? Je fais une omelette au fromage et au jambon. J'ai un pot de crème d'érable grâce à mes amis de l'État de New York. Ça va bien avec les biscuits chauds.

Benita posa le regard sur la boîte de saindoux posée sur la planche à biscuits, et elle comprit qu'il s'agissait de biscuits à l'ancienne ; d'un petit mouvement de tête poli, elle repoussa l'offre.

— Merci, Tante Daisy. Je n'ai pas grand appétit, si tôt le matin.

Gorman posa son visage sur ses mains. Quand il parla, ce fut d'une voix rauque :

— Ouray est mort !

Daisy inclina sa tête ronde et leva les sourcils. Avait-il bu de si bon matin ? Qui s'imaginait-il qu'il venait de tuer ?

— Bah, c'est un grand malheur, c'est certain, mais tu devrais avoir surmonté ta douleur, depuis le temps. Le Chef Ouray est mort depuis bien plus de cent ans.

Gorman leva des yeux ronds et scandalisés.

— Bon Dieu, Daisy, pas cet Ouray-*là*. Big Ouray, mon taureau hereford pure race, il est mort !

Les hommes, soupira la vieille femme, étaient tous pareils. Ils adoraient leur pick-up et leurs bêtes. Et ne s'occupaient pas de leur femme. Elle se demanda ce qu'elle pourrait dire pour consoler son cousin.

— Il paraît qu'on ne devrait jamais donner un nom à un animal sauf s'il vit dans la maison.

Ce qui n'entraîna aucune réaction, tandis que Daisy lui versait un filet de café supplémentaire.

— C'est le taureau que tu as acheté en janvier ?

Gorman répondit par un grognement. Benita commença à dire quelque chose puis referma brusquement la bouche.

Daisy adopta un ton plus compréhensif.

— Comment ça s'est passé ?

Ce taureau, avec ses énormes cornes et son caractère mauvais, était une brute dangereuse. Aucun cougar ni aucun ours n'aurait osé venir l'embêter.

— Il a mangé des herbes empoisonnées ?

Gorman fit non de la tête ; il éprouvait le besoin de se clarifier les idées.

— C'est très moche. Quelqu'un l'a mutilé. On lui a prélevé les oreilles et les couilles. Comme le wapiti, sur les Never Summer.

Elle se souvint de l'histoire du cervidé mutilé sur une prairie d'altitude. Certains Utes pensaient que c'était l'œuvre de sorciers. La folle *matukach* de Durango affirmait à cor et à cri que les coupables étaient de petits hommes portant des vêtements argentés (avec de longs bras simiesques !) qui étaient venus des étoiles dans des vaisseaux volants ressemblant à d'énormes cigares. Mais personne ne savait vraiment ce qui était arrivé au malheureux animal.

Daisy s'assit à côté de Gorman et lui tapota l'épaule d'un geste maternel. Déjà quand ils étaient tout petits, elle avait toujours essayé de veiller sur son cousin dégingandé. Il était comme un frère.

— Un Ute ne ferait pas une chose pareille, avança-t-elle. On dirait l'œuvre d'un *matukach* fou. Il y en a qui sont pleins de superstitions ; qui sait pourquoi ils agissent de la sorte ?

Daisy remarqua le sourire de Benita et en fut intriguée. Qui pouvait comprendre les jeunes ? Peut-être avait-elle passé trop de temps avec les professeurs *matukach*, à apprendre un tas de fadaises.

Gorman se frotta les yeux à l'aide d'un bandana rouge et sale :

— Je ne sais pas. Des Blancs dans le canyon ? Ça s'est passé tard dans la nuit, Big Ouray était encore chaud. (Il jeta un regard par la fenêtre.) Le seul endroit pour entrer dans le canyon de l'Esprit, c'est juste devant chez toi... T'aurais bien remarqué, si quelqu'un avait remonté la piste ?

— Je n'ai pas entendu de voiture ni de camion, fit Daisy qui cherchait une réponse. Ton animal est peut-être tombé malade, et il est mort ; les coyotes mangent ce qu'il y a de plus facile à attraper, comme la langue, les parties et...

— Big Ouray avait encore sa langue, et les coyotes ne mangent pas les oreilles, objecta-t-il en la dévisageant avec curiosité. J'ai entendu quelque chose. Comme un hurlement.

Il fit tourner le café dans sa tasse avant de poursuivre :

— Tu ne crois pas... que ce petit homme qui vit dans le canyon pourrait ne pas être étranger à ça ?

La question embarrassa Benita, mais Gorman s'en moquait totalement.

Daisy secoua la tête pour rejeter cette supposition dérangeante. Le *pitukupf* ? Non. Le nain ne mutilerait jamais un animal. Le front de la chamane se creusa. En était-elle certaine ?

— Papa, déclara Benita d'une voix ferme, un *pitukupf*, ça n'existe pas, ce n'est rien d'autre qu'un vieux mythe tribal, comme le Bébé-des-Eaux.

Les propos de la jeune femme furent ostensiblement ignorés par ses aînés.

Gorman enfonça sa pipe en bruyère entre ses dents. Il regarda par la fenêtre de la cuisine jusque dans la bouche béante du grand canyon.

— Ce nain... il a tué mon meilleur cheval il y a quelques années de ça.

— C'était différent, rétorqua vivement Daisy. C'était ta faute à toi. Tu n'aurais pas dû l'entraver aussi près de la demeure du petit homme. Tu sais qu'il n'aime pas ça. (Elle se leva, ouvrit un sac de farine.) De toute façon, je dépose du tabac à côté de chez lui à chaque nouvelle lune. Il ne ferait jamais rien de méchant contre moi. Ni contre mes proches.

Elle ajusta la flamme du propane sous la cafetière et lança un regard en coin à Gorman :

— Sur quoi tu as tiré ?

— Sur rien, dit-il. Des ombres.

— Gorman le grand chasseur, se moqua-t-elle ; apporte-moi un peu de viande d'ombre, la prochaine fois, je te ferai un petit déjeuner d'ombre.

Il ne releva pas les sarcasmes de l'insupportable vieille femme.

— Je suis dans un sacré pétrin. Big Ouray était un Hereford pure race. Il valait douze cents dollars. Et il n'est qu'à moitié payé. J'en avais besoin pour agrandir mon troupeau, commencer à vendre des animaux de race au lieu de vendre de la viande à hamburger. (Il se frappa la poitrine du poing.) Je n'en peux plus. (Sa voix prit un ton pitoyable.) Je suis un vieillard, je ne vais plus passer beaucoup d'hivers en ce monde.

Il regarda sa fille pour voir si elle comprenait la gravité de cette déclaration, puis se tourna vers Daisy qui s'activait dans la petite cuisine.

— Je m'attends, reprit-il, à ce que mon cœur s'arrête brusquement de battre par une nuit bien sombre. C'est dans la famille. Tu connais ma cousine au troisième degré... Sally Bitter Horse, qui habite avec sa mère, à Hondo Fork ?

Daisy consacrait la majeure partie de son attention à un saladier où elle préparait sa pâte : elle y ajouta une mesure de babeurre, deux gros blocs de saindoux et une pincée de sel.

— Oui, bien sûr. Sally travaille à l'école secondaire, là-bas.

— Madame Bitter Horse enseigne les mathématiques et la musique, précisa Benita.

— Eh bien, poursuivit Gorman, Sally, à ce qu'on m'a dit, elle apprenait de l'algèbre à ses mômes quand elle a eu une attaque due à une de ces cor... euh... corollaires, et elle a bien failli en mourir, sacré nom.

Benita soupira.

— Une *coronaire*, papa.

Il adressa un regard à sa fille, se demandant pourquoi elle répétait exactement ce qu'il venait de dire. Peut-être qu'elle devenait un peu sourde, comme l'avait été sa mère. Il se tourna vers elle et haussa un peu le ton :

— Et je pourrais bien en avoir une aussi, de ces corollaires.

Et alors (acheva-t-il en la montrant avec le tuyau de sa pipe), tu serais oriphine.

Cette image fit monter une larme à ses yeux.

Benita se pencha pour l'embrasser sur la joue.

— Ça fait vingt ans que papa se plaint de son cœur. Mais le médecin de la clinique dit qu'il est en bonne santé pour son âge.

Gorman émit un grognement.

— *Pfffft.* Le *matukach* aux yeux bleus de Robe Island. (Il tira fort sur sa pipe.) Qu'est-ce qu'il en sait ?

— Tu ferais bien de passer au poste de la police tribale, lui conseilla Daisy. Va voir mon neveu, parle-lui de ton animal qui est mort.

Elle ajouta du saindoux à sa pâte :

— C'est lui qui est responsable pendant que le chef Severo est absent, et, compléta-t-elle avec une fierté tranquille, Charlie Moon prend toujours grand soin de sa famille.

Benita hocha énergiquement la tête ; la vivacité peinte sur son visage indiquait clairement qu'elle jugeait ce conseil excellent.

— Après que j'aurai appelé le véto, j'irai discuter avec ton neveu, le gros caïd de la police.

La vieille femme tourna le dos à ce qu'elle préparait pour étudier son cousin.

— Il est pas un petit peu tard pour appeler le docteur des animaux ?

— Avant de remplir les formulaires pour l'assurance, le docteur Schaid est tenu d'examiner la carcasse, précisa Benita.

Elle l'avait déjà expliqué à son père.

Daisy trouva son rouleau à pâtisserie ; elle écrasa la pâte sur une planche d'érable polie jusqu'à ce qu'elle ne soit pas plus épaisse que son pouce.

— Ah bon. Tu es assuré pour ce taureau ?

Elle était surprise que Gorman ait fait preuve d'une telle prévoyance.

Il vida son café et rota.

— Bien sûr. Éleveur, c'est une perfection comme n'importe quelle autre.

C'était Benita qui l'avait harcelé jusqu'à ce qu'il prenne cette assurance. Daisy reprit :

— Vu que tu leur donnes des noms à tous, je me suis dit que tu les considérais comme des animaux familiers. (Elle avait un large sourire mais Gorman resta de marbre.) Qui est-ce qui t'a assuré ?

Gorman baissa le nez et elle sut aussitôt.

— Pas Arlo Nightbird...

Il évita son regard perçant.

— C'est lui le moins cher.

Daisy adressa un clin d'œil à la jeune fille.

— Tu connais l'expression des *matukach* : « tu en auras pour ton argent ». Enfin bon, je n'ai jamais connu quelqu'un de plus radin que toi, à l'exception de mon deuxième mari. (Elle se signa à la hâte.) Dieu ait pitié de sa malheureuse âme.

Benita se mit au diapason.

— Papa ne jette jamais rien. Mon professeur d'histoire, elle dit que les gens qui ont grandi pendant la Grande Dépression de 1929...

— Ce qui est fait est fait, l'interrompit Gorman. J'ai pas besoin que vous me fassiez la morale, pas plus l'une que l'autre.

Il jugea préférable de changer de sujet :

— Vous avez entendu parler des plans qu'il a, Arlo Nightbird, pour le canyon ?

— J'écoute pas les bruits qui courent, répliqua Daisy qui fouilla dans un tiroir de rangement jusqu'à ce qu'elle ait trouvé la boîte de soupe au rebord en saillie. Si tu écoutes toutes ces histoires qu'on raconte dans la tribu, tu risques d'entendre quelque chose qui t'empêchera de fermer l'œil la nuit.

La vieille femme, qui attendait impatiemment d'être mise au courant de ces rumeurs, se servit de la boîte de soupe pour découper sa pâte à biscuits en disques réguliers.

— C'est pas juste des racontars, annonça Gorman. La

Commission du développement économique travaille sur un projet avec le gouvernement fédéral. Ils veulent mettre je sais pas quelles ordures dans le *Cañon del Espiritu.*

— Des ordures ? Dans le canyon ? (Elle lui remplit sa tasse.) Ils ne feraient jamais ça.

— Ce ne sont pas exactement des ordures, intervint Benita visiblement fière de son savoir, ce sont... euh... des déchets. Des déchets radioactifs qui proviennent des centrales nucléaires.

Daisy s'immobilisa. Elle regardait son four maculé de graisse mais ne semblait pas le voir.

— Pourquoi la tribu voudrait-elle faire une chose pareille... dans mon canyon ?

Elle glissa le plateau de biscuits dans le four qu'elle avait préchauffé, puis alluma un brûleur avec un briquet à gaz.

— Ce n'est pas si grave que ça, assura Benita. Ils placent des éléments de matière nucléaire irradiés dans de grands réservoirs d'eau métalliques, et après ils mettent des dalles de béton sur les réservoirs. L'eau et le béton arrêtent les radiations. Tu pourrais dormir juste à côté durant ta vie entière, sans aucun problème.

Elle regarda l'expression de doute envahir les traits de ses aînés et ajouta :

— Ça ne devrait présenter aucun danger pour notre bétail.

Son père la regarda attentivement.

— Qu'est-ce que tu as dit que c'était, ce truc ?

Benita articula lentement les mots :

— Des éléments... de matière... nucléaire.

Le vieil homme ajouta une pincée de tabac dans le fourneau de sa pipe qu'il ralluma.

— Si ces filaments nuquelaires sont si sûrs, bon sang de bois, pourquoi ils les gardent pas là où ils sont déjà ?

Benita ouvrit la bouche pour répondre, lut l'expression combative sur le visage de son père et changea d'avis.

— Ce qu'il vous faut, à tous les deux, c'est un petit déjeuner, intervint rapidement Daisy.

Avec la facilité que mettent certains hommes à enfiler un

manteau, Gorman afficha une tristesse soigneusement choisie pour engendrer la compassion.

— Je sais pas si je peux manger. Ce que j'ai vu dans ce canyon m'a quasiment coupé l'appétif.

Il posa un regard sur la poêle en fonte noire et huma avec espoir l'arôme irrésistible du pavé de jambon qui nageait dans la graisse crépitante.

Daisy joua son jeu.

— J'ai fait assez d'omelette au fromage pour nous trois. Et il y a cette grosse tranche de jambon séché dans le sucre. Et des biscuits chauds à la crème d'érable.

Elle s'interrompit un instant pour lui donner le temps de réfléchir :

— Mais je suppose qu'il vaudrait mieux que tu rentres chez toi manger de la bouillie d'avoine. Il paraît que c'est bon pour le transit intestinal des hommes. Le fromage et les œufs, ça pourrait te bloquer la tuyauterie.

Gorman eut un soupir :

— Écoute, si tu dois continuer à me harceler comme ça, je suppose que je ferais aussi bien d'avaler une bouchée.

— Tu as peut-être des céréales ? suggéra Benita.

— J'ai du jambon et j'ai des œufs, répliqua Daisy d'un ton vif.

Ce qui signifiait, *c'est à prendre ou à laisser.*

4

Charlie Moon, une demi-tasse de café à la main, se tenait à l'extérieur du poste de police. Loin du crachotement des ondes courtes de la radio, de la sonnerie incessante des téléphones, des gémissements protestataires d'un prisonnier ivre répétant inlassablement qu'il était quelqu'un de très important à Denver et « sacrément ami avec le gouverneur ». Moon respira l'âcre senteur des pins dans l'atmosphère ; il observa la demi-douzaine de corbeaux qui planaient en décrivant un vaste arc de cercle dans le ciel pâle du matin. Comment un Ute pourrait-il jamais quitter ce lieu ? Mais beaucoup de gens du Peuple l'avaient fait.

Avant de le voir, il entendit le pick-up de Gorman Sweetwater passer devant le Sky Ute Motel et tourner au coin de radio KSUT. Dans une embardée, le vieux GMC s'engagea sur le parking du quartier général de la police tribale. Le policier n'était pas particulièrement heureux de voir le petit camion de Gorman, jusqu'à ce qu'il remarque Benita assise à côté de son père. Ainsi, elle était revenue de l'université pour l'été. Cela faisait deux ans qu'il voulait lui parler. Il avait imaginé une douzaine de manières ingénieuses de lui faire savoir qu'elle était toujours présente à ses pensées, mais il ne savait jamais exactement quoi dire à cette jolie fille. Lorsqu'elle était là, il se retrouvait finalement toujours à jouer le rôle d'un oncle.

Le grand policier s'appuya à la portière et grimaça un sourire au rancher.

— Gorman, tu n'as toujours pas fait réparer ton tuyau d'échappement. Pire encore, tu t'es garé sur l'emplacement de Homer Tonompicket.

L'éleveur émit un bruit de mépris.

— Mon tuyau d'échappement, je m'en inquiéterai quand il tombera, et le garde-chasse, tu peux lui pisser dessus si ça t'amuse.

Moon toucha le rebord de son chapeau.

— Bonjour, Benita. C'est une chance que tu aies hérité du caractère doux et agréable de ta mère.

Il avait envie d'ajouter « et de sa beauté », mais les mots restèrent coincés dans sa gorge.

Elle sourit et lança un regard incertain en direction de son père. Charlie Moon était le meilleur parti de la réserve Peut-être de tout le Colorado.

— Elle avance, Charlie, ta nouvelle maison ?

Peut-être allait-il lui proposer de venir la voir.

Le policier évita le regard soupçonneux du vieil homme ; il repoussa le gravier du bout du pied.

— Il reste encore beaucoup de travail à faire.

Peut-être devrait-il l'inviter à venir la voir. Mais si elle ne venait pas ? Il emplit ses poumons d'air.

— Un jour, peut-être, si tu as du temps à perdre...

Elle était sur le point d'accepter cette invitation inachevée quand son père s'interposa.

— J'ai des ennuis.

Le policier se recula pendant que Gorman sortait de la voiture.

— Quel genre d'ennuis ?

— Le mauvais genre. Y a quelque chose ou quelqu'un qu'a tué Big Ouray.

Le policier réfléchit sérieusement et n'aboutit à rien.

— Qui est Big Ouray ?

— Mon taureau hereford pure race, bon Dieu. Et viens pas me dire que je devrais pas donner un nom à mes bêtes. C'est mon bétail et j'ai foutrement le droit de...

— Eh là, t'emballe pas.

Avec sa tasse, Moon lui indiqua le poste de police :

— Entrons boire une tasse de café. Tu pourras me raconter tout ça.

Gorman perdait une bête par an environ et chaque fois il agitait les bras en tous sens, criant jusqu'à avoir la voix rauque.

— J'ai plus besoin de café. On vient de prendre le petit déjeuner chez ta tante Daisy. Elle m'oblige à avaler sa cuisine grasse chaque fois que je m'arrête chez elle ; je vais rien pouvoir avaler avant ce soir. Tous ces œufs et cette viande de porc, ça va me valoir (il se frappa la poitrine)... une de ces cor-euh... cor-oll... euh... colorations.

— Eh bien, déclara Moon avec un grand sérieux, ça vaudra le coup d'œil. Je suppose que toute la tribu et la moitié de la ville se déplaceront pour voir ça.

Benita plaqua sa main sur sa bouche pour réprimer son rire. Gorman inclina la tête de côté et observa le policier avec curiosité. Charlie Moon avait la réputation d'être très intelligent, mais, bon Dieu, parfois il disait des choses qui n'avaient strictement aucun sens.

— Qu'est-ce que tu vas faire, rapport à mon taureau ?

Moon adopta son ton officiel.

— Raconte-moi ce qui s'est passé.

Benita les regardait à travers le pare-brise. Elle adressa un clin d'œil à peine perceptible à Moon ; lequel inclina timidement la tête.

Le vieil homme enfonça les mains dans les poches de sa salopette.

— Pas grand-chose à dire. Big Ouray était mort quand je suis arrivé là-bas ce matin, pratiquement au lever du soleil. Il avait plus ni oreilles ni couilles.

Moon sentit les poils se hérisser sur sa nuque.

— Et, se hâta d'ajouter Gorman, viens pas me dire que c'était les coyotes ; c'était pas les coyotes... c'est quelqu'un qu'a fait ça avec un couteau. (Il posa un regard lugubre vers l'endroit où se lève le soleil.) Un couteau aiguisé comme un rasoir.

— Tu as vu des traces ?

Moon connaissait d'avance la réponse.

— Pas de traces, répondit Gorman en baissant la voix presque dans un murmure. J'ai entendu un bruit, n'empêche, qui venait du sommet de la mesa. Comme un... un gémissement.

Inutile de préciser qu'il avait tiré dans cette direction, ça ne ferait que lui amener une sévère réprimande sur le danger que représentent les armes à feu.

Moon hocha la tête. Gorman avait vraisemblablement entendu un cougar. Peut-être.

— Et le reste de tes bêtes, elles vont bien ?

— Je les ai pas trouvées. Je suppose qu'elles se planquent dans ces petites ravines qu'il y a, plus haut dans le canyon, fit-il en regardant son interlocuteur avec un froncement de sourcils. Ce qu'il y a de sûr c'est que je peux foutrement pas me permettre de perdre d'autres animaux, alors tu ferais bien de faire en sorte que ça se reproduise pas ! En attendant, je vais aller voir Arlo et remplir une demande de remboursement pour mon taureau. Ce Hereford (Gorman eut un soupir d'amer regret), il m'a coûté un bon paquet.

— C'est Arlo Nightbird qui a établi la police d'assurance sur ton animal ?

La voix de Moon était juste assez critique pour irriter le rancher.

— Exactement, mordit-il, et les remarques impertinentes sur chez qui je m'assure, tu peux te les garder. J'en ai déjà eu la tête pleine avec Daisy. Elle pense que je devrais aller jusqu'à Durango pour m'assurer dans une de ces agences *matukach* qu'ils ont là-bas.

D'un ton vertueux, il ajouta :

— Arlo, c'est pas un saint, mais il fait partie du Peuple et le plus que je peux, j'essaye de faire travailler ceux du Peuple.

Moon leva les mains comme pour se défendre.

— Hé, tu veux traiter avec Arlo, moi ça me fait ni chaud ni froid.

Gorman pointa le doigt sur la poitrine de Moon.

— Je m'occupe de mon travail ; toi, occupe-toi de ton travail de policier.

— Je vais aller au canyon de l'Esprit voir comment ça se présente, affirma Moon en posant à la dérobée par-dessus le chapeau défoncé de Gorman un rapide regard sur Benita. Après, je rédigerai mon rapport.

Il attendit la réponse prévisible.

— Ça, c'est vraiment épatant ! Un rapport. Ça va me faire un bien fou, ça, putain !

Benita adressa à Moon un sourire d'excuses ; Gorman claqua sa portière et partit en première dans un rugissement de moteur, son tuyau d'échappement ballotant au bout d'un unique crochet rouillé.

Moon regarda le véhicule disparaître.

— Tout le plaisir est pour nous, fit-il en agitant la main en signe d'au revoir. Nous sommes à ta disposition !

Tôt ou tard, Benita viendrait en ville sans son père acariâtre. Alors, se promit-il, il s'arrangerait pour être au même endroit qu'elle. Et alors (il expédia un coup de pied dans un caillou), alors, une fois de plus, il ne parviendrait probablement pas à prononcer une parole.

À la demande instante de Benita, Gorman Sweetwater fit tomber un peu de la boue qui avait séché sur ses bottes avant de pousser la porte vitrée sous le panneau qui indiquait : CABINET D'ASSURANCES NIGHTBIRD. Herb Ecker était assis derrière un bureau en mauvais état où il inscrivait avec grand soin des mots, à l'encre, dans un carnet relié. Gorman attendit avec impatience tandis que le jeune homme fermait les yeux et répétait les mots à voix haute :

— Je danse la danse des Anciens.

Gorman frotta ses pieds sur le sol pour annoncer sa présence, mais Herb perdu dans sa rêverie, poursuivit :

— Je danse la danse du souvenir.

Gorman se racla la gorge.

— Tu ferais mieux d'oublier la danse, gamin, et de t'occuper de ton travail.

L'employé de l'agence se leva d'un bond, comme projeté en l'air par des ressorts comprimés.

— Bonne journée, monsieur Sweetwater, en quoi puis-je vous être utile ?

Herb posa un regard rempli d'espoir sur Benita qui lui répondit par un sourire éblouissant. Le jeune homme regarda par terre, ses cheveux blonds lui tombant sur le front comme un balai à franges.

Benita étouffa un petit rire. Elle adorait les yeux bleus du garçon.

— Comment tu vas, Herbie ?

Ecker rougit.

— Je vais très bien...

Il eut un regard incertain pour le vieil éleveur, puis pour sa fille.

— ... Merci.

— Tes cheveux sont beaucoup plus beaux depuis que tu les laisses pousser. Tu écris de la poésie ?

L'étudiant, qui était venu dans le cadre d'un échange, était presque chauve à son arrivée à Ignacio. Il commença à répondre puis hésita quand il vit l'expression sombre qui gagnait les traits du rancher.

Gorman fusilla le jeune homme du regard, puis se tourna d'un air furieux vers sa fille.

— Vous vous connaissez, tous les deux ?

La question avait un indubitable accent d'accusation.

— Bien sûr, papa. Herbie était dans deux de mes cours, l'an dernier. C'est l'un des étudiants les plus brillants de l'université de Fort Lewis. (Elle regarda le jeune homme avec un sourire radieux.) Le semestre prochain, Herbie entre en troisième cycle à l'université du Nouveau-Mexique.

Ecker devint encore plus cramoisi. Il semblait sur le point de s'excuser d'avoir fréquenté le même cours que Benita.

Gorman fit un bruit désobligeant.

— L'université du Nouveau-Mexique, hein ?

— Oui, monsieur, répondit Ecker avec un soupçon de confiance en lui. En anthropologie.

L'éleveur eut un froncement de sourcils soupçonneux à l'égard du jeune homme. Il avait décrété que Herb était bien trop mignon pour être un garçon, et cela le rendait nerveux.

Il se demandait si ce petit jeune aimait vraiment les filles. La rumeur prétendait qu'il portait un intérêt malsain à son patron. Certains Utes se référaient par plaisanterie à Herb Ecker comme étant « l'ombre de Nightbird ». Mais le moment était venu de parler affaires.

— Mon taureau, dit-il en s'éclaircissant la gorge, il est mort.

Herb leva les sourcils dans une expression d'incompréhension.

— Votre taureau... vous dites qu'il est mort ?

Son accent germanique bien particulier agaçait Gorman qui se défiait de presque tout le monde. Surtout des étrangers.

— Ouais, mort, fit-il en se penchant de manière menaçante. C'est ce qui arrive quand on s'endort et qu'on se réveille plus. (Il fut déçu lorsque le jeune homme ne parut pas se sentir insulté.) Tu devrais te souvenir de lui : Big Ouray. Hereford pure race. C'est toi qui m'as vendu la police d'assurance, tu es même venu là-bas pour prendre des photos de mes animaux.

Herb hocha la tête et eut un sourire poli.

— Bien sûr. Je m'en souviens parfaitement maintenant. Je suis vraiment désolé de la perte que vous avez subie, monsieur Sweetwater.

Herb serra ses mains à la manière d'un entrepreneur de pompes funèbres qui console les parents d'un défunt. Le jeune homme blond était passé de travail en travail pour gagner ses frais de scolarité et une maigre pitance. Il avait donné des cours particuliers en allemand et en mathématiques, avait été l'assistant du docteur Schaid, le vétérinaire, et maintenant il plaçait des assurances. Peut-être, pensa Gorman, avait-il effectué un stage dans un salon funéraire.

Tout à coup, l'éleveur perdit tout intérêt à tourmenter cet étranger à la pâleur maladive ; il était pressé d'en finir avec cette histoire et de partir.

— Je suis ici pour mon remboursement.

— Certainement. Ce n'est pas moi qui me charge de cet aspect des activités de l'agence, vous le comprendrez. Moi, je vends les polices d'assurance. C'est monsieur Nightbird qui instruit les déclarations de sinistres.

Cela ressemblait fort à des salades.

— Ah, c'est Arlo qui fait ça ? Moi, je croyais qu'il passait tout son temps à échafauder des gros marchés juteux pour le compte de la tribu. Où il est, bordel, ce petit escroc ?

Herb eut un regard inquiet vers une porte fermée.

— Monsieur Nightbird est occupé. Je lui dirai que vous...

Gorman se dirigea vers la porte d'un pas décidé.

— C'est tout de suite, qu'il va me recevoir. Benita, tu m'attends ici.

Herb appuyait frénétiquement sur le bouton de l'interphone quand Gorman fit irruption dans le bureau d'Arlo Nightbird.

Les bottes en cuir d'autruche immaculées d'Arlo étaient posées sur son bureau. Il regardait une vidéo pornographique tandis que, entre deux bouffées d'un énorme cigare, il tétait une flasque en argent remplie d'un bourbon coûteux. Il appuya sur le bouton pause de la télécommande et tourna un regard de colère sur son visiteur.

— Tu ne sais pas lire l'anglais, Gorman ? Y a marqué PRIVÉ sur la porte, et c'est exactement ce que ça veut dire, bon Dieu.

Gorman eut un mouvement de tête vers les sihouettes nues sur l'écran de télévision.

— À en juger d'après ce que je vois *là*, ça devrait plutôt être PARTIES PRIVÉES.

Arlo eut l'air furieux et pointa son cigare vers les pieds de Gorman.

— Et tes bottes, tes saloperies de grosses bottes en caoutchouc ! Qu'est-ce que t'as fait ? Traversé la rivière à pied ? Tu fiches de la boue partout sur mon tapis tout neuf !

Gorman laissa tomber sa maigre ossature dans un fauteuil et ôta son chapeau, révélant de longues mèches grises rebelles. Il se gratta le crâne.

— Mon taureau. Big Ouray. Il est mort cette nuit.

— Eh bien, vrai, Gorman, ça me fend le cœur. (Arlo éteignit le téléviseur.) Il va falloir qu'on réunisse plusieurs Irlandais pour organiser une veillée funèbre. On pourrait peut-être inviter quelques vaches, parmi celles qu'ont été montées par ton bestiau.

Arlo frotta la turquoise qu'il portait au lobe de l'oreille gauche et attendit une réponse qui ne vint pas. Le silence de Gorman l'agaça :

— Qu'est-ce que tu veux que ça me foute, que ta saleté de taureau ait crevé ? Va le dire au corbeau qui te sert de prêtre. C'est pas mes affaires.

— N'insulte pas le Père Raes. Et si, justement, c'est tes affaires. Je suis ici pour une demande de remboursement.

Arlo ouvrit de grands yeux.

— Tu te fous de moi ! On a établi une police d'assurance sur tes saloperies de bêtes ? J'y crois pas.

— T'as intérêt à y croire.

Gorman jeta une enveloppe bleue tout abîmée sur le bureau en chêne.

Arlo l'ouvrit, parcourut la police d'assurance d'un œil soupçonneux, puis beugla :

— Ecker, c'est toi qui lui as rédigé une police sur ses vaches atteintes de scoliose, à ce gros trou du cul ?

Herb fit son apparition à la porte du bureau.

— Oui, c'est moi, monsieur Nightbird.

Celui-ci marmonna en direction de Gorman :

— Ces putains d'Européens, ils ont fait que nous apporter des emmerdes depuis que le dénommé Christophe a touché terre avec sa chaloupe.

Il se prit la tête dans les mains et gémit :

— Mais pourquoi il a fallu que j'aille engager un étranger ?

Gorman imita cet air supérieur qu'il avait souvent vu sur le visage de sa fille depuis qu'elle étudiait à l'université.

— Sans doute parce qu'il demandait pas beaucoup. On n'en a jamais que pour son argent.

Arlo arrachait presque littéralement la turquoise de son oreille.

— Putain, je sens les brûlures d'estomac qui arrivent !

Une lueur d'espoir se dessina sur ses traits :

— Elle est payée, l'assurance ?

Ecker s'avança d'un pas quelque peu hésitant ; il présenta à son patron une feuille d'imprimante pliée qu'il sortit d'un dossier de rangement.

— Oui, monsieur. En vigueur jusqu'à décembre prochain, pour vingt-quatre bêtes.

Arlo scrutait le document imprimé sans paraître comprendre ; Gorman observait son visage qui lui rappela une fouine.

— Comment on le sait, que l'assurance concernait ton taureau ? fit Arlo en jetant un œil de côté sur Gorman. T'as deux cents vaches, tu n'en as assuré que deux douzaines ?

Herb Ecker présenta une feuille de papier bleu.

— Les photographies et les numéros des boucles d'identification aux oreilles, monsieur Nightbird. (Le jeune homme désigna une photo couleur agraphée à la liste.) Ça, c'est Big Ouray. Numéro d'identification 101.

Arlo posa un regard furieux sur la photographie couleur représentant le taureau, puis déplia la police d'assurance et la lut à travers la partie inférieure de ses lunettes à double foyer.

Gorman affichait un grand sourire. Arlo était coincé ; peut-être allait-il avoir une grave crise de brûlures d'estomac.

L'assureur replia les papiers et les laissa tomber sur son bureau.

— Alors, comment il est mort, ton foutu bestiau ? demanda-t-il d'un ton qu'il s'efforçait de rendre naturel. C'est un chasseur de la ville qui l'a confondu avec un wapiti ?

Ce qui rendrait le contrat nul et non avenu.

— La saison de la chasse au wapiti, signala Gorman, c'est pas avant octobre...

Le rancher sentait le piège ; il baissa les yeux vers ses bottes boueuses et ajouta :

— Big Ouray est raide mort ; c'est tout ce qui compte. Je veux mon fric.

Arlo détecta un point faible.

— Le remboursement n'est valable qu'en cas de décès dû à des causes naturelles. Douleurs intestinales fatales, bêtes frappées par la foudre, grêlons de la taille d'une balle de base-ball, prédateurs, ce genre de choses.

Gorman leva rapidement le regard.

— C'était un préd... un prédabiteur.

— Quel genre de prédateur ? Un lion des montagnes ? Un ours ? (Arlo eut un sourire forcé.) Un cousin américain du yéti ?

— Je sais pas, répondit Gorman, mal à l'aise, en changeant de position sur son fauteuil. La bestiole qu'a fait ça, elle a pas attendu que j'arrive.

Était-ce si sûr ? Le hurlement à vous glacer les sangs, au sommet de la mesa, résonnait encore à ses oreilles.

Arlo mâchonnait son cigare, laissant à Gorman le temps de mijoter un peu.

— Il va falloir que tu avances des preuves. L'inspecteur de la compagnie, il va peut-être penser que c'est toi qui l'as tué, ce taureau. (Il vit les poings de Gorman se crisper.) Allez, t'énerve pas. J'ai pas dit que moi, je croyais que tu essayais d'escroquer la compagnie d'assurances, mais tu sais à quel point les enquêteurs sont capables de pinailler.

— T'as qu'à lui dire que c'était un prédabiteur. Et il paiera.

— D'accord. Dis-moi quel genre d'animal a tué ton taureau.

— J'en suis pas absolument certain.

— Il devait y avoir des traces, des indices. Tu parles d'un Indien que tu fais, Gorman, t'es même pas capable de lire les empreintes...

Le rancher leva sa grande carcasse du fauteuil et se pencha au-dessus du bureau, agitant la main comme s'il menaçait de saisir Arlo à la gorge.

— Tu parles d'un Indien que tu fais, toi, Arlo, à essayer de truander un des membres du Peuple ! Espèce de sale petit escroc, je devrais...

Arlo recula son siège jusqu'à toucher le mur.

— Eh, du calme, j'avais pas l'intention de te foutre en boule, mais je dois faire ça dans les règles. Faire examiner l'animal par Doc Schaid.

— J'ai déjà appelé le véto ; il est en route pour le canyon.

— Si il dit que c'est des causes naturelles, on paiera. Je te le garantis. Tu as la parole d'Arlo Nightbird.

Gorman grimaça.

— Je préférerais avoir une méchante crise d'hémorroïdes.

Arlo ne releva pas l'insulte. Une rumeur prétendait que, dans sa jeunesse, Gorman Sweetwater avait, de ses énormes mains, tué un Apache qui le menaçait d'un couteau. Le cigare tressauta dans la bouche de l'assureur pendant qu'il disait :

— Bordel, Gorman, tu devrais arrêter de faire de l'élevage, de toute façon. Ça gagne pas, ce truc-là, surtout avec les quotas d'importation de viande d'Argentine qui augmentent tous les ans. D'ici peu, quoi qu'il arrive, t'as toutes les chances d'être obligé de les sortir du canyon de l'Esprit, tes sacs à os.

Gorman était abasourdi.

— Comment ça ? J'ai un droit de pâturage à vie dans le *Cañon del Espiritu* ; mon père le détenait, et mon grand-père...

Arlo passa ses pouces dans sa ceinture en peau d'alligator.

— Si tu lisais le *Drum*, tu saurais que je suis le nouveau président de la Commission du développement économique. On va secouer l'arbre à sous du gouvernement fédéral. Ils ont besoin d'un site temporaire pour entreposer les déchets de leurs centrales nucléaires. On va leur proposer de se servir du canyon de l'Esprit. Les réserves indiennes, c'est le truc rêvé ; les pouvoirs locaux, ils ont pas franchement voix au chapitre, pour ce qu'on fait sur nos propres terres.

L'expression dubitative de l'éleveur énerva Arlo.

— Écoute, Gorman, les Goshutes de Skull Valley, en Utah, et les Apaches Mescaleros, au Nouveau-Mexique, ils ont une sacrée avance sur nous, mais je pense qu'on a une bonne chance de les devancer avec le site de notre canyon. Ça fait maintenant des semaines que je travaille sur la phase numéro un de notre proposition ; ça ne concerne que cinquante mille dollars, mais il y a un paquet de fric à se faire pour ceux qui décrocheront l'installation du site au bout du compte.

— J'en ai entendu parler, mais je vois pas pourquoi mon

bétail pourrait pas rester dans le canyon si ces cochonneries nuquelaires sont aussi sûres qu'ils le prétendent.

Arlo but une nouvelle gorgée au goulot de sa petite flasque, se gratta l'entrejambe et rota.

— Les lois fédérales disent qu'on doit maintenir les animaux domestiques et les gens à l'écart du site.

Gorman contempla la circulation qui défilait au-dehors.

— La tribu autoriserait jamais les *matukach* à déposer ces déchets dans le canyon sacré.

— Sacrée connerie, oui. Je vais te le dire, moi, ce qui est sacré. Les billets verts, les deutsche Marks, les yens. (Arlo frotta un index merveilleusement manucuré contre son pouce.) C'est ça qui paie le loyer. Enfin bon, c'est pas comme si ça allait abîmer ce vieux canyon qui sert à rien. À ce qu'on m'a dit, ils vont recouvrir les déchets de suffisamment de béton pour construire une autoroute qu'irait jusqu'au bout du monde, et même plus loin. Et c'est que temporaire. Quand Yucca Mountain sera prêt, ils transféreront tout ça au Nevada.

— Et quand ça aurait lieu, ça ?

Arlo baissa la tête.

— Oh, dans pas très longtemps.

Quinze ans, vingt ans peut-être. Peut-être jamais.

Le rancher se tourna pour partir.

— Fais en sorte que je touche mon fric pour Big Ouray.

Arlo le suivit dans le bureau d'accueil.

— Hé, mais c'est Benita que je vois là ? On peut dire qu'elle a pris des formes.

Gorman vit la concupiscence sur les traits d'Arlo. La journée avait été très dure, et ça en plus, c'en était vraiment trop pour lui. Il pivota sur lui-même, dominant l'autre de toute sa taille.

— T'as intérêt à apprendre à la contrôler et vite, Arlo, avant que quelqu'un te la coupe.

La main de l'éleveur fit un geste tranchant devant son bas ventre.

Louise Marie LaForte, une Canadienne française âgée qui

était entrée pour faire renouveler son assurance incendie, les observait à travers des paupières mi-closes.

— *Oui*, murmura-t-elle à Herb Ecker, un avertissement à prendre au sérieux.

Arlo leva une main en guise d'excuse.

— Hé, je disais ça comme ça...

Ecker tripotait une liasse de documents d'un air gêné ; il évitait de regarder Benita.

Sa fille montrant la voie, le rancher se dirigea vers la porte à grands pas furieux.

Arlo en restait bouche bée.

— Reprends-toi un peu, mon vieux, tout ce que j'ai dit c'est...

Gorman claqua violemment la porte. Le panneau en plastique indiquant les heures d'ouverture du cabinet d'assurances Nightbird se décrocha et tomba bruyamment à terre.

Arlo regarda Ecker replacer le petit écriteau sur la porte.

— Vieux salopard obstiné, marmonna-t-il.

Herb Ecker se racla la gorge ; il s'approcha de son patron.

— Je m'apprête à porter le courrier à la poste. Y a-t-il quelque chose que vous vouliez avant que je parte ?

Arlo agita son cigare dans les airs d'un geste impatient.

— Ouais, espèce de boy-scout, je veux que t'écoutes bien un bon conseil d'ami. Vends des assurances sur les voitures et sur les maisons. Fourgue-leur une assurance-vie chaque fois que l'occasion s'en présente.

Il jeta un coup d'œil en direction de Louise Marie mais ne prit pas la peine de baisser la voix car le premier crétin venu sait bien que les vieux sont à moitié sourds.

— Fiche la trouille à toutes les vieilles mémés pour qu'elles dépensent jusqu'à leur dernier sou en complément d'assurance santé. Mais si tu vends encore un seul contrat sur les stupides bestiaux de je sais pas qui, tu peux te trouver un autre boulot. Je pourrais te remplacer comme ça, là. (Il tenta de faire claquer ses doigts boudinés.) Les vendeurs, on en trouve à dix *cents* la demi-douzaine et c'est encore trop cher payé.

Arlo serra les dents, sectionnant presque son gros cigare, et ajouta :

— Ça te dirait peut-être de retourner chez Doc Schaid et de nettoyer après le passage des animaux, pour un salaire de misère. Il doit aimer les boches, lui.

Le dos de Herb se raidit ; il y eut un instant de défi dans son regard.

— Je ne suis pas Allemand, monsieur Nightbird. Je suis Belge.

Arlo se pencha vers lui, et il agita son doigt sous le nez du jeune homme en le regardant de ses yeux qui ne cillaient pas.

— Ritals, rastaquouères, boches, grenouilles, gronda-t-il, pour moi, c'est du pareil au même, de la racaille de petits Blancs immigrés.

Louise Marie LaForte oublia momentanément qu'elle faisait semblant de ne pas entendre ; le juron qui lui emplissait la bouche franchit ses lèvres pincées. « *Cochon*... immonde porc puant ! »

Arlo tourna lentement la tête et fixa la vieille femme qui plaqua une main minuscule sur sa bouche. Louise Marie eut la certitude qu'elle regretterait un jour cette erreur.

Daisy Perika s'étendit de tout son long sur son lit. Elle imagina ce que le Père Delfino Raes penserait de ce qu'elle s'apprêtait à faire, puis chassa de ses pensées le prêtre catholique de Saint-Ignatius. La vieille femme se détendit quelques minutes, ferma les yeux et se remémora le chant rythmé qui avait déjà des siècles à l'époque où les astronomes du Pharaon croyaient encore que la terre était plate. Dans sa conscience, la pulsation des mots se répéta inlassablement... un chant psalmodié par des femmes en transe qui avaient entendu le murmure de l'Esprit. Après l'avoir perçu, elles avaient utilisé des alènes pointues en arête de poisson pour coudre ensemble les solides peaux de morse. Leurs hommes avaient tendu ces peaux sur des armatures en bouleau pour façonner leurs petits canots résistants. Le Premier Peuple avait psalmodié ces mots au rythme des rames en os de baleine tandis qu'ils propulsaient leurs frêles embarcations à travers les vagues sombres au cœur des montagnes flottantes de glace bleue. Vers une terre qui était rude et accueillante, vieille et neuve. Vers un monde qui, deux cents siècles durant, allait appartenir à leurs fils et à leurs filles. Mais le chant, qui devait traverser mille générations et une vingtaine de langues encore à naître, demeurait tout de fraîcheur et de vitalité.

La femme-médecine entonna alors le psaume sacré de ceux qui avaient entendu la voix urgente de l'Esprit :

L'Etre du Grand Mystère... écoute
c'est lui qui murmure
murmure à nos femmes

Nous voudrions rester ici...
près des tombes de nos pères
dans les bras de nos mères

Mais il nous murmure... écoute
il nous murmure
et nous entendons sa voix

Maintenant à travers les eaux sombres... loin
nous allons à jamais loin
des tombes de nos pères

Sous la face de la lune... vois
nous allons à jamais loin
des bras de nos mères

Ces vents froids nous emportent... au
loin comme des feuilles
comme des feuilles mortes

La gorge de la vieille femme était sèche ; elle s'humecta les lèvres et déglutit. Elle attendit un moment et les mots recommencèrent à couler, comme une eau douce venue d'une source millénaire.

L'Etre du Grand Mystère... écoute
il nous appelle pour sa quête
un dur voyage vers un pays lointain

Vers un autre monde... loin
dans les ténèbres
dans de grandes ténèbres nous allons

Nous voilà devenus... de nouveaux
enfants sans pères
Des nouveaux-nés sans mères

Nous voilà devenus... de vieux
grands-pères de tribus
Des grands-mères de nations

Nous qui étions derniers... vois
Nous voilà devenus
le Premier Peuple.

Et maintenant le chant était achevé. Ses mots murmurés furent remplacés par un battement sourd, en rythme avec les pulsations de son cœur. C'était comme l'appel creux du tambour-médecine lakota, *fump-fump*, cette relique de cuir brut maintenant accrochée au mur de sa cuisine. Depuis la mort de son second mari, il n'y avait plus personne pour frapper le tambour de sa paume, pour aider Daisy à pénétrer dans les confins brumeux du Monde Inférieur. Par nécessité, la chamane s'était entraînée à entendre ce qui devait l'être.

Au fur et à mesure que le battement imaginaire du tambour emplissait sa conscience, elle perdit progressivement toute perception de ce qui l'environnait. Les ombres grises de sa chambre furent remplacées par les bandes familières de lumière colorée et l'odeur entêtante de la terre noire humide, ce sol riche que l'on trouve à l'ombre des troncs de pins pourrissants. Elle se sentait flotter ; puis, sans avertissement, elle tombait. La femme-médecine tendit instinctivement la main à la recherche d'une prise, mais il n'y avait rien de solide dans l'éblouissante succession de lumières fulgurantes. Elle était sous les branches d'immenses ponderosas... puis elle traversait la terre, suivait les racines d'un très vieux genévrier dans le *Cañon del Espiritu.* Son voyage prit fin brusquement, les lumières fulgurantes furent remplacées par un éclairage jaune vacillant. La lueur des flammes. Elle se trouvait en ce lieu dont les autres Utes murmuraient le nom dans les récits échangés autour des feux de camp... la demeure souterraine du *pitukupf.*

Le nain parut surpris de l'irruption soudaine, dans son domaine des profondeurs, de cette créature venue du Monde du Milieu. Il était occupé à recoudre un accroc dans sa chemise verte. Il s'arrêta dans sa tâche domestique, lâcha son alène en os de cervidé dans un pot de grès au fond duquel était peint un lapin rouge bossu. Le petit homme tira sa pipe de sous sa ceinture en cuir de blaireau. Daisy l'observa silencieusement pendant qu'il bourrait de *kinnikinnik* séché le fourneau d'argile ; le nain utilisait la face interne de l'écorce du saule rouge quand il n'avait pas de vrai tabac. Elle devrait se rappeler de lui apporter du Flying Dutchman en cadeau. Il alluma un éclat de pin pignon à l'une des braises rougeoyantes de l'âtre et l'approcha du *kinnikinnik* à l'odeur âcre.

Quand il fut prêt, le *pitukupf* hocha la tête pour indiquer à sa visiteuse qu'elle devait s'asseoir par terre, à côté du feu. Daisy tendit les mains près des braises et en savoura la chaleur ; ses orteils et le bout de ses doigts devenaient toujours horriblement froids lorsqu'elle faisait ces voyages. La vieille femme souhaitait demander au nain s'il avait tué le taureau de Gorman qui possédait une si grande valeur, mais elle hésitait. Si c'était bien lui qui avait tué et castré l'animal, il nierait probablement toute connaissance de cet acte. S'il était innocent du carnage, il pourrait se sentir insulté par l'accusation implicite, et devenir grincheux. Avec cette créature imprévisible, il était important de choisir exactement la bonne approche.

— Ma grand-mère m'a dit, il y a longtemps : « Le puissant *pitukupf* du *Cañon del Espiritu,* il sait tout. »

Ce que sa grand-mère lui avait vraiment dit était autre : « Ce râleur de *pitukupf,* celui qui vit dans le terrier à blaireau du canyon, il *croit* tout savoir. » Mais cette flatterie n'avait pas été vaine.

La petite créature hocha la tête pour exprimer son accord solennel avec cette estimation bien comprise de la connaissance qui était sienne quant à tout sujet d'importance.

— Dites-moi, si vous le savez, poursuivit-elle avec prudence, qui donc a tué le taureau de mon cousin ?

Le nain enfonça sa main dans un petit pot de pierre rempli d'ocre rouge ; il toucha de son pouce osseux le front de Daisy et y déposa une empreinte écarlate. Un œil avec lequel voir. Il murmura à son oreille que le taureau avait reçu une visite maléfique, mais que lui, le *pitukupf*, ne pouvait en l'occurrence aider son amie humaine. La réponse ne se trouvait pas dans le Monde Inférieur, mais attendait la vieille femme dans un autre lieu, beaucoup plus lointain. Elle pourrait s'y rendre si elle y était invitée, mais, continua-t-il avec une certaine amertume, il était à jamais interdit au *pitukupf* de pénétrer dans ce domaine.

Daisy se couvrit les yeux avec la main. Si seulement Nahum Yaciiti était là ; le vieux berger lui expliquerait peut-être comment atteindre cette contrée étrange où l'attendaient les réponses.

— Ah... Nahum, chuchota-t-elle, tout cela est très dur... que dois-je faire ?

D'abord, elle ressentit une impression de vertige, suivie d'une sorte de flottement. Puis une chaleur entra dans son vieux corps, suivie d'un picotement, comme si de nombreuses aiguilles s'enfonçaient dans sa peau. Elle ouvrit les yeux et s'aperçut qu'elle n'était plus dans la maison du nain. D'abord il n'y eut qu'un tourbillon de pâle lumière verte ; elle tomba dans ce maelström et fut emportée comme une feuille prisonnière d'un torrent rapide... jusqu'à ce qu'elle se retrouve sur une large plaine, enfoncée jusqu'aux genoux dans des herbes humides répondant à toutes les descriptions. Il n'y avait pas de chemin ; la rosée éternellement présente sur les plantes mouillait sa robe au fur et à mesure de sa marche. Elle s'émerveilla au spectacle des fleurs magnifiques, orange, lavande et blanches, investies d'abeilles qui volaient à tire d'ailes au milieu des pétales odorants. La terre brune et fertile de la plaine était visible entre les touffes d'herbe, et elle était parsemée de superbes pierres de toutes formes et de toutes couleurs ; elle ramassa des fragments de silex d'un gris moucheté, de quartz rose et de granite piqueté de mica. Ce vaste océan d'herbe semblait s'étendre à l'infini sous un ciel sans nuages dont la lumière ambre ne provenait pas d'un soleil. Il semblait n'y avoir rien d'autre en cet endroit qu'herbes et fleurs sauvages. La chamane s'émerveillait de cette expérience nouvelle, comme cela lui arrivait souvent. Ces voyages étranges la conduisaient-ils vers des lieux réels ? Ou n'étaient-ce que des visites dans de sombres régions de son esprit ? Elle retournait ces pensées dans sa tête quand elle entendit le grondement du tonnerre. Mais non... ce n'était pas le tonnerre.

La silhouette massive du bison apparut sur un petit tertre, ses sabots tirant des étincelles du sol en silex. L'énorme bête fit halte et abaissa le regard vers la femme âgée dont la silhouette était maintenant celle d'une svelte jeune fille.

D'une manière que Daisy ne comprenait pas, le bison lui adressa la parole. Elle ne marqua aucune hésitation devant cette convocation ; la jeune femme courut vers l'animal et sauta sur son échine ample. Elle s'agrippa des deux mains aux touffes de poils rêches de sa crinière hirsute. Elle sentait les immenses muscles rouler sous ses cuisses tandis que Tonnerre-qui-gronde fonçait à travers la plaine herbeuse en direction d'un bois sombre. Parvenu à destination, l'animal s'arrêta, soufflant par les naseaux de grandes volutes d'air humide qui se changeait en brouillard sur le sol de la forêt. Le ciel était caché à la vue de Daisy ; de grands arbres allongeaient leurs branches au-dessus d'une terre nue qui, à l'exception d'une mousse grise maladive, était dénuée de toute plante vivante. Les plus gros arbres étaient pétrifiés, avec des feuilles de verre et une écorce bouclée qui avait la texture du granite noir. Elle était stupéfaite de voir autant d'animaux debout sur leurs pattes dans cette forêt surnaturelle. Des cerfs. Des wapitis. Et des vaches. Tous semblaient avoir été disposés avec grand soin. Certains avaient des postures qui suggéraient le mouvement : un sabot en équilibre ici, une tête levée là, des naseaux qui semblaient humer l'air immobile. Mais ces créatures ne bougeaient pas. Pas plus qu'elles ne respiraient. Étaient-elles, comme les arbres, également en pierre ? Big Ouray, le taureau de Gorman, était du nombre. Ses pattes robustes écartées en une posture rigide, sa tête dressée. La gueule du taureau s'ouvrait largement en un meuglement silencieux.

La chamane se laissa glisser du large dos du bison. Celui-ci commença alors à s'avancer parmi les créatures privées de vie. La vieille, dans le corps de la jeune femme, suivit l'énorme animal.

Elle tendit la main pour toucher la robe lustrée d'un wapiti mâle. Non. Ce cuir était tout à fait réel, mais elle ne sentait la présence d'aucune côte sous cette peau douce. Et quant aux yeux... les yeux étaient froids. Morts. Avec précaution, Daisy approcha l'extrémité de son doigt de la surface brillante d'un grand œil marron. Le globe en était dur, en tout point semblable à une pierre polie. Un œil vitreux qui regardait fixement. Le vide.

Elle entendit un cliquetis, un bruit sec d'objets qui s'entrechoquent. Cela venait de derrière elle, près du grand bison. Daisy se retourna.

— *Ayyyaaa...*, bredouilla-t-elle, *nuu-oo-vu !...*

Terrifiée à l'idée d'attirer l'attention sur sa présence en ce lieu, Daisy plaqua une main sur sa bouche. Ce qu'elle voyait était un squelette humain dont les os pâles ressemblaient à de la craie sale. L'apparition s'accroupit sur la mousse, ne tenant aucun compte de la femme ni de l'énorme ruminant. Elle joignit ses mains qui n'étaient qu'os et les tint proches de sa cage thoracique comme si elles renfermaient quelque chose d'extrêmement précieux. Puis elles se déplacèrent en avant ; le contenu des doigts du squelette tomba dans la mousse, et le crâne effrayant s'inclina comme intrigué pour observer les objets à travers ses orbites vides. Daisy, en dépit de la répugnance qu'elle ressentait, était attirée vers cette créature qui n'avait ni chair ni muscles. Elle se pencha, la main sur le genou, pour examiner le trésor que le squelette avait laissé tomber. Il y avait trois tessons de poteries, des rectangles dont les bords avaient été polis par frottement. Ces fragments d'argile étaient blancs, exactement comme les os de l'apparition. Chaque éclat portait une inscription composée de points rouges et de lignes noires. Elle leva vers le bison un regard rempli d'attente. Qu'est-ce que cela signifiait ? Les yeux de l'animal étaient maintenant telles les braises d'un feu. Elle se tourna pour voir si le squelette avait ramassé les morceaux de poterie, mais les os étaient désarticulés et disséminés sur la mousse.

Elle entendit le bison s'ébrouer, puis mugir... La puissance sonore de son appel brisa net des branches d'arbres pétrifiés et renversa Daisy sur le sol. Le grand mâle frappa la mousse d'un sabot qui luisait comme du cuivre poli. Les flammes bleues qu'il arrachait au sol de silex étaient tels des éclairs, le tonnerre se répercutait sur la forêt. La femme-médecine poussa un cri, appliqua ses mains sur ses oreilles dans une tentative vaine pour se protéger de ces échos épouvantables. Puis, un silence profond. L'énorme bison était désormais lui aussi devenu statue ; avec des yeux de verre qui scrutaient sans voir.

De lourdes et étouffantes ténèbres s'abattirent sur la forêt morte. La chamane sentit son corps jeune se dissoudre comme une brume. Daisy Perika fut heureuse de quitter cet endroit.

5

Nancy Beyal leva les yeux de son roman d'amour et vit un grand gaillard avec un sourire idiot en travers de la figure. Elle lui rendit son sourire.

— Bonjour, Scotty... je veux dire, chef Parris.

Elle se retourna pour montrer unc fcmme policier en uniforme qui semblait approcher de la cinquantaine.

— Je vous présente Sally Rainwater. Ça fait drôlement longtemps qu'elle est là. Elle connaît quasiment tout le monde à Ignacio.

Sally tendit la main à Parris et indiqua d'un mouvement de tête un homme jeune et solide aux cheveux récemment taillés en brosse qui faisait semblant de s'absorber dans la lecture du gros registre.

— Lui, c'est Daniel Bignight. Une recrue qui nous vient du pueblo de Taos. Il est avec nous depuis un an.

Bignight leva les yeux et sourit timidement.

Nancy recula sa chaise de la console radio.

— Nous vous attendions. Heureuse que vous veniez occuper le fauteuil du chef Severo.

De ses deux mains, elle dissimula la couverture aux couleurs criardes de son livre de poche.

— Eh bien, Nancy, pendant mon séjour ici j'espère faire davantage que simplement « occuper son fauteuil ».

Il leva un sourcil pour désigner le livre :

— Qu'est-ce que vous lisez ?

Elle hésita puis retira ses mains de la couverture.
— C'est une sorte de roman historique.
Parris lorgna vers l'illustration sensationnelle : un vampire livide, mais beau, suçait le sang du cou d'une très jolie femme. Il lut le titre à haute voix.
— *Aldea del...* euh... *Sombras.* Qu'est-ce que ça veut dire ?
— Traduit mot à mot, ça signifie Village des ombres. C'est l'histoire d'un monstrueux dentiste de Mexico qui hypnotise de pauvres jeunes filles de la campagne, vous voyez, et après il... bon, ça fait partie de mon cours par correspondance pour apprendre l'espagnol de conversation courante. (Elle ouvrit un tiroir, révélant un tas de cassettes audio.) Mais je ne pense pas que vous vous intéressiez beaucoup à...
— Bien sûr que si. Je pourrais peut-être vous emprunter les cassettes quand vous n'en aurez plus besoin. Apprendre un peu d'espagnol, ça m'aiderait dans le travail.
Ça pourrait faire bonne impression sur Anne qui parlait couramment plusieurs langues.
Nancy referma le tiroir.
— Vous voulez voir le bureau du chef Severo... je veux dire, *votre* bureau ?
— Plus tard. Pour l'instant je voudrais voir Charlie Moon.
— Il est chez Angel, fit-elle, il nourrit sa grande gueule.
— Bon, je vais y aller et déjeuner avec lui. Il se passe beaucoup de choses en ce moment ?
Nancy sourit à nouveau.
— Vous voulez dire, en matière de crimes ?
Elle se tut un instant pour interroger sa mémoire.
— Pas grand-chose, je crois. Calme, comme d'habitude. On a ramassé un cow-boy de Cortez ivre mort, hier soir ; il pissait en plein milieu de la route 151. Ce crétin a vomi partout sur le plancher. C'est moi qui m'occupe des prisonniers aussi, alors il a fallu que je nettoie. C'est à peu près tout, je crois.
Parris remarqua qu'elle regardait par-dessus son épaule en arborant son sourire officiel.
— Je peux faire quelque chose pour vous, monsieur ?
Parris se tourna et découvrit un homme maigre, paré d'une

magnifique veste de cuir à franges, d'un jean neuf et de bottes de cow-boy impeccablement cirées. Le tout surmonté d'un feutre coûteux qu'un cow-boy prospère porterait peut-être pour un enterrement. Mais il y avait quelque chose dans la façon dont cet homme se tenait ; une froide assurance semblait émaner de lui.

D'un geste du poignet, l'inconnu ouvrit le rabat de cuir pour présenter son insigne fédéral. Il s'exprima sur un ton net et précis.

— James Hoover. Agent spécial, FBI.

Parris toussota pour cacher un sourire ; Hoover pinça les lèvres.

Nancy contourna son chef par intérim en le frôlant pour mieux voir les attestations officielles.

— Hum, fit-elle avant d'articuler soigneusement les syllabes. James E. Hoover.

Elle jeta un bref regard sur le visage abrité par le Stetson. Les traits de l'agent spécial exprimaient un mélange d'appréhension et de défi. *Une seule remarque idiote,* disaient ses yeux agressifs, *et vous le regretterez !* Le visage de ce J. E. Hoover-là était maigre et pâle, ses yeux froids comme ceux d'un poisson. Aucune ressemblance avec la face arrondie de chérubin qu'avait le Vieux[1].

Parris tendit sa main qui fut acceptée après une infime hésitation. La paume du nouveau venu était fraîche, ses doigts longs et délicats, presque féminins.

— Je m'appelle Scott Parris, je vais être...

— Vous êtes le chef de la police par intérim, l'interrompit l'autre avec facilité, jusqu'à ce que le véritable titulaire rentre de congé. En attendant vous êtes responsable du fonctionnement de ce... (il posa un regard morose sur ce qui l'entourait) ce... euh... cet établissement chargé de représenter la force publique.

Rainwater et Bignight s'étaient éclipsés.

---

1. *The Old Man,* John Edgar Hoover (1895-1972) aux méthodes et à l'éthique plus que douteuses, resta à la tête du FBI pendant près de cinquante ans (1924-1972). *(N.d.T.)*

Parris eut un sourire d'excuse à l'adresse de la jeune femme.

— Je vous présente Nancy Beyal. Elle s'occupe du standard et, en règle générale, c'est elle qui maintient les lieux en bon état de fonctionnement.

Le regard de Hoover engloba lentement la pièce. Des étagères couvertes de manuels usagés et de livres de droit reliés cuir. Une table en chêne rayée avec une plaque chauffante électrique et une demi-douzaine de tasses à café. Plusieurs bureaux en métal gris répartis ici et là, tous encombrés de papiers. Il lança un coup d'œil vers le bureau du chef. Il y avait un porte-chapeaux sans chapeau, mais avec un revolver chargé rangé dans une ceinture. Et des bottes boueuses dans un angle poussiéreux. L'agent spécial reporta son attention sur la jeune femme qui se trouvait devant lui. Elle glissait un livre de poche dans un des tiroirs de son bureau. Il fut tout près de sourire ; le seul bruit était le tic-tac d'une grosse horloge en bois, sur le mur.

— Ça doit vous demander du travail, de garder les lieux en bon état.

— Où est Newman ? demanda Nancy d'un ton docile. Cela fait des années qu'il est notre correspondant à l'agence du FBI de Durango.

— L'agent Newman est en congé maladie, c'est moi qui vais le remplacer jusqu'à ce qu'il soit rétabli.

Les doigts de Nancy trouvèrent un rosaire dans son sac à main ; elle allait prier pour la guérison rapide de Newman.

— Où est le sergent Charlie Moon ? s'enquit Hoover d'un ton désintéressé. À ce que j'ai cru comprendre, c'est le policier le plus ancien, ici.

— Il est parti déjeuner en haut de la rue, chez Angel ; venez manger un morceau et je vous le présenterai. (Parris se tourna et fit un clin d'œil discret à Nancy.) Je suis certain que Charlie sera ravi de faire votre connaissance.

Le FBI engageait ses agents et les formait avec un soin rare et, en conséquence, comptait remarquablement peu de salopards. Ce type renfrogné, avec son patronyme malheureux, avait probablement été expédié au fin fond de nulle part afin que Parker ne l'ait plus sur le dos.

Lorsqu'ils furent dehors, sous l'éclat agressif du soleil, le chef par intérim se tourna pour bloquer le chemin de Hoover. L'agent fédéral le fixa d'un air interrogateur.

— Nancy, Charlie Moon, tous les policiers utes sont ce qui se fait de mieux, déclara Parris d'une voix égale. Ils vous seront d'un précieux concours.

Cet individu glacial allait-il comprendre ce qu'on lui disait ?

La voix de Hoover était inexpressive, comme ses yeux.

— Le Bureau apprécie que vous lui fassiez part de cette information, fit-il avant de pivoter et de monter dans une Ford grise. Il faut que j'annonce à l'agence de Denver que je suis arrivé. J'y serai dans vingt minutes, à votre restau miteux, pour rencontrer le sergent Moon.

Il posa un regard appuyé sur Parris avant de claquer la portière.

— Et tâchez d'y être.

Parris regarda la Ford disparaître ; il ne s'aperçut pas qu'il avait serré le poing droit.

— Eh bien, grommela-t-il, en voilà un que Will Rogers n'a jamais rencontré.

L'agent spécial James E. Hoover claqua la porte de sa chambre au rez-de-chaussée du Sky Ute Motel ; il mit aussitôt le verrou et fixa la chaîne de sécurité en cuivre d'une main qui tremblait. Il s'assit dans un fauteuil et entreprit de se balancer. D'avant en arrière, cent fois, puis une douzaine de plus. Il commença à frissonner, comme s'il faisait froid. La température, dans la pièce, était de vingt-sept degrés. Le froid était à l'intérieur de son corps. Il y était depuis son enfance, parce qu'il avait été élevé par un père dont les attentions n'étaient que de surface. Mais maintenant, chez cet homme qui s'était distingué par son courage à fleur de peau, vibrait une peur vague, insistante. Et des ténèbres grandissantes.

Il fouilla dans sa mallette jusqu'à ce qu'il trouve un petit flacon en plastique qui avait été acheté à Juárez, au Mexique. Il n'y avait pas d'étiquette, mais il renfermait des cachets jaunes, un peu plus petits que de l'aspirine. Il se rendit à la salle de bains en titubant, plaça deux comprimés sur sa langue ; le goût en était amer. Après un instant d'hésitation, il en ajouta un autre et avala le tout avec un verre d'eau, en attendit l'effet. Il vint, mais ce n'était pas suffisant. Pas suffisant pour repousser les Ténèbres. Avec des doigts tremblants, il retira un panneau de l'abattant de sa valise. Derrière se trouvait une trousse en cuir à fermeture éclair. Dans la trousse, une bouteille en verre marron contenant un liquide clair. Il y avait également trois seringues pour pratiquer des piqûres de tuberculine. Il préleva deux centimètres cubes du liquide transparent, releva la jambe de son pantalon, abaissa sa chaussette blanche et injecta le produit dans une veine.

Il s'assit sur le lit, ferma les yeux, serra l'oreiller contre sa poitrine.

Charlie Moon reconnut le bruit familier qui correspondait à la démarche régulière de Scott Parris. Il leva la tête de son assiette de rôti de bœuf et de purée de pommes de terre et sourit.

— Qu'est-ce qu'y se mijote, l'ami ?

Parris se glissa rapidement dans le box et sourit au grand Indien, de l'autre côté de la table. Ces deux minutes en compagnie de Hoover lui avaient donné l'impression d'avoir duré une semaine ; c'était bon de voir un visage amical. Il se saisit de la grosse main de Moon.

— Je te suis reconnaissant de m'avoir fait obtenir ce boulot, Charlie. Quelques semaines loin de Granite Creek, ce n'est pas de refus. Ça a été très agité, ces derniers temps.

— Il faut que tu freines un peu, fit Moon qui passa un menu à son ami. Que tu donnes à ton ombre une chance de pouvoir te rattraper.

À ce moment apparut un type maigre qui portait une barbe de quatre jours et un long imperméable noir déchiré. La plupart de ses doigts manquaient à l'appel dans ses gants de coton marron. Il salua Moon avec une raideur toute militaire, mais ne tint aucun compte de Parris.

— Bien le bonjour, sergent-major.

Il avait un infime soupçon d'accent britannique.

Moon répondit par un hochement de tête et dit :

— Bonne matinée à toi, Taxi. Comment elle avance, cette carrière d'écrivain ?

Taxi sortit de sa poche une liasse de feuilles de papier.

— Ça m'a demandé trois décennies de recherches intensives, mais...

D'un geste théâtral, il regarda d'abord par-dessus son épaule, pour voir si quelqu'un pouvait surprendre ses paroles, puis poursuivit :

— ... j'ai fini par débrouiller le mystère du soi-disant assassinat de Kennedy.

— C'est très bien. Beaucoup de gens voudraient savoir le nom des coupables.

Taxi se pencha pour chuchoter à l'oreille de Moon.

— Ce n'est pas John Fitzgerald Kennedy qui a été tué à Dallas, juste un sosie à lui. Un remplaçant. Le président (poursuivit-il avec un éclat de démence dans le regard) est aujourd'hui bien vivant, il habite à Terre-Neuve. Il est à la tête d'une modeste flotte de bateaux qui pêchent le homard, il se fait de bons petits bénéfices.

Moon ne sourit pas.

— Eh bien dis donc ! Voilà une nouvelle qui va assurément en stupéfier plus d'un.

— J'ai un excellent agent littéraire, maintenant, qui vit à Dewy Rose, dans l'Arkansas. Elle va vendre le manuscrit au plus offrant, et après, les portes d'Hollywood vont s'ouvrir en grand devant moi.

Il se tourna tout à coup et agita une main crasseuse en direction de Parris :

— Il ne faut pas s'occuper de moi, je suis... l'homme invisible.

Taxi s'éloigna sans autre commentaire ; il prit place à une table voisine, lécha le bout d'un crayon rabougri et commença à griffonner des notes dans la marge de son manuscrit.

— Je peux en conclure sans risque de me tromper qu'il ne s'agit pas là du directeur des écoles.

— C'est Taxi. Il est arrivé ici il y a deux ans à peu près. Personne ne connaît son vrai nom. Mais il est tout à fait inoffensif... ce n'est qu'un écrivain.

— Il n'a pas l'air particulièrement prospère.

— Je doute qu'il gagne de l'argent avec ses écrits. Nous l'appelons Taxi parce qu'il est également taxidermiste. Il empaille tout, de l'écureuil jusqu'à la tête de wapiti. Je suppose qu'il s'en tire très bien pendant la saison de la chasse.

Parris, flic dans l'âme, parcourut inconsciemment du regard les autres occupants du restaurant. Angel crachait des injures en mexicain à destination du tiroir-caisse qui était coincé. Deux chauffeurs routiers bedonnants faisaient la paire dans un box d'angle, sirotant leurs boîtes de bière d'un air maussade. Un trio d'élèves de l'école secondaire étaient penchés au-dessus d'un antique juke-box et jetaient des regards lubriques sur une jeune fille élancée qui marchait dans la rue.

— Nancy dit qu'il ne se passe pas grand-chose.

Moon réfléchit durant quelques secondes.

— C'est assez tranquille ces temps-ci.

— Dommage. Le nouvel agent du FBI, celui qui a été nommé à l'agence de Durango, vient d'arriver. Ce serait bien si tu avais quelque chose de sérieux dans quoi il puisse planter les dents.

Une bouse de vache bien chaude, par exemple.

— Eh bien, un rancher est passé ce matin. Il dit qu'il a trouvé son taureau mort dans le *Cañon del Espiritu.*

Parris leva un sourcil.

— Et ça relève du travail de la police ?

— Cette fois-ci, oui. Gorman Sweetwater dit que quelqu'un a tué l'animal avant de le mutiler. Il y a quelques jours, un des bisons de la tribu a été porté manquant.

— Ça a tout du genre d'histoire dont les journaux raffolent, mais je doute que notre gars du Bureau soit intéressé.

Moon fronça les sourcils et enfonça une fourchette de nourriture entre ses lèvres.

— Ce nouvel agent spécial... comment il est ?

Parris évita le regard curieux de son ami.

— Il est certainement tout à fait qualifié pour son travail.

Angel apparut et lui remplit une tasse de café.

— Est-ce que par hasard, demanda Moon d'un ton de méfiance, tu ferais des cachotteries à ton collègue et néanmoins ami ?

Parris afficha son visage le plus neutre.

— Il devrait être ici d'une minute à l'autre, tu pourras te faire une idée par toi-même.

Moon glissa sa fourchette sous un monticule de purée.

— Je n'ai jamais rencontré personne du Bureau avec qui je ne parvenais pas à m'entendre. Prends Stan Newman, George Whitmer, par exemple. Des représentants de la loi de première valeur. Sam Parker est très bien, sauf qu'il est plutôt snob avec sa façon de vouloir seulement pêcher à la mouche sèche.

L'agent spécial s'était approché sans faire de bruit. Il présenta son badge à Moon d'un geste vif.

— Je m'appelle Hoover, FBI.

Le policier indien hocha la tête en lisant le nom :

— James E. Hoover ?

Il y eut un bref silence tandis que le nouveau venu attendait l'inévitable remarque sarcastique concernant son patronyme. Taxi se matérialisa à ses côtés.

— Excusez-moi, monsieur Hoover, fit-il en s'emparant de la main de l'homme au teint pâle et en la secouant. J'ai connu votre père, très bien connu. Et je ne crois absolument pas la moindre de ces absurdités qu'on raconte sur lui.

Hoover retira sa main et posa un regard mauvais sur l'importun malpropre.

— Qui vous êtes, bon sang ?

Il essuya ses doigts sur sa chemise.

— Je suis un écrivain connu, déclama Taxi avec une fierté

offensée. Livres sur la cuisine estonienne. Révélations stupéfiantes sur les bipèdes martiens qui vivent dans une immense bulle de verre sous les eaux du lac Érié. Cartes postales humoristiques. Et (il se redressa de toute sa taille) un article érudit de temps en temps dans le *New England Journal of Medicine.* Il y a moins de huit ans, j'étais un cardiologue extrêmement réputé possédant une importante clientèle à Miami. Hélas, j'ai eu vent de la présence de certains éléments peu recommandables au sein de la communauté cubaine et j'ai été contraint d'abandonner cette profession. Mais assez parlé de moi ! Où en étais-je ? Ah, oui... je n'ai pas toujours été écrivain, vous savez. À l'époque de votre père, je travaillais avec Elliot Ness. J'étais... incroyable, vous ne trouvez pas ?... un agent infiltré qui fournissait des renseignements sur l'organisation d'Al Capone.

Il rapprocha deux doigts l'un de l'autre et poursuivit :

— Frank Nitty et moi, on était comme ça. Mais ce pauvre Elliot était quelque peu surestimé, professionnellement parlant.

Il se tut un instant, fixa Hoover en fermant à demi les paupières :

— Vous savez que Dillinger est toujours vivant ?

Hoover cligna des yeux.

— Dillinger ?

— Absolument. C'est aujourd'hui l'un des hommes les plus influents du cercle intime du président.

Taxi toucha le bout de son nez avec un doigt crasseux qui dépassait de son gant en lambeaux :

— Ministère de la Justice. Vous n'avez qu'à vérifier, mon petit gars.

Hoover le regarda partir.

— Il est clair que les asiles locaux ont dépassé leur capacité d'accueil.

— Taxi, dit Charlie, est inoffensif. C'est un peu une figure locale.

— Vous êtes le sergent Moon, je suppose.

— Lui-même. Vous devez être le nouvel agent du FBI venu de Durango.

L'Indien étudia le personnage, depuis son Stetson gris immaculé jusqu'à la nuance violacée des coûteuses bottes en cuir de bison.

— Ben, dites donc. À votre tenue je vois que vous êtes cow-boy.

Parris tenta de réprimer un large sourire.

Hoover n'avait pas reconnu les paroles de la vieille chanson.

— Quand je me rends dans une nouvelle région, je préfère m'habiller comme les gens du cru.

Moon tendit la main à l'agent spécial ; il y eut une légère hésitation avant que Hoover l'accepte. Le policier ute secoua une fois la main froide puis la lâcha. Hoover se glissa dans le box à côté de Parris ; il renifla le mélange d'odeurs qui flottait dans l'établissement.

— Je dirige l'agence de Durango pendant que Newman est en congé maladie.

Il attendit la réaction dc Moon, mais le visage du policier ne trahissait rien.

— Je vais superviser de près les opérations des forces de police sur les réserves des Utes du Sud et de Ute Mountain.

Moon leva un regard interrogateur vers lui.

Parris retrouva sa voix.

— Je suis certain que vous allez vous rendre compte que Roy Severo sait mener sa barque. Tous les gens qui travaillent sous ses ordres sont très bien.

Hoover, qui s'ingéniait à ne pas tenir compte de la présence de Parris, adressait ses remarques à Moon.

— Vous pourriez peut-être me faire un compte-rendu rapide de l'activité criminelle récente.

— Nous n'avons pas, en général, beaucoup de crimes graves sur la réserve, répondit Moon d'un léger ton d'excuse. Il y a eu un vol dans une banque, il y a quelques années de ça.

— J'en ai entendu parler, acquiesça Hoover. Il semblerait que les suspects se soient échappés.

Moon s'apprêtait à préciser que la banque était sur le territoire de la police de la ville d'Ignacio. Mais cela donnerait l'impression qu'il se justifiait.

— Je suis allé à un procès à Denver la semaine dernière, dit-il d'un ton affable.

— Vous devez avoir des cambriolages, des effractions.

L'Indien hocha la tête.

— De temps en temps. En mars, deux voyous de Flagstaff se sont introduits dans la station-service Texaco. Ils ont vidé le tiroir-caisse.

Hoover se pencha, plein d'espoir :

— Vous les avez appréhendés ?

Moon évita son regard.

— C'était mon jour de congé.

Puis il s'anima :

— Mais ils ont été arrêtés par des policiers du Kansas, à Coffeyville, quand ils sont entrés par effraction dans un magasin d'armes.

Le visage de Hoover refléta sa déception et ses soupçons selon lesquels les services de police des Utes du Sud étaient dans un triste état.

— Et au niveau de la politique tribale, dit-il, mettez-moi au courant des controverses qu'il pourrait y avoir.

— Euh... le conseil tribal est divisé sur un avis transmis par la Commission du développement économique. Ceux de la commission, Arlo Nightbird en tête, veulent faire la course aux subsides fédéraux.

Angel apparut à nouveau et versa du café dans la tasse du policier fédéral.

Hoover fit mine de s'intéresser à son café, mais ses yeux gris brillaient sous des paupières curieusement reptiliennes. Un serpent sur le point de frapper.

— Des subsides fédéraux ? Pour faire quoi ?

L'agent spécial passa sa langue sur ses lèvres ; il détectait l'avant-goût savoureux de la fraude et de la corruption. Et de l'avancement.

— Les copains d'Arlo Nightbird veulent effectuer une étude dans le *Cañon del Espiritu.* Si c'est réalisable, ils parviendront peut-être à y stocker des déchets nucléaires. Il y a beaucoup d'argent à y gagner pour la tribu, mais la plupart des membres du conseil s'inquiètent des dégâts que cela causerait à ce lieu.

— Et vous, comment vous voyez ça, le stockage d'éléments radioactifs sur la réserve ?

— Je ne sais pas, répondit Moon. En général, j'aime bien écouter les arguments des deux partis avant de me faire une opinion.

Parris sentit que Charlie se refermait. Si Hoover poussait trop loin, Moon ne lui dirait rien qui possédât une quelconque valeur.

— Intéressant, fit Hoover, ces subsides fédéraux. Ce projet mérite d'être suivi avec attention.

— Commandez ce que vous voulez, les gars, dit Moon en adressant un signe à Angel, vous êtes mes invités.

— Merci, dit Parris, moi je vais prendre le taco navajo.

Hoover s'empara d'un menu, coincé entre un distributeur de serviettes en papier et une bouteille de ketchup poisseuse.

— Ils servent de la cuisine ute authentique, dans ce restau ?

— Eh bien, répondit aimablement Moon, c'est surtout mexicain et américain mais il y a deux ou trois plats utes. Personnellement, je vous recommanderais le ragoût aux trois viandes.

Hoover fronça les sourcils en parcourant le menu.

— Tant que ce n'est pas le célèbre ragoût ute à l'ancienne, fit-il avec un sourire dépourvu d'humour. Je n'ai pas pour habitude de consommer de la viande de cheval.

Parris ferma les yeux. Peut-être, quand il allait les rouvrir, Hoover aurait disparu. Comme un mauvais rêve.

La fourchette de Moon s'immobilisa à mi-chemin de sa bouche ; il inclina la tête sur le côté et cligna des paupières en observant l'agent du FBI.

— De la viande de cheval ?

— Il paraît que quand les temps étaient durs, pendant l'hiver, les Utes mangeaient d'abord leurs chiens, puis leurs chevaux.

Hoover leva les yeux de son menu ; le sourire, sur son

visage, était aussi naturel que la « turquoise » de sa cordelière :

— Je n'ai sans doute pas à m'inquiéter de ce que je mange avant l'offensive du froid.

Moon réfléchit un instant.

— Eh bien, pas nécessairement, dit-il d'un ton plaisant. Quand le bœuf devient un peu cher, il arrive qu'Angel achète deux des vieilles rosses qui ont récemment fini bonnes dernières aux courses des Downs.

Hoover fit comme s'il n'avait pas entendu. Il étudia le menu et s'interrogea sur certains mots qui ne lui étaient pas connus. Qu'est-ce que ça pouvait bien être que des *fajitas*, bon sang ? Et des *sopaipillas* ?

Parris pointa une cuillère par-dessus l'épaule de Moon.

— Quelqu'un qui veut te voir.

Moon se retourna.

— Gorman, c'est un vrai plaisir de te revoir déjà.

Il jeta un coup d'œil derrière l'éleveur, mais Benita n'était pas avec son père.

— Tu veux manger quelque chose ?

Le rancher faisait tourner son chapeau défoncé entre ses mains. Il se pencha sur l'épaule de Moon et parla lentement dans l'oreille du policier.

— Moi, j'y réfléchirais à deux fois avant de becqueter dans *cet* endroit.

Les oreilles de Hoover se dressèrent.

Moon avait déjà entendu l'histoire trois fois, mais il savait que le vieil homme avait envie de la raconter encore.

— Et pourquoi ça ?

Gorman jeta un coup d'œil vers le comptoir dont Angel essuyait la surface en Formica avec du papier essuie-tout.

— On sait jamais ce qu'on risque de trouver dans la bouffe d'Angel. On risque de se choper la salamandre !

Parris dissimula un sourire. L'agent spécial Hoover se pencha en avant, l'oreille tendue.

— J'ai bien compris que vous avez dit...

— C'est pas des blagues, fit Gorman.

Il indiqua du pouce la cuisine aux odeurs agressives où Angel concoctait sa boustifaille.

— La salamandre, grommela-t-il d'un ton sinistre.

Puis il fixa à nouveau Moon.

— Tu connais ma cousine au troisième degré, Sally Bitter Horse, celle qui habite à Hondo Fork ?

Moon hocha la tête. Tout le monde connaissait Sally. Elle était Navajo et souffrait toujours de quelque nouvelle et stupéfiante maladie.

— Eh bien, fit Gorman d'une voix rauque, Sally, elle m'a dit qu'elle l'avait attrapée pas plus loin qu'ici, sa salamandre, dans une des salades de poulet d'Angel, il y a trois dimanches de ça. La nuit suivante, elle s'est mise à trembler comme une feuille. Et après (il baissa la voix), elle a eu la courante pendant presque une semaine.

Il passa ses pouces sous le plastron de sa salopette :

— C'est elle qui le dit.

Hoover posait un regard incertain sur l'éleveur.

— Même dans ce restau pourri, personne n'irait jusqu'à mettre une...

Gorman secoua tristement la tête au spectacle de ce blanc-bec ignorant.

— Personne les met dans la nourriture, les salamandres, gamin. Quand tu regardes pas, elles s'y glissent toutes seules, un point c'est tout.

Hoover jeta un rapide coup d'œil en direction de Charlie Moon, puis de Scott Parris. Tous deux étaient suspendus au moindre mot qui tombait de la bouche du vieillard. Ces flics débiles, ils étaient prêts à croire n'importe quoi. Mais l'agent tourna ses regards vers le sombre cabinet qui servait de cuisine à Angel. Sur le mur du fond, il y avait une étagère où s'alignaient de grands bocaux. De l'aneth. Du chou-fleur conservé dans le vinaigre. Des pieds de cochon en condiment. Et quoi d'autre ? Hoover repoussa le menu.

Gorman se pencha et murmura à l'oreille de Moon.

— Faut que je te parle.

Moon s'essuya la bouche avec une serviette en papier et leva la tête vers le rancher.

— De Big Ouray ? Je t'ai déjà dit que j'irais jeter un coup d'œil sur place.

— Ben, c'est justement ça, fit Gorman avec un naturel forcé, c'est comme je t'ai dit ce matin... j'ai appelé Doc Schaid. Il va aller voir. Il va trouver ce qui s'est passé et l'inscrire sur un de ses formulaires. C'est plus la peine que tu t'en occupes.

— C'est parfait, répondit Moon, mais je vais quand même aller jusqu'au canyon et renifler un peu à droite et à gauche. Si quelqu'un a tué Big Ouray, ça concerne la police.

En entendant prononcer le verbe « tuer », Hoover se redressa.

— Qu'est-ce que vous avez dit ?

Gorman avait pratiquement roulé son vieux chapeau en boule.

— T'en occupe pas, bon Dieu. Si la mort est pas due à des causes naturelles, j'aurai pas droit à l'argent. Si j'ai pas de versement de l'assurance, je suis lessivé.

Ce qu'y avait de sûr, c'est qu'il était foutrement lent à piger, Moon. Les grands costauds c'était comme ça. C'était pas des rapides.

Hoover cria presque :

— Tué ? Qui a été tué ?

Moon ne prêta aucune attention à leur invité du FBI.

— D'accord, Gorman. Il faut que j'aille inspecter un peu là-bas, mais je vais essayer de pas te sucrer ton remboursement.

Le rancher remercia d'un hochement de tête et s'esquiva sans demander son reste pendant que l'agent spécial essayait vainement d'attirer l'attention de Moon.

— Qu'est-ce qui est arrivé à ce... Big Ouray ?

— Ouais, renchérit Parris, tu ne m'avais pas parlé de...

— Mais si, juste avant que monsieur Hoover arrive ici. Gorman Sweetwater, le gars qui vient de partir a trouvé Big Ouray mort ce matin. Dans le *Cañon del Espiritu.*

La voix de Hoover était presque suraiguë.

— Comment la victime a-t-elle été tuée ?

Moon ne regarda pas l'agent fédéral.

— La victime ?

Hoover abattit la paume de sa main sur la table.

— De cet assassinat, bon Dieu ! C'était quoi, un coup de feu, un couteau, un instrument contondant, quoi ?

Une minuscule lueur s'alluma dans les yeux de Moon.

— Ben, on le sait pas exactement, comment il a trouvé la mort, Big Ouray.

Il plissa le front en feignant la concentration :

— Ça pourrait être un truc qu'il a mangé. Peut-être des daturas.

Un muscle tressaillit à la mâchoire de Hoover.

— Vous soupçonnez un empoisonnement ?

L'indien but son café.

— Possible, dit-il, nous ne le saurons pas tant que la car... la dépouille n'aura pas été examinée par Doc Schaid.

Parris faisait de gros efforts pour comprendre. Il parvint à relier les différents éléments entre eux. Big Ouray était le taureau mort dont Moon lui avait parlé plus tôt. Il fallait mettre un terme à cette plaisanterie.

— Hoover, je crois que vous ne com...

— C'est moi qui m'occupe de ça, aboya l'agent spécial qui fixa Moon. On a trouvé des traces sur le corps ?

— Ouais, répondit celui-ci, d'après ce que Gorman m'a raconté ce matin, on peut dire qu'il y en avait.

Hoover sortit de la poche de sa veste un petit carnet relié cuir.

— Alors ? Quel genre de marques ?

Il ne tentait nullement de dissimuler le sentiment qu'il avait affaire à un demeuré.

— Ben, laissez-moi réfléchir, fit Moon. Ah oui. Ses oreilles.

— Ses oreilles ? Eh bien quoi, ses oreilles ?

— Disparues, toutes les deux. Comme les politiciens le lendemain d'une élection.

Hoover pâlit.

— Vous voulez dire... prélevées volontairement ?

— Tranchées.

Moon but une longue gorgée de café. Il se pencha en avant pour souligner son effet et baissa la voix, adoptant un chuchotement scénique rauque qui pouvait être entendu dans tout le restaurant. Les chauffeurs routiers en avaient oublié leur bière, les adolescents avaient perdu tout intérêt pour le juke-box. Taxi griffonnait avec frénésie dans les marges d'une page de manuscrit tachée de café.

— Ce n'est pas le pire.

Inconsciemment, Hoover plaqua son dos contre la paroi de contreplaqué du box.

— Qu...

— Les couilles de Big Ouray. Coupées ras, d'un coup d'un seul...

Avec sa main, il exécuta deux gestes rapides comme s'il maniait un couteau.

— ... toutes les deux. En tout cas, c'est ce que dit Gorman.

Le carnet échappa aux doigts de Hoover.

— Vous n'avez pas encore examiné le corps ?

— Je ne l'ai appris que ce matin. J'avais prévu d'y aller cet après-midi, mais Gorman me dit que Doc Schaid va s'occuper de tout. Y a sûrement plus de raison de se bousculer.

Hoover ferma les yeux et courba la tête.

— C'est tout simplement stupéfiant. Un Ute a été assassiné et mutilé, et vous restez assis là, à avaler tranquillement votre déjeuner...

— Ben..., commença Moon pensivement avant de poursuivre, j'ai jamais dit à proprement parler que c'était un Ute. Il faut pas toujours se fier aux apparences. Le fait est que la face de Big Ouray, elle est plus blanche que la vôtre. (Il but une rapide gorgée dans sa tasse.) Moi, je dirais qu'il est de race Anglo.

Hoover était légèrement gêné d'avoir conclu de manière aussi prématurée :

— Avec un nom comme Ouray, j'avais naturellement pensé...

Moon sembla faire preuve de compréhension pour l'embarras dont Hoover témoignait.

— De nos jours, on ne peut plus se fier au nom. Vous savez, il y a une petite femme originaire des Philippines qui habite juste au nord de la ville. Elle se fait appeler Plumes d'Oiseau Bleu, mais elle n'est pas indienne, ute, ni rien. Elle lit les astres, elle prédit l'avenir, elle vend des potions magiques et des bonbons à l'ail. Des bidules comme ça.

Angel s'arrêta à leur table pour demander si Hoover était prêt à passer commande. L'agent spécial le repoussa de la main.

— Nous ne pouvons pas rester assis ici jusqu'à ce que le cadavre pourrisse. Allez chercher un appareil photo, tout le matériel scientifique dont vous disposez. Et sachez bien (ajouta-t-il en pointant le doigt sur Moon) que c'est moi qui prends officiellement la direction de l'enquête.

— Écoutez, intervint Parris, je ne crois pas que vous compreniez. Avant que vous fonciez la tête la première...

— C'est peut-être *vous* qui ne comprenez pas, l'interrompit Hoover d'un ton sans réplique, les meurtres commis sur une réserve indienne relèvent de la juridiction fédérale.

— Ben, personne ne peut affirmer qu'il s'agit d'un meurtre, fit Moon qui essuya sa bouche avec une serviette en papier et arracha lentement sa masse au siège. Mais en ce qui me concerne, vos désirs sont des ordres.

Hoover s'apprêtait à répondre mais ses mains se mirent à trembler. Il serra les poings, fit rapidement demi-tour et se dirigea vers la porte.

Moon mit la main en cornet derrière son oreille. Il fronça les sourcils en regardant Scott Parris.

— Il n'y a que moi, ou toi aussi tu as entendu ?

Parris tendit l'oreille.

— Entendu quoi ?

— La perspective, répondit le grand Indien avec une lueur de gaieté dans le regard. La perspective de l'avancement qui s'en vient frapper à la porte.

6

Charlie Moon regarda la conduite intérieure Ford de Hoover dans son rétroviseur.

— La route va être plutôt dure pour cette petite voiture des villes. Pas assez haute sur roues, et de loin.

Parris se rappela qu'il faisait fonction de chef de la police tribale. Entre autres tâches, il avait le devoir de préserver les bonnes relations avec le Bureau.

— Tu ferais mieux de dire la vérité à Hoover, sur ce taureau.

Moon prit une expression vertueuse.

— Il n'y a rien, dans ce que je lui ai dit, qui n'était pas conforme à la réalité.

Hoover suivit la Blazer de la police ute et s'engagea dans le *Cañon del Espiritu* ; il sentit que le silencieux du tuyau d'échappement raclait le sol alors que la petite Ford tentait de franchir les profondes ornières. Quand Moon fit halte afin que Scott Parris ouvre la barrière, l'agent spécial abandonna son véhicule et se glissa sur le siège avant. Une fois que son ami eut dépassé l'obstacle, Parris referma l'ensemble composé de bois et de fils de fer barbelés puis grimpa sur le siège arrière du 4x4. Moon aborda le canyon en première, scrutant le paysage sur la droite de la piste de terre.

Hoover était penché, les deux mains sur le tableau de bord.

— Elle est loin, la maison de ce Big Ouray ?

— Big Ouray n'avait que faire d'une maison. Il a toujours

vécu en extérieur, la nuit comme le jour, qu'il pleuve ou qu'il vente.

— Remarquable, commenta Hoover, un véritable excentrique. Il recherchait la solitude ?

— Je ne le connaissais pas moi-même personnellement, mais ceux qui l'ont approché disaient qu'il était du genre hostile. Il préférait la compagnie des vaches à celle des gens.

Parris cacha son visage dans ses mains. Moon avait décidé de jouer le jeu jusqu'au bout.

— Cette mutilation sexuelle, reprit Hoover sur un ton de professionnel, c'est un indice révélateur classique. Dix contre un que c'est sa femme.

— Il avait pas de femme, fit Moon avec une expression de tristesse.

Il ajusta le rétroviseur de manière à voir la tête que faisait Parris.

— Si la victime n'était pas mariée, cherchez la maîtresse jalouse. Ou son mari. Bien sûr (ajouta méditativement Hoover), les femmes ne l'intéressaient peut-être pas. Vous savez quelque chose sur ses préférences sexuelles ?

— À ce qu'il paraît, Big Ouray était... je pense que vous pourriez dire... euh... très rigide.

Parris étouffa un grognement au moment où Moon lui adressait un clin d'œil dans le rétroviseur. À plus d'un égard, le chef de la police par intérim ne faisait que profiter du voyage.

Lorsqu'ils contournèrent un épais bouquet de chênes nains, Moon écrasa la pédale de frein. Un pick-up Dodge vert bloquait la piste.

Le policier ute coupa le contact et marmonna à part lui :

— Le camion de Doc Schaid. Je ne m'attendais pas à ce qu'il soit déjà là ; Gorman a vraiment dû insister beaucoup.

Hoover se pencha, impatient :

— Le médecin légiste ?

— Si on veut...

Un personnage corpulent apparut à travers les buissons de sauge, suivi d'une femme gracile vêtue d'une chemise d'homme, d'un jean délavé et de hautes chaussures en cuir.

Le vétérinaire, qui portait dans une main un petit appareil photo monté sur pied, retournait à son camion. Moon remarqua qu'il marchait d'un pas un peu incertain. La femme qui l'accompagnait, une jolie brune au teint bistre, transportait le lourd sac noir rempli d'instruments et de remèdes. Schaid était un personnage massif dont la position voûtée démentait le mètre quatre-vingt-treize ; l'image qu'il présentait, chargé uniquement de l'appareil-photo tandis que la femme peinait sous le poids du sac d'équipement médical, était grotesque.

Moon ouvrit sa portière.

— Restez là sans bouger une minute. Doc Schaid a plus de chances de parler si je suis seul avec lui.

— Je suppose que ça ne pose pas de problème dans l'immédiat, acquiesça Hoover d'un air de doute, mais il va falloir que je l'interroge dès que...

— Hé, Harry, cria Moon, qu'est-ce qu'y se mijote ?

La réponse du vétérinaire fut un grognement rébarbatif.

Moon avait adopté le ton de la jovialité.

— Comment t'as réussi à convaincre madame Nightbird de te servir de cheval de bât ?

Emily Nightbird eut un charmant sourire.

— J'avais besoin de quelque chose pour m'occuper, Charlie.

Puis elle ajouta tendrement :

— J'adore être avec les animaux.

Schaid fronça les sourcils, appuya le pied de l'appareil-photo contre un chêne nain et exhiba sa main droite bandée.

— Je me suis blessé. Pas assez de personnel, faut bien se débrouiller.

Moon huma la faible odeur de whisky. Ainsi les rumeurs ne mentaient pas ; le véto biberonnait. À en croire les bruits qui couraient du côté de chez Angel, le mariage de Schaid avait tourné à l'aigre. Les gens avides de commérages chuchotaient aussi que sa femme s'était trouvé un riche amant. Il n'y avait plus eu aucune nouvelle de Barbara Schaid depuis que son mari avait signalé qu'elle était partie en Virginie voir sa sœur gravement malade. Le vétérinaire avait évidemment compris que sa femme, qui lui servait également d'assistante médicale, n'était pas près de revenir. Il avait engagé Herb Ecker pour l'aider dans ses interventions chirurgicales. Le jeune Belge venu étudier dans le cadre d'un échange était à peine resté un mois avec lui, puis il était parti vendre des assurances pour le compte d'Arlo Nightbird. Maintenant, c'était la femme d'Arlo qui travaillait avec Schaid. Moon observa les pansements. Schaid boîtait aussi légèrement.

— Qu'est-ce qui t'est arrivé à la patte, Harry ?

Les vétérinaires qui soignent des animaux de grande taille sont presque aussi souvent blessés que les cow-boys inscrits dans les rodéos.

Schaid hésita avant de répondre.

— Une foutue jument qui m'a marché dessus.

Il dissimula sa main bandée derrière son dos :

— Qui t'as amené avec toi ?

Moon eut un geste de la tête vers la Blazer :

— C'est mon ami, Scott Parris, sur le siège arrière. Il est chef de la police à Granite Creek ; il remplace Severo.

Il ignora délibérément Hoover, sachant que cela stimulerait l'intérêt du vétérinaire.

Schaid, qui se méfiait toujours des étrangers, essaya de distinguer à l'intérieur de la voiture.

— Et le cow-boy de la ville, c'est qui ?

Moon baissa la voix avec un signe de tête dans cette direction.

— Oh, lui ? Il vient de Denver.

— Denver ?

Le visage de Schaid était un point d'interrogation.

Moon délogea délicatement un caillou avec l'extrémité éraflée de sa chaussure.

— Il est fermement décidé à examiner la carcasse. (Un soupçon de sourire courut sur le visage du policier.) Je n'ai pas su comment lui dire « non ».

Sous le crâne épais du vétérinaire, les neurones commencèrent à avoir des ratés à l'allumage. Big Ouray était un animal d'une grande valeur. Il n'était pas exclu que la compagnie d'assurance envoie un expert-conseil afin de procéder à un examen. Il se racla la gorge et cracha.

— Un citadin. Il serait probablement pas capable de trouver son cul avec ses deux mains.

S'il y avait une chose qu'il voulait éviter, c'était qu'un vétérinaire patenté vienne rôder autour de cette carcasse. C'était son domaine à lui. Sa carcasse.

— Il représente la compagnie d'assurances ?

— Non.

Le policier détourna le regard vers les silhouettes des Trois Sœurs qui dominaient le paysage, confortablement assises pour l'éternité au sommet de la mesa.

— Il représente le gouvernement.

— Le gouvernement ?

Schaid avait pour habitude de répéter les mots clefs.

Hoover avait patienté assez longtemps comme ça ; il s'éjecta de la voiture et ouvrit son étui d'un geste vif du poignet, présentant son accréditation.

— Hoover. Agent spécial, FBI. (Il referma le porte-cartes.) Je vais inspecter le corps. Tout de suite.

Schaid fixa l'agent fédéral avec une expression d'incompréhension.

— Le corps ?

Hoover rangea l'étui dans sa poche.

— Je veux une copie signée de l'autopsie.

La voix du vétérinaire n'était plus qu'un murmure :

— L'autopsie ?

— Et, fit Hoover avec un signe de tête vers madame Nightbird, je veux interroger votre assistante.

— M'interroger ? fit Emily. Qu'est-ce que c'est que cette histoire, monsieur...

Hoover toucha son chapeau.

— Le Bureau enquête sur tous les crimes qualifiés qui se produisent sur les réserves indiennes, m'ame.

Il avait vu l'intégrale des films de John Wayne et savait que les gentlemen de l'Ouest s'adressent aux femmes en disant « m'ame ». Il acheva :

— Il me faut tous les renseignements dont vous disposez sur le meurtre de Big Ouray.

— Sur le meurtre... de Big Ouray ?

Les sourcils d'Emily dessinaient des V inversés au-dessus de ses yeux marron. Elle dirigea son regard sur Moon qui évita de le rencontrer.

Hoover en clignait des yeux. Ça ne manquait pas de débiles mentaux, dans le coin. Ça devait être à force de se reproduire entre eux. Il reporta son attention sur le « médecin légiste ».

— Où se trouve le corps ? exigea-t-il de savoir.

— Le corps ? fit Schaid en adressant à Moon un regard d'incompréhension.

Le policier ute repoussa son chapeau en arrière et s'autorisa un bref sourire.

— Monsieur Hoover souhaite jeter un coup d'œil à ce qui reste de Big Ouray.

Le vétérinaire tendit le doigt dans la direction approximative de la carcasse.

Emily regarda le dos de Hoover disparaître à travers les buissons.

— Tu as des amis extrêmement bizarres, Charlie.

Scott Parris descendit de voiture et claqua la portière. Il toucha son chapeau pour saluer la jolie femme et en fut récompensé par un sourire empreint de pudeur. Elle tendit le bras vers les instruments de Schaid, mais Scott Parris se saisit du lourd sac.

— Permettez-moi, dit-il avec galanterie.

Il la suivit jusqu'au pick-up.

Tout en regardant Emily discuter avec Scott Parris, Schaid grommela :

— En quoi un agent fédéral peut bien s'intéresser à un animal mort ?

— Ces types du FBI, lui répondit Moon avec un air de mystère, ils ne nous en disent pas plus, à nous, les flics ordinaires, que nous n'avons besoin d'en savoir. Il se pourrait (ajouta-t-il d'un ton de conspiration) que cet animal mort soit lié à une affaire plus importante sur laquelle il travaille.

Schaid passa son pouce sous sa ceinture pour contrôler un spasme répété dans sa main blessée.

— Le vieux Gorman va peut-être avoir des difficultés à toucher son remboursement d'assurance, pour le taureau, sauf si je parviens à établir clairement qu'il est décédé de causes naturelles. Laisse pas ce flic fédéral lui foutre tout en l'air.

— Harry, demanda Moon, est-ce que tu sais qui a rédigé la police d'assurance sur le bétail de Gorman ?

Le vétérinaire utilisa sa main valide pour essuyer la sueur qui perlait sur son front.

— Il me l'a pas dit quand il m'a appelé, mais ça a pas grande importance. Ils veulent tous les mêmes renseignements, il y a que les formulaires qui sont différents. Si tu veux que j'essaye de deviner, je dirais que cette police est établie par l'Union Nationale des Éleveurs. Gorman est probablement passé par une de leurs agences à Durango ou à Pagosa.

— Je crains que non. Tu connais Gorman Sweetwater, toujours à l'affût d'un moyen d'économiser de l'argent. C'est l'agence d'Arlo Nightbird qui lui a établi son contrat, vraisemblablement avec une petite compagnie de la banlieue sud de Bricoleville, dans le Nebraska, qui n'est absolument pas fiable et qu'a même pas de quoi payer ses factures de téléphone.

La bouche de Schaid s'ouvrit toute grande.

— J'ignorais qu'Arlo établissait des contrats sur les bêtes. Oh, enfer et damnation, pourquoi Gorman me l'a pas dit ?

— Il savait sans doute pas que la femme d'Arlo travaille avec toi. Je ne le savais pas moi-même il y a seulement quelques minutes.

— Euh, fit Schaid en réfléchissant, Emily a vu la carcasse... mais je vais lui demander de rester muette là-dessus.

Moon détecta de la tendresse dans la voix de Schaid lorsque le vétérinaire parla d'elle... quelque chose dans la façon dont il avait prononcé son prénom. Cette petite femme fragile était populaire à Ignacio, contrairement à son mari. Elle organisait la campagne annuelle de don du sang, rassemblait des vêtements pour les distribuer aux pauvres, collectait des fonds pour une liste sans fin d'œuvres de charité.

— Comment se fait-il, demanda Moon, que l'une des femmes les plus riches du comté fasse ton sale travail ? Ça ne peut pas être pour le salaire.

— Peut-être qu'elle s'ennuie à rester chez elle à ne rien faire.

Le ton employé par le vétérinaire suggérait que Moon aurait dû garder ce genre de questions pour lui. Il poursuivit :

— Je n'ai pas l'intention de lui demander. Elle est bonne avec les animaux.

— Et Big Ouray... comment est-il mort ?

Le vétérinaire évita de rencontrer le regard du policier.

— Je ne le saurai de manière certaine que lorsque j'aurai procédé aux analyses sur le contenu de l'estomac, mais ce monstre a vraisemblablement avalé un boisseau d'herbes empoisonnées, ça l'a terrassé. Ça arrive tous les jours avec les ruminants. Ils sont solides comme un roc et l'instant d'après ils s'écroulent, morts comme une vieille souche. Je vais inspecter la flore dans le fond du canyon. Il y a toutes les chances qu'on y trouve de l'astragale qui rend fou ou du camas vénéneux.

Moon désigna l'appareil-photo.

— Tu as pris des clichés de la carcasse ?

— Ouais, fit Schaid. Je te ferai des tirages, si t'en veux.

Le policier étudia attentivement le visage du vétérinaire. La tricherie était en place. Gorman allait toucher son assurance.

— Si ce sont des plantes empoisonnées qui l'ont tué, qu'est-il arrivé à ses oreilles et à ses couilles ?

Un muscle tressaillit sous l'œil gauche de Schaid.

— Difficile à dire. Les coyotes. Les vautours. Les gros rongeurs.

Il tourna la tête pour regarder Emily Nightbird qui, tout en arrachant de ses cheveux noirs de minuscules duvets de plantes, poursuivait sa conversation animée avec Scott Parris. Ils souriaient. Comme des amis. De bons amis. Il serra les poings sans tenir compte de la douleur causée par sa main blessée.

— Les bovidés meurent sans aucune raison, puis les prédateurs viennent festoyer. Je suis surpris que tu aies du temps à perdre avec des choses comme ça.

— Tu pourrais peut-être me tenir au courant de ce que tu

découvres, suggéra Moon en surveillant de près son visage. Ça me serait utile de savoir...

— J'ai plus que largement de quoi m'occuper à soigner les animaux malades. Il m'en reste pas beaucoup à consacrer à ceux qui sont morts.

Sur ces mots, le vétérinaire repartit vers son véhicule en titubant. Il adressa un signe de tête à Emily qui dit quelque chose à Scott Parris avant de monter dans le pick-up. Moon fronça pensivement les sourcils pendant que Schaid contournait la Blazer et laissait un nuage de poussière flotter au-dessus de la piste de terre défoncée.

Emily agitait la main en signe d'au revoir.

— Voilà ce que j'appelle une très jolie femme, confia Parris à Moon en lui rendant son geste. Elle a de drôlement beaux yeux.

L'Indien fit un grand sourire à son ami.

— Quand est-ce qu'elle est partie, Anne ? Ça doit être dur de rester sans femme pendant une journée entière.

Parris fut pris de remords.

— J'ai juste dit qu'elle était drôlement jolie.

— Elle est aussi drôlement mariée, fit Moon d'un ton abrupt. Le mari d'Emily est Arlo Nightbird. Il est propriétaire d'un cabinet d'assurances ; c'est lui qui a établi la police sur le bétail de Gorman. Il magouille aussi pour obtenir des fonds fédéraux pour la tribu.

Moon ne mentionna pas qu'Arlo avait une demi-douzaine de petites amies dans le coin et qu'il était client assidu d'une maison spécialisée du Nevada. Emily Nightbird méritait beaucoup mieux qu'Arlo.

Parris regardait le véhicule du vétérinaire disparaître derrière un virage.

— Elle est Ute ?

— Non, moitié Apache, moitié Mexicaine. Sa mère était de la famille Roanhorse de Dulce, sur la frontière avec le Nouveau-Mexique. Une bonne famille, qui a gagné de l'argent en cédant des droits d'exploitation du pétrole. Son père s'appelle Fidel Sombra ; il a un élevage de porcs du côté d'Oxford.

Parris se tourna vers la paroi de grès et poussa un soupir.

— Je me demande ce qui va se passer quand Hoover va découvrir le taureau...

Moon eut un large sourire.

— Allons voir.

Parris suivit son ami à travers les touffes de sauge à feuilles découpées. À en juger par la direction que prenait Moon, l'agent du FBI s'était écarté du droit chemin. L'Indien conduisit Parris vers un bosquet de pins pignons très âgés. Dès que Moon se fut frayé un chemin dans un fourré, Parris vit la dépouille de Big Ouray.

Le policier ute s'arrêta au-dessus de la carcasse et regarda le sol. Le vétérinaire et son assistante avaient fait suffisamment de traces pour oblitérer tout indice éventuel laissé par l'auteur des mutilations. Des morceaux d'adhésif blancs posés en croix recouvraient l'incision par laquelle le vétérinaire avait inséré un tube dans l'estomac de l'animal.

— Bijoux de famille et oreilles tranchés bien net, commenta Moon, ça n'est pas l'œuvre des coyotes.

— Exact, fit Parris en luttant contre la nausée. Qui pourrait faire une chose pareille ?

Moon s'accroupit près de la carcasse et réfléchit à ce qui s'était passé. Peut-être aurait-il dû venir, ce matin, chercher des empreintes. Mais qui aurait pu s'attendre à ce que Schaid, qui avait une grosse clientèle de petits animaux, réponde aussi rapidement à la requête pressante de Gorman ? Il s'agenouilla à côté de la tête de Big Ouray et passa sa main sur le cou du taureau.

— Il n'a pas saigné beaucoup, dit-il en levant les yeux vers Parris. Il devait être mort quand on l'a mutilé, sans quoi la pression artérielle aurait projeté du sang alentour.

Il fit courir ses doigts sur une légère abrasion entre les cornes et les yeux.

— Attends une minute, dit-il.

Il appuya son pouce sur le pelage roux ; il y avait un creux à l'endroit où l'os avait été enfoncé.

— Quelqu'un lui a asséné un grand coup sur la tête, à ce solide gaillard.

Doc Schaid aurait dû le remarquer ; à moins que l'alcool ne lui ait embrumé le cerveau. Mais même s'il l'avait vu, cela ne figurerait pas dans son rapport. Comme la majeure partie de ses revenus dépendait des éleveurs locaux, il allait omettre de signaler chaque détail qui pourrait mettre en péril le remboursement de Gorman. C'était comme ça.

Moon s'éloigna d'une douzaine de pas et décrivit un large cercle autour de l'animal. Il n'y avait que quelques empreintes. Malheureusement elles correspondaient toutes à celles que Harry Schaid avait laissées près de la dépouille. Le vétérinaire avait vraisemblablement tenté de trouver une herbe vénéneuse à laquelle attribuer le décès du taureau. Dans ce canyon, il ne devait pas être difficile d'y parvenir. Moon revint à la carcasse et resta debout à fixer intensément, sans rien dire, les restes de l'imposant animal.

Hoover fit tout à coup son apparition.

— Aidez-moi à trouver le corps du type ; on a des choses plus importantes à faire que regarder une vache morte qui pue !

— Pas une vache, corrigea Moon d'un ton égal. Un taureau.

Ou, plus précisément, ce qui avait été un taureau.

— Très bien. Vache, taureau, comme vous voudrez. La question importante, bon Dieu, c'est où se trouve le corps de monsieur Ouray ?

Moon désigna la carcasse.

— C'est lui. Monsieur Big Ouray. Le taureau hereford pure race de Gorman Sweetwater.

Un vent de panique passa sur le visage de l'agent spécial.

— C'est une plaisanterie ou quoi ?

Il n'était jamais venu à l'esprit de Hoover qu'un simple policier tribal puisse oser plaisanter à ses dépens. Parris posa la main sur l'épaule de Hoover.

— J'ai essayé de vous prévenir. Charlie Moon est incapable de laisser passer une occasion de s'amuser un peu.

— De s'amuser ? répéta Hoover qui se mordillait la lèvre inférieure. J'aurais pas dû m'attendre à autre chose ici, chez les intellectuellement déficients. Le péquenaud de la cambrousse qui se paye la tête du gars de la ville.

L'agent spécial avait la respiration précipitée.

Moon lui sourit.

— J'ai jamais dit qu'il s'agissait d'un homme ; tout ce que je vous ai dit sur Big Ouray, c'était la vérité vr...

Hoover aspira une grande goulée d'air qu'il rejeta lentement. Il fixa Moon de son regard glacial :

— Espèce de sale con..., dit-il en détachant chaque syllabe.

Il pivota sur les talons et s'éloigna à grandes enjambées.

Le policier ute secoua la tête avec une consternation feinte et jeta un regard de côté vers son ami dont l'expression disait : « Je t'avais prévenu. »

— Il est légèrement contrarié, commenta Parris pendant qu'ils le regardaient trébucher sur un buisson de sauge.

— Hum, fit Moon en secouant tristement la tête. Nerveux, le petit gars. Il marche comme s'il voulait creuser des trous avec ses talons pour enfoncer des poteaux de clôture.

— Il a sûrement la mémoire longue, Charlie. Tôt ou tard, il trouvera moyen de te rendre la monnaie de ta pièce. Je ne peux pas dire que je lui donnerai tort.

— Il n'a pas un sens de l'humour très développé, reconnut l'Indien.

Une heure plus tard, Charlie Moon et Scott Parris étaient confortablement installés au chaud, s'abandonnant aux arômes alléchants qui planaient dans la cuisine exiguë de Daisy Perika.

— Alors, c'est quoi qui a tué le taureau de Gorman ? Un animal ou un homme ?

Les yeux soupçonneux de la vieille femme étaient rivés sur le visage de son neveu.

— Difficile à dire, on n'a pas trouvé grand-chose là-bas. Tu as une idée ?

Il ne se passait pas grand-chose, dans le *Cañon del Espiritu*, sans que Daisy soit au courant. Ou qu'elle ait son opinion.

Elle fit tourner une spatule en genévrier dans la marmite

en fonte, puis baissa la flamme du gaz jusqu'à ce que l'anneau jaune prenne une couleur bleue vacillante.

— Je crois qu'il s'agit d'une personne atteinte de folie.

Elle pensa au fusil de calibre douze rouillé qui se trouvait dans son placard. Ce serait peut-être une bonne idée de le charger. Au cas où.

Parris renifla l'odeur délicieuse.

— Ça sent merveilleusement bon.

C'était incroyable, l'effet que l'air frais pouvait avoir sur l'appétit.

— Le rapport du vétérinaire, précisa Moon, dira très vraisemblablement que Big Ouray a brouté des herbes empoisonnées. Que ce sont les coyotes qui ont boulotté les parties de son anatomie qui manquent à l'appel. Il n'est sans doute pas impossible que ça soit effectivement ce qui s'est passé.

Daisy versa une pleine louche de ragoût d'agneau dans chacun des trois bols en plastique.

— Ne joue pas ce jeu avec moi, Charlie Moon. Chaque fois que tu essayes de me tromper, tu n'arrêtes pas de cligner des yeux. Si tu ne veux pas me dire ce qui s'est passé, ça m'est totalement égal.

Charlie la serra dans ses bras avec ardeur, faisant décoller ses pieds menus du linoléum.

— Tante Daisy, je n'ai jamais essayé de te tromper de toute ma vie.

Il la reposa sur sa chaise et, inconsciemment, cligna des yeux à plusieurs reprises.

Daisy Perika lui expédia un coup de coude appuyé et se retint de sourire.

— Tu ne grandiras jamais...

Elle observa Scott Parris qui goûtait le ragoût, mais c'est à son neveu qu'elle adressa sa question :

— À ton avis, la personne qui a tué le taureau de Gorman et qui l'a mutilé de la sorte... pourrait être quelqu'un que nous connaissons ?

Une ombre passa sur le visage de Moon.

— Difficile à dire.

Il fallait quelqu'un qui soit prêt à s'attaquer à un taureau adulte avec une sorte de massue. Quelqu'un d'un peu fou. Ou alors... quelqu'un qui pouvait s'approcher très près de l'animal sans le mettre en alerte. Une possibilité troublante surgit à l'esprit du policier, mais il la repoussa.

Moon se rendit à la salle de bains pour prendre une douche ; Scott Parris s'occupa avec un numéro du *Southern Ute Drum.* Tout en faisant la vaisselle, les pensées de Daisy restèrent attachées à son neveu. Charlie Moon était un homme bien, honnête, et tout le monde disait qu'il faisait un bon policier. Il assistait à la messe à l'église catholique tous les dimanches matins, mais sa tante le soupçonnait d'avoir conservé un certain intérêt pour les coutumes de leurs ancêtres. La majorité des Utes étaient au moins catholiques de nom, mais quelques-uns observaient aussi les voies des anciens. Daisy se souvenait de la façon dont Charlie avait acquis son nom ute quand il était tout gamin.

Lois Winterheart était la grand-mère du garçon. La mère de Daisy racontait des histoires incroyables sur Lois... Elle prétendait que la vieille femme pouvait « changer d'aspect, devenir comme les esprits qui se déplacent sans avoir besoin d'un corps ». Daisy se représenta sa mère, lorsqu'elle décrivait Lois, donnant à sa main un mouvement d'ondulation, « et elle pouvait flotter et passer à travers les arbres... tu ne pouvais pas la voir sauf, peut-être, que tu pouvais distinguer son ombre ». Daisy se rappela le frisson délicieux qui s'emparait d'elle quand elle se penchait plus près pour entendre sa mère murmurer : « Mais si tu faisais attention, tu pouvais sentir quelque chose comme un léger courant d'air qui s'insinuait au milieu des pins chaque fois que Lois passait par là. Certains, parmi les anciens, poursuivait-elle, disaient que Lois avait le pouvoir d'obliger le vent à tomber complètement, puis à recommencer à souffler. Mais tu n'entendais rien du tout quand elle se déplaçait. Tous les oiseaux et compagnie, ils devenaient drôlement silencieux quand Lois faisait usage de son pouvoir. »

Le père de Daisy rejetait tout cela, disant qu'il s'agissait de racontars de femmes sans cervelle, mais Daisy n'oublierait jamais ce qui s'était passé il y avait tant d'années de cela, pendant la Lune de la Grande Famine. C'était lorsque les épaisses chutes de neige étaient survenues. Les flocons de février étaient comme des plumes d'oie humides ; ils étaient tombés sans interruption trois jours durant. Puis les vents rugissants avaient déferlé du nord-ouest. Lorsque la tempête avait fini par s'évacuer vers Chama et Tres Piedras, les congères étaient suffisamment hautes pour qu'un attelage de chevaux s'y perde.

Ça avait été pendant cet hiver épouvantable que Lois Winterheart s'était installée dans une maison d'adobe sur les rives de la Piedra, à dix minutes (par beau temps) de la caravane de Daisy. Lois avait besoin d'emprunter de quoi faire du feu dans son réchaud, mais il fallait des raquettes pour naviguer sur les vagues successives des congères. En dépit de ces obstacles, la vieille Lois s'était présentée à la porte de Daisy avec son châle de laine en haillons et ses mocassins brodés de perles, demandant à emprunter le pétrole dont sa voisine pouvait ne pas avoir un besoin urgent. Elle avait attendu patiemment dans la cuisine, buvant une tasse de café fort pendant que la chamane transvasait le liquide d'un bidon de vingt litres dans un bocal en verre. Puis la visiteuse s'en était allée, le bocal sous le bras. Un instant plus tard, Daisy s'était précipitée dehors avec le châle que sa voisine avait oublié, mais la vieille femme avait disparu. Et il n'y avait pas une seule trace dans la profonde couche de neige. Pas une ne venait, pas une ne s'éloignait. Et il régnait un silence de mort... c'était comme si la terre entière et toutes ses créatures avaient, quelques instants durant, retenu leur souffle.

Et ça ne s'était pas arrêté là. Daisy s'en souvenait comme si cela datait de la semaine précédente. En 1968, Lois était tombée malade d'une pneumonie et elle se préparait à partir pour l'autre monde. Vers la rive opposée de la profonde rivière. Daisy prit le temps de se souvenir, le regard fixé sur le mur sans le voir. Elle distinguait presque la frontière brumeuse de cet autre monde. Avant que Lois ne passe de l'autre côté, elle avait fait venir le petit Charlie Moon à son chevet.

Charlie était le préféré de ses petits-enfants. Daisy avait regardé la mourante poser la main sur la tête de son petit-fils et lui transmettre une partie du pouvoir qu'elle possédait. Et un nom secret.

Daisy soupira. Elle suspectait Charlie d'être capable d'entendre les chants que psalmodiaient les anciens. Mais peut-être s'efforçait-il de ne pas écouter. La femme-médecine s'immobilisa et prêta l'oreille ; elle entendait souvent les chants qui flottaient vers l'entrée du canyon de l'Esprit. Mais Charlie s'éloignait de plus en plus, perdait le contact avec les anciennes coutumes qui soutenaient le Peuple depuis l'aube des temps. Les yeux foncés de la vieille femme posèrent un regard presque accusateur sur le policier blanc qui lisait dans le *Drum* un article consacré à Miss Ute du Sud.

— Année après année, Charlie se comporte davantage comme un *matukach*. Vous savez qu'il s'est abonné au *Wall Street Journal*, et qu'après il a acheté des actions d'une compagnie de jus de fruits installée en Géorgie ?

— Il ne m'en a jamais parlé, répondit Parris avec une expression de franchise. Je ne pense pas qu'il tienne à ce que ce genre d'information circule.

Elle hocha la tête. Son froncement de sourcils exprimait sa profonde certitude : Moon souhaitait assurément garder secrètes des activités à ce point honteuses. Elle essuya la dernière tasse, ramena son châle sur ses épaules et ferma les yeux.

— J'ai fait un mauvais rêve à propos de Charlie, vendredi dernier. Ça m'a réveillée au milieu de la nuit. Je n'ai pas pu me rendormir tellement j'étais inquiète.

Cela, au moins, Parris le comprenait. Les gens qui sont proches de policiers rêvent souvent de décès épouvantables survenus de la main de criminels.

— Il arrivait quelque chose à Charlie ?

— C'était horrible...

Daisy frissonna à cet épouvantable souvenir.

— ... j'ai rêvé qu'il s'était mis au golf.

7

Le soleil matinal illuminait la paroi éboulée de la Mesa des Trois Sœurs ; l'atmosphère était envahie d'une brume grise et humide. Gorman Sweetwater baissa sa vitre et huma la douceur de l'air vif. Levant le pied de l'accélérateur, il posa un regard sur la caravane de Daisy pour voir si la lumière de sa cuisine était allumée. Oui. Il regarda s'ouvrir la porte de la petite demeure, encadrant la silhouette voûtée de la vieille femme. Elle descendit prudemment les marches de son perron et lui adressa un signe de la main. Gorman rétrograda en première pour s'engager sur son allée. Le temps qu'il coupe le contact, elle était appuyée à la portière du pick-up.

— Bonjour, cousine. Je suis venu voir comment vont mes bêtes.

Celles qui restent, se rappela-t-il amèrement.

— Arrête-toi quelques minutes. J'ai une poêle pleine d'œufs brouillés, de saucisse de porc et de chili Hatch.

— Je n'ai pas tellement faim, mentit Gorman.

Benita ne cessait de le harceler en lui disant qu'à force d'avaler de la nourriture aussi grasse, quelque chose lui obstruerait les artères... mais c'était quoi ? Depuis qu'elle allait à l'université, Benita avait tant de choses à raconter qu'il était difficile de tout garder en mémoire. Mais tout à coup, ça lui revint ; il était certain de se rappeler les mots exacts employés par sa fille.

— De toute façon, dit-il, les œufs et la saucisse, ça serait mauvais pour mon niveau de colérosol.

À bout de patience, Daisy se détourna et repoussa ces âneries d'un geste de la main. Ce vieil homme devenait chaque année plus bête.

Il huma le riche arôme qui venait de la fenêtre de la cuisine.

— Mais, ajouta-t-il d'un ton vertueux, je vais entrer et grignoter un peu, si ça peut te faire plaisir.

— Jette un coup d'œil à la rampe de mon perron. Elle bouge quand je m'appuie dessus.

Qui travaille dîne.

— J'ai un marteau et un pied-de-biche dans le camion, peut-être quelques clous. Je vais voir ce que je peux faire.

Il savait que son second mari avait été tout sauf un bricoleur, et elle ne perdait jamais une occasion de faire exécuter un petit boulot de réparation à son cousin.

— Charlie est venu hier. Il est monté dans le canyon pour aller voir ton animal qui est mort.

— C'est bien ce que je pensais, marmonna le rancher.

Avec le rapport qu'il attendait de Doc Schaid, le remboursement de l'assurance était pratiquement acquis. Pourquoi Moon ne pouvait-il pas laisser les choses suivre leur cours ?

— Scott Parris, le policier qui vient de Granite Creek, il était là aussi.

Gorman grogna. Il se fichait éperdument de ce policier *matukach.* Il parcourut la rambarde d'un regard expert.

— Tu es au courant pour la réunion du conseil tribal d'hier soir ?

— Comment je le serais ? J'ai pas le téléphone et je reçois le journal qu'une fois tous les quinze jours.

Gorman secoua la rambarde. Une douzaine de clous de dix devaient faire l'affaire. Peut-être un croisillon de plus pour solidifier l'ensemble. Ou même deux. Ça valait bien une cigarette. Il plongea la main dans sa poche de chemise pour y prendre de quoi en rouler une. Daisy attendit patiemment. Il versa du tabac, contenu dans une blague en cuir usé, sur une feuille de papier à cigarettes suffisamment fin pour qu'on puisse lire au travers.

— Le conseil a décidé d'autoriser Arlo Nightbird à envoyer ses docamains au gouvernement, à Washington.

Il lécha le papier et scella l'assemblage pour obtenir une cigarette toute de guingois.

— Qu'est-ce que tu as dit ?

Daisy savait bien ce que cela signifiait, mais elle souhaitait retarder la prise de conscience.

— Des docamains... des papiers pour faire effectuer une étude sur le stockage d'ordures de centrales nuquelaires ici, dans le *Cañon del Espiritu.*

Il s'était exprimé avec aigreur. De son pouce, il fit tourner la molette du briquet à gaz et mit la petite flamme dansante au contact de l'extrémité tordue de la cigarette.

— Je suppose, conclut-il, qu'Arlo Nightbird doit être heureux.

— Y a des chances, acquiesça Daisy. Et tes vaches ?

Gorman se tourna et contempla les premières lueurs de l'aube qui s'infiltraient dans le canyon ; le refuge sacré où ses bêtes se réveillaient tout juste.

— Il est plus que probable que je serai obligé de les conduire ailleurs. Au pâturage d'hiver, à Bondad.

Il se racla la gorge, essuya un œil humide.

— Y a des daturas, des tiques grosses comme des pièces de monnaie qui leur sucent le sang, et surtout une eau alcaline. Mais (conclut-il avec amertume), ils disent que je ne peux pas m'opposer au progrès.

— C'est triste, fit simplement Daisy.

La femme-médecine frissonnait à cause du froid, et également parce qu'elle avait le sentiment que lorsque le soleil serait haut dans le ciel, les ténèbres resteraient. Quand la vieille femme fit demi-tour pour se réfugier dans la chaleur de sa cuisine, elle parla par-dessus son épaule.

— J'ai aussi fait des biscuits.

Gorman renifla les agréables odeurs de cuisine. Les biscuits au saindoux de Daisy n'avaient aucun mal à être meilleurs que ceux qu'on achetait en boîte.

— Je n'ai pas faim, mais je pourrais peut-être manger une bouchée si t'as besoin d'avoir de la compagnie.

Le saindoux, il ne l'ignorait pas, pouvait obstruer les artères de la même façon qu'un agglomérat de café moulu peut boucher le tuyau d'évacuation d'eau, sous un évier. Et cela entraînerait la crise cardiaque redoutée. Mais le vieil homme repoussa de son esprit la perspective de la terrifiante *corollaire.*

Nancy Beyal accueillit ses policiers préférés avec un entrain caractéristique.

— Bonjour, les gars.

Moon lança un coup d'œil vers un bureau réservé aux visiteurs et laissé officieusement à la disposition du FBI.

— Où est-il ?

— Monsieur Hoover ? Je ne l'ai pas vu depuis hier, tard.

Nancy crut détecter quelque chose d'étrange dans l'expression de Moon.

— Il est entré, il a ramassé ses affaires et il a décampé. Il doit être à Durango à l'heure qu'il est, ou (ajouta-t-elle sur un ton d'espoir), peut-être, à Denver.

Tombouctou serait encore trop près.

— Je ne comprends vraiment pas pourquoi il est parti aussi vite, commenta Parris avec un clin d'œil espiègle à Nancy. On s'amusait tellement bien ensemble.

— Vous êtes au courant, murmura-t-elle, de la menace de Gorman Sweetwater de... castrer Arlo Nightbird ? Louise Marie LaForte a tout entendu ; on ne parle que de ça dans toute la ville.

Pareils événements tenaient le rôle d'agréables fortifiants et atténuaient l'ennui généré par son travail au siège de la police tribale.

— Gorman, la colère le fait bouillir facilement, intervint Moon, mais la température retombe assez vite.

Le téléphone sonna ; Nancy décrocha, puis fit signe à Parris. Il colla le récepteur contre son oreille et entendit la voix de Sam Parker.

— Salut, Scott. Comment tu vas ?

— Très bien, Sam. Et toi ?

Hoover s'était-il déjà plaint de la farce de Moon ?

— Toujours à plein régime. Tu prends bien soin de... Hoover ?

— Affirmatif. (Parris repoussa un accès de remords.) Il a droit à un traitement de faveur.

— Il se passe des choses, par chez vous... en rapport avec le maintien de l'ordre public ?

— Pas vraiment, répondit prudemment Parris, nous avons eu une mutilation de bétail.

Parker, qui était spécialisé dans les enlèvements d'enfants et les attaques de banques à main armée, ricana doucement.

— Ben dis donc ! Dire que j'ai raté ça.

— C'était un animal de prix, fit Parris sur la défensive. Il valait plus de dix mille dollars. Quelqu'un lui a coupé les oreilles. Et les testicules.

— Est-ce que ça s'est produit sur les terres de la réserve ?

Sam Parker connaissait bien le tracé délirant des limites tout en angles de la réserve des Utes du Sud.

— Ouais. C'est Moon qui mène l'enquête.

— Eh bien, amusez-vous bien. Si je peux t'aider en quoi que ce soit, fais-le moi savoir.

Parris regarda Moon qui se tenait à côté de la cafetière, bien trop loin pour entendre.

— Il y a un truc, Sam. Ça concerne ce gars que tu nous as envoyé pour nous aider. James E. Hoover.

— Eh bien quoi ?

Il paraissait sur ses gardes.

— Tout le monde l'adore et c'est un super policier. En réalité, les gens d'ici pensent que J.E. pourrait te remplacer dans ton travail. Dès qu'il aura subi une lobotomie frontale.

— Fais gaffe à ce que tu dis, espèce de grande gueule, fit Sam en gloussant. M'énerve pas, sans ça je confie le secteur de Granite Creek à Hoover jusqu'à ce qu'il prenne sa retraite.

Parris raccrochait quand Charlie Moon, obéissant à un signe de Nancy Beyal, s'empara du combiné et fut connecté directement à la ligne d'appel d'urgence.

— Qu'est-ce que c'est ? grogna-t-il.

Il écouta en silence pendant quelques instants avant d'interrompre sa correspondante :

— Louise Marie, combien de fois je vous l'ai dit ? Ne m'appelez pas...

Il attendit encore.

— Ouais. Je viens. Mais c'est la toute dernière fois

Il raccrocha et fit un signe de tête à Parris.

— En route, chef par intérim. Le moment est venu de te faire rencontrer certains de nos concitoyens.

Ils trouvèrent la vieille femme assise sur la balancelle de son perron, occupée à écosser des pois secs. Les cosses jaunies étaient assorties à la teinte de la peau, tendue sur les veines violacées qui s'entrecroisaient sur ses mains replètes.

Moon toucha le bord de son chapeau.

— Qu'est-ce qui se mijote, Louise Marie ?

Elle leva les yeux avec un sourire affable destiné au grand Ute.

— Louise Marie, ce garçon s'appelle Scott Parris. Il remplace le chef Severo pendant plusieurs semaines.

Moon indiqua de la tête la placide vieille dame sur la balancelle.

— Cette petite dame mignonne à croquer est Louise Marie LaForte. Elle n'est pas Ute, elle n'est même pas Indienne. En fait (il afficha un dédain feint), nous ne sommes même pas sûrs qu'elle soit citoyenne des États-Unis. Louise Marie vient du Québec. Encore une de ces Françaises.

Elle se permit un sourire de coquetterie pendant que Moon poursuivait :

— Ça ne lui fait ni chaud ni froid que mon travail ne concerne que les appels en rapport avec le territoire et les bisons de la réserve. Elle me fait quand même venir ici chaque semaine, pratiquement, juste histoire de me faire perdre mon temps.

Ses pois étant entièrement écossés, elle leva les yeux, derrière les verres épais de ses lunettes, vers l'imposante silhouette du policier.

— C'est si gentil à vous d'être passé me voir, Charles.

— Quand donc allez-vous cesser de m'appeler ? demanda-t-il avec une brusquerie feinte. C'est la police d'Ignacio que vous devriez embêter. De toute façon, vous n'habitez même pas sur ma zone d'intervention. Si vous souhaitez me persécuter, Louise Marie, il va falloir que vous deveniez membre de la tribu et que vous déménagiez sur la réserve.

— Je vous appelle seulement parce que je vous aime bien, Charles Moon. (La police de la ville ne tenait aucun compte de ses nombreux appels.) Vous avez de la chance que je vous aime beaucoup. D'ordinaire, je ne suis pas trop portée sur les flics.

Elle abattit sa main sur le coussin à côté d'elle, plusieurs fois de suite, lui indiquant qu'il devait s'asseoir. Parris observa son ami qui prenait place, se demandant si les chaînes rouillées qui soutenaient la balancelle par deux pitons dans le toit de la galerie allaient supporter le poids imposant du policier.

Moon croisa les bras et ferma les yeux, se préparant pour l'inévitable attaque contre son rationalisme.

— Qu'est-ce qui se passe cette fois ?... C'est Taxi qui vous embête encore ?

Louise Marie dirigea son regard, un peu à l'écart, vers la ruine d'une maison en bois d'un étage que Taxi occupait sans permis depuis qu'il était arrivé à Ignacio, Dieu seul savait d'où.

— Non. Ce n'est pas Taxi. J'aimerais bien qu'il arrête ces travaux de taxidermie... je sens la puanteur qui vient de chez lui quand le vent souffle précisément dans la mauvaise direction. (Elle secoua la tête de désespoir.) Il lui arrive encore parfois de m'espionner de la fenêtre qu'il a à l'étage. Mais il reste surtout dans son coin depuis que vous avez eu votre petite conversation avec lui.

Inutile de mentionner les écureuils empaillés que ce cinglé avait laissés sur son perron. Moon la taquinerait en l'accusant d'avoir un petit ami, s'il apprenait l'existence de ce cadeau. Elle posa avec délicatesse, sur un tabouret près de ses genoux, le plat en aluminium contenant les pois écossés.

— Je l'ai vu, reprit-elle, ce matin, juste avant le lever du jour. Près du bord de la rivière.

De la tête, elle indiqua approximativement la direction du Los Piños, attendant que Charlie Moon s'enquière de ce dont elle parlait.

L'Indien demeura silencieux.

Parris attendit aussi longtemps qu'il put. Il monta sur le perron et s'appuya contre un des poteaux qui soutenaient la toiture ; la peinture poudreuse macula sa manche de blouson.

— Qu'avez-vous vu, madame ?

Louise Marie leva les yeux comme si elle s'apercevait seulement de sa présence.

— Qui êtes-vous ?

Le chef de la police par intérim hocha la tête pour montrer Moon et sourit.

— Je travaille pour Charlie. Disons que je lui viens un peu en aide de temps en temps. Est-ce qu'un rôdeur est venu vous embêter ? Est-ce pour ça que vous avez appelé ?...

— J'ai le vieux pistolet de mon défunt mari pour me débarrasser des rôdeurs, répondit-elle d'un ton sec. C'était pas un rôdeur. C'était celui qui est couvert de poils.

Sa voix se changea en murmure :

— C'était le *loup-garou.*

Parris se pencha pour entendre plus clairement.

— Le quoi ?

Elle cligna des yeux, parcourut dans un sens puis dans l'autre la voie gravillonnée envahie de mauvaises herbes pour s'assurer qu'aucun passant ne pouvait l'entendre.

— Le *loup-garou.* Avec des poils partout. *Oui,* et une longue queue, même. Et (ajouta-t-elle d'un ton menaçant en portant un doigt recourbé à chacune de ses tempes) avec des cornes !

Elle s'apprêtait à leur parler de l'autre caractéristique étrange du visage de ce monstre mais changea d'avis. Un *loup-garou,* c'était une chose ; c'était assez fréquent. Mais qui croirait qu'elle avait vu un œil rouge terrifiant, un œil qui ressemblait à un charbon incandescent ?

Parris scruta Moon dans l'espoir d'une explication.

— Lou Gourou ?

Moon s'éclaircit la gorge.

— Un *loup-garou*, expliqua-t-il avec une pointe de sarcasme presque imperceptible, est, en réalité, un individu qui a un problème sérieux. C'est un citoyen normal le jour, mais un animal dangereux la nuit. La plupart du temps, moitié loup, moitié homme. La moitié humaine est en général française et c'est pourquoi elle apparaît à Marie Louise. Elle est la seule Française de la région.

La vieille femme hocha la tête avec énergie.

— *Oui, oui*, il était aussi poilu que n'importe quel singe que vous avez pu voir, mais celui-là, c'était pas un loup ! Il avait des cornes sur la tête.

Louise Marie frissonna.

Parris se rendit compte que Moon était tout heureux de laisser la direction de l'interrogatoire à son « collègue et néanmoins ami ». Il hésita à poser la question, mais il n'y avait pas moyen de revenir en arrière.

— Et qu'est-ce qu'il faisait ce... lou... euh... cet individu poilu ?

— Eh bien, répondit-elle, il rôdait sur la berge à quatre pattes, à flairer le sol comme un grand chien en secouant sa grosse tête et en traînant sa queue sur le sol derrière lui. (Sa voix culmina dans les aigus.) C'est pas le genre de chose qui vous intéresse, dans la police ?

Parris ouvrit la bouche, mais il ne trouva pas de réponse appropriée. Moon se leva de la balancelle et appliqua une petite tape sur l'épaule de la vieille dame.

— Absolument, Louise Marie. Veillez à ce que votre porte et vos fenêtres soient bien fermées.

Cette fois il toucha son arme de hanche avec la paume de sa main et ajouta :

— Nous allons essayer de le repérer, votre *loup*.

— On ne peut pas tuer un *loup-garou* avec des balles ordinaires, prévint-elle en agitant un doigt. Au Québec, mon père mettait exactement douze grains de rosaire dans une cartouche de fusil de chasse. Une pour chacun des saints Apôtres.

Pendant qu'ils repartaient, Parris regarda la petite silhouette sur la balancelle du perron.

C'est quoi son histoire, à elle ?

— Louise Marie, raconta Moon, a épousé un Iroquois, au Québec, qui s'appelait Henry Gray Dog. Il l'a amenée ici il y a une trentaine d'années. Il travaillait sur les champs pétrolifères, du côté de Farmington. Il faisait aussi un peu le guide pour les chasseurs de wapitis ; il paraît que c'était un gars hors pair pour traquer le gibier. En 91, Henry est parti pour une promenade, un matin. On ne l'a plus jamais revu. Louise s'imagine qu'il va revenir un jour ; c'est pour ça qu'elle n'est jamais retournée dans sa famille au Canada.

Moon se tut pour se demander ce qu'il était réellement advenu de Henry Gray Dog. Mort, vraisemblablement.

— Elle se sent seule. Elle boit probablement un peu trop d'alcool maison. Je passe la voir de temps en temps pour m'assurer que tout va bien.

— Elle a l'air de te causer pas mal d'ennuis, remarqua Parris.

Moon ne répondit pas. Il se posait des questions sur le *loup-garou* de Louise Marie. Qu'avait donc vu la vieille femme ?

8

Scott Paris, allongé sur le dos, regardait une lumière électrique suspendue au bout d'une longue chaîne de cuivre au plafond du gymnase. Il abandonna l'idée de trouver une position confortable. Savoir que le grand Ute était sur la table voisine lui procurait un certain réconfort. Herb Ecker apparut à hauteur de son coude, rabaissant sa manche de chemise.

— C'est la première fois que je donne mon sang, déclara le vendeur de polices d'assurances avec son accent germanique. Ce n'est pas si pénible que ça.

— Nan, reconnut Parris. C'est un peu comme une piqûre d'abeille.

Les infirmières qui plantaient les aiguilles disaient toujours ça. Comme une piqûre d'abeille, ce n'est rien.

— Vous auriez dû voir le docteur Schaid, poursuivit Ecker. Le vétérinaire, il leur a dit de prélever un demi-litre de plus.

— Doc Schaid est une femmelette comparé à mon copain, intervint Moon. Scott Parris, lui, il a peur ni des balles à pointe creuse ni d'aiguilles grosses comme le pouce.

Ecker sourit et partit en faisant un commentaire sur la satisfaction de donner une part de soi-même pour aider les autres. Parris tourna la tête afin de voir Moon, dont les chaussures dépassaient largement de la table d'un mètre quatre-vingts de long.

— Je croyais qu'on allait à Durango rencontrer ce type. Tu n'avais pas mentionné qu'on devait se faire saigner à blanc.

Moon croisa les mains sur sa poitrine.

— C'est notre devoir civique, mon vieux. En plus, on a une sorte de concours avec les flics de la ville d'Ignacio. L'an dernier, ils ont donné un litre de plus que la police de la réserve.

Parris ferma les yeux lorsque Cecelia Chavez, l'infirmière du service de santé, remonta sa manche et lui entoura le bras d'un caoutchouc.

— Vous avez le teint un peu terreux. Vous vous sentez bien ?

— Terreux, c'est ma couleur normale.

Cecelia sourit tout en tapotant légèrement son bras à la recherche d'une veine adéquate.

— Vous autres, les grands costauds, vous devenez de vrais gamins quand il s'agit d'une toute petite piqûre d'épingle de rien du tout comme ça. (Elle eut un geste de tête sur sa droite.) Vous voyez Emily Nightbird, là-bas ?

Parris ouvrit un œil mais n'aperçut pas la jolie femme.

— Tous les ans, elle organise la collecte d'Ignacio et elle est toujours la première à donner son sang. Et Nancy Beyal, que Dieu bénisse son cœur d'ange, elle était là il y a une heure. Si Nancy peut donner un demi-litre, c'est un litre qu'il faudrait vous prélever, à vous.

Cecelia eut une grimace à l'adresse de Charlie Moon :

— Et quelqu'un de la taille de ce grand cheval devrait nous donner deux bons litres.

L'infirmière expédia un petit coup de coude dans les côtes de Parris :

— Vous savez ce qu'il a fait, Charles, il y a quelques années ? Quand il ne voulait pas donner son sang ?

Parris avait très envie de détourner ses pensées de cette femme agitée qui maniait l'aiguille avec des mains aussi frémissantes que les feuilles d'un tremble au premier souffle de vent.

— Ça ne m'intéresse que si c'est susceptible de ternir sa réputation.

— Ce grand nigaud, chuchota-t-elle, a rempli le formulaire en mettant tout un tas de mensonges. Il a marqué qu'il avait toutes les maladies, depuis l'hépatite jusqu'à la tuberculose. On lui a quand même pris son sang.

— Oh, je ne sais pas s'il a inscrit ça pour plaisanter, répliqua Parris sans sourire. J'ai entendu des vilaines rumeurs sur Charlie et je ne sais pas quelle maladie vénérienne...

— Quand vous aurez fini de prendre le sang de ce *matukach* pâle, grommela Moon à Cecelia, essayez de voir si vous ne pourriez pas lui casser l'épingle dans le bras.

Emily Nightbird fit son apparition et posa le bout de ses doigts avec légèreté sur la main de Parris.

— Re-bonjour. C'est si gentil à vous de nous aider.

Il essaya de hocher la tête, mais c'était une manœuvre difficile avec le crâne posé sur la table en acier inoxydable.

— C'est un plaisir, mentit-il.

Emily se pencha sur lui. Ses cheveux noirs cascadèrent tout près de son visage.

— J'espère que la mise en place du prélèvement ne vous ennuie pas... certains donneurs craignent l'aiguille.

Parris se força à émettre un petit rire jovial.

— Les aiguilles. Nan. Pas de problème.

Il n'eut qu'un tressaillement lorsque l'infirmière piqua dans son avant-bras, ratant complètement la veine.

— Bon, lui ordonna Cecelia, comprimez la boule en caoutchouc que je vous ai mise dans la main. Pompez, pompez !

Elle eut un soupir déçu :

— Eh bien, eh bien, vous avez des toutes petites veines de rien du tout, comme une fille. Y a absolument rien qui coule. Je vais essayer encore une fois ou deux. Si ça marche pas, il faudra qu'on pique dans l'autre bras.

Daisy Perika remontait péniblement la pente menant à sa boîte aux lettres quand elle entendit le pick-up de Gorman derrière elle. L'éleveur se rangea et mit pied à terre. Il plongea la main dans sa poche de manteau et en sortit une enveloppe chiffonnée à en-tête du Cabinet d'assurances Nightbird.

— Regarde ça, gronda-t-il.

Daisy en sortit le contenu et fronça les sourcils en voyant le papier bleu perforé ; ses lèvres remuèrent pendant qu'elle lisait le chiffre inscrit sur le chèque.

— Quatre cent douze dollars. Et vingt et un *cents.*

Elle leva les yeux vers la mine sombre de son cousin :

— Big Ouray valait plusieurs milliers de dollars, c'est tout ce que l'assurance accepte de payer ?

— Il y aura pas de remboursement pour Big Ouray. Ça, c'est la restitution de ce que j'ai versé pour la police d'assurance ; elle est annulée.

Il toussa, jeta une cigarette à moitié consumée sur le chemin et l'écrasa avec fureur sous le talon de sa botte.

— Arlo prétend qu'il y a eu une erreur quand les papiers ont été établis. Il dit que le petit jeune, Ecker, il a mal reporté un chiffre quand il a copié le numéro d'enregistrement de Big Ouray. Moi, je crois qu'il a falsifié les papiers, mais le résultat, c'est que mon assurance, elle vaut pas un pet de lapin.

— Arlo a trouvé un moyen de ne pas payer, alors, commenta Daisy avec une résignation stoïque.

Les mains de Gorman tremblaient quand il prit un paquet de tabac et tenta d'en verser le contenu dans une feuille de papier à cigarette.

— Ce petit salopard... il trouve toujours un moyen.

Le vieil homme renversa la moitié du tabac et lâcha un juron.

— J'aurais dû m'assurer auprès d'un des cabinets de Durango, au lieu d'essayer d'économiser sur la prime.

Daisy ouvrit la bouche pour rappeler à son cousin qu'elle le lui avait bien dit mais décida de garder le silence. Gorman souffrait assez comme ça pour l'instant. Plus tard, il se sentirait beaucoup mieux. Elle le lui ferait remarquer à ce moment-là.

— Alors, demanda Parris, ce Oswald Oakes, c'est un ami à toi ?

— Oz, fit pensivement Charlie, est quelqu'un avec qui je joue aux cartes.

Les amis étaient rares, on n'en rencontrait pas tous les jours, et Oz ne pouvait prétendre à ce titre. Moon rangea la Blazer le long du trottoir, derrière une Miata bleue décapotable. La haute maison de deux étages était perchée de manière apparemment instable sur la crête d'une colline boisée qui descendait en pente douce vers les rives rocheuses des Animas.

— Son intérêt principal, dans la vie, c'est de collectionner des choses. Des vieux livres. Des antiquités. Des objets préhistoriques.

Moon tendit la main vers le siège arrière pour y prendre son Stetson à large bord qu'il enfonça jusqu'aux oreilles.

— Oz est une excellente source de renseignements.

Et, comme il n'avait jamais vraiment réussi à dominer les subtilités du poker, une excellente source de revenus.

— Quels renseignements ?

— Sur tout un tas de trucs bizarres, répondit Moon en coupant le contact. Les apparitions d'OVNI. Les témoignages de gens ayant vu des monstres.

— Et, laisse-moi deviner... les mutilations pratiquées sur des animaux ?

L'Indien hocha la tête en serrant le frein à main et en ouvrant la portière.

— Il archive tout dans des fichiers informatiques. Ça doit être une sorte de jeu pour lui.

Pour Oz, tout était un jeu.

Parris baissa le bord de son chapeau sur son front afin de protéger ses yeux de la pluie cinglante.

— Tu crois qu'il va nous aider à résoudre cette histoire de mutilation de taureau ?

— Possible, fit Moon en parcourant à pas de géant l'allée de briques rouges qui montait jusqu'à la porte.

Parris enfonça les mains dans ses poches de blouson ; ses doigts froids rencontrèrent un rouleau de bonbons à la menthe dans l'une, des comprimés d'Alka-Seltzer enveloppés d'aluminium dans l'autre. Il se planta derrière Charlie Moon pendant que le policier ute tapait du poing contre la porte.

Ils attendirent. Moon frappa à nouveau violemment, ébranlant les lys couleur ivoire des verres teintés.

— Hé, Oz !... Ouvre, il pleut sur mon chapeau neuf !

Ils entendirent bientôt des bruits de pas assourdis, quelque part dans les profondeurs de la demeure victorienne. Un personnage osseux, tout en angles, portant un pantalon de laine à l'ancienne et une chemise de soie bleue, ouvrit la porte. Il ôta ses lunettes de lecture à monture en or, les glissa dans sa poche de chemise et regarda ses visiteurs avec hésitation en clignant des yeux. De la position qu'il occupait derrière Moon, Parris observa l'homme qui s'appuyait légèrement sur une canne. Oswald, qui était presque aussi grand que Charlie Moon, arborait une barbichette impeccablement taillée et une moustache irréprochable qui semblait enduite d'un peu de cire aux extrémités. Il ôta de sa bouche le cigare largement consumé dont il pointa le bout fumant sur les policiers.

— Tiens, tiens, qui donc cela pourrait-il être ? fit-il d'un ton cordial. Si j'en juge d'après votre apparence négligée, vous n'êtes assurément pas du genre mormons itinérants.

— Nous représentons la loi, répondit Moon d'un ton lugubre. Et nous sommes ici en service commandé.

Oswald rit sans bruit et décrivit avec sa canne un ample geste de bienvenue.

— Entrez. Mais essuyez vos chaussures sur le paillasson.

Il détailla Parris avec une curiosité presque enfantine :

— Vous n'êtes pas ute. Est-ce que je vous connais ?

— Oz, intervint Moon, dites bonjour à mon nouveau collègue, Scott Parris.

Le propriétaire des lieux avait déjà entendu parler du nouvel ami du policier indien, arrivé de Granite Creek ; peut-être Charlie ne viendrait-il plus aussi souvent maintenant. Il se murmurait que ces deux-là passaient tout leur temps libre à pêcher la truite dans les torrents de montagne. Oswald ne pouvait comprendre quel attrait pareille activité pouvait bien présenter. Il regarda Parris avec espoir.

— Vous êtes joueur ? De cartes, je veux dire.

Le chef de la police serra la main que le vieil homme lui tendait.

— J'apprécie une partie de poker de temps à autre.

Leur hôte leva les sourcils.

— Qu'est-ce que vous préférez ? Avec quatre cartes exposées ? Sept ?

— À Granite Creek, il y a des policiers qui organisent des parties le mardi soir. La plupart du temps, c'est avec quatre cartes découvertes ou alors au *Spit in the Ocean.*

Mais il y avait eu d'autres types de parties, dans d'autres lieux.

— Le *Mexican Stud* ou le *Shotgun,* poursuivit-il d'une voix à peine audible, c'est à ça qu'on jouait à Chicago.

Chicago. Le seul nom de la ville avait le pouvoir de faire ressurgir des souvenirs vifs, aussi bien doux que doux-amers. Les vents frisquets venus du lac apportaient — oh, si peu — l'odeur des poissons morts. Les sandwiches aux saucisses de Pologne au *drive-in* de la Quatre-vingt-treizième Rue. Les fidèles camarades du poste de police dont il n'entendrait jamais plus les plaisanteries grasses et les rires tonitruants. Et, bien sûr, Helen. Qui ne serait jamais plus. Tant de choses disparues.

Oswald, percevant que Parris était ailleurs, se tourna vers Moon.

— Charles, je dois avouer... que je commence à me fatiguer du poker... Nous devons trouver un nouveau jeu.

Moon, qui s'attendait à cette récrimination, accrocha son chapeau neuf sur une des cornes droites et fuselées d'une tête d'antilope d'Amérique transformée en trophée de chasse. Une fois qu'on avait appris à connaître le vieil homme, ses schémas de pensées et d'humeurs pouvaient être anticipés, et ce caractère prévisible constituait, au jeu, une fatale faiblesse. Ils avaient commencé par jouer aux dames. Puis aux échecs. Au billard normal à six trous. Et finalement, au poker. Mais Oz se fatiguait de tout lorsqu'il se trouvait dans une mauvaise série, et il commençait à parler d'un « nouveau défi ».

— Tu pensais à quoi ?

Oswald prit le blouson de Moon et l'accrocha à une autre corne d'antilope.

— Je préférerais un nouveau défi... quelque chose qui stimule l'intellect.

Le policier ute avait financé la plus grande partie de sa nouvelle maison avec les gains qu'il avait tirés de ces parties. Et de toute façon, Oz pouvait largement se le permettre.

— Quand tu auras décidé, fais-moi savoir ce qui te tente.

Oswald s'anima.

— Je ne t'ai pas vu depuis un certain temps...

Il posa un regard hésitant, presque jaloux, sur Scott Parris, puis le reporta sur Moon.

— ... Es-tu sûr que tu vas être disponible ?

— Il faudra que je vérifie où j'en suis dans mon boulot. Entre mon métier de policier et la maison qui n'est pas terminée, il ne me reste pas beaucoup de temps pour autre chose que le travail.

Peut-être était-ce la raison pour laquelle il n'avait pas tenté d'aller voir Benita. À moins que le travail ne soit une excuse. Il se promit de passer au ranch des Sweetwater le lendemain. Ou peut-être à un moment ou à un autre de la semaine suivante.

Parris, qui ne dédaignait pas de ramasser une pointe de flèche quand il en trouvait une, resta bouche bée devant une vitrine qui renfermait une demi-douzaine de poteries mimbres originaires du Nouveau-Mexique, des lames d'obsidienne merveilleusement travaillées par les bâtisseurs de tumulus Hopewell[1] dans l'Ohio, des bijoux en coquillages sculptés provenant de Basse-Californie, et d'autres pièces et objets uniques qu'il ne put identifier. Lorsque leur hôte leur eut fait une brève présentation de cette partie de sa collection d'objets anciens, le policier suivit Oswald dans un couloir lambrissé qui s'ouvrait sur un vaste salon. Le meuble central en était une table de billard. Les billes, rangées en un triangle impeccable sur le tapis de feutre ardoise, attendaient les

1. Les hommes qui vécurent là jusqu'au ve siècle de notre ère ont laissé les vestiges d'une culture à laquelle fut donné le nom de Hopewell, patronyme du fermier sur les terres duquel plus d'une trentaine de tumulus furent découverts. *(N.d.T.)*

joueurs. Autour de la table, une douzaine de pièces de mobilier ancien mal assorties étaient disséminées sur un épais tapis. Un mur était décoré de vieilles couvertures navajos et percé de deux larges fenêtres qui donnaient sur une pelouse ombragée ; deux autres disparaissaient derrière des livres, du sol au plafond. Aucun ne paraissait neuf. Moon, qui se sentait à l'aise quel que soit le décor, laissa tomber sa lourde charpente sur un fauteuil Queen Anne d'aspect fragile. Un craquement de mauvais augure retentit quand ses pieds au galbe délicat s'écartèrent légèrement.

Oswald tressaillit.

— Je t'en prie, Charles, fais attention. Ce siège a été fabriqué en 1708 par des artisans hautement qualifiés. J'aimerais beaucoup qu'il voie la nouvelle année.

Parris restait sur place sans trop savoir quoi faire, parcourant du regard le salon à la recherche d'un fauteuil d'apparence robuste. Oswald tendit le doigt :

— Essayez le Chippendale ; milieu de la période des rois George, en Angleterre.

Leur hôte caressa le bras vernis du fauteuil comme un autre homme aurait flatté l'encolure de son chien favori.

— Merveilleux acajou, ne trouvez-vous pas ?

— Joli meuble, acquiesça Parris. Mon épouse adorait les antiquités.

Oswald remarqua le temps du passé.

— Vous êtes... séparé de votre femme ?

Parris tenta d'avaler la boule qui se formait dans sa gorge.

— Helen est décédée. Il y a presque trois ans.

Il vit la question sur le visage du vieil homme et compléta :

— Accident de voiture.

Oswald hocha la tête avec compassion.

— Ma mère, Dieu bénisse son âme, a cessé de vivre il y a eu onze ans en juin dernier.

La cause en avait été le cancer, mais il ne pouvait prononcer ce mot maudit. Il sentit des larmes monter à ses yeux :

— Pas un jour ne se passe sans qu'elle me manque. Mais (ajouta-t-il d'un ton plein d'entrain) mes nombreuses activités remplissent mes journées.

La solitude voilait chaque heure de sa vie tel un rideau sombre.

— Excusez-moi, mes amis, fit-il. Je vais chercher de quoi nous soutenir.

Il disparut une minute, puis ils entendirent le sifflement aigu d'une bouilloire. Leur hôte revint avec un grand plat en argent qui avait sérieusement besoin d'être astiqué. Il posa le tout sur une table au plateau de marbre.

— C'est du Darjeeling premier choix. Je me le procure auprès d'un importateur de San Francisco.

Il commença par Parris, thé d'abord, assiette de gâteaux secs ensuite.

— Généralement, je sers les *biscotti* avec un vin blanc spécial, mais, par déférence envers Charles, je m'abstiendrai de servir de l'alcool.

Parris choisit de ne pas relever ce commentaire ; si Moon était un alcoolique repenti, ça ne regardait que lui.

— Vous devez tremper les *biscotti* dans le thé, mais vite. C'est là (ajouta-t-il d'un ton grave) une manière de faire extrêmement *raffinée.*

Quand bien même les chances de réussite étaient nulles, tout gentleman se devait de tenter de rendre plus civilisés ces gaillards mal dégrossis.

Parris trempa le mince biscuit dans le Darjeeling. Très vite. Il mordit dans la pâtisserie humide et trouva cette expérience extrêmement satisfaisante. De plus, se rappela-t-il, c'était extrêmement raffiné.

— Pas mal, dit-il en se léchant les doigts.

Leut hôte poussa un soupir ; il accepta cette réponse comme étant ce qu'il pouvait espérer de mieux.

— Maintenant, dites-moi : quel néfaste caprice du hasard conduit deux policiers à ma porte en cette sinistre journée ?

— C'est ton jour de chance, le contredit Moon. Nous t'avons apporté un cadeau.

Oswald observa Parris avec un froncement de sourcils feint.

— Demandez aux Navajos ou aux Apaches ; ils vous diront que c'est écrit dans les étoiles...

Il leva les bras dans un geste théâtral et dirigea son regard vers un plafond composé de panneaux de chêne vernis.

— ... fuyez les Utes porteurs de cadeaux.

Parris présenta sa tasse comme pour un toast et sourit.

— Je l'ai vu la nuit dernière. Juste à côté de la Grande Ourse.

Moon observait un silence placide, attendant que la tension monte chez le vieil homme.

Oswald changea de position sur le coussin de son fauteuil. Il croisa les jambes. Tambourina des doigts sur la table de marbre New Hampshire, près de son coude. Décroisa les jambes. Finalement, c'en fut trop. Il tourna son regard vers une fenêtre et fit semblant d'observer un nuage bas qui frôlait le sommet de la colline.

— Ahhh... c'est quoi, alors, ce cadeau que tu m'apportes ?

Moon tendit la main vers les gâteaux.

— Quelque chose qui va faire ruminer ton petit ordinateur.

D'impatience, Oswald triturait l'extrémité pointue de sa moustache.

— Ah... merveilleux ! Mais ne me dis pas... laisse-moi deviner. On a signalé un OVNI ?

L'expression de Moon lui dit *non.*

— On a vu un sasquatch, le cousin du yéti ? Non ? Attends, je sais, tu as fini par décider de faire appel à ma contribution pour résoudre le mystère du vieux fermier qui a disparu de manière si inaccoutumée l'année dernière. Quelque chose Yaciiti... c'était ça, son nom ?

Moon grommela à part lui ; pourquoi se sentaient-ils tous obligés de pérorer sans fin sur la disparition de Nahum Yaciiti ?

— Nous avons eu une mutilation d'animal.

La tasse de thé d'Oswald ne monta pas tout à fait jusqu'à ses lèvres ; ses sourcils se soulevèrent presque imperceptiblement.

— Non ? Le chaton d'une petite vieille qui aura... ?

— Un taureau hereford, précisa Moon. Une sacrée bête.

— Ah ah... voilà qui est beaucoup mieux ! Tu as eu tout à

fait raison de venir me consulter. Maintenant, je vais me livrer à mon imitation de Sherlock Holmes.

En exagérant ses effets, il ferma les yeux et posa une paume sur son front :

— Ce crime s'est produit sur les terres de la réserve, sinon tu n'enquêterais pas sur ce délit. C'était probablement dans un endroit isolé...

— Tu n'avais pas beaucoup de chances de te tromper, là, Oz. C'était au fond d'un canyon. Un lieu désert.

Moon expédia deux gâteaux dans sa bouche. Ils étaient drôlement plats, ces trucs.

— Tu n'aurais pas des biscuits Oreo rangés quelque part ?

Oswald se pencha, le cigare coincé entre les dents.

— Rendons donc cette enquête plus intéressante grâce à un pari. Deux contre un que je peux te décrire avec précision la façon dont ce taureau a été mutilé... avec précision.

Moon secoua la tête et fronça les sourcils.

— Tu commences à avoir les chevilles qui enflent, Oz.

Cérémonieusement, le vieux monsieur sortit de son portefeuille un billet de vingt dollars craquant neuf et l'agita sous le nez de Moon.

— Montre ton argent au lieu de tenir des propos impertinents.

Il souffla un rond de fumée qui monta vers le plafond.

L'Indien posa un billet de dix dollars sur la table basse.

— O.K., Sherlock. Mon Hamilton contre ton Jackson.

De l'argent offert comme ça, ça ne se refuse pas.

— Ah... un pari stimulant, enfin.

Oswald ferma les yeux et porta doucement ses longs doigts à ses tempes.

— Laisse-moi visualiser ce que vous avez trouvé. Ah... je distingue tout maintenant. Le taureau n'avait plus ses testicules.

Moon sourit.

— Bien deviné, Oz, mais c'est plus compliqué que ça.

Il tendit la main vers les billets.

— Mais attends, dit rapidement Oswald comme si quelque

chose lui revenait, aurais-je oublié de mentionner les oreilles ?

Il regarda Moon d'un air surpris et se plaqua la main sur le front.

— Oh, mais, bien sûr... les oreilles auront assurément été prélevées. Et, cela va sans dire (ajouta-t-il avec une expression de triomphe suffisant), l'infortuné animal aura été occis par un coup violent porté sur le crâne.

Il baissa la voix et poursuivit sur un ton doux et monocorde :

— Est-ce suffisant, Charles, ou faut-il que je te fournisse le nom de l'auteur de ces actes ?

Moon ne pouvait détacher son regard des deux billets verts.

— Un nom. Ça m'aiderait.

— En ce cas, puisque tu es aussi bon perdant, tu vas l'avoir, ce nom.

Oswald eut un sourire éclatant et glissa les billets dans son portefeuille. Il s'appuya au dossier et noua ses mains derrière sa nuque.

— Cela fait des années que j'enregistre les données concernant les mutilations. À l'ouest du Mississippi il n'y a que trois mutilateurs de grands animaux qui pratiquent ce métier ésotérique avec une certaine régularité. Je connais suffisamment leurs habitudes et leur personnalité pour mettre un nom sur chaque acte. Picasso opère rarement à l'est de l'Utah et pratiquement jamais durant l'été. Boucher n'a pas mutilé un seul animal en plus de quatre années. En conséquence...

Il claqua des doigts.

— ... votre homme doit être Caïn. Car (poursuivit-il avec un air d'aimable triomphe) Caïn a une méthode de mutilation très caractéristique que je viens de vous décrire. Bien sûr, « Caïn » n'est pas son véritable nom... juste un patronyme pratique dont je l'ai affublé dans... euh... un souci d'archivage.

Il observa la déception qui envahissait le visage des policiers. Moon, comme toujours, se montrait patient. Mais ce Scott Paris avait l'air un peu agacé.

— Auriez-vous, reprit Oswald, apporté une photographie de la carcasse, par le plus grand des hasards ?

Moon plongea la main dans sa poche de chemise.

— C'est Doc Schaid qui les a prises.

Le vieil excentrique s'empara des clichés avec gratitude.

— Harry Schaid est un vétérinaire très compétent et un photographe passable. Il m'a été très utile dans mes recherches sur les mutilations.

Les yeux d'Oswald brillèrent lorsqu'il étudia la photo représentant la partie postérieure du corps de l'animal.

— Bien sûr. La signature de Caïn, sans conteste. Des incisions franches et nettes... qui font penser au travail d'un chirurgien adroit.

— Doc Schaid, dit Moon, essaye d'aider Gorman à régler un problème d'assurance ; il va certainement prétendre que ces mutilations sont l'œuvre de coyotes affamés.

Oswald laissa tomber son mégot de cigare dans une coupe en onyx et sortit un havanc neuf d'une boîte en noyer vernis.

— Il va dire qu'il s'agissait de coyotes. Mais ça ne te trompera pas, toi, Charles.

Il coupa l'extrémité du cigare avec une petite paire de ciseaux puis l'alluma.

— Eh bien, reconnut Moon, d'ordinaire les coyotes ne mangent pas d'oreilles au petit déjeuner quand il y a de la langue de bœuf fraîche au menu. Et d'autre part, le taureau n'est pas mort de ce qu'on pourrait appeler des « causes naturelles ».

Oswald aspira la fumée de tabac odorante au plus profond de ses poumons et toussa.

— Bien sûr que non.

— Ses techniques de mutilation mises à part, demanda Parris, que savez-vous sur ce « Caïn » ?

Par les vitres d'une fenêtre en saillie, le vieux monsieur regardait les rideaux de pluie s'abattre.

— Je vais vous aider de mon mieux, dit-il d'un ton rêveur, mais je doute que vous lui mettiez jamais la main dessus.

Il tira longuement sur son cigare puis se dirigea vers un bureau à cylindre et chercha à l'intérieur jusqu'à ce qu'il trouve un journal relié cuir. Il fit glisser ses lunettes de lecture sur l'arête de son nez et adressa un large sourire au policier ute.

— Qu'est-ce que tu penses de cette cote, Charles... cinq contre un ? Cent dollars contre un billet de vingt t'appartenant que tu n'appréhenderas pas Caïn avant qu'il n'ait frappé à nouveau.

— Merci pour ce vote de confiance, commenta Moon.

Mais c'était un pari qu'il n'allait pas relever.

Oswald leva une main en geste de défense.

— Je n'avais aucune intention de me montrer insultant, Charles. En tant que joueur qui ne laisse rien au hasard, je me range toujours du côté des statistiques. Si la créature mutilée avait été un poulet ou un chiot, tu pourrais avoir de la chance et découvrir un adolescent grotesque qui donne dans le satanisme. Mais aux États-Unis et au Canada, pratiquement personne n'a jamais été arrêté, à plus forte raison condamné, pour des mutilations perpétrées sur des animaux de grande taille.

Moon savait qu'Oswald tenait un argument valable. Les chances d'arrêter cet allumé du cerveau se situaient quelque part entre zéro et epsilon. Il soupira, croisa ses doigts et appuya son menton sur ses mains. Il se demanda ce que Benita faisait. À cet instant précis. Elle aidait probablement son père à regrouper le reste de leur troupeau de Herefords. Ou peut-être... se lavait-elle les cheveux. Peut-être se les brossait-elle. Ses cheveux étaient magnifiques.

Oswald remarqua cette attitude de prière. Il prit également note du petit crucifix de bois accroché à une chaîne en argent autour du cou de Moon.

— Charles, si tu veux avoir la moindre chance d'arrêter Caïn, dit-il sur un ton de légère moquerie, tu devrais peut-être t'en remettre à la prière... afin d'obtenir un miracle. (Ses yeux luisaient d'un amusement difficilement contenu lorsqu'il poursuivit :) Ces enquêteurs intelligents que l'on voit à la télévision sont immanquablement récompensés par la révélation intégrale des méfaits du coupable quand ils confrontent cet individu à un infime petit lambeau de preuve. Oui,

oui... il faut avoir la foi... l'auteur des mutilations te confessera certainement ses crimes.

Le vieux monsieur gloussa puis rougit un peu :

— Je suis confus, Charles, je suppose que c'était impoli de ma part... mais il faut me pardonner. La vie est devenue plutôt terne ; je dois trouver de quoi m'amuser quand j'en ai l'occasion.

Moon leva brièvement sa tasse de thé entre ses deux mains comme s'il s'agissait d'un calice sacré.

— Oz, je te pardonne.

L'Indien ferma les yeux ; ses lèvres frémirent, comme dans une prière silencieuse.

Oswald ne savait jamais très bien quand Moon se moquait de lui. Peut-être était-ce pour cela que le grand Ute était si difficile à battre au poker.

— Je vais avoir besoin d'enregistrer un certain nombre de renseignements pour ma base de données.

Il ouvrit un carnet et approcha un porte-mine plaqué or de la page.

— Le propriétaire de ce défunt bovin est... ?

Après une longue pause, Moon leva la tête.

— Le taureau appartenait à Gorman Sweetwater.

Oswald inscrivit le nom en majuscules au sommet de la page.

— Quand la mutilation de l'animal a-t-elle eu lieu ?

— Dans la nuit de mercredi dernier ; peut-être très tôt jeudi matin.

Le vieux monsieur notait ces renseignements avec soin, d'une écriture claire et précise.

— Peux-tu me décrire l'animal, s'il te plaît ?

— Comme je te l'ai dit, un taureau hereford. Pure race. Gorman l'appelait Big Ouray.

— Big Ouray, nota-t-il en faisant la moue, voilà qui était on ne peut plus approprié.

Oswald abandonna tout à coup son fauteuil et traversa la pièce en direction du bureau à cylindre. Il chercha dans une boîte de disquettes d'ordinateur jusqu'à ce qu'il ait trouvé celle qui était étiquetée MUT/AN. Il prit un ordinateur portable sur sa table de travail et vint le poser sur un canapé. Il alluma l'appareil, inséra la disquette dans la fente du lecteur et enclencha une touche avec la gomme de son porte-mine.

Parris se pencha et regarda par-dessus l'épaule du vieux monsieur.

— Cela fait trois décennies, commenta Oswald d'un air de vertu lasse, que je recueille des renseignements pour cette banque de données consacrée aux mutilations. Plus de six cents animaux, massacrés dans quarante-deux des cinquante États et dans seize pays étrangers.

— Impressionnant, commenta Parris sans conviction.

Il était triste qu'un vieux monsieur n'ait rien de plus intéressant à faire des quelques années qu'il lui restait. Mais, se demanda-t-il, que ferait-il, lui, dans vingt ans ? Ou dix ? C'était une projection déprimante qu'il tenta de chasser de son esprit.

Oswald appuya sur la barre d'espacement pour interrompre le défilement sur l'écran.

— Réfléchissez à ça : dans la catégorie des animaux amputés de leurs oreilles et de leurs testicules, il y a seize cas, ni plus, ni moins. Sans tenir compte de votre taureau, bien sûr. Douze de ces mutilations ont eu lieu à moins de huit cents kilomètres de Durango, la plupart au nord et à l'ouest. Je suis certain que Caïn est responsable de toutes celles-là.

— Cela inclut-il le wapiti, dans la chaîne des Never Summer ? demanda Moon.

Oswald mit cette entrée en surbrillance sur la page affichée à l'écran.

— Le voilà, vous voyez ? Wapiti mâle, découvert il y a eu deux ans en septembre dans la chaîne des Never Summer. Approximativement à cinquante kilomètres du parc d'Estes, sur les terres appartenant au Service des Forêts. Tué de manière indéterminée. Oreilles et testicules coupés. J'ai réussi à trouver la carcasse peu après que le docteur Schaid m'a appelé pour me signaler la découverte de ces mutilations.

— Ça pourrait être le même type qui a mutilé Big Ouray, avança Moon.

— Récemment, précisa Oswald, sans en avoir été prié avec

une intonation clinique et détachée, on a relevé des indices montrant que ce mutilateur prélève du sang à la blessure. Peut-être avec une sorte de sonde creuse. (Il poursuivit sur un ton lugubre :) Je suis certain que Caïn boit le sang de ses victimes. Ce ne peut être là que le geste d'un mystique. Voyez-vous (il pointa le crayon sur Parris), Caïn absorbe la force du taureau en buvant son sang.

Moon était sur le point de mettre un gâteau dans sa bouche ; il le reposa sur le plateau en argent.

Scott Parris était modérément amusé par cette croyance naïve, chez le vieux monsieur, selon laquelle il pouvait imaginer le fonctionnement du cerveau tourmenté de l'auteur de pareil acte. Oswald était le théoricien typique dans sa tour d'ivoire ; il plaçait une confiance suffisante dans son intellect pour confondre suppositions étayées et faits avérés.

— Ce que je ne comprends pas, marmonna Parris, c'est comment un homme peut s'approcher suffisamment près d'un taureau hereford adulte pour lui asséner un coup de massue.

— Ainsi que je me représente les choses, dit Moon, un individu, appelons-le Caïn, est entré à pied dans le canyon, probablement vers minuit. La lune était levée ; il devait y avoir suffisamment de lumière. Il y était déjà venu, il avait reconnu les lieux, il savait donc où dormaient les bêtes. Il s'est approché en silence, avec le vent de face. La fracture au niveau du crâne était assez irrégulière, je pense donc qu'il a ramassé une pierre d'une taille conséquente, peut-être un fragment de grès.

Oswald leva un sourcil en l'entendant tenir ces propos. Moon connaissait cette expression, mais poursuivit comme s'il n'avait rien remarqué.

— Il prend son temps, il s'avance tout près du taureau endormi, il lui assène un grand coup sur la tête. Après, il lui coupe...

Oswald secoua la tête d'un geste impatient.

— Non, non, Charles.

Il tendit la main, paume en avant, pour en appeler à la raison :

— Lequel de tes ancêtres aurait frappé un gros animal avec une pierre tenue à la main ? Un chasseur expérimenté chercherait un moyen de décupler sa force, de rallonger efficacement son bras.

Il attendit un signe, de la part de ces policiers, lui indiquant qu'ils comprenaient peut-être ce qu'il disait. Il n'y en eut aucun.

— Caïn, reprit-il en abattant le tranchant de sa main dans le vide, utiliserait un instrument muni d'un *manche.*

— Un taureau de cette taille-là, dit Parris, j'imagine qu'il faudrait au moins une masse de cinq kilos pour...

— Boucher... lui, il utiliserait peut-être une masse, reconnut Oswald avec un froncement de sourcils songeur, mais Caïn... non. Je suis certain qu'il ne le ferait pas. Ce mutilateur bien particulier a un certain... raffinement qui se reflète forcément dans son choix d'instruments. (Il soupira et se frotta les yeux.) Caïn choisirait une arme qui soit appropriée pour cette cérémonie. Car je peux vous l'assurer, il s'agit bien d'une mise à mort *cérémonielle.*

Il se tut comme si un souvenir lui revenait, et son visage s'éclaira :

— Attendez, laissez-moi vous montrer quelque chose pour expliquer ce que j'avance.

Il s'extirpa de son siège et quitta la pièce à grandes enjambées.

Parris grommela, presque à part lui.

— Je ne vois pas en quoi une masse, ça ne convient pas.

Moon engloutit la dernière demi-douzaine de petits gâteaux.

Oswald revint triomphalement, tenant à la main un lourd bâton en bois de feuillu. Une pierre creusée d'un sillon était fixée à une extrémité à l'aide de fines bandes d'écorce et d'une matière foncée, collante.

— J'ai trouvé ce magnifique objet ancien il y a quelques années au Mexique. Une jeune Maya l'avait découvert dans une grotte calcaire du Yucatán. À moins de cinq kilomètres des célèbres ruines d'Uxmal.

Il tendit l'objet à Moon :

— J'estime qu'il date de la fin du dixième ou du début du onzième siècle. (Il eut un regard pour le crucifix du policier ute.) De l'ère chrétienne.

Charlie Moon reçut la massue avec un sentiment de vénération. Dans les jours qui avaient précédé l'arrivée des Espagnols, le Peuple avait fabriqué des armes semblables pour tuer Navajos et Apaches, et même des Sioux. La tête de la massue était fabriquée au prix d'un rude labeur, en frappant à coups mesurés un petit bloc de granite jusqu'à ce qu'il acquière la forme d'un œuf environ deux fois plus gros qu'une balle de softball. Ensuite, un profond sillon était creusé sur tout le pourtour de la pierre, et un robuste manche de chêne lié à l'aide d'une lanière de cuir mouillée et enduite de poix de pin. Cette massue maya était d'une fabrication très comparable, si ce n'est que la pierre était un quartz jaune fumé. Il prit l'arme à deux mains et, lentement, il l'abattit en décrivant un arc de cercle de haut en bas.

Parris observait son ami qui semblait fasciné par cet objet.

— Il faudrait que Caïn soit drôlement costaud pour briser le crâne d'un taureau, même avec une massue comme celle-là.

— Pas nécessairement, fit Oswald en tirant des bouffées impatientes sur son cigare. Un gamin de douze ans en bonne santé pourrait y parvenir.

D'un air d'autorité, il affirma :

— C'est une question de précision et de maîtrise de ses nerfs, pas de force physique brute.

Il s'approcha d'une étagère, y préleva un épais volume et en chassa un petit nuage de poussière en soufflant sur la couverture.

— Tenez. Dans *Anatomy of Domestic Animals* de Sisson et Grossman. Vous voyez ?

Il posa le livre ouvert sur la table en marbre.

— Étudiez les chiffres.

Tous deux se penchèrent pour voir un dessin à l'encre sur une page jaunie, portant en légende CRÂNE DU BŒUF : VUE LATÉRALE. Oswald aimait tenir le rôle du professeur.

— Le cerveau des bovins est, comparé à la taille du crâne,

relativement petit. Votre mutilateur n'aurait qu'à porter son coup dans un cercle qui... à mon avis... hum... ne devrait pas dépasser cinq, peut-être six centimètres de diamètre. Sur une ligne bissectrice située à mi-chemin entre les yeux et les cornes, sur l'os frontal. Exactement ici.

Il appliqua à plusieurs reprises la gomme de son crayon sur le dessin pour indiquer le point mortel.

Moon hocha la tête.

— C'est exactement là qu'il a frappé Big Ouray.

— À l'exception d'un renflement central interne, le crâne d'un bovin a moins d'un centimètre d'épaisseur dans cette région. Un coup de force modéré suffirait à obtenir le résultat voulu. Mais bien sûr (compléta-t-il en voyant qu'un doute persistait sur le visage des représentants de la loi), il s'agit de viser avec soin.

— Ouais, fit Moon, s'il rate, il se retrouve avec un taureau qui a mauvais caractère et une sérieuse migraine. Il a des chances de finir étripé.

Le grand Ute secoua la tête avec une stupeur non dénuée de crainte :

— Ce type ne doit avoir peur de rien.

— Caïn, voyez-vous, tire sa force du danger qui est associé à la tâche entreprise. (Oswald fit rouler son cigare entre deux doigts.) Il est calme. Calculateur. N'est inhibé ni par la pitié, ni par la peur. (Il dévisagea Moon en ajoutant pensivement :) Voilà pourquoi il ne rate pas sa cible. C'est le pouvoir de l'intellect sur l'émotion.

— Un homme sain d'esprit, grommela Parris, redoute de mourir encorné. Et seul un dément (compléta-t-il en jetant un rapide coup d'œil sur les clichés en couleur de Schaid) mutilerait un animal mort de cette manière.

— La démence, lui dit patiemment leur hôte, est un mot que nous utilisons pour décrire un cerveau différent de l'ordinaire. Le mutilateur, dans son propre domaine de référence, est parfaitement sain d'esprit.

— S'il l'est, insista Parris, quel est son mobile ?

— Son mobile ? répéta le vieux monsieur qui se tut pour

réfléchir un instant à la question. Son mobile. Un mot tellement sérieux... un mot de policier...

Il tapota la main de Parris.

— ... Mais ce n'est qu'un jeu, ne voyez-vous pas ?

L'expression étonnée des policiers indiquait clairement qu'ils ne voyaient pas.

— Les testicules et les oreilles sont des trophées... la célébration tangible marquant la victoire de l'intellect et du courage du chasseur sur l'instinct animal et la force brute. Le seul *mobile*, messieurs, consiste à gagner la partie.

Il tendit la main vers la coupe en onyx, y fit tomber la cendre de son cigare et conclut :

— La vie est un jeu que nous sommes tous contraints de jouer. Un défi associant l'intelligence et le hasard, et même le bluff. Ce n'est pas si différent du poker. (À travers les vitres striées de pluie, Oswald contempla un saule qui dansait dans le vent.) Pour utiliser un terme de joueur de cartes, Caïn intéresse le coup.

Le vieil homme ressentit un courant d'air froid ; il frissonna.

— Quand, dans Ignacio, on va apprendre ce qui est arrivé à Big Ouray, fit Moon avec un soupçon de sourire, il y a des gens qui ne vont jamais croire que ça a été fait par un être humain.

— J'ai eu vent de toutes ces rumeurs fantastiques qui circulent après la mutilation d'un animal, acquiesça Oswald d'une voix basse.

Il se tourna pour regarder l'Indien par-dessus son cigare. Il n'y avait rien de surprenant à ce que Charlie Moon soit affecté d'une touche de superstition. Tous les hommes l'étaient.

— Laisse-moi t'assurer que ce mutilateur n'était absolument pas le *pitukupf*. Ni l'un de ces anciens esprits anasazis défendant son lieu de repos. C'était un homme. Un homme doté d'un cerveau alerte, capable d'une méticuleuse préparation.

Les pensées de Scott Parris s'éloignèrent de ce délire ; il se demanda ce qu'Anne faisait à Washington. À cet instant précis. Là. Peut-être pensait-elle à lui. Se demandait-elle ce qu'il faisait. Il se leva, espérant que Moon allait comprendre l'allusion et prendre congé.

— Il semblerait qu'on a du pain sur la planche.

Oswald referma la couverture du livre avec un petit claquement.

— Je doute que cela se produise, mais si l'un ou l'autre d'entre vous se trouvait face à face avec cet individu, je vous conseille d'être extrêmement prudents. Caïn... Je suis certain qu'il commence à juger ennuyeux de tuer des animaux. Un jour, bientôt, il va commencer à chasser (de manière presque imperceptible, le vieux monsieur frémit) la proie la plus dangereuse qui soit. Ce dans quoi vous êtes engagés, là, c'est un défi infiniment mortel.

Le policier appliqua de petites tapes sur le dos de leur hôte et sourit.

— Merci de la mise en garde, Oz.

— Voilà qui commence à me sembler extrêmement sérieux, fit Parris au vieil homme en jetant un regard en coin à son ami. Nous devrions peut-être appeler le FBI pour qu'il donne un coup de main à Charlie.

Oswald Oakes regarda Moon disparaître sur l'allée de briques bordée d'arbres ; le policier blanc marchait derrière le grand Indien. Le vieux monsieur secoua la tête avec la résignation triste de celui qui a tenté de communiquer et qui a échoué. Assurément, la partie était déjà entamée. Mais qui pourrait l'empêcher ! Pas cette paire de policiers mal assortis. Si quelque chose devait être fait pour influencer le dénouement de cette affaire, cela dépendait de lui. Rempli d'émotions contradictoires, il frissonna et essaya de chasser de son esprit une multitude d'inquiétudes extravagantes.

Ce même soir, tandis que d'autres vieillards plongeaient avec gratitude vers le monde des rêves, il allait résister au doux appel de la nuit. Finalement, aux petites heures du matin, sa résistance l'abandonnerait. Au début il s'assoupirait et connaîtrait une certaine paix. Mais très vite ses yeux commenceraient à s'agiter et à fuir sous ses paupières. Il serait la proie de rêves. Il rêverait qu'il était épié. Traqué. Qu'il courait... un chasseur impitoyable, informe, sur ses talons. Le rêve s'achèverait comme il le faisait toujours. Il y aurait des douleurs fulgurantes, tel un feu ardent déchirant ses chairs. Des rivières de sang chaud. Sa mort violente entre les mains de cette énorme silhouette imprécise qui le poursuivait à travers une forêt d'arbres torturés et rabougris.

Et sans savoir comment lui était venue cette connaissance, Oswald Oakes sut une chose : celui qui le traquait ne lui était pas inconnu.

Une fois quittée l'atmosphère de musée qui imprégnait la demeure victorienne d'Oswald Oakes, le soleil transperça la couche nuageuse, jetant une pâle lumière filtrée sur le vert émeraude des pelouses mouillées. Parris ouvrit sa vitre ; l'air propre et humide était un délice. Tandis qu'ils traversaient en roulant lentement le vieux quartier résidentiel de Durango, Moon jeta un coup d'œil sur son ami.

— Le vieux Oz est incapable de s'imaginer qu'un déséquilibré comme il y en a tant puisse tuer un animal et le mutiler uniquement pour le plaisir. (Sa voix avait presque un ton d'excuse.) Il ne rencontre pas le genre de gens auxquels nous devons nous coltiner, nous.

Tout à coup, il se rangea sur l'accotement. Il coupa le contact.

L'Indien semblait observer quelqu'un, ou quelque chose, derrière un frêle bosquet de pins. Parris regarda mais ne vit rien d'inhabituel.

— Qu'est-ce qu'il y a, Charlie ?

— C'est drôle, répondit rêveusement Moon, je n'y avais jamais pensé avant, mais ça a l'air plutôt agréable.

Parris suivit le regard de Moon vers les deux hommes qui arpentaient tranquillement l'herbe impeccablement tondue.

— Arrête, tu dis ça pour rire.

— Oh, je ne sais pas, si j'ai des loisirs, je me mettrai peut-être au golf.

9

Daisy Perika s'éveilla longtemps avant la lumière du jour ; il lui semblait avoir entendu un intense roulement de tonnerre vers l'ouest, mais c'était peut-être un rêve. Non... cela recommençait. L'orage était quelque part au sud de Durango mais encore à l'ouest d'Ignacio. Pratiquement juste au-dessus de Bondad. La vieille femme reposa la tête sur l'oreiller froissé et soupira. Le sommeil n'allait pas revenir. Elle allongea ses jambes dans un effort vain pour chasser la raideur et les crampes douloureuses qui tiraient ses orteils vers la plante de ses pieds. La femme-médecine imagina que ce tonnerre lointain était, comme sa grand-mère le lui avait dit quand elle était à peine âgée de cinq étés, le grand tambour en peau de bison de Homme-dans-le-Ciel. Elle entendit sa paume claquer une fois encore sur la peau du tambour, avec un craquement violent qui se répercuta à la surface de la terre. Progressivement, les battements du tambour se synchronisèrent avec les pulsations de son vieux cœur, projetant des échos à travers les souvenirs vagues de ses nombreuses années. Elle murmura le chant sacré que son oncle, Oiseau-Mouche Bleu, lui avait enseigné :

Porte-moi au-dessus des nuages
Porte-moi au-dessus des grandes montagnes neigeuses
  J'entendrai le son de tes ailes
Porte-moi là-bas sur tes épaules

Porte-moi jusqu'au Monde Inférieur
J'entendrai le son de tes ailes...

Daisy se sentit recouverte d'un brouillard dense puis emportée au loin par le bruit du tambour. Elle eut la sensation de flotter en traversant le toit en aluminium de sa maison, vit la chaîne des San Juan loin en contrebas : sommets arrondis couverts de fines volutes de nuages argentés qui fuyaient devant les vents venus de l'ouest. Elle se sentit portée plus haut, jusqu'à ce que l'horizon s'incurve légèrement et qu'elle distingue une douce limite, sur la prairie du Kansas, là où le soleil matinal gagnait. Brusquement, son corps tomba comme une pierre vers le Monde Inférieur, mais la chamane n'avait pas peur. Cela s'était produit à de nombreuses reprises, plus de fois qu'elle n'en gardait le souvenir.

Sans avoir eu aucunement l'impression d'avoir touché terre, elle fut dans une profonde forêt d'arbres, de plantes grimpantes et de fougères dont l'âge dépassait toute estimation. Elle se trouvait dans le crépuscule éternel du Monde Inférieur ; un trio de lunes orange à la face grêlée jetaient d'étranges et vacillants jeux d'ombres sur les feuilles frémissantes et les plantes grimpantes torturées. Au début, elle détecta plus qu'elle ne vit la présence au-dessus d'elle. Une forme imprécise se déplaçait lentement, dominant le sol de la forêt tapissé de mousse, flottant tel un cerf-volant sous les branches des arbres. Fascinée, elle regarda l'ombre modifier ses contours vagues et foncés pour adopter une autre forme, celle d'un animal doté d'ailes. C'était maintenant un immense oiseau, une sorte de chouette, avec des petits yeux jaunes sans pitié et des serres recourbées qui réclamaient une proie. La créature à plumes fondit derrière une masse de fougères, comme pour une mise à mort. Daisy entendit un hurlement. L'horrible cri perçant, qui s'atténua progressivement pour n'être plus qu'un faible gémissement de supplication, la laissa toute tremblante. Était-elle la prochaine victime ? Lorsque l'oiseau gigantesque s'arracha du sol dans un lourd battement d'ailes, ses serres étaient cramoisies... ruisselantes de sang ! Daisy frissonna tandis que la grande créature à plumes volait en cercles sous les grosses branches. Pendant qu'elle regardait, l'oiseau subit une transformation progressive... redevint une ombre vacillante, sans forme discernable, filant brusquement de droite et de gauche tel un grand papillon de nuit parmi les troncs envahis de lichen.

Le nain apparut sur le sol de la forêt, tirant avec suffisance sur sa pipe d'argile. Elle entendit la voix de l'esprit ; le *pitukupf* s'exprimait dans la langue ute archaïque. Daisy réorganisa les mots dans sa tête et traduisit la plus grande partie de la prophétie en anglais, la langue qu'elle utilisait par suite d'une longue habitude. Les mots suggéraient qu'une entité sombre... quelqu'un, quelque *chose*, allait commettre un acte barbare, tabou.

> *Jadis* Avaa
> *Désormais plus* Avaa
> *De nouveau* Avaa *sera par le sang* nuu-ci *répandu.*

L'avertissement final glaça le sang dans les veines de Daisy. Un de ceux du Peuple allait assurément périr, et cette mort serait épouvantable. Si atroce était le crime que le *pitukupf* refusait de le décrire.

— Qui est le Ute qui va mourir, petit homme et qui... quelle est cette ombre volante qui tue un de ceux du Peuple ?

Il répondit par le silence, ponctué de bouffées occasionnelles de tabac Flying Dutchman. Pendant qu'elle se demandait comment elle pouvait inciter le nain à lui révéler ce qu'il savait, Daisy se sentit emportée au loin. Sur le chemin du retour. Vers le haut et le Monde du Milieu. Un instant plus tard, elle était à nouveau dans son vieux corps arthritique, la tête reposant sur un oreiller trempé de sueur. Au prix d'un effort, elle fit basculer ses jambes douloureuses par-dessus le bord du matelas et enfonça ses pieds dans une paire de pantoufles en cuir usé qui avaient appartenu à son second mari.

— Le sommeil a quitté cette maison, dit-elle à voix haute. Je ferais aussi bien de me lever.

Elle ressentait un besoin urgent de se raccrocher solidement au Monde du Milieu. Il allait être agréable d'exécuter des gestes ordinaires. Préparer un pot de café, faire cuire un œuf dans la poêle en fonte. La vision ne lui semblerait plus aussi réelle, alors. Plus aussi convaincante.

Arlo Nightbird se sentait bien. Très bien. Il conduisait d'une main la Mercedes sur la route pierreuse, et cherchait la bouteille de l'autre. Il ne lui restait qu'un dernier problème à résoudre avant que l'argent fédéral ne commence à inonder la réserve comme les eaux du Piños. Et il deviendrait l'homme le plus influent d'Ignacio. Après... qui pouvait savoir ce que son avenir lui réservait ? Peut-être sa nomination à une fonction au sein des instances dirigeantes de l'État. Peut-être plus. Ben Nighthorse-Campbell, le Cheyenne du Nord, était parvenu tout au sommet, il siégeait au Sénat des États-Unis. Arlo eut un large sourire. Si un homme honnête comme ce fermier cheyenne était capable d'aller aussi loin, quel pouvait être le potentiel d'un homme d'affaires rusé, disposé à enfreindre une loi par-ci par-là ? Son potentiel, décida Arlo, n'avait pour limites que celles de l'imagination. Et de sa volonté. Et l'obstacle immédiat sur le chemin de sa gloire était une vieille femme pathétique. Assurément pas une opposition digne de lui, pensa-t-il.

Daisy avait senti la présence de l'orage avant le lever du jour, bien avant que la brise venue de l'ouest n'apporte l'annonce odorante de la pluie ou que la moindre présence nuageuse ne se manifeste dans le ciel d'un bleu de cobalt pâle. Maintenant, les nuées grises déferlaient en grondant au-dessus du sommet de la Mesa des Trois Sœurs. Daisy respira l'air empreint d'humidité qui secouait le rideau de sa cuisine. Un orage violent se préparait, avec une pluie qui engendrerait des torrents déchaînés dans les arroyos... un tonnerre qui ébranlerait les parois d'aluminium de sa frêle caravane, la foudre qui claquerait tel un immense fouet de feu sur les mesas. Elle ramena son châle sur ses épaules et attendit les premières gouttes de pluie. La vieille femme fut surprise lorsqu'elle entendit le bruit du moteur ; il était bien étouffé. Ce n'était pas le vieux pick-up de Gorman, pas plus que la grosse voiture de police aux quatre roues motrices de Charlie Moon. C'était autre chose. La vieille femme écarta le rideau de coton élimé et frotta la vitre pour dégager un petit cercle dans la buée. Oui, le véhicule s'engageait sur son allée, mais c'était une automobile qu'elle ne reconnaissait pas. Elle était longue, aérodynamique, de la couleur des fraises sauvages. Ou, pensa-t-elle avec un frisson d'appréhension, du sang fraîchement répandu. C'était une voiture coûteuse, et elle n'avait pas, dans ses connaissances, de gens qui conduisaient des voitures de luxe. Elle attendit à la fenêtre pour voir qui allait en descendre, retint légèrement sa respiration quand elle reconnut Arlo Nightbird. Il mit pied à terre, remonta son beau pantalon sur son ventre pour que le bas ne touche pas le sol, devant la petite maison, puis se dirigea vers l'habitation en avançant presque sur la pointe des pieds.

Daisy écouta les vieilles marches de bois craquer pendant qu'Arlo montait sur le perron. Il repoussa d'un coup de pied impatient les outils que Gorman avait laissés là pour achever plus tard son travail de réparation. Daisy prit plaisir à se représenter Arlo qui passait le pied à travers une planche fragile et se cassait la jambe. Rien de tel ne se produisit. À la place, il martela énergiquement la porte d'aluminium.

— Daisy, gueula-t-il, tu es là ?

Un instant, Daisy Perika envisagea de ne pas ouvrir.

— Qu'est-ce que tu veux... Arlo Nightbird ?

Elle cracha ces mots, prononçant son nom comme s'il s'agissait d'une obscénité répugnante.

Arlo affichait un sourire stupide ; elle sentit l'odeur du whisky dans son haleine.

— Je te surprends d'exécrable humeur, hein ? Je passe juste t'apporter quelques nouvelles. Ça t'ennuie si je rentre ?

Il jeta un coup d'œil derrière lui :

— On dirait qu'il va pleuvoir.

— Il pleuvra pas avant une minute. Je crois pas que tu vas rester aussi longtemps que ça.

Daisy sortit sur le perron ; elle préférait ne pas le laisser entrer chez elle. S'il était ivre, il pourrait perdre connaissance, ou vomir sur le linoléum.

Il avait perdu son sourire idiot.

— Je suis venu te proposer de l'aide.

— De l'aide... toi ?

En dépit de sa mauvaise humeur, Daisy trouva cette déclaration d'une drôlerie inexplicable. Elle sourit :

— Je suppose qu'il faut bien commencer un jour. Vas-y, aide-moi.

Arlo se détendit. Du bout de sa chaussure, il poussa le pied de biche vers le bord du perron et s'appuya contre la rambarde en pin. Elle ploya. Daisy se demanda si elle pourrait casser. Elle se représenta ce petit paon tombant à la renverse, et son sourire s'élargit.

Il prit une profonde inspiration. Autant en finir.

— Tu as appris que le conseil tribal a approuvé la proposition de la Commission du développement économique ?

Le visage de Daisy ne reflétait aucune expression.

— Le plan destiné à obtenir de l'argent fédéral afin d'étudier la faisabilité du stockage de déchets nucléaires dans le canyon de l'Esprit, poursuivit-il.

Un vendu. Il parlait exactement comme un *matukach.* Rouge de peau, mais blanc à l'intérieur.

— Gorman m'a dit que tu allais l'obliger à retirer ses bêtes du canyon sacré ?

— C'est pas mon idée à moi, c'est une des conditions posées par Washington, il faut qu'elles soient parties dans les deux semaines qui viennent.

— Si ces déchets sont si sûrs, pourquoi il peut pas laisser son bétail dans le canyon ? Il va avoir des veaux à deux têtes ?

— C'est absolument sans risques, c'est juste que les gens du gouvernement refusent d'effectuer une étude sur site s'il y a des animaux ou des gens qui habitent à proximité.

Daisy sentit un malaise au creux de son estomac.

— Des gens ? Il n'y a pas de gens dans le *Cañon del Espiritu.*

Arlo sortit un mémorandum de trois pages de sa poche de manteau et le présenta au visage de Daisy.

— Voilà les règlements. Pas d'animaux domestiques, pas

d'espèces en voie d'extinction, pas d'édifices humains dans un rayon de trois kilomètres autour d'un site de stockage proposé.

Elle plissa les paupières pour lire les petits caractères imprimés.

— Qu'est-ce que c'est des « éd-i-fis » ?

— Des maisons dans lesquelles des gens habitent de manière régulière. Comme ta caravane.

— Ma caravane ?

La sensation de malaise devint nausée ; la vieille femme recula jusqu'à la porte en quête d'un appui.

— Ouais, Daisy, ta caravane. Tu vis beaucoup trop près du site du canyon, bon Dieu ! Mais t'en fais pas.

— Que je ne m'en fasse pas ? fit-elle en scrutant avec incrédulité le visage dodu d'Arlo. J'ai vécu la plus grande partie de ma vie ici... Avant qu'on ait cette caravane, mon premier mari avait construit une maison d'adobe, là-bas...

D'un doigt tremblant, elle montrait une ruine pitoyable, mais Arlo n'accordait aucune attention à ses supplications.

— Ce que je veux dire, Daisy, c'est que c'est un vrai coup de chance. Puisqu'il faut que tu partes pour que l'accord puisse être conclu, la tribu va prendre en charge tous tes frais de déménagement, et elle va te fournir une maison neuve dans le lotissement au sud d'Ignacio. Eau courante, électricité, télévision par câble...

— J'ai l'électricité ici, dit-elle sur un ton de défi, et j'ai un bon puits avec une pompe de chez Sears et Rœbuck qui marche bien. J'aurais pu m'y installer quand je voulais, dans une de ces boîtes en carton.

Arlo était inflexible.

— Mais le câble, Daisy, des images de vraiment bonne qualité, et même la chaîne ciné.

— Le câble, c'est pour ceux qui veulent regarder des gens nus, répliqua-t-elle d'un ton cassant. J'ai que faire de ces cochonneries.

Elle croisa les bras d'un geste résolu :

— C'est un pays libre. Je reste ici et pas ailleurs.

— Tu n'as pas le choix, fit Arlo avec un froncement de

sourcils mauvais, tu dois partir et tu as trois semaines, pas un jour de plus. Si tu ne pars pas, j'enverrai la police pour t'arrêter.

Daisy se redressa de toute sa hauteur, ce qui faisait deux centimètres et demi de plus qu'Arlo.

— Écoute un peu, pâle imitation de Ute que tu es. Tu ne fais pas partie du Peuple, tu n'en as jamais fait partie. J'ai un ami *matukach* qui est le chef de la police jusqu'au retour de Severo. Et tu crois que Charlie Moon va chasser sa tante de sa propre maison ?

Arlo ouvrit la bouche pour répliquer, mais bredouilla d'impuissance.

— Écoute, espèce de sale petite verrue sur le ventre d'un cochon, poursuivit Daisy dont la colère montait, que je ne revoie plus ta triste figure sur cette terre sans quoi je t'enfonce ma main dans la gorge, je t'attrape par la peau des fesses et je tire d'un coup sec !

Elle se courba avec difficulté et ramassa le pied-de-biche.

Arlo recula contre la rambarde, le bois de pin pourri céda avec un grincement sonore et Daisy vit les semelles de son visiteur partir dans les airs alors qu'il tombait à la renverse. Il heurta le sol avec un bruit sourd ; il tenta de parler mais il avait la respiration coupée.

— Tu m'as poussé... tu as essayé de me tuer, espèce de vieille sorcière. C'est... c'est une *agression.* (Il remplit ses poumons d'air et toussa.) Je vais te faire jeter en prison, tu ne reverras plus jamais ce dépotoir...

Daisy se tenait sur le perron, le pied-de-biche brandi comme une batte de base-ball, et marmonnait des malédictions redoutables en langue ute ancienne.

Arlo tendit instinctivement la main vers le couteau qu'il portait à la ceinture. Cette ultime menace était trop grave pour que la vieille femme puisse la supporter ; elle leva le pied-de-biche rouillé de Gorman au-dessus de son épaule. Les yeux d'Arlo s'écarquillèrent.

Il parvint à se relever et battit en retraite vers sa luxueuse automobile rouge.

La femme-médecine marmonna une vieille incantation de

victoire sur ses ennemis, puis jeta la barre de fer vers Arlo en y mettant toutes les forces contenues dans son corps frêle. Lorsque le lourd outil métallique retomba, il y eut un cri suivi d'un bruit à vous retourner le cœur. Daisy s'immobilisa, la bouche ouverte sous le coup de la stupéfaction en constatant la surprenante conséquence de sa fureur. Non... non... ce n'était pas du tout ce qu'elle avait voulu faire. Arlo était enfin, pour la première fois depuis qu'il avait appris à parler, réduit au silence. Aucun son ne sortait de sa bouche, absolument aucun, et cela effraya bien plus la vieille femme que ses menaces. Maintenant, elle ne l'ignorait pas, les conséquences allaient être terribles.

Tandis que Daisy envisageait ce qu'il convenait de faire, les pluies s'abattirent.

Emily Nightbird composa le numéro du bureau de son mari à la Commission du développement économique et attendit. Dix sonneries. Quinze. Pas de réponse. Elle composa un autre numéro. À la seconde sonnerie, elle entendit la phrase d'accueil de Herb Ecker.

— Assurances Nightbird, annonça-t-il avec une civilité très européenne, en quoi pouvons-nous vous être utiles ?

— Emily Nightbird à l'appareil. Je suis surprise de vous trouver aussi tard au travail.

— J'ai une quantité considérable de papiers en retard.

Herb n'avait apparemment aucune vie sociale. Arlo trouvait que l'étudiant, qui faisait gracieusement don d'heures de travail supplémentaires, représentait une véritable aubaine. Emily, quant à elle, le trouvait un peu... *bizarre.* Elle fit de son mieux pour que sa demande paraisse naturelle.

— Est-ce que mon mari est là ?

Il y eut une hésitation avant qu'il ne réponde.

— Non, madame Nightbird. Il est passé juste après le déjeuner, à midi, et après...

Non, ce n'était pas son rôle de révéler à cette femme où allait son mari. Arlo avait rendu ce point clair comme de l'eau de roche la dernière fois qu'il avait « rapporté ». Herb se racla la gorge :

— J'ignore de manière précise où il se trouve... à l'instant présent.

Emily rongea un ongle très court.

— Est-ce qu'il a dit quand il comptait rentrer ? Nous avons réservé au Strater dans trente minutes.

Elle regretta aussitôt cet aveu.

— Je suis désolé, dit Herb. Il ne m'a pas précisé quand il allait revenir.

Elle dit au revoir et raccrocha violemment le téléphone. Des larmes montèrent à ses yeux. Elle serra les poings.

Treize ans plus tôt, quand elle avait annoncé à ses parents qu'elle était fiancée à l'homme le plus riche d'Ignacio, son père avait craché dans l'âtre et lancé son avertissement. Emily se souvenait des mots exacts qu'il avait employés. « Arlo Nightbird, je le connais depuis qu'il est tout petit. Il est méchant comme une teigne, c'est un coureur de jupon et il fera pas un bon mari pour toi. » Il avait eu raison. Emily plongea sa tête dans ses mains et pleura.

Le téléphone sonna. Elle s'en empara d'un geste brusque. Avant de pouvoir parler, elle entendit la voix de son père.

— Bonjour, ma fille.

Elle s'éclaircit la voix.

— Bonjour, papa.

— Qu'est-ce qui ne va pas ? T'as pas l'air...

Emily prit sa respiration.

— Je vais bien.

— Je t'appelais pour te souhaiter un heureux anniversaire.

— C'est très gentil, dit-elle d'une voix qui se brisa.

— Laisse-moi deviner... c'est ton anniversaire de mariage et ce petit pet d'âne est pas là, c'est ça ?

Ses phalanges blanches étaient crispées sur l'appareil.

— Papa, j'aimerais que tu ne te réfères pas à Arlo comme... d'une manière aussi vulgaire.

Fidel Sombra ricana. Sa fille avait assurément subi une éducation beaucoup trop raffinée.

— C'est *sûrement* une insulte pour les ânes du monde

entier. Mets-moi ce trouduc de mule en ligne, et je présenterai peut-être mes excuses.

Peut-être, pensa-t-il, que je vais lui demander si une de ses putains lui a refilé la chtouille.

— Arlo n'est pas ici. Je l'attends d'une minute à l'autre. Nous avons une réservation dans un restaurant de Durango.

Emily s'interrompit en entendant la sonnette.

— Une petite minute.

Elle emporta l'appareil sans fil jusqu'à la porte. Elle fut déçue, et même irritée de voir que c'était Cecelia Chavez. Pourquoi les gens étaient-ils incapables d'appeler avant, s'ils voulaient venir vous voir ? Les visites en passant, c'était extrêmement agaçant. L'infirmière semblait épuisée.

— Je suis très occupée pour l'instant, fit Emily d'un ton sec.

— C'est rapport à la collecte du sang..., fit Cecelia en faisant un pas pour entrer.

— Ça ne pourrait pas attendre demain ? Je suis au téléphone avec mon père.

Cecelia sembla ne pas avoir entendu ; elle se glissa à l'intérieur et se laissa tomber sur le canapé.

Emily tourna le dos à la visiteuse et baissa la voix en parlant dans le combiné du téléphone.

— Cecelia Chavez est ici ; je pense qu'elle veut me transmettre les chiffres du don du sang. D'après la tête qu'elle fait, nous devons encore être en deçà de notre objectif, cette année.

Le vieil homme émit un bruit méprisant.

— Alors, il est où ton mari ?

Occupé avec ses putes, pensa-t-il.

— Je ne sais pas où il est.

Emily espérait que Cecelia ne pouvait pas entendre la conversation. Quelques mois plus tôt, il y avait eu des rumeurs. L'infirmière, d'après les commérages, avait passé quelques-unes de ses soirées en compagnie d'Arlo Nightbird.

— J'ai appelé Herb Ecker, mais il ne sait pas où est Arlo. Ou il ne veut pas me le dire.

— Je vais lui passer un coup de fil, et je peux te garantir

qu'il va me le dire à moi, où il est, ce salopard de bon à rien, bordel !

— Laisse Herb tranquille. Tout va bien. Et toi, papa, comment vas-tu ? demanda-t-elle pour changer de sujet.

— Dur comme le silex, solide comme le vieux cuir.

— Ton appel me fait très plaisir. Vraiment.

— J'ai les cochons à nourrir. Je passerai demain matin.

Il raccrocha.

Emily regardait fixement le téléphone en songeant à ce qu'elle allait faire. Si Arlo n'arrivait pas bientôt, elle appellerait le Strater et annulerait la table qu'ils avaient réservée. Elle se tourna vers l'infirmière.

— Bon, fit-elle avec une gaieté feinte, que puis-je faire pour toi, Cecelia ?

Pendant que la pluie torrentielle déferlait et que la terre tremblait sous ses pieds à chaque grondement de tonnerre, Daisy peinait pour gravir le chemin qui traversait la pente d'éboulis vers sa destination, sur la Mesa des Trois Sœurs. Il y eut un craquement sec, à quelques mètres seulement devant elle, lorsqu'un éclair zigzagua et brisa le sommet d'un chicot de pin pignon. La lumière illumina l'abri concave dans le grès de la falaise. La chamane glissa sur une pierre mouillée, tomba lourdement à genoux, se releva en s'appuyant sur le solide bâton de chêne. Elle s'accrochait avec ténacité à son précieux sac en plastique.

— Encore deux cents pas et j'y suis, fit-elle entre deux respirations hachées, et c'est toujours sec là-bas. Un pas après l'autre.

Elle leva son bâton :

— Va-t'en, *tona-pagay*, cria-t-elle à la foudre, envole-toi vers ta demeure dans les grandes montagnes du Nord, ne gâche pas tes pouvoirs à faire du mal à une vieille femme qui va bientôt mourir de toute façon !

D'énormes gouttes criblaient la femme-médecine, transformant son chemin en une boue glissante, mais la foudre s'arrêta dans son immense enjambée au-dessus de la mesa.

Daisy Perika trébuchait, glissait, grommelait, butait mais ne cessait d'avancer. Quand elle atteignit enfin le surplomb de la falaise, il lui sembla que son cœur qui battait très fort allait se rompre. Elle se laissa tomber sur le flanc à côté du vieil abri de branchages qu'elle avait utilisé pour ses longues méditations et ses visions spéciales. Maintenant qu'elle était en sécurité, la foudre frappa une fois, puis deux fois, sur la pente, faisant voler un genévrier en éclats.

— Merci, *tona-pagay*, dit la vieille Ute dans un souffle, merci de me donner du temps.

Lorsqu'elle put respirer sans difficulté, elle se glissa dans la structure en saule et vida avec soin le contenu du sac de provisions sur le sol sableux. Des allumettes de cuisine dans une boîte imperméabilisée, une couverture de laine, des pêches en conserve, des biscuits au saindoux rassis : tout y était, et remarquablement sec. Il y avait une brassée de bois pour faire du feu, demeurée là depuis son dernier séjour dans la cachette de la falaise ; avec l'ongle du pouce, elle arracha de l'écorce sèche à une branche de genévrier et embrasa ce petit bois à l'aide d'une allumette. Les flammes piquetèrent son visage d'éclairs dansants de lumière ambre. La chaleur qu'elle sentit sur ses mains et ses genoux lui parut merveilleuse. Petit à petit, elle commença à se sentir mieux et à réfléchir à sa périlleuse situation. Si elle s'était arrêtée après qu'Arlo fut tombé du perron, elle n'aurait rien eu à redouter de la loi. Mais dès l'instant où le levier avait quitté sa main, tout avait changé. Quand la police viendrait, elle trouverait les preuves indiscutables de son crime. Il n'y aurait pas d'échappatoire. On l'enverrait en prison, et plus jamais elle ne reverrait sa chère maison à l'entrée du *Cañon del Espiritu.*

La femme-médecine baissa la tête et pressa ses paumes contre ses yeux clos. Rien de bon ne sortirait des accomplissements de cette journée. Elle tira la couverture sur son corps fatigué, sombra immédiatement dans un sommeil profond, sans rêves. Un sommeil que pas même le vacarme du tonnerre ne pourrait déranger.

Jojo Tonompicket s'arrêta sur la piste des cerfs et fit signe à son frère.

— Archie... t'entends ça ?

L'autre jeune Ute prit appui sur son antique Springfield 30.06 et tendit l'oreille.

— Ouais. Je te parie que c'est Oncle Homer. S'il nous trouve ici avec ces flingues, ça va être notre fête, et pas qu'un peu.

Archie était un inquiet de naissance.

— Il va nous piquer nos fusils et nous jeter en prison.

Jojo hocha la tête.

— Ouais, c'est sûr qu'il le ferait.

Homer Tonompicket prenait son travail très au sérieux. À peine deux années auparavant, le garde-chasse tribal avait déclenché des polémiques quand il avait arrêté son beau-frère pour avoir conservé deux truites gorge-coupée qui n'avaient pas la maille. Mais il fallait reconnaître qu'Homer n'appréciait pas son beau-frère outre mesure.

— On dirait pas le bruit de son camion ? murmura Jojo.

Il se glissa derrière un genévrier et attendit de pouvoir distinguer le pick-up GMC cabossé qui tanguait sur la piste défoncée.

Archie se laissa tomber sur un genou et observa :

— Il sort du *Cañon del Espiritu.* Même qu'il traîne pas, dis donc.

Jojo sourit.

— Plus rapide que le courrier express.

C'était à cinq cents mètres d'eux, mais il reconnut le vieux pick-up au tuyau d'échappement décroché.

— Je me demande ce qu'il a à se magner le cul comme ça, le vieux Gorman ?

10

Scott Parris était emporté dans un rêve étrange. Daisy Perika, qui était beaucoup plus jeune dans ce délire de l'imagination orchestré par des neurones sous tension, avait préparé un pique-nique et l'avait rangé dans un panier. Ils marchaient ensemble, main dans la main, s'enfonçant dans le *Cañon del Espiritu.* Il étalait une toile cirée à carreaux rouges et blancs en un endroit plat sous un grand tremble, près du lit de la rivière. De grosses truites arc-en-ciel filaient à travers les eaux vertes agitées. Daisy ouvrait le panier et en présentait le contenu avec fierté ; il était rempli de glands. « Manges-en un, l'encourageait-elle, et tu recevras la Réponse, manges-en deux et tu comprendras la Question. » Parris ressentait un besoin impérieux d'appréhender ces mystères. Il mordait dans la pulpe tendre d'un gland qui avait la taille d'une prune. C'était horriblement amer. « Ça ne m'a servi à rien, se plaignait-il à Daisy. Je ne comprends rien. Je ne comprends pas pourquoi il fallait que ma femme meure, pourquoi il faut qu'Anne soit si loin. » La version rajeunie de Daisy riait et lui envoyait un baiser.

Il se réveilla au bruit du tonnerre et cligna des yeux dans la semi-obscurité. Il lui fallut un moment pour saisir qu'il ne se trouvait pas dans sa chambre habituelle de Granite Creek. Il était à Ignacio, la cité aux trois cultures au centre de la réserve des Utes du Sud toute de pièces et de morceaux. Au rez-de-chaussée du Sky Ute Motel. Sur un matelas ferme, sous un épais édredon orange. Il roula hors du lit pour écarter les rideaux de la fenêtre. Il cligna des yeux et leva le regard. Le bleu cristallin avait disparu ce matin ; le ciel était bas, détrempé et d'un gris fort peu caractéristique. D'un gris de mauvais augure. Comme il regardait, quelques gouttes de pluie s'écrasèrent sur l'allée en ciment juste au-dehors. Les gouttes espacées se multiplièrent rapidement pour donner une averse légère ; en quelques secondes, des rideaux de pluie grise et dense tombaient à la verticale. Les gouttes collaient aux vitres comme de la bouillie de flocons d'avoine et semblaient coaguler, comme si la pluie s'était changée en sang. C'était une observation bizarre ; il ne devait pas être entièrement réveillé. Il passa la main dans ses cheveux qui se clairsemaient et se demanda s'il pleuvait à Bethesda, où Anne avait son appartement. Il posa un regard sur sa montre : il était deux heures de plus dans la capitale ; elle devait être au travail depuis un petit moment. Probablement occupée à interviewer des VIP, des gens qui faisaient l'événement. Des sénateurs. De séduisants sénateurs. De riches et séduisants sénateurs. Il se demanda s'il arrivait à Anne de penser à lui. De s'intéresser à ce qu'il faisait. Et avec qui il le faisait. Comme une réponse narquoise, le tonnerre déclencha un rire bas et sans retenue juste au-dessus du Sky Ute Motel. Un bruit que Parris n'apprécia pas.

Il se brossait les dents lorsque Moon cogna à sa porte et lança d'une voix retentissante que les murs renvoyèrent en écho :

— Allez, et que ça saute, mon vieux ! Il est grand temps de mettre le harnais !

Ils se rangeaient sur le parking gravillonné du restaurant d'Angel quand la voix de la standardiste se manifesta au milieu des crépitements des ondes courtes de la radio :

— Voiture trois-trente-neuf. Charlie ?

Elle patienta un instant.

— Charlie, tu m'entends ?

Moon décrocha le micro du tableau de bord et appuya sur le bouton.

— Qu'est-ce qui te tracasse, Nancy ?

— Je viens de recevoir un appel d'Emily Nightbird. Elle veut que tu passes la voir.

— Urgent ?

— Je ne crois pas. Elle a dit de passer à onze heures.

— Je vais voir ça.

Moon remit le micro à sa place.

— Ça doit te faire plaisir, ironisa Parris, cet appel ne va pas interférer avec ton petit déjeuner.

Le visage de Moon reflétait une expression intriguée.

— Le petit déjeuner peut attendre. Allons voir ce qu'elle veut.

Moon gara la Blazer sous les branches d'un orme gigantesque et coupa le moteur. Il désigna une Honda noire rangée sur la large allée goudronnée.

— C'est celle de Doc Anderson.

Parris leva un sourcil.

— Il fait les visites à domicile ?

— Pour les Nightbird, grommela Moon d'un ton amer, nous en faisons tous.

Une domestique en uniforme ouvrit la porte et fronça les sourcils en voyant les policiers. Moon retira son chapeau ; Parris l'imita.

— Emily a appelé, dit Moon, elle a dit qu'elle souhaitait...

— Madame Nightbird ne vous attend pas avant onze heures, fit la domestique en insistant sur la manière correcte de nommer sa patronne.

Elle attendit de voir s'ils allaient partir. Non.

— Entrez vous asseoir dans le salon, proposa-t-elle entre ses lèvres pincées.

Ils la suivirent dans une pièce remplie de mobilier espagnol massif. Le canapé semblait de taille à supporter une Buick. Moon s'assit ; il donnait l'impression d'être perdu dans ses pensées. Parris s'avança dans le couloir et jeta un coup d'œil à l'intérieur de la bibliothèque, juste à temps pour voir le praticien retirer une seringue du bras d'Emily. Il battit en retraite dans le salon.

— Le docteur vient de lui faire une piqûre.

Ce dernier passa dans le couloir, remarqua les policiers puis se hâta de franchir le seuil sans prononcer un mot. La domestique apparut ; d'un subtil mouvement de tête, elle leur indiqua qu'ils devaient la suivre.

La fragile madame Nightbird les regarda d'un air indécis. Elle appuyait un morceau de coton sur son avant-bras.

— Mon médecin... vient de me faire une injection pour m'aider à me détendre. Je dors mal.

Elle posa un regard sur le cadran nacré de l'horloge de parquet.

— Je ne vous attendais pas avant onze heures.

Les visiteurs devaient arriver précisément à l'heure indiquée. En avance, c'était pire qu'en retard.

Moon regarda le chapeau entre ses mains.

— Eh bien, nous avons un certain nombre d'autres choses au menu, nous sommes obligés de passer quand nous le pouvons.

Le policier n'avait aucune intention de se laisser convoquer comme un serviteur.

Emily comprit que le fait de se présenter ainsi en avance était sa façon à lui de l'informer que son mari ne dictait pas sa volonté à la police tribale. Elle eut un faible sourire à destination de Parris.

— Je suis désolée que Cecelia ait eu autant de difficultés avec votre bras, pour vous prélever du sang. Ça a dû être horriblement douloureux, toutes ces tentatives pour planter l'aiguille.

Parris afficha un grand sourire idiot.

— Ce genre de chose ne me fait rien du tout.

Moon racla ses gros pieds par terre et fit nerveusement passer son poids d'une jambe sur l'autre.

— Qu'est-ce que nous pouvons faire pour toi, Emily ?

— C'est quelque chose d'assez personnel, commença-t-elle avec circonspection.

— Écoutez, dit Parris qui se sentait plus que jamais de trop, si vous préférez en discuter ensemble...

— Non, fit Emily d'un ton las, ce ne sera pas nécessaire. Il n'y a rien, là, qui puisse surprendre notre communauté.

Un soupçon d'humidité, annonciateur de larmes, brilla dans ses yeux marron. Elle s'assit. Lorsque sa jupe de soie verte remonta bien au-dessus de ses genoux, Parris ne put s'empêcher de remarquer qu'elle avait de jolies jambes. Il détourna le regard vers un tableau de piètre facture représentant des trembles jaunes dans un cadre en cerisier. Combien de temps cela faisait-il qu'Anne était partie à Washington ? Plusieurs jours, ou plusieurs semaines ?

Elle reprit de manière hésitante :

— C'est quelque chose d'assez embarrassant pour moi.

Moon hocha la tête. Et attendit.

— Cela concerne Arlo. Il n'est pas rentré cette nuit. Ni la nuit précédente (ajouta-t-elle avec un soupir).

Moon baissa les yeux sur ses chaussures et se racla la gorge. C'était à son tour d'être gêné.

— Je ne sais pas trop comment te le dire, mais...

— Je sais, se hâta-t-elle de l'interrompre, mon mari disparaît souvent pendant plusieurs jours. Je sais où il va, les choses horribles qu'il fait, et je sais que tout le monde à Ignacio en parle dans mon dos.

Elle jeta le menton en avant avec défi :

— J'ai appris à vivre avec ça. Mais cette fois, c'est différent. Il a beaucoup travaillé ces temps derniers, sur cette proposition pour utiliser le *Cañon del Espiritu* comme lieu de stockage de déchets nucléaires. Il ne parle que de ça, n'a que ça en tête.

— Je ne m'inquiéterais pas trop, fit Moon avec assurance, il va réapparaître d'ici un jour ou deux. C'est toujours comme ça.

— Mon mari, en dépit des apparences, prépare ses « disparitions » longtemps à l'avance, déclara Emily avec raideur. Ses petites sauteries n'interfèrent jamais avec le travail. Absolument jamais.

— Et il avait quelque chose de spécial de prévu dans son travail ? intervint Parris.

— Certainement. Tôt ce matin, il devait rencontrer une représentante de l'Agence commerciale des déchets nucléaires qui dépend du gouvernement fédéral. Je suis certaine qu'Arlo, quoi qu'il puisse fabriquer par ailleurs, serait venu au bureau de la Commission du développement économique pour y accueillir sa visiteuse. Il ne l'a pas fait. Elle a appelé ici à neuf heures et quart, elle voulait savoir où il était. Tu vois bien, c'est différent. Rien n'aurait pu empêcher Arlo d'aller à ce rendez-vous, sauf... c'est à ce moment-là que j'ai appelé ton bureau. Ta standardiste... Nancy Beyal m'a dit qu'elle allait te contacter. Je suis si heureuse que vous soyez venus... je ne sais pas quoi faire.

— Quand, demanda Parris, avez-vous vu monsieur Nightbird pour la dernière fois ?

Emily se tamponna les yeux à l'aide d'un mouchoir en dentelle. Parris résista à l'absurde tentation de prendre cette femme délicate dans ses bras pour la réconforter.

— Arlo est sorti juste après le petit déjeuner. Avant-hier. Nous avions réservé une table pour dîner au Strater.

— C'est plutôt sélect comme endroit, remarqua Parris. Quelque chose de spécial à célébrer ?

— Notre anniversaire de mariage, répondit Emily en tentant, sans succès, de sourire. Comme il ne rentrait pas, j'ai appelé son bureau à la Commission, mais ça ne répondait pas. J'ai ensuite appelé le cabinet d'assurances ; Herb Ecker m'a dit qu'Arlo était sorti.

Moon griffonna quelques notes.

— Arlo n'aurait jamais raté votre anniversaire. (C'était un mensonge poli.) Est-ce que Herb savait où il était ?

— Herb n'a pas... il ne me l'a pas dit.

Elle appuya l'extrémité fine de ses doigts sur ses tempes dans une vaine tentative pour repousser les premières vagues de la migraine. Parris remarqua que ses ongles étaient rongés jusqu'au sang.

Moon rangea son carnet dans sa poche.

— Nous allons passer voir Ecker. Je t'appellerai dès que nous aurons appris quelque chose.

Moon, qui était reparti à la voiture de patrouille, faisait part à la standardiste de ses plans pour tenter de trouver Arlo Nightbird, mais Parris était resté à la traîne.

— Je ne m'inquiéterais pas, à votre place. En ce qui concerne les personnes disparues, neuf sur dix sont retrouvées en parfaite santé avec une explication raisonnable.

Enfin, peut-être cinq sur dix.

Emily lui prit la main et la serra. Parris sentit comme une décharge électrique se propager le long de son bras.

— Vous être vraiment très gentil, lui dit-elle doucement.

Elle tenait toujours sa main lorsque Moon passa la tête par l'encadrement de la porte :

— On peut y aller, chef ?

Parris rougit et exécuta un départ précipité. Il était certain qu'Emily Nightbird avait hésité, de manière à peine perceptible, avant de lâcher sa main. Un tout petit peu. Peut-être. Il fit semblant de ne pas remarquer le large sourire qui fendait en deux le visage de Moon.

— Ça doit être dur pour toi, avec Anne qui est aussi loin, observa-t-il avec une compassion feinte tandis qu'ils pataugeaient sous la pluie en direction de la voiture. J'ai une cousine au troisième degré à qui je pourrais te présenter. Elle a jamais eu de petit ami, et elle a à peu près ton âge. Le seul inconvénient, c'est qu'elle est plutôt du genre musclé et qu'elle a une petite moustache. L'essentiel, quand même, c'est qu'elle n'est pas *mariée.*

— Ça n'a rien d'étonnant. À t'entendre, elle a l'air d'en faire deux comme toi.

Moon gloussa en s'installant au volant.

— Laisse-moi t'organiser un rendez-vous, et tu pourras m'en parler en connaissance de cause.

Le grand Indien commençait sérieusement à le gonfler, mais il avait raison. Il était temps d'appeler Anne. Ce soir, en première urgence. Au diable ce travail temporaire avec les flics utes. Il allait sauter dans le premier avion en partance pour Washington.

Le jeune homme était occupé à écrire dans un carnet relié quand la voix de Moon résonna au-dessus de sa tête.

— Qu'est-ce qui se mijote, Herb ?

— Oh, rien... j'écrivais juste quelques mots.

Il rabattit hâtivement la couverture du carnet.

Moon indiqua son collègue et ami de la tête.

— Voici Scott Parris. Il remplace le chef pour quelques semaines.

Herb se leva et présenta poliment la main comme sur le vieux continent.

— Nous nous sommes déjà rencontrés... quand nous avons donné notre sang.

Parris serra la main offerte.

— Ouais. Je me souviens.

Le policier présentait sur les deux avant-bras un tatouage de minuscules ecchymoses.

Moon s'assit sur le bureau.

— J'ai besoin de savoir où Arlo est allé il y a deux jours. Il n'est pas rentré et sa femme s'inquiète. (Il se pencha vers Ecker.) Ne venez pas me raconter des âneries comme quoi vous ne savez pas où est votre patron. Allez, crachez le morceau.

Herb évita le regard direct de Moon.

— Je suis désolé de ne pas avoir pu le dire à Em... à madame Nightbird. Monsieur Nightbird m'a donné pour instructions strictes de toujours observer la discrétion sur ses... destinations.

— Je comprends, dit patiemment Moon. Dites-moi simplement ce que vous savez.

— Il est parti dans cet endroit... Le canyon de l'Esprit, voir madame Perika.

Le front de Moon se plissa en exprimant la surprise.

— Tante Daisy ? À quel sujet ?

Ecker s'empourpra.

— Je suis désolé. Je crois que c'était pour un avis d'expulsion. En liaison avec les plans de la tribu pour le canyon de l'Esprit.

Moon grogna en se redressant. Porter un avis d'expulsion à Daisy Perika ? Soit Arlo était très stupide, soit il était très courageux. Non. Il était très stupide.

— Bon. On va aller jeter un coup d'œil ; dix contre un qu'il va y avoir une raison toute simple pour expliquer qu'il ne soit pas rentré. Il a peut-être eu un pneu crevé, là-haut dans le canyon. Daisy n'a pas le téléphone, alors il y est probablement encore.

Moon réprima un sourire à l'idée de sa tante préparant un lit pour Arlo Nightbird. Elle préférerait abriter un scorpion dans sa poche.

Parris lut à l'envers le titre qui figurait sur le carnet de l'employé : *Poésie* par H. Ecker.

— Vous êtes poète ?

Herb rougit.

— Pas un poète très compétent, répondit-il en agitant la main pour indiquer la rangée de livres sur son bureau. Mais je lis beaucoup. J'apprends par cœur certain de mes poètes préférés... Je récite leurs vers pendant mes moments de loisir.

La majeure partie des deux douzaines d'ouvrages présents étaient des livres de poche dont l'état d'usure témoignait d'une utilisation constante. Parris lorgna vers les auteurs. Whitman. Dickinson. Frost. Burns. Poe.

— Vous vous souvenez vraiment de beaucoup de ces trucs-là ?

— En réalité, dit-il avec le plus grand sérieux, j'ai pratiquement mémorisé chacun de ces vers.

Parris leva les sourcils :

— De *tous* ces livres ? Je ne vois pas comment qui que ce soit pourrait y parvenir.

Ecker parut blessé par ce ton de scepticisme.

— Si vous en doutez, vous pouvez choisir celui que vous voulez. Ouvrez-le à n'importe quelle page, prenez un vers au hasard et lisez-le à haute voix. Si je ne suis pas capable de vous réciter le vers suivant, je vous donne vingt dollars. Si je réussis, bien sûr, c'est vous qui m'en donnez vingt.

Parris eut un sourire gêné.

— Voilà une proposition bien tentante, jeune homme, mais je ne crois pas que ça ferait bon effet. Vous comprenez, le chef de la police qui se livrerait à des paris en marge de son travail...

— Dans ce cas, oubliez l'argent. Si je gagne vous devez mémoriser un poème de mon choix et me le réciter, sans erreur, disons dans... six semaines à dater d'aujourd'hui.

— Et si vous perdez ?

— Vous choisissez une œuvre de n'importe quel poète. Je la mémoriserai en une seule lecture et je vous la réciterai sans erreur.

Parris n'avait pas l'air très convaincu.

— Pour vous faciliter les choses, monsieur Parris, je vais tourner le dos pendant que vous choisissez le livre. Cela vous procure-t-il un avantage suffisant ? Peut-être (ajouta-t-il avec un infime accent de provocation) êtes-vous quelqu'un qui préfère éviter les risques ?

Ecker s'assit. Son visage maussade reflétait la déception devant la réticence du policier.

Parris se frotta le menton et regarda les traits impassibles de Moon.

— Qu'en penses-tu ?

— Je pense que tu devrais le prendre au mot.

— Tu crois que je peux relever le défi ? murmura Parris.

— Mon vieux, du tout cuit comme ça, j'ai encore jamais vu.

Parris avait remarqué quelque chose d'intéressant sur le bureau de Herb. Il y avait un sac en papier marron avec un livre à l'intérieur. Un livre flambant neuf. Un livre qui n'avait pas été lu.

— Pari relevé, dit-il, retournez-vous.

Quand Ecker eut solennellement fait pivoter son fauteuil pour tourner le dos à sa table de travail, Parris tira silencieusement le volume du sac en papier. C'était *Œuvres choisies* de Robert Service. Il l'ouvrit ; les pages neuves adhéraient presque les unes aux autres. Il adressa un large sourire à Moon qui lui répondit par un clin d'œil. Il lut à voix haute :

— Car une promesse faite est une dette impayée et...

— ...et la piste possède son propre code austère, l'interrompit Ecker.

Il s'appuya à son fauteuil pivotant en riant.

— C'est trop facile. *The Cremation of Sam McGee.* Vous voulez l'entendre en entier, depuis le début ?

— Minute, marmonna Parris, ça ne comptait pas. C'était juste pour m'échauffer.

Il implora Moon du regard :

— C'est pas vrai que c'était pour m'échauffer, Charlie ?

— Bien sûr, mon vieux. Maintenant, propose-lui un vers qui soit vraiment difficile, à Herbie.

Parris chercha dans plusieurs pages, puis marqua un temps d'arrêt :

— Vous êtes prêt ?

Ecker hocha la tête. Parris se racla la gorge.

— Quoique j'eusse dîné de lait et de brose...

— ... et me fusse couché aux lueurs de bougies, j'ai plongé en de noble livres de prose, et envié de Bobbie Burns les écrits. Mais en cet âge de machines...

— Oh, ça suffit ! grogna Parris en abattant le livre bruyamment sur le bureau de Ecker. Je sais me rendre compte quand je me suis fait avoir.

— C'était la seconde strophe de *My Highland Home.* Trois strophes de huit vers chacune, qui se trouvent page deux cent huit.

Le jeune homme pivota pour faire face à Parris, un large sourire exposant des dents parfaites.

— La plupart des gens prennent le livre de Robert Service quand ils relèvent le pari. Je crois que c'est parce que j'en laisse un exemplaire tout neuf dans le sac sur mon bureau. Ils en concluent que je ne l'ai pas lu. Je gagne environ cent dollars par mois avec ce défi. Dommage que vous n'ayez pas voulu jouer pour de l'argent.

Parris regarda le grand Ute d'un air furieux.

— Bon Dieu, tu m'as dit que c'était du tout cuit.

— Ça l'était, confirma Moon, tu n'avais aucune chance.

— Bon, quel poison dois-je avaler ?

— Puisque vous représentez les autorités locales, dit Ecker, je vais vous rendre les choses extrêmement faciles. Que diriez-vous de *The Shooting of Dan McGrew ?* Vous pouvez me le réciter dans quelques mois... disons, pas plus tard que le jour de Noël.

Le chef de la police par intérim aurait quitté Ignacio bien avant ces vacances ; ce qui lui offrirait une manière élégante d'oublier son engagement.

Ils se trouvaient à quelques kilomètres au nord d'Arboles, sur la Route 151, quand Moon rétrograda en seconde et laissa la chaussée goudronnée pour bifurquer sur une allée de graviers. Il jeta un coup d'œil à son compagnon.

— Tu vas avoir des difficultés à l'apprendre en entier, ce poème ?

— Fichtre, grommela Parris, je n'arrive même pas à me souvenir de mon numéro de Sécurité Sociale.

La Blazer avait à peine franchi la première côte quand ils virent la décapotable rouge garée sur le bas-côté. En dépit de la pluie intermittente, le toit était ouvert. La voiture était pointée vers la sortie du *Cañon del Espiritu* et vers la route goudronnée. Vers Ignacio. Vers chez Arlo et, on pouvait le supposer, vers Emily. Emily, au riche teint mat, aux yeux lumineux, aux jambes séduisantes. Parris se sentit absurdement jaloux d'Arlo Nightbird. Quand ils s'approchèrent de la voiture de sport aux lignes aérodynamiques, Parris siffla.

— Pour une voiture classe, c'en est une.

Ce Nightbird avait vraiment tout.

— Une 500 SL, fit Moon, c'est la bagnole d'Arlo, pas de doute. Frimeur, ce petit connard, non ?

Il appuya sur le bouton qui enclenchait les feux d'urgence : les éclairs de lumière alternativement rouge et bleue se reflétèrent dans les chromes de la Mercedes.

— Allons voir de plus près.

Parris s'accroupit à côté du pare-chocs de la voiture et fit courir son doigt autour des bords coupants d'un phare brisé.

Moon grogna.

— Ça ne s'est pas produit ici. Pas de verre brisé sous le phare.

Il huma l'air, puis s'allongea sur le sol.

— Hé, regarde un peu ça.

Parris passa la tête sous le pare-chocs et vit la flaque verte poisseuse.

— De l'antigel ?

Moon en frotta un échantillon entre ses doigts et le renifla.

— C'est bien ça.

Parris regarda à travers la calandre.

— Le radiateur est percé... à cinq centimètres du bas. Le liquide de refroissement a dû fuir quasiment en totalité. On dirait que monsieur Nightbird s'est arrêté ici quand son moteur a surchauffé.

Moon inspecta l'intérieur détrempé de la Mercedes. Il prit sur le plancher une bouteille de whisky à demi pleine.

— Le nec plus ultra de Booker Noe, fermenté en tonneau. Ça coûte dans les cinquante dollars les soixante-quinze centilitres.

Il laissa tomber la bouteille sur le siège, se tourna et inspecta le paysage accidenté.

— Je me demande par où il est parti. La route goudronnée est à quinze cents mètres ; il a peut-être marché jusque là-bas avant de faire du stop.

— Il n'est pas arrivé jusque chez lui, en tout cas, remarqua Parris. Peut-être qu'après être tombé en panne ici il est retourné à pied à la maison de ta tante.

— Je ne sais pas, ils n'étaient pas particulièrement en bons termes. Et s'il est venu ici pour parler à Tante Daisy d'un arrêté d'expulsion, je ne pense pas qu'il ait été accueilli à bras ouverts. Non (se dit-il presque en lui-même), je l'imagine bien chassant ce saligaud à coups de pied au cul sur la moitié du chemin entre ici et Ignacio.

— Le radiateur a peut-être été crevé à l'endroit où le

phare a lui aussi été cassé, suggéra Parris. Ça expliquerait pourquoi il n'y a pas de verre brisé, et pourquoi il... la voiture est arrivée jusqu'ici avant que le moteur surchauffe. Quelqu'un a peut-être voulu nous faire croire qu'il y avait eu un accident ici, mais ce quelqu'un a oublié d'apporter les débris de verre.

— Daisy, Daisy, murmura Moon, quelle bêtise es-tu en train de nous manigancer là ?

— Je crois que nous ferions mieux d'aller voir ta tante.

Puis, d'un ton plein d'espoir, Parris ajouta :

— Elle a peut-être vu quelqu'un avec monsieur Nightbird.

Le visage de Moon était morose.

— J'espère que son histoire tient le coup.

Moon se gara près de la caravane de Daisy et Parris le suivit sur l'allée de terre dont le policier ute scrutait les anciennes ornières. La pluie était tombée dru ; il n'y avait aucune marque de pneus. Si la 500 SL d'Arlo était venue là, la violence de l'orage en avait effacé toute trace.

— Ici, fit Moon.

Un reflet avait attiré son œil. Il s'agenouilla, prit son couteau de poche pour arracher le fragment à l'argile et le présenter à son ami en disant :

— Dix dollars à deux contre un que ce bout de verre provient du phare cassé d'Arlo.

— Il en manque beaucoup plus que ce petit bout, objecta Parris. Où est le reste ?

— Quelqu'un a dû nettoyer sans repérer ce petit morceau. Mais pour quelle raison ce quelqu'un a-t-il voulu cacher la venue d'Arlo ?

C'était une question purement rhétorique. Et ils savaient l'un comme l'autre qui était ce « quelqu'un ».

— J'imagine que ta tante Daisy a une explication parfaitement valable, avança maladroitement Parris.

— Bien sûr, fit Moon en secouant la tête et en soupirant, Tante Daisy a une explication valable pour absolument tout. C'est peut-être le *pitukupf* qui a fait... va savoir quoi.

Il grimpa sur le perron pendant que Parris attendait à quelques pas, sous la pluie légère.

Le policier *matukach* ne voulait pas entendre la conversation entre la tante et son neveu. Si Daisy avait quelque chose de compromettant à dire, il vaudrait peut-être mieux que celui-ci en soit l'unique témoin.

— Tante Daisy, c'est Charlie ! fit-il en martelant la porte.

Pas de réponse. Il compta jusqu'à dix, frappa à nouveau énergiquement.

— Tante Daisy, ouvre ! Il faut que je te parle.

Il tourna les talons pour redescendre l'escalier qui craquait puis s'arrêta. La rambarde du perron reposait sur les marches. Il s'accroupit, ramassa un marteau de charpentier, un lourd tournevis et un pied-de-biche.

— Les outils de Gorman. Il devait lui réparer son perron. Il faut croire qu'il n'en a pas encore trouvé le temps.

Leurs regards se croisèrent puis tous deux se tournèrent vers la Mesa des Trois Sœurs. La fissure, située en hauteur sur la paroi de la falaise, était à peine visible dans les tourbillons de brume. D'une visite antérieure, Parris avait gardé le souvenir du rudimentaire abri de broussailles. Daisy s'y était cachée au moins une fois déjà. S'y dissimulerait-elle pour échapper à la justice ?

— Je me demande où elle pourrait bien être, fit-il avec un mince sourire.

Moon lui adressa un rictus et referma une main sur son épaule.

— Tu ferais mieux de ne pas rester trop longtemps sur la réserve, *matukach.* Tu commences à te comporter comme un membre de la famille.

— Bon, fit Parris, nous sommes ici pour trouver monsieur Nightbird. Où est-ce que nous pourrions chercher ?

Moon haussa les épaules.

— Si Arlo n'est pas sorti du canyon pour rejoindre la grand-route et s'il n'est pas terré dans la caravane de Tante Daisy, il a peut-être remonté le canyon.

Tout à coup, Parris sentit le froid. La fatigue. La solitude.

— Il n'y a rien par là-bas. Pourquoi y serait-il allé ?

Moon secoua la tête.

— Il était peut-être ivre, trempé, et il voulait un endroit où dormir. Il y a des abris au sec dans le canyon, près des pétroglyphes. Il est peut-être là-haut, à dessaouler en dormant.

Parris remonta dans la Blazer.

— Finissons-en. Quand on retournera en ville, j'aurai des trucs à faire.

— Quels trucs ? demanda Moon innocemment.

— Il n'y a pas un juke-box chez Angel ?

— Si.

— Eh bien, annonça Parris à haute voix, je vais me payer trente-cinq centilitres de RC Cola et une tarte Moon.

Le policier indien sourit :

— On a donné mon nom à une tarte ?

Ça semblait tout à fait approprié.

— Et après, tu sais ce que je vais faire ?

— J'ai hâte de l'apprendre.

— Je vais glisser une pièce de vingt-cinq *cents* dans la machine, et je vais mettre *Maple on the Hill*.

La vieille chanson ne figurait pas dans le juke-box, pour vingt-cinq *cents* il n'obtiendrait même pas un verre d'eau, et il n'y avait pas de tartes Moon chez Angel. Mais ce n'était là que des faits.

— Qu'est-ce que c'est, *Maple on the Hill* ? demanda Moon.

— Un classique de la musique country.

Cette chanson datait de plusieurs décennies.

— Pas au pays des Utes.

Homer Tonompicket, le passionné du Grand Ol' Opry, en possédait probablement un enregistrement sur microsillon 78 tours.

— Et quand le juke-box aura redéposé le disque au milieu des autres, je vais sauter dans un avion, laisser tomber mon arrière-train épuisé dans un de leurs sièges moelleux de première classe, et filer à Washington où je vais passer le maximum de temps avec Anne. Je suis fatigué de vivre seul, Charlie.

Parris abattit sa main si fort sur le tableau de bord que sa paume le brûla.

— Bon sang, c'est génial ! Je vais peut-être même demander à l'amour de ma vie de m'épouser. Elle gagne assez d'argent pour nous deux ; je pourrais prendre ma retraite et devenir un glandeur de première !

— De toute façon le travail utile que tu fais et rien, c'est du pareil au même, alors pour ce qui est d'être un glandeur, tu l'es déjà, répliqua Moon sur un ton enjoué. Mais épouser Anne est la seule idée intelligente que je t'aie entendu émettre depuis un sacré moment.

Moon ralentit au point que la voiture n'avançait plus qu'au pas. Il enclencha les quatre roues motrices. La boue se changeant en profonde gadoue, il passa la vitesse minimale et le véhicule gronda. Quand ils furent près de l'endroit où la carcasse de Big Ouray avait été découverte, il coupa le contact et regarda son compagnon.

— Il n'y a pas une chance sur mille que nous trouvions quoi que ce soit par ici, mais il vaut mieux faire comme si et l'indiquer dans notre rapport. Pourquoi tu ne restes pas dans la voiture pendant que je jette un coup d'œil officiel dans le coin ?

Parris, qui songeait à Anne, connaissait un renversement d'humeur maniaco-dépressif. Fini, J.E.Hoover. Anne, encore et toujours.

— Pas question, mon vieux. Tu veux absolument aller patauger dans la boue, ton ami patauge dans la boue à tes côtés.

Moon baissa le bord de son chapeau sur son front.

— Comme tu voudras, fit-il en claquant la portière.

Parris le suivit avec difficulté. Moon progressait à travers la sauge en direction des pétroglyphes. Quand ils atteignirent la falaise presque verticale, l'Indien inspecta une demi-douzaine d'anfractuosités basses, celles qui auraient pu fournir un abri satisfaisant pour un ivrogne pris de sommeil. Il n'y avait pas trace d'Arlo. En imagination, Parris voyait la réaction d'Anne quand il l'appellerait. « Oh, dirait-elle, je suis si heureuse que tu viennes. Je vais annuler mes rendez-vous. Nous allons passer toutes nos journées ensemble. »

Il fut arraché à ce rêve extrêmement optimiste par une déclaration bourrue.

— Il n'est pas là où je pensais le trouver. Rentrons. S'il ne se manifeste pas d'ici deux jours, je lancerai un avis de recherche général.

— En ma qualité de chef par intérim de la police des Utes du Sud, et en vertu des pouvoirs qui me sont conférés, je déclare adhérer par avance à toutes tes décisions, lesquelles sont empreintes d'une grande sagesse.

Parris recommença à patauger difficilement, emboîtant le pas à son compagnon pour revenir à la voiture. Il ouvrait la portière quand il remarqua quelque chose, à plusieurs mètres de distance sur la piste.

— Attends, fit-il en tendant le doigt. Là-bas. Qu'est-ce que c'est... ce truc blanc sous le buisson ?..,

Moon ne distinguait pas l'objet à travers le pare-brise embué.

— Tu veux aller vérifier ?

Parris fut soudain envahi d'un sentiment de crainte.

— C'est sûrement rien. Un bout de papier.

Moon mit le contact.

— Tu seras pas tranquille tant que tu seras pas allé voir de quoi il s'agit.

Parris remonta la piste avec d'énormes difficultés, obligeant ses pieds à effectuer chaque nouvelle enjambée. L'objet blanc devint plus clair lorsqu'il approcha du chêne nain. Ce n'était qu'une chaussette. Une chaussette en coton blanc avec deux bandes rouges autour de la cheville. Mais il y avait quelque chose d'étrange dans la forme de cette chaussette. Il s'immobilisa au milieu du chemin boueux.

— Je n'aime pas ça, dit-il d'une voix calme.

Moon ne l'entendit pas.

— Je n'aime pas ça ! cria-t-il.

Moon descendit de la Blazer.

— Qu'est-ce que c'est ?

— Une chaussette.

— Une chaussette ?

Il n'y avait aucune intonation dans la voix de l'Indien qui ne bougea pas.

— Ça a pas l'air d'être une chaussette vide ! cria Parris. On dirait qu'il y a un pied dedans.

Moon baissa les yeux vers ses chaussures maculées de boue mais ne répondit pas.

— Tu m'as entendu ? J'ai dit qu'il y a un *pied* dedans.

Parris se rapprocha encore d'un pas et se pencha pour avoir une meilleure vue.

— Je distingue un bout de jambe !

Le policier ute ressentit le froid jusque dans la moelle de ses os. Pourquoi Daisy se cachait-elle ? Pourquoi avait-elle cassé un des phares de la 500 SL d'Arlo Nightbird avant de nettoyer les éclats de verre ?

Parris attendit une éternité. Finalement, Moon fut à ses côtés.

— Tu as raison. C'est une chaussette.

— Avec un pied d'homme à l'intérieur, lui rappela Parris.

Il montra la jambe du bout du doigt pour bien souligner ce point fondamental.

— Ouais. Une jambe poilue.

— Si tu veux mon avis, il y a un corps entier attaché à cette jambe.

— Je l'espère bien, répondit sérieusement Moon. Si tu regardais ?

Parris tenta sans succès de détacher son regard de la jambe poilue.

— En vertu des pouvoirs qui me sont conférés, je démissionne sur-le-champ de mes fonctions de chef par intérim de la police tribale. Toi, regarde.

— Je n'aime pas beaucoup m'approcher des cadavres, protesta Moon. C'est un truc courant chez nous, les Indiens. C'est très néfaste de toucher un cadavre. Ça entraîne la maladie de l'âme.

— Moi, j'avais le sentiment que tu ne croyais pas à ce genre de trucs, lui rappela sèchement Parris.

— Je n'y crois pas, répondit solennellement Moon, mais on tombe malade, qu'on y croie ou pas.

Parris s'approcha encore du buisson et écarta une branche. La première chose qu'il vit fut une seconde jambe, tordue sous la première. Ce pied-là était nu. Il lui fallut plusieurs secondes avant de comprendre totalement le spectacle qui lui brûlait la rétine.

— Oh non !

Il détourna la tête et sentit ses jambes flageoler sous lui.

Moon enfonça les mains dans ses poches. Le froid ne disparut pas.

— Raconte-moi.

Parris s'éclaircit la gorge, se força à répondre.

— Un homme. Teint légèrement cuivré, cheveux noirs. Entre cinquante et cinquante-cinq ans. Un mètre soixante-cinq environ. Empâté.

— Ça ressemble à Arlo Nightbird. Écoute, je suis désolé de t'avoir forcé à regarder le corps. Je n'avais pas idée que ça te faisait ça de contempler un cadavre...

— Ce n'est pas seulement ça, le corps a été...

Il sentit une nouvelle vague de nausée déferler dans ses entrailles.

— Il a été quoi ?

Moon connaissait d'avance la réponse.

— Castré, acheva Parris d'une voix faible.

Moon posa une main massive sur ses yeux.

— Seigneur Dieu.

Parris orienta son regard vers les doigts de nuages qui touchaient le sommet des mesas. De fait, le moment semblait bien adapté à la prière.

Le policier ute retrouva sa voix.

— Regarde ses chevilles, Scott.

Parris se pencha, se contraignant à s'acquitter de cette tâche.

— Je regarde, Charlie.

— Est-ce qu'il y a des marques, demanda Moon en serrant les poings, comme si un lien avait été attaché autour ?

La voix de Parris était grêle :

— Non. Pas que je puisse voir.

Il tourna le dos au cadavre et scruta le visage de son ami :

— Tu sais quelque chose que tu me caches ?

Il entendit à peine la voix de Parris ; toute son attention était absorbée par cette horrible vision surgie de son cauchemar. Un corps humain pendu la tête en bas à une branche d'arbre. Attendant... attendant d'être tailladé par la bête à cornes avec sa lame bleue. Moon ne doutait aucunement que ce fût une prémonition. Dans l'attente, encore, de se concrétiser. Et qui n'allait plus tarder bien longtemps.

Mais tel était son lot dans le monde des ténèbres ; dans ce monde de soleil et de pluie purificatrice, il y avait un travail de policier à accomplir. D'abord, il fallait procéder à l'identification. Sa main se referma en étau sur l'épaule de son ami.

— Est-ce qu'il... est-ce que le corps... a une turquoise dans le lobe de l'oreille gauche ?

— Impossible à savoir, répondit Parris.

— Tu n'as pas vu son oreille gauche ?

Il fallut longtemps avant que le policier *matukach* réponde.

— Celui qui lui a coupé les couilles, fit-il dans un murmure, il lui a aussi tranché les oreilles. Les deux.

Caïn avait signé de son nom.

11

Le vieux berger ne prêtait aucune attention à l'immense vide, sous ses pieds. Nahum Yaciiti était assis avec beaucoup de légèreté sur la branche de pin morte qui avançait au-dessus de la paroi du canyon ; il avait le dos appuyé contre le tronc torturé dont les impacts de foudre répétés avaient entièrement arraché l'écorce. Il regardait les policiers, dans le fond du canyon, qui recouvraient le cadavre d'Arlo Nightbird.

Charlie Moon, ayant regardé le corps, s'assit pesamment dans la voiture. Il se sentait étrangement désincarné pendant qu'il regardait son ami *matukach* enfoncer des pieux dans le chemin de terre. Parris tendit alors sur les piquets de bois une bande jaune portant l'inscription POLICE — NE PAS FRANCHIR, en entoura le buisson qui abritait le corps mutilé. Le policier ute scruta silencieusement le fond du canyon, se demandant s'il y avait eu des traces près du corps. Avant que les torrents de pluie ne surviennent et n'effacent ces indices à jamais. Pourquoi le tueur n'avait-il pas accompli son acte après la pluie, au moment où le sol meuble aurait conservé quelques empreintes ? Vraisemblablement parce que ce meurtrier n'était pas stupide. Moon appuya avec son pouce sur le bouton en plastique du micro de la radio.

— Trois-trente-neuf appelle base. Nancy, tu me reçois ?

Il y eut un soudain crépitement de parasites quand la standardiste répondit.

— Je te reçois, Charlie. Message faible.

— Je suis dans le canyon. Nos deux antennes ne sont pas en ligne de transmission directe.

Il hésita :

— Appelle toutes les patrouilles, préviens les gars de l'État. Nous avons... une situation.

— Tu peux compter sur moi. Quel genre de situation ?

L'antenne intérieure de Nancy ne requérait pas une ligne de transmission directe.

— Avons trouvé un corps dans le *Cañon del Espiritu.* Pas d'identification certaine de la victime.

— C'est Arlo ?

— J'ai dit que nous n'avons pas d'identification certaine !

Il s'en voulut aussitôt d'avoir employé un ton aussi brutal. La standardiste, qui était pratiquement au courant de tout ce qu'il fallait savoir à Ignacio, avait appris qu'Arlo avait disparu.

— C'est un homicide. Nous allons garder le site jusqu'à ce que le reste des troupes arrive. Contacte la police du Bureau des Affaires Indiennes à Cortez. Après, appelle Sam Parker à Denver et demande-lui d'envoyer des gars du Bureau. Tu m'as bien reçu ?

Nancy hésita légèrement.

— Normalement, on appelle Durango pour avoir l'aide du FBI.

— Appelle Denver. Je répète, Denver ! Tu m'as bien compris ?

— Cinq sur cinq, sergent Moon. En attente.

Sergent Moon. C'était la manière de Nancy de lui faire savoir qu'il l'avait blessée. Il regarda l'aiguille des secondes égrener le temps sur sa Timex Quartz. Trois minutes quarante-quatre, puis la voix de Nancy se manifesta de nouveau.

— Base à voiture trois-trente-neuf. Nos hommes ont pris la direction du canyon. Rainwater était à Twin Crossing, pour une affaire de moutons volés, délai estimé, quarante minutes. Bignight au restaurant d'Arboles ; il devrait être là dans quinze minutes. La police de l'État devrait arriver dans une heure. Pas réussi à contacter qui que ce soit au BIA.

Moon respira à fond et répondit d'une voix naturelle, comme s'il s'agissait d'un appel de routine concernant un chien qui aboie sans arrêt.

— C'est parfait, Nancy. Tu as eu Parker ?

— Oui, sergent.

Il n'aimait pas cela. « Sergent Moon » correspondait à un reproche mesuré. Mais elle ne l'appelait jamais « sergent » tout court. Ça n'annonçait rien de bon.

Il appuya sur le bouton du micro.

— Et ?

— Monsieur Parker envoie... quelqu'un. Il devrait arriver très vite.

Parris s'appuya contre la portière et plongea le regard par la vitre baissée.

— Bon, le corps est protégé. Les renforts sont en route ?

— Ouais, répliqua Moon, d'ici deux heures, ça va être la piste aux étoiles, dans le canyon.

Par-dessus son épaule, Parris regarda la dépouille d'Arlo Nightbird sous son linceul.

— Je suppose que tu as averti le Bureau.

— Ils envoient Hoover.

Moon présentait un visage impassible, mais il fléchissait légèrement ses doigts énormes comme pour essayer de se saisir de quelque chose. Quelque chose de solide à quoi se retenir.

— C'est son territoire, fit remarquer Parris avec la voix de la raison. C'est lui qui dirige l'agence de Durango jusqu'au retour de Stan Newman.

— J'espérais un peu que Parker aurait le temps de venir en personne.

Parris s'apprêtait à répondre lorsqu'il aperçut quelque chose au sommet de la mesa.

— Regarde... là-haut. Sacré nom de...

Moon se protégea les yeux avec la main.

— Où ça ? Qu'est-ce que tu vois ?

Parris cligna des yeux.

— On dirait un homme... là-haut, assis sur cette branche.

Il désignait du doigt un ponderosa mort, sur la mesa.

Moon plissa les paupières puis s'empara d'une paire de jumelles et parcourut le sommet de la paroi.

— Quelle branche ?

— Le gros arbre mort, au-dessus des pétroglyphes. Il est sur la seconde branche en partant du bas. Bon sang, je ne comprends pas comment tu peux ne pas le voir.

Moon tendit les jumelles à son ami.

— Regarde.

Parris scruta l'image floue du pin à travers les prismes.

— Charlie, ça n'est pas le bon arbre.

Il régla la mise au point. La silhouette n'y était plus. Le policier *matukach* sentit le rouge lui monter aux joues.

— Ben, ça alors, Charlie... il y est plus.

Mais peut-être n'y avait-il jamais été. Peut-être.

Ce *matukach* était plein de surprises. Un infime soupçon de sourire courut sur le visage de Moon, mais il ne voyait rien de drôle dans cette illusion.

— Tu es sûr que tu as vu quelqu'un là-haut ?...

— Croix de bois, croix de fer....

Parris laissa ce serment enfantin inachevé. Ici, dans le *Cañon del Espiritu*, à quelques mètres à peine d'un corps atrocement mutilé, il ne semblait pas très sage de tenter les puissances occultes par des promesses irréfléchies.

Deux heures plus tard, une Jeep Wagoneer grise portant des plaques du gouvernement fédéral remonta le canyon boueux dans un rugissement de moteur. L'agent spécial James E. Hoover mit pied à terre. Il était en grande tenue, treillis de camouflage, rangers cirés de frais, blouson de coton bleu et casquette de base-ball assortie. Le blouson et la casquette portaient tous deux l'inscription FBI en grandes lettres blanches. D'un pas décidé, il s'avança vers Parris qui était appuyé contre la Blazer.

— Je veux un compte-rendu rapide.

Parris avait froid aux pieds, mal à la tête, et une dent de sagesse en souffrance qui commençait à l'élancer. Et pour arranger le tout, cet infect petit crétin venait exiger un rapport. Mentalement, il chassa douleur et irritation. Il allait traiter l'agent spécial avec tout le respect dû à son rang.

— J'étais avec Charlie. Nous étions à la recherche de la personne qui a disparu. Arlo Nightbird. Nos dernières informations disaient qu'il était allé rendre une visite de routine à madame Perika, qui habite à l'entrée du canyon. Bref, nous avons trouvé sa Mercedes sur la route...

— Je l'ai vue en passant, interrompit Hoover d'un ton mordant.

Une douleur intense transperça les racines de la dent de sagesse ; Parris se frotta la joue d'un geste prudent.

— Charlie... a pensé que nous devrions venir inspecter le canyon. Après nous avons trouvé le corps...

— J'espère qu'il reste au Bureau de quoi vérifier ses observations, fit Hoover en dirigeant son regard vers Moon.

Puis il tourna la tête et marmonna, juste assez fort pour être entendu :

— À moins que les deux flics de la Keystone[1] aient déjà tout bousillé sur les lieux du crime.

La tête de Parris l'élançait maintenant à chaque pulsation du muscle qui pompait le sang dans sa poitrine :

— Hé là, merde à la fin... !

Il progressa d'un pas vif en direction de Hoover qui ne recula pas d'un centimètre. Ni l'un ni l'autre ne baissa le regard.

Hoover avança le menton dans un geste de défi.

— Si c'est des ennuis que vous voulez, j'en ai une pleine cargaison à votre disposition.

Si le policier faisait le geste de le frapper en premier, il allait lui casser les deux bras, à ce péquenaud. Ce serait de

---

1. Keystone : studio de cinéma à l'âge d'or du burlesque américain. Ses flics émaillèrent de poursuites les films de Chaplin, Keaton et consorts. *(N.d.T.)*

l'autodéfense, pure et simple ; le Bureau ne le traduirait pas devant la commission de discipline pour s'être défendu.

Le visage de Moon était impassible ; il observait pensivement, se demandant si Parris allait démolir l'agent spécial. Voilà qui vaudrait le coup d'être raconté.

Un policier de l'État se pencha et murmura à Sally Rainwater :

— Vingt dollars sur le petit en treillis.

Cet agent fédéral n'avait visiblement peur de rien. Et il avait bien dix ans de moins que le policier de Granite Creek.

D'un discret hochement de tête, Sally indiqua qu'elle acceptait le pari. Le chef par intérim allait le casser en deux, ce sale type !

Daniel Bignight y alla de dix dollars parce qu'il se sentait tenu de montrer sa solidarité avec sa collègue indienne. Le chef était tout ce qu'il y a de costaud, mais il était lent. L'agent fédéral allait l'expédier en deux temps trois mouvements.

D'un signe de tête, Parris indiqua un chemin, tracé par les cervidés, qui s'enfonçait dans les pins en serpentant.

— Monsieur Hoover, je suggère que nous allions discuter de notre petit différend en privé. Si on allait faire une balade, vous et moi ?

Ne sachant que lui opposer, l'agent spécial suivit Parris qui s'arrêta quand ils furent tout juste hors de vue et qui retira son blouson. Il laissa tomber dessus son étui d'épaule, puis fit face à Hoover.

— Il est grand temps que nous réglions ce problème.

— Rien ne me ferait davantage plaisir, répondit l'autre d'un ton égal, dès que je ne serai plus en service.

À son tour, Parris parla d'une voix égale :

— Nous allons régler ça pas plus tard que maintenant.

Le visage de Hoover était comme le silex.

— J'ai enseigné le combat à mains nues à Quantico.

— Merci de l'avertissement.

C'était un élément d'information important.

Il n'était pas possible de retarder l'inévitable. Hoover soupira et secoua la tête ; il n'avait pas d'autre choix que de donner une sévère leçon à ce policier à l'esprit obtus. L'agent spécial déboutonna sa veste ; ses bras étaient encore pris dans les manches quand il vit Parris lui expédier un crochet du droit. Il tenta de l'esquiver. Trop tard. Le coup violent l'atteignit à la mâchoire, la lumière du jour s'éteignit, et la terre froide lui appliqua une violente claque dans le dos. L'agent spécial flottait sans pouvoir réagir, quelque part dans ce monde ténébreux qui se situe à l'extrême limite du néant intégral.

Parris prit appui contre un pin pignon et attendit. Il massa ses phalanges endolories. Elles lui faisaient atrocement mal, mais elles lui faisaient aussi du bien. Il se sentait mieux.

La jambe de Hoover tressaillit. Il grogna, se redressa sur son séant, s'efforça de se relever complètement.

— On en a pas terminé avec ça.

Parris agrippa Hoover par le bras pour l'aider à se tenir sur ses jambes.

— Ouais, dit-il doucement, je sais.

Il suivit son adversaire, complètement sonné, vers la foule des représentants de la loi qui étaient impatients de connaître l'issue.

Lorsque le policier de l'État vit l'ecchymose enflée sur la mâchoire de Hoover et sa démarche vacillante, il remit d'un air morose un billet de vingt dollars craquant neuf à Sally Rainwater qui ne montra aucune surprise. Daniel Bignight était extrêmement soulagé ; il exulta sans retenue en empochant ses deux billets de cinq.

Le mal de tête lancinant avait cessé de poursuivre Parris ; la douleur sourde de sa dent de sagesse était devenue à peine discernable. Il rompit le silence gêné comme si de rien n'était.

— Ce que nous avons là, monsieur Hoover, c'est le cadavre de monsieur Arlo Nightbird. Il a reçu un coup sur la tête.

Au front, pour être exact. La signature de Caïn ?

— Autre chose ?

Hoover appuya machinalement sa langue contre une molaire déchaussée.

Moon adressa un sourire joyeux à l'agent spécial.

— Vous vous souvenez de Big Ouray ?

Les yeux de Hoover s'élargirent avec défiance.

— Si c'est encore une de vos plaisanteries, je vais...

— Le corps a été mutilé, l'interrompit Parris. Exactement comme pour le taureau hereford !

Hoover en restait bouche bée, oubliant momentanément sa mâchoire douloureuse.

— Vous voulez dire que quelqu'un lui a coupé les oreilles et les... les gonades ?

— C'est approximativement l'étendue des dégâts, confirma Parris.

Il avait toujours froid aux pieds et ne désirait rien tant que dormir un long moment. D'un sommeil sans rêves.

L'agent spécial fronça les sourcils, réfléchissant intensément.

— Il était marié ?

— Oui, répondit Parris.

Décidément, quand Hoover avait une idée en tête, il n'en avait pas d'autre.

— Est-ce que la victime... avait des aventures ?

Moon soupira.

— Uniquement quand il ne dormait pas.

— Ça va être sa femme. Les statistiques montrent que dans soixante et un pour cent des cas où les maris coureurs sont zigouillés, c'est leur moitié qui est coupable.

— Je l'ai rencontrée récemment, commenta Parris d'un ton ouvertement sarcastique, c'est une tueuse-née.

Hoover observa ces empêcheurs de tourner en rond avec une haine non dissimulée.

— Vous devez être complètement épuisés, tous les deux. Vous avez peut-être envie de rentrer chez vous, de vous reposer un peu.

— Merci, fit Moon d'un ton enjoué, nous avons sincèrement apprécié ces précieux instants passés en votre compagnie.

Charlie Moon maintenait l'aiguille du compteur sur quatre-vingt-quinze ; il jeta un regard de côté vers son ami.

— Ça va ?

— Pourquoi ça n'irait pas ?

Le ton de Moon était aimable, compréhensif.

— Je suppose que tu n'as pas envie d'en parler.

— De quoi ? rétorqua Parris.

— Du fait que tu t'es attaqué à un type qu'était deux fois plus petit que toi. Je crois que je me sentirais gêné, moi aussi.

Parris lui lança un regard furieux.

— Personne n'apprécie les gens qui pratiquent l'ironie facile, Charlie.

Il baissa la vitre de sa portière. Le ciel au-dessus de la réserve dessinait une voûte infinie d'un noir parfait, parsemée de diamants étincelants disposés au hasard. La lune était au-dessous de l'horizon pour une heure encore, mais un coyote, pressé de voir apparaître le globe d'argent, lança un jappement plein d'espoir au sommet d'une crête basse.

L'Indien sourit à son reflet dans le pare-brise. Ce coriace *matukach* avait un drôle de cran. Moon leva le pied de l'accélérateur quand il vit la grande maison de brique sur son tertre, à l'écart de la route.

— La maison des Nightbird est là, sur notre droite. Tu crois qu'on devrait s'arrêter pour prévenir Emily, ou alors on attend que le Bureau ait vérifié les empreintes digitales ?

Parris considéra la demeure avec un mélange de tristesse et d'appréhension. Les lumières du porche étaient allumées ; la femme fidèle attendait le retour de son mari. Sans se rendre compte qu'elle n'était plus une épouse, mais une veuve.

— Tu es absolument certain que le corps est bien celui de monsieur Nightbird ?

Moon tenta d'effacer l'image qui surgissait dans son esprit.

— C'est lui.

Ce qu'il en restait.

— C'est ton territoire, donc c'est à toi de t'en occuper, mais moi, je lui annoncerais tout de suite.

— Ça me convient, mon vieux. Tu veux m'accompagner ?

Emily s'était entichée de ce *matukach* ; ça lui faciliterait peut-être la tâche.

— Bien sûr, dit Parris.

Aucun policier ne souhaitait apprendre cette épouvantable nouvelle à une veuve sans se sentir soutenu.

Moon heurta discrètement le battant, puis fit un pas en arrière comme pour prendre ses distances avec le désespoir imminent.

Parris frissonna et enfonça davantage ses mains dans ses poches.

— Je ne crois pas qu'elle t'ait entendu.

Moon frappa à nouveau, encore moins fort.

Il y eut un bruit de pas assourdi. Emily entrouvrit la porte et leva les yeux vers Charlie Moon qui la dominait de toute sa stature. Elle serra autour de sa gorge le col de dentelle de sa chemise de nuit et regarda Scott Parris, qui ôta son chapeau. Aucun des deux hommes ne parla ; aucun ne voulait croiser son regard. Elle comprit.

La main d'Emily tremblait lorsqu'elle dégagea la chaîne de sécurité en cuivre et ouvrit en grand. Elle s'apprêta à dire quelque chose puis se couvrit la bouche de la main avec un geste brusque. D'un pas vif et décidé, elle disparut dans un couloir sombre. Moon s'essuya les pieds sur le paillasson de fibres naturelles puis la suivit dans la cuisine. Parris les imita avec un temps de retard, regrettant de ne pas être loin. Avec Anne. Que faisait-elle, en ce moment ?

Emily désigna d'un geste nerveux les chaises de style néo-américain glissées sous la table. Les policiers ignorèrent l'invitation ; ils demeurèrent où ils étaient, mal à l'aise, essayant de décider de ce qu'ils allaient dire. De la manière de le dire. Elle se tourna brutalement vers eux, énervée et à la limite de la fureur.

— Asseyez-vous ! ordonna-t-elle. Asseyez-vous, tous les deux.

Ils s'exécutèrent docilement.

Elle remplit d'eau une bouilloire en émail qu'elle posa bruyamment sur un brûleur.

— Il s'agit d'Arlo ?

C'était davantage une affirmation qu'une interrogation.

Moon s'éclaircit la gorge.

— Oui, madame...

— Ne me donne pas du « madame », Charlie Moon. J'ai l'impression d'être une vieille femme. Est-ce qu'Arlo... est-ce qu'il ?...

Elle se tut et posa la main sur sa bouche.

— Arlo est mort, dit Moon d'une voix neutre, je suis désolé.

Elle demeura silencieuse quelques instants puis commença à s'agiter dans la cuisine.

— Je m'apprêtais à me faire du thé. Je vais en faire aussi pour vous. Est-ce qu'il a eu un accident avec sa voiture de sport ?

— Non, dit Moon.

Emily plaça trois tasses en porcelaine sur la nappe de lin écru puis versa de l'eau bouillante dans celle qui était proche du poing crispé de Moon.

— Alors, reprit-elle comme s'ils échangeaient des nouvelles insignifiantes, vous allez me le dire, oui ?

Parris la regarda mettre un sachet de thé dans sa tasse. Il fut surpris de s'entendre répondre à la question.

— C'est... un homicide.

Homicide. Un beau mot. Qui avait des accents moins violents qu'assassinat.

Emily acheva sa tâche puis s'assit en face des policiers. Parris eut le sentiment que cette femme était encore plus menue, comme si elle rapetissait. Quarante kilos, trente-cinq kilos... bientôt il ne resterait plus qu'un soupir dans la chemise de nuit de satin rose. Elle posa son regard sur Parris.

— Vous y étiez... vous avez vu... Arlo ?

Il baissa la tête, redoutant de rencontrer son regard.

— Oui.

— C'est Scott qui a trouvé le corps, annonça doucement Moon.

Elle ne prêta aucun attention au policier ute.

— Comment mon mari a-t-il été tué ?

Parris posa sa main sur celles d'Emily.

— Je suis désolé. Je ne peux pas vous le dire.

Elle ouvrit grand les yeux.

— Mais je suis sa femme...

Elle se saisit de la main de Parris.

— Emily, intervint Moon d'une voix apaisante, c'est la procédure normale quand il y a homicide. Nous ne pouvons rien révéler sur la façon dont la victime a été tuée. Cela pourrait compliquer l'enquête.

— Est-ce que vous avez quelqu'un qui peut rester avec vous ? s'enquit Parris avec douceur.

— Si tu as besoin de compagnie, ajouta Moon, je peux demander à Nancy Beyal de venir...

— Non, ça va aller...

Elle porta à sa gorge une main qui tremblait :

— ... Je vais appeler mon père... il sera ici dans vingt minutes.

12

Le ciel matinal au-dessus des San Juan était hardiment coloré de rose pâle, la teinte anémique des pastèques presque mûres, mais les policiers ne remarquaient pas cette aurore sublime. Parris était calé contre le tableau de bord tandis que la voiture de patrouille, conduite par Moon, cahotait sur la route défoncée. L'Indien n'avait pas prononcé une parole depuis qu'il était passé prendre Parris au Sky Ute Motel ; le policier *matukach* tenta d'avaler précipitamment une gorgée de café noir dans un gobelet, mais le renversa sur ses chaussures lorsque Moon fonça droit dans un nid-de-poule.

— Ça serait mieux si tu t'arrêtais et si tu reculais pour essayer une nouvelle fois, fit Parris avec entrain. Tu as raté un trou qui était plus gros, sur la gauche de la route. Sur une échelle de dix, ça aurait valu... peut-être huit points.

Moon grommela quelque chose d'inintelligible à cause du rugissement du moteur. Il écrasa la pédale de frein et partit en dérapage sur la piste de terre qui passait devant la caravane de Daisy Perika pour s'enfoncer dans le *Cañon del Espiritu.*

— Je me sentirai mieux quand le soleil sera haut au-dessus des montagnes, déclara Moon avec un froncement de sourcils. Je n'ai pas particulièrement bien dormi cette nuit.

Il vit une lumière dans la petite maison.

— On dirait que Tante Daisy est de retour. Je vais lui toucher un mot.

Parris comprit qu'il n'était pas invité. Moon grimpa sur le perron, plaqua bruyamment sa paume contre la paroi d'aluminium. Daisy ouvrit aussitôt sa porte et le policier ute disparut à l'intérieur. Il s'assit à la table de la cuisine pendant que sa tante versait du café réchauffé dans la tasse de Gorman, celle avec le lapin.

— Raconte-moi, pour Arlo Nightbird.

Daisy croisa les bras et parla en pinçant les lèvres.

— J'ai rien du tout à te raconter sur cet imbécile.

Moon inclina le sucrier au-dessus de son café ; la coulée de cristaux disparut sous la surface du liquide foncé.

— Arlo est mort.

Il observait les yeux de Daisy qui ne témoignèrent d'aucune surprise.

— Je sais déjà qu'il est venu ici pour te voir. Mais il n'est jamais rentré chez lui ce soir-là. Nous avons trouvé sa voiture à huit cents mètres d'ici, à peu près, sur la route de pierres, mais son cadavre était là-haut, dans le canyon de l'Esprit.

Charlie Moon était déchiré : l'officier de police avait son travail à accomplir, mais le neveu redoutait d'entendre ce que sa parente pouvait avoir à lui confier.

— Qu'est-ce qui s'est passé, selon toi ?

— Je n'ai rien à te dire...

Plus tard peut-être, exprimaient ses yeux.

— ... bois ton café.

— Si tu ne veux pas me parler, ce n'est pas un problème, dit-il lentement, mais il y a un agent du FBI dans le canyon qui va passer te voir d'un instant à l'autre.

— Il est déjà venu, dit la vieille femme.

Moon sentit son estomac se retourner.

— Qu'est-ce que tu lui as dit, à ce... J'espère que tu n'as pas...

— Je lui ai rien dit du tout, répondit Daisy dont les yeux pétillaient. J'ai ouvert ma porte, mais j'ai fait comme si je ne comprenais pas l'anglais. Il a même essayé un peu d'espagnol, ça donnait quelque chose comme « *comprender Español ?* », mais j'ai continué à secouer la tête et à le regarder en clignant des yeux. Je crois qu'il pense que je ne parle que la langue ute.

— Tu devrais avoir honte, lui dit Moon avec fierté.

Quand il revint à la Blazer, Parris eut envie de lui demander si Daisy avait dit quelque chose sur Arlo Nightbird, mais il s'en abstint.

L'Indien redonna vie au moteur.

— Elle ne veut pas parler et ça ne sert à rien d'insister, déclara-t-il.

Au moment où Moon se rangea sur le côté de la piste de terre, Hoover supervisait le transfert du corps dans une camionnette du BIA. La mâchoire meurtrie de l'agent spécial présentait maintenant un mélange peu appétissant de jaune et de violet. Hoover ignora ostensiblement la présence des policiers jusqu'à ce qu'ils soient à deux pas de lui.

— Tiens, marmonna-t-il en aparté, revoilà Tom et Huckleberry.

Il leva la voix de telle sorte qu'ils puissent l'entendre.

— Vous feriez aussi bien de vous rendre utiles, tous les deux...

Il tourna des yeux aux paupières plissées vers Moon qui se tenait dos au soleil .

— Vous pourriez peut-être me dire quelque chose sur qui était Arlo Nightbird... sur ce qu'il faisait.

Moon se balança d'avant en arrière, les bras croisés. Il était certain que Hoover avait déjà obtenu ces renseignements des policiers utes qui se tenaient à côté et qui regardaient, mais il allait falloir en passer par toute la procédure.

— Arlo était l'homme le plus riche de la réserve. Il avait un cabinet d'assurances ; c'était lui qui faisait la pluie et le beau temps à la Commission du développement économique. Il travaillait en liaison avec Washington pour transformer cet endroit superbe (il balaya l'espace de la main, indiquant le canyon) en un quelconque site de stockage de déchets radioactifs. Ça signifiait de grosses rentrées d'argent pour la tribu.

Hoover tourna le dos à Moon.

— Et sa femme ?

— Emily. Bonne éducation... plusieurs diplômes à l'université de Boulder. Son père est Fidel Sombra ; il a une petite ferme au nord d'Ignacio.

— La victime avait des enfants ?

— Pas d'enfants.

En tout cas, pas avec sa femme.

— Des ennemis ?

— Eh bien, fit Moon lentement, quand ses funérailles auront lieu, il n'y aura aucune difficulté à trouver de la place pour se garer.

— Essayons de préciser un peu les choses. Est-ce qu'il y avait quelqu'un qui pouvait souhaiter le tuer ?

Moon posa un regard ironique sur le sac plastique renfermant le corps, dans le véhicule du Bureau des Affaires Indiennes :

— Évidemment.

L'agent spécial lança un regard noir au policier ute.

— Nous n'avons pas trouvé son pantalon, mais nous avons trouvé sa ceinture. Il y avait un fourreau pour ranger un couteau qui devait avoir une lame de quatorze à quinze centimètres. Nous ne l'avons pas trouvé.

— Le type qui l'a trucidé l'a peut-être emporté, avança Parris.

— Ce qui ferait de l'assassin quelqu'un de drôlement stupide, affirma Hoover d'un ton d'espoir.

— Ce n'est pas impossible, fit Moon d'un air pensif. À moins que celui-là ne redoute pas particulièrement d'être arrêté.

Il devrait peut-être parler à Hoover de la théorie qu'avait Oswald Oakes pour Caïn. Oswald adorerait recevoir une visite du FBI et avoir l'occasion de démontrer ses connaissances en matière de mutilations animales. Mais cela pouvait attendre.

Hoover tourna les pages de son calepin.

— À ce qu'il paraît, un certain monsieur Gorman Sweetwater a récemment eu une violente dispute avec la victime.

L'agent spécial avait fait ce commentaire sur un ton tout à fait naturel. Trop naturel. Quelqu'un s'épanchait beaucoup auprès du représentant de Washington. Moon jeta un regard sur Sally Rainwater, qui était appuyée contre le flanc de la camionnette du BIA, puis sur Daniel Bignight.

— Les commérages locaux, rien de plus, commenta-t-il.

— J'ai appris que ce dénommé Sweetwater était dans une fureur monstre à cause d'une arnaque à l'assurance dans laquelle Nightbird n'a pas voulu marcher. Sweetwater a déclaré qu'un taureau assuré était mort de causes naturelles, il voulait obtenir rapidement le remboursement de l'assurance.

Un sourire glacial tordit la bouche de Hoover :

— Vous vous souvenez de ce taureau ? Son nom était Big Ouray.

Les doigts de Moon jouaient avec les cartouches de 357 à sa ceinture.

— Le problème, reprit Hoover qui s'énervait visiblement, c'est que le taureau a été mutilé par des moyens non naturels, ce qui fait que déclarer la mort naturelle n'avait rien d'honnête. Il y avait aussi des détails techniques quant à la façon dont les animaux assurés étaient identifiés ; il est possible que la police d'assurance n'ait pas couvert le taureau en question. Quand monsieur Nightbird a refusé de donner l'aval au remboursement de cette déclaration frauduleuse, ce Sweetwater, qui avait probablement tué son propre taureau pour encaisser l'argent de l'assurance, a menacé de le châtrer ! Maintenant, monsieur Nightbird est retrouvé tout ce qu'il y a de mort dans le canyon même où le taureau a été découvert, et monsieur Nightbird est lui aussi allégé de ses bijoux de famille et de ses oreilles, précisément comme le taureau de Sweetwater. Une oreille pour une oreille, une couille pour une couille.

Hoover exultait.

— Alors, sergent Moon, est-ce que vous considéreriez Gorman Sweetwater comme un suspect privilégié ?

Moon le dévisagea du haut de son mètre quatre-vingt-treize, le fixant jusqu'à ce que l'autre cligne des yeux.

— Eh bien, répondit-il alors d'un air songeur, puisque vous présentez les choses de la sorte... non. Même si Gorman avait tué son taureau pour toucher l'assurance, cela n'aurait eu aucun sens pour lui de le mutiler... ça ne pouvait que lui fiche en l'air sa demande de remboursement. Non seulement ça, mais la moitié des gens d'Ignacio détestaient Arlo encore plus que Gorman ne le détestait. Et toute la ville était au courant de cette menace de castration proférée par Gorman à l'encontre d'Arlo.

Hoover tourna les talons et congédia Moon d'un geste de la main.

— Aucune importance. Bon Dieu, je ne devrais pas m'attendre de votre part à ce que vous voyiez ce qui saute aux yeux.

Avec un coup d'œil par-dessus son épaule, il ajouta :

— Mais vous pourrez peut-être quand même m'être de quelque utilité. Il y a une vieille bonne femme bizarre qui habite près de l'entrée du canyon...

— Cette vieille *dame* bizarre, corrigea Moon d'une voix douce, est ma tante Daisy.

— Je commence à comprendre. Je suppose que tout le monde dans le coin a des liens de famille plus ou moins étroits avec tous les autres, comme dans les monts Ozarks.

Hoover avait envie d'ajouter que cela pouvait expliquer bien des choses, mais sa mâchoire douloureuse constituait un rappel cuisant qu'il valait mieux peser ses mots.

— Puisqu'elle ne parle pas anglais, je vais avoir besoin de quelqu'un pour traduire, fit-il en regardant innocemment Moon. Je suppose que vous connaissez un mot ou deux en langue ute.

— Aussi sûr que vous êtes un *waa-pi* incorruptible, murmura un policier ute.

Moon fit mine de ne pas avoir entendu l'insulte. Daniel Bignight, qui avait appris plusieurs mots de ute, tourna le dos. Son corps était secoué d'un fou rire réprimé.

Hoover rougit ; il ouvrit la bouche, puis la referma brusquement. Il avait à peine entendu la réflexion et n'osait pas en demander l'explication. Il était certain que quelqu'un allait la lui fournir. Il battit en retraite vers la camionnette du BIA et ordonna au conducteur d'emporter le cadavre.

Parris, qui surveillait Hoover, s'adressa d'une voix basse à Moon :

— Qu'est-ce que c'est que ces idioties sur ta tante qui ne parle qu'indien ? Elle parle mieux anglais que la moitié des membres de ma famille.

Charlie Moon lui fit un large sourire mais ne répondit pas.

— Je commence à me demander si ce travail est suffisamment payé.

Moon réfléchit avec soin.

-- Les bénéfices, observa-t-il d'un air songeur, sont avant tout d'ordre spirituel.

Daisy ouvrit la porte alors que Hoover était occupé à frapper. Elle sourit et lui fit signe d'entrer. Il était suivi de Moon et de Parris qui salua d'un signe de tête poli. La vieille femme garda le silence pendant qu'elle versait trois tasses de café fort et qu'à l'aide d'une louche elle transférait du posole fumant dans des bols en plastique. Elle eut un nouveau geste pour indiquer aux représentants de la loi qu'ils devaient s'asseoir à la table de sa cuisine, puis elle déposa le café et le posole devant eux. Elle marmonna quelque chose à Charlie Moon, en langue ute, s'assit et croisa les bras avec la sérénité d'un Bouddha.

Hoover goûta son café, grimaça à cause de son goût amer puis se pencha en avant et sourit à Daisy. Il parla d'une voix forte, comme si le volume pouvait faciliter la communication.

— Moi, fit-il en pointant son doigt sur sa poitrine, je représente le gouvernement de Washington. Je suis ici pour aider les Utes.

Parris détourna la tête et toussa pour étouffer un ricanement.

Charlie Moon s'adressa en ute à sa tante :

— Ce type, c'est du fumier sur ton chemin, alors ne marche pas dedans.

Daisy hocha placidement la tête, mais ne répondit pas.

Hoover serra ses mains dans un geste de prière.

— Quand monsieur Nightbird est venu dans le canyon... pouvez-vous nous dire ce qui s'est passé ?

Moon commença sa traduction, qui était un nouvel avertissement sans équivoque.

Daisy l'interrompit et hocha la tête avec vigueur.

— Ah... Nightbird.

Elle poursuivit son commentaire en ute.

Moon joua les interprètes.

— Elle dit qu'Arlo s'est arrêté chez elle vers la fin de l'après-midi, dans sa belle voiture. Il lui a parlé du projet de déchets dans le canyon puis il est reparti.

Hoover fronça les sourcils en regardant Moon.

— C'est tout ?

Le policier ute hocha la tête.

— C'est tout. Il est venu, il est reparti.

— Demandez-lui si sa voiture était abîmée quand il est arrivé.

Daisy écouta l'interrogation formulée par Moon puis fit non de la tête.

— Demandez-lui... est-ce qu'elle a vu quelqu'un d'autre, avant ou après son départ ?

Moon marmonna quelques syllabes en ute. Daisy répondit ; son monologue dura presque trois minutes entières.

Hoover était penché en avant avec impatience.

— Qu'est-ce qu'elle a dit ?

— Elle a dit qu'elle ne se souvient pas très bien.

— Merde, enfin, elle a baragouiné son charabia indien pendant cinq minutes, elle vous a forcément dit plus que ça !

— Elle est assez âgée, et sa mémoire n'est plus ce qu'elle était, expliqua Moon d'un ton d'excuse. Il lui faut beaucoup de temps pour essayer de se souvenir de ce qui s'est passé ce jour-là sans confondre avec un autre.

— Misère, se lamenta Hoover, pourquoi ces vieux sont même pas capables d'apprendre assez d'anglais pour assurer les besoins d'une communication de base avec le monde civilisé ?

Sans prendre conscience de la mine légèrement renfrognée qu'avait pris le visage de Daisy, l'agent spécial remua une cuillerée de posole et inspecta l'épais bouillon gras avec une expression d'inquiétude.

— On dirait du hominy. J'aime pas beaucoup ça. Ça me donne des gaz. Et qu'est-ce que c'est que ces bidules qui flottent dans cette mélasse ?

Il fronça les sourcils et grommela.

— Berk. Probablement de la viande de chien.

— Bon Dieu, intervint Parris d'un ton agressif, faites gaffe à ce que vous dites !

Hoover posa un regard froid sur Parris.

— Pourquoi ? Elle comprend pas l'anglais.

Il se tourna vers Moon avec un air chagrin.

— Mais si j'ai offensé les sentiments ethniques à fleur de peau du sergent, je le prie d'accepter mes excuses les plus plates.

Il affecta d'exécuter une petite courbette.

Le policier ute sourit.

— Oh, il n'y a pas de raison de vous excuser. Ma tante devient assez vieille et simple d'esprit...

Daisy demeura impassible.

— ... qui sait quel genre de viande elle a mis dans sa casserole. (Il renifla son bol.) Ça pourrait être du chien *de prairie.* Non...

Il renifla, goûta un morceau :

— ... je ne crois pas, ça a un goût un peu plus âcre, c'est plutôt... hum... du porc-épic.

Il sursauta lorsque Daisy lui expédia un coup de pied sous la table.

Moon et Parris finissaient leur posole quand Hoover montra la porte et cria à la vieille femme :

— Au revoir !

Il lui fit un salut militaire.

— Le président de Washington vous remercie !

Il marqua un temps d'arrêt sur le seuil en voyant un

numéro du *Southern Ute Drum* sur une petite commode. Le nom de Daisy Perika figurait sur la bande d'expédition du journal.

— Qu'est-ce que ça fait ici... si elle ne comprend pas l'anglais ?

— C'est pour les photos, expliqua Moon, elle aime voir les photos de ses amis.

Hoover grogna ; d'un air méfiant il fixa la vieille femme silencieuse avant de quitter la caravane.

Daisy le regarda regagner hâtivement sa Jeep.

— Alors, comme ça, je suis vieille et simple d'esprit ?

— Désolé, ma tante. Seulement vieille, je crois.

Parris se racla la gorge.

— Madame Perika... je crois que nous allons partir. À moins qu'il y ait quelque chose que vous souhaitiez nous dire.

Il était évident que la vieille femme savait quelque chose sur le meurtre de Nightbird. Elle savait peut-être même qui avait manié la lame... mais cette image était inconvenante.

Toute expression abandonna les yeux de la chamane ; les secondes s'égrenèrent pendant que Moon attendait patiemment. Elle semblait capable de rester muette, mais elle se tourna vers Scott Parris.

— La plupart des *matukach* pensent que nos coutumes ancestrales ne sont que des bêtises. Certains, parmi mon propre peuple (elle posa un regard accusateur sur Charlie Moon) disent que le *pitukupf* n'est qu'une vieille histoire qu'on raconte autour des feux de camp pour faire peur aux enfants désobéissants. Mais vous (elle pointa le doigt sur la poitrine de Parris), vous savez que ce n'est pas vrai.

Il n'ignorait pas qu'elle faisait référence à sa dernière visite sur la réserve. Il baissa le regard sur le linoléum craquelé et changea de position, mal à l'aise. Il n'avait pas véritablement *vu* le nain. À part dans ses rêves où le *pitukupf*, qui fumait une pipe en argile, avait l'apparence d'un lutin irlandais tout ridé. C'était absurdité sur absurdité.

— Il y a une chose que vous devez tous les deux savoir, dit-elle. Je l'ai vu de mes propres yeux.

Elle se tut un instant, fermant les paupières pour mieux se souvenir de sa vision :

— Il y avait une grosse forme sombre, comme une ombre noire. L'ombre... elle devenait un grand oiseau aux serres acérées, un peu comme une chouette.

Elle imita les serres avec ses mains ridées, et griffa l'air en direction d'un Parris surpris qui se pencha en arrière.

— Elle tuait quelqu'un derrière un buisson. Il y avait du sang sur ses pieds.

Parris ne pouvait détacher son regard.

— Du sang ? Sur ses pieds ?

— Absolument, dit-elle en tendant ses mains devant elle avec ses minces doigts recourbés sous ses paumes.

— Sur ses serres. Du sang qui gouttait sur la mousse. Je crois qu'elle a tué un des *Nuuci*.

Parris sentit l'amorce d'une migraine pointer sous ses tempes.

— La chouette a tué un... hum... *noutch ?*

Un *noutch* était peut-être une espèce animale.

— *Nuuci*, un de ceux du Peuple, expliqua Moon. Un Ute.

Daisy hocha la tête.

— Je suis certaine maintenant que c'est Arlo Nightbird qu'elle a tué. Et ce n'est pas tout.

— Il y a autre chose ?

Pourquoi ces présages étaient-ils toujours signalés *après* l'événement ? Parris jeta un regard vers Moon dont le visage ne trahissait pas les pensées.

— Bien sûr, confirma la femme-médecine, cette grande chouette, elle a repris la forme d'une brume foncée. Comme une ombre.

Elle attendit la réaction de Parris, mais le policier ne savait absolument pas quoi dire. Daisy lui tapota le bras avec affection.

— Vous et Charlie, vous arriverez peut-être à comprendre ce que ça signifie.

Parris hocha la tête poliment. Il n'était pas doué pour les devinettes.

Moon était appuyé contre le montant de la porte en aluminium et il contemplait le fin croissant de lune, accroché comme une boucle d'oreille argentée à la plus grande des Trois Sœurs. Le policier, en lui, lui soufflait que c'était peut-être la manière qu'avait choisie Tante Daisy pour leur raconter ce qu'elle avait vu dans le canyon quand Arlo avait été assassiné. L'indien ute lui disait que c'était peut-être autre chose.

13

Scott Parris était assis chez Angel, Charlie Moon en face de lui ; il regardait le policier indien enfourner avec sa fourchette une énorme bouchée de tarte maison à la banane, puis la faire descendre à l'aide d'une gorgée de café noir brûlant. Moon avait déjà consommé un demi-poulet. Parris était à la fois fasciné et quelque peu envieux ; la moitié du régime de son ami aurait suffi à tendre son pantalon au niveau de la ceinture. Le grand Ute ne montrait aucun signe d'embonpoint. Angel leur apporta encore du café et sourit à Moon ; cet homme à l'appétit prodigieux était sans conteste son client préféré.

— Qu'est-ce que tu dirais d'une autre part de tarte, Charlie ? À la banane, j'en ai plus, mais il m'en reste aux airelles et aux noix de pécan.

— Non, merci, répondit Moon entre deux bouchées, j'ai pas tellement faim aujourd'hui.

Parris essayait de trouver une remarque ironique appropriée quand il vit par la vitrine une Jeep Wagoneer qui s'arrêtait brusquement ; James Hoover en ouvrit brutalement la portière qui heurta la Blazer de la police tribale. Moon ne leva pas les yeux lorsque l'agent spécial franchit les portes pivotantes. Le visage pâle de Hoover était cramoisi ; l'ecchymose de sa mâchoire disparaissait maintenant sous une couche de maquillage beige appliquée de manière inexperte. Il s'assit et appuya ses coudes sur la table, imitant inconsciemment la posture décontractée de Charlie Moon.

— J'ai entendu la veuve Nightbird. Elle ne m'a pas beaucoup aidé. (Il consulta sa montre.) Si vous avez fini de vous goinfrer, nous avons notre travail de policiers à accomplir.

L'Indien s'essuya la bouche avec une serviette en papier.

— Je ne peux pas parler pour mon collègue, mais moi j'adore ça, accomplir mon travail de policier.

Hoover tourna les pages de son calepin.

— D'abord, il faut que j'interroge monsieur Herbert Ecker. L'employé d'Arlo Nightbird.

Il remit le carnet dans sa poche et tambourina des doigts sur la table pendant que les deux autres achevaient leur repas avec ce qui lui parut une lenteur délibérée. Il consulta sa montre une douzaine de fois, se racla la gorge à peu près autant. Finalement, c'en fut trop. Il se leva d'un bond.

— Vous pouvez me rattraper au Cabinet d'assurances Nightbird.

Sur ce, il disparut.

Moon fit signe à Angel.

— Mets mon repas sur ma note.

Il montra Parris de la tête :

— Et celui de mon collègue sur celle de la police.

La mâchoire d'Angel s'affaissa :

— Mais, Charlie, la police en a pas, de note !

— Alors, ouvres-en une, répondit Moon d'un air songeur, je vais peut-être m'en servir, moi aussi.

Parris tendit plusieurs billets à Angel.

Moon fredonna une vague mélodie sur le chemin du cabinet où ils devaient retrouver Hoover. Au moment où ils arrivaient, Herb Ecker, un livre de poche sous le bras, enfourchait une vieille Harley Davidson noire. Hoover lui présentait déjà son étui officiel ; Ecker pâlit en apprenant que le FBI voulait lui parler, mais il sembla content de voir le visage jovial de Charlie Moon. Le policier ute désigna Hoover de la tête :

— Herb, voici monsieur J. E. Hoover, agent spécial du FBI à Durango. Il enquête sur la mort d'Arlo. Faites de votre mieux pour l'aider, je vous en serai reconnaissant.

Herb avala difficilement ; sa pomme d'Adam tressauta.

— Oui, sergent, je coopère toujours avec les autorités.

Hoover jeta sur Moon un regard où se lisait une infime lueur d'appréciation avant de reporter son attention sur Ecker.

— Quand avez-vous vu monsieur Nightbird pour la dernière fois ?

Ecker baissa la tête et marmonna sa réponse.

— Mercredi, monsieur. À quatorze heures trente environ. Il partait pour l'endroit que les Utes appellent le canyon de l'Esprit.

— Dans quel but ?

— Je crois... pour aller voir madame Perika.

Hoover griffonna dans son calepin.

— Hum. Et pour quelle raison souhaitait-il voir madame Perika ?

Herb vit les traits de Moon se durcir ; il hésita avant de répondre.

— C'était en rapport avec l'utilisation du canyon pour le stockage de déchets radioactifs, je crois. Il voulait faciliter le... le départ de madame Perika pour Ignacio.

— Donc, insista Hoover, elle déménageait ?

— Oui... c'est ce qu'on peut supposer. Pour une maison beaucoup plus confortable.

Un sourire fugitif courut sur le visage de Moon ; Herb se détendit.

— Maintenant, dit Hoover d'un ton aimable, parlez-moi de l'interaction entre monsieur Gorman Sweetwater et votre employeur.

Herb leva les sourcils.

— Pardon ?

— L'arnaque à l'assurance... à propos du taureau !

— Oh, ça. Oui, monsieur Sweetwater a demandé le remboursement pour son taureau, Big Ouray. Je... nous avions établi une police d'assurance pour les Herefords qu'il fait paître dans le canyon de l'Esprit.

— À ce que je comprends, demanda Hoover avec l'air de ne pas y toucher, il y a eu un échange assez vif entre monsieur Nightbird et monsieur Sweetwater ?

Hoover jeta un coup d'œil de côté en direction du policier ute et fut déçu de ne pouvoir interpréter l'expression de son visage.

Du regard, Herb implora Moon qui hocha la tête presque imperceptiblement.

— Oui, ils ont parlé... fort.

— Monsieur Sweetwater a énoncé des menaces ?

— Euh... peut-être. D'une certaine façon.

— Monsieur Ecker, demanda doucement Hoover, êtes-vous disposé à me dire précisément ce qu'étaient ces menaces, ou est-ce que j'ai droit à trois essais pour deviner ?

— Je ne me souviens pas exactement.

Ecker rougit sous le regard perçant de Hoover ; un muscle de son cou se contracta.

— Je crois que monsieur Sweetwater s'est mis en colère quand monsieur Nightbird a fait une remarque sur sa fille.

— Sa fille ?

— Benita. Elle était ici quand ça s'est passé.

— Quand quoi s'est passé ?

— Quand monsieur Sweetwater a menacé de... (Herb rougit et détourna le regard vers le goudron, sous ses pieds) châtrer monsieur Nightbird. Je ne pense pas qu'il voulait vraiment...

— C'est tout, Ecker, pour le moment du moins.

Hoover referma son calepin et tourna vers Moon et Parris un regard dépourvu d'expression.

— Les travaux pratiques sur les techniques d'interrogatoire étant terminés, dorénavant débute votre formation subséquente. Je vais me procurer un mandat afin de perquisitionner demain matin au ranch de Sweetwater. Je veux que vous veniez tous les deux avec moi... ça vous apprendra peut-être comment on conduit une enquête criminelle au sein d'une force de police digne de ce nom.

Hoover pivota sur les talons et repartit vers sa Jeep.

Moon se pencha et chuchota à Scott Parris :

— Alors, mon vieux, es-tu prêt à tout savoir sur la face sombre de la Force ?

Parris ferma les yeux et gémit.

Ecker, qui avait retrouvé ses esprits, le regarda en souriant :

— Avez-vous progressé dans votre travail de mémorisation ?

Parris fronça les sourcils avec une feinte contrariété :

— Vous ne me croyez tout de même pas capable de me défiler ?

— Non, sans doute, répliqua Ecker. Après tout « une promesse faite est une dette impayée ».

Parris gémit.

— Pas la peine d'enfoncer le couteau dans la plaie, mon gars.

Le policier avait enregistré *The Shooting of Dan McGrew* sur une micro-cassette ; quoique l'écoutant chaque soir tard, il n'avait pas même mémorisé une dizaine de vers.

Le service se déroula dans une structure en briques délabrée qui servait de salon funéraire. Il y avait trois halls de cérémonie. Emily Nightbird avait retenu le plus grand, et c'était une erreur d'estimation. Une douzaine de personnes à peine étaient présentes, dont aucune ne pleurait le défunt. Taxi, drapé dans un imperméable déguenillé, était seul au dernier rang. En marmonnant des paroles incohérentes, il couchait des notes en vue d'un article imaginaire. Les autres assistants étaient assis, rigides, attendant quelques mots du président du conseil tribal qui avait hâte de s'éclipser après avoir effectué une apparition de pure forme. Arlo n'était pas quelqu'un qui avait beaucoup d'amis, mais il faisait partie du Peuple.

Charlie Moon et Scott Parris prirent un siège au second rang, derrière la veuve qui était seule. Un homme âgé qui avait une barbe grisonnante et l'apparence négligée arriva. Il tenait une tasse de thé fumante qu'il donna à Emily Nightbird. Il échangea ensuite une poignée de mains avec Moon, qui chuchota à Scott Parris :

— Je te présente le père d'Emily, Fidel Sombra.

Lequel serra la main de Parris ; sa poigne démentait son aspect de vieil homme ridé et frêle.

— Vous êtes le représentant de la loi qui est arrivé de Granite Creek ?

— Oui, c'est bien moi, répondit Parris avec amabilité.

Personne, à Ignacio, ne restait un inconnu plus de deux ou trois jours.

Fidel s'assit à côté de sa fille, puis se tourna pour poursuivre sa conversation avec Scott Parris.

— J'ai un élevage de porcs de première qualité à côté d'Oxford, lui dit-il avec une haleine qui sentait le whisky irlandais. Si vous êtes preneur pour les jambons conservés dans le sucre ou les saucisses de porc, je suis votre homme.

Emily décocha un coup de coude à son père dans une vaine tentative pour restaurer une certaine dignité à la cérémonie.

— J'ai de l'excellent bacon, poursuivit-il.

Parris sourit au vieil homme à la peau tannée.

— Je m'en souviendrai.

Fidel entoura de son bras les épaules d'Emily.

— Ton thé est assez chaud, ma douce ? J'ai mis deux morceaux de sucre, exactement comme tu l'aimes.

Elle inclina le petit chapeau noir fixé sur ses cheveux à l'aide d'une broche épingle dont le bout était une perle. Scott Parris ressentit un soudain désir idiot de distinguer ses traits derrière le voile noir qui dissimulait son visage.

Les quelques minutes qui suivirent furent englouties dans un monologue solennel prononcé par le président du conseil tribal. Parris n'en entendit que des bribes. Nightbird, à en croire l'orateur, était un « homme doué dont le souci était le bien de sa communauté », un « Ute qui avait appris à faire son chemin dans l'univers de l'homme blanc », qui avait « apporté des emplois de qualité à la ville d'Ignacio », etc.

Fidel Sombra se tourna vers Parris avec un rictus.

— Tout ça, c'est des conneries, dit-il. Arlo Nightbird était une saloperie de bon-à-rien et ma fille y gagne foutrement à ce qu'il soit mort !

Emily se tourna avec un pâle sourire.

— Il faut excuser mon père, dit-elle avec la patience lasse de quelqu'un qui a abandonné toute tentative pour obtenir des progrès d'un cas incurable. Mon père oublie que je viens de perdre un mari. Et il a un peu bu.

Sa voix avait porté à travers la pièce.

Fidel leva un verre imaginaire et caqueta :

— J'ai bu et Arlo est mort, qu'est-ce que je pourrais désirer de plus !

Le président du conseil tribal, sa dignité offensée d'avoir été interrompu de manière aussi impolie, marqua une pause pour fusiller le vieil homme du regard.

— Monsieur Sombra, est-ce que vous souhaiteriez dire quelque chose ?

Le sarcasme échappa complètement à Fidel Sombra qui se leva et parcourut du regard la petite assemblée.

— Y a intérêt, ouais. Que l'âme répugnante d'Arlo Nightbird pourrisse en...

— Père, dit Emily dont les doigts s'enfoncèrent dans le bras de Fidel, assieds-toi et *ferme-la.*

Il perçut la menace dans sa voix et se rassit docilement. De plus, il se tut.

Scott Parris détecta une étrange odeur, très proche de celle du formaldéhyde dans le laboratoire de Doc Simpson. Taxi avait pris place à côté de lui. Mieux valait ne pas tenir compte de sa présence émaciée. Mais l'autre se rapprocha vivement et poussa imperceptiblement du coude le représentant de la loi. Parris se tourna pour voir ce que voulait l'étrange personnage ; des éclairs de folie dansaient telles des lucioles bleues dans ses yeux pâles.

— Le Malin est revenu, murmura-t-il d'un ton rauque à l'oreille de Parris.

— Pardon ? fit le policier en levant un sourcil.

Taxi se passa un doigt en travers de la gorge.

— Affirmatif. Le Malin est en ville et il est d'humeur exécrable.

— Et pourquoi est-il d'humeur exécrable ? demanda Parris d'un ton désabusé.

— À cause de tous ces gens (de la main, il engloba la petite congrégation endeuillée). Le Malin est invisible.

Il sourit avec cette assurance sereine que seuls les fous peuvent connaître, et regagna sa place sur le banc du fond.

Moon se pencha pour chuchoter à l'oreille de son ami :

— Dis-moi la vérité, maintenant, mon vieux... tu n'es pas heureux d'être venu ?

Parris avait les phalanges blanches à force de s'accrocher pendant que Moon mettait l'accélérateur au plancher. Ils foncèrent vers le sud sur la Route 172 en direction de Rattlesnake Hill, puis bifurquèrent à droite sur la 318 vers Bondad. Hoover parvenait à peine à distinguer la voiture de patrouille éclaboussée de boue. Juste avant que les étendues d'herbes ne cèdent peu à peu la place à un paysage de canyons, ils prirent au nord sur la route rocailleuse qui conduisait à la maison de Sweetwater. À travers un pâturage d'herbes-aux-bisons, Hoover les suivit jusqu'à une maison préfabriquée au revêtement en aluminium. L'habitation était nichée dans un bosquet composé d'oliviers de Bohême et d'une demi-douzaine de pins ponderosas rabougris. Elle était flanquée sur la droite d'un garage en pierres plates et en rondins ; un pick-up GMC rouillé de couleur bleue y était rangé.

Hoover mit son frein à main au moment où le policier ute cognait à la porte.

— Gorman ! Tu es là ? C'est Charlie Moon

Hoover passa devant Parris, le visage rosi par l'excitation.

— Frappez encore une fois ; dites-lui que nous avons un mandat de perquisition. S'il n'ouvre pas, nous lui défonçons sa porte à coups de pied !

Moon leva le poing pour frapper à nouveau lorsque Parris suspendit son geste en disant :

— On dirait que nous avons de la compagnie.

Ils firent volte-face pour découvrir un break Pontiac rouge

qui soulevait un nuage de poussière blanche sur la route d'accès.

— C'est Gorman, annonça Moon

— Je m'en occupe, déclara Hoover d'un ton péremptoire.

Le policier indien croisa les bras sur sa poitrine.

— C'est vous qui décidez.

Gorman Sweetwater s'arrêta derrière la Jeep en bloquant ses roues et sortit de voiture en titubant comme quelqu'un qui a éclusé quelques verres de trop. Hoover s'avança d'un pas vif à sa rencontre, présentant son insigne.

— James Hoover, agent spécial, FBI. J'ai besoin de m'entretenir avec vous.

Gorman s'arrêta un court instant, jeta un regard rapide sur l'étui puis sur l'homme.

— Je suis complètement éreinté, j'ai pas le temps pour ces conneries !

Il passa en frôlant l'agent spécial qui se retourna pour le suivre, lui annonçant qu'il disposait d'un mandat de perquisition. Gorman s'arrêta devant Moon qui lui bloquait le passage.

— Charlie, c'est quoi ce foutoir, bon Dieu ?

Moon montra Hoover de la tête.

— Calme-toi, Gorman. Cet agent du FBI veut te parler d'Arlo Nightbird. Tu n'es pas obligé de répondre à une seule de ses questions, mais c'est vrai qu'il a un mandat de perquisition.

Le vieil homme pivota et posa un regard furieux sur Hoover qui se figea sur place.

— Arlo Nightbird ? J'ai rien à dire sur ce sale fils de pute !

Moon avança d'un pas et leva les deux mains dans un geste d'apaisement.

— Arlo a été tué ; tout ce que monsieur Hoover souhaite, c'est te poser quelques questions et jeter un coup d'œil. Après, on s'en ira.

— Je suis drôlement content, bordel, que ce petit salopard soit mort, déclara Gorman, mais j'ai rien à dire.

Hoover, décidé à reprendre le contrôle de la situation, présenta une liasse de papiers agrafés.

— Monsieur Gorman, voici notre mandat de perquisition. Maintenant je suggère que...

Gorman s'empara des papiers, les chiffonna entre ses grandes mains et les jeta aux pieds de Hoover.

— Voilà ce que j'en fais, de votre mandat de merde. Maintenant tirez-vous de mes terres.

Hoover fixait les documents chiffonnés avec incrédulité. Sa voix se fit perçante :

— Vous... vous ne pouvez pas faire ça !

Gorman avait la mâchoire crispée, les poings serrés :

— Écoute-moi bien, maintenant, sale flic. Tu dégages de mes terres ou je te chasse à coups de pied au cul...

— Ne me menacez pas, espèce de sauvage mal dégrossi !

Hoover n'avait aucun respect pour le vieux monsieur fatigué ; ce fut sa première erreur. De plus, il regardait ailleurs quand le crochet gauche de Gorman s'écrasa contre sa mâchoire avec la force d'une masse. Hoover s'écroula sur place. Moon et Parris bondirent simultanément ; Gorman poussa un cri et lança le poing droit, touchant Parris à l'épaule. Moon attrapa l'éleveur par le cou et le plaqua au sol. Avant que Gorman ait pu reprendre son souffle, Parris avait refermé les menottes autour de ses poignets. Le policier ute, campé sur un genou, appuyait avec sa main sur le dos de Gorman.

— Bon, tu me feras savoir quand t'auras eu le temps de te calmer et je te laisserai peut-être te relever.

Le rancher s'étrangla à demi, puis il marmonna quelque chose d'inintelligible que Moon accepta comme une reddition. Il agrippa le vieil homme d'une main sous l'aisselle et de l'autre par la ceinture, le remit sur ses pieds.

— Tu n'aurais pas dû frapper cet agent fédéral, Gorman. Il a son travail à faire, exactement comme toi et moi. Maintenant, il va vraiment être furieux.

Hoover s'était relevé sur un genou, une main posée sur le front, tentant désespérément de se souvenir de l'endroit où il était.

Gorman respira à fond.

— Je suis désolé.

Des larmes apparurent dans ses yeux et roulèrent le long de ses joues ridées.

— C'est dur pour moi, Charlie. Je reviens juste de l'hôpital, à Durango, j'ai pas dormi depuis deux jours. J'ai des douleurs dans la poitrine.

Moon épousseta les vêtements de son prisonnier.

— Je suis désolé de l'apprendre, Gorman. Tu es malade ?

— C'est Benita, répondit Gorman d'un ton abattu, ma petite fille.

Moon sentit une onde glacée sourdre dans son ventre.

— Qu'est-ce qui lui arrive ?

— Elle souffre d'une infection. Le docteur dit que c'est grave.

Gorman secoua la tête, ne parvenant pas à croire que pareil fléau puisse s'abattre sur quelqu'un d'aussi innocent.

— Je suis juste revenu lui chercher quelques affaires. Elle m'a demandé sa Bible et des affaires de nuit. (Il tira sur les menottes qui enserraient ses poignets.) Il faut que je retourne à l'hôpital.

— Je suis désolé, dit Moon d'une voix douce. Je ne savais pas que Benita était malade. On a été tellement occupés avec le meurtre d'Arlo que je n'ai tout simplement pas eu le temps...

Hoover était maintenant debout, et il tanguait sur place. Il cracha une dent ensanglantée.

— Espèce de vieux salopard cinglé, dit-il d'un ton égal qui n'annonçait rien de bon, vous venez de commettre une grave erreur.

— Il ne voulait pas faire ça, expliqua Moon. Sa fille a été hospitalisée et il n'a pas dormi.

— J'en ai par-dessus la tête de ces conneries, fit Hoover avec un regard éloquent pour Parris, tous ces gens qui me cognent comme si j'étais rien d'autre qu'une saloperie de punching-ball. Je veux qu'on l'embarque sous l'accusation de coups et blessures volontaires à l'encontre d'un représentant de l'autorité fédérale !

— Rien ne vous oblige à l'arrêter là, tout de suite, plaida

Moon. Il faut qu'il retourne à l'hôpital pour être aux côtés de sa fille...

Les yeux de Hoover lançaient des éclairs de fureur.

— Épargnez votre salive ! aboya-t-il d'un ton sans réplique. Personne ne me fait un coup en vache et ne s'en tire tranquillement comme ça. Mais d'abord, nous allons tout retourner dans cette foutue bicoque.

Moon avait l'air triste.

— Désolé, Gorman, mais tu l'as cherché. Donne-moi tes clefs, comme ça on sera pas obligés de défoncer ta porte.

L'éleveur, qui semblait abasourdi, plongea la main dans sa poche et en sortit un anneau de clefs que Hoover lui arracha pour disparaître aussitôt dans la maison. Charlie Moon se tourna vers Parris.

— Je vais boucler Gorman dans la voiture.

Parris hocha la tête.

— Moi, je commence par le garage.

— Charlie, dit Gorman, tu demanderas à quelqu'un d'aller voir Benita... lui dire que je... que je viendrai dès que je pourrai ?

— T'en fais pas. Je vais m'en occuper moi-même.

Moon l'aidait à monter sur le siège arrière de la voiture de patrouille quand Parris l'appela du garage.

— Le Nightbird en question... on a retrouvé des vêtements à lui dans le canyon ?

— Pas vraiment, répondit Moon, t'as trouvé quelque chose ?

Parris s'appuyait des coudes sur l'abattant du pick-up GMC.

— Tu sais quel genre de bottes il portait, Gorman ?

— Ouais, des très chères. Il devait en avoir une douzaine de paires. Mais ses préférées étaient en peau d'autruche, faites sur mesure. Il les avait achetées à Tulsa, il prétendait qu'elles lui avaient coûté plus de mille dollars.

— Je crois que tu ferais bien de venir jeter un coup d'œil à ça.

Moon se pencha au-dessus de l'abattant. Il y avait quatre gros blocs de sel. Mais au milieu des brins de paille et de la boue gisait un lot de vêtements en désordre : un caleçon froissé et un coûteux pantalon de gabardine. Il y avait également une paire de bottes de cow-boy en autruche.

Moon siffla.

— Pour ressembler aux nipes d'Arlo, on peut dire que ça y ressemble, fit-il en secouant la tête d'un air d'incompréhension. Gorman aurait dû se débarrasser de ces trucs depuis longtemps. Il doit avoir des œufs brouillés à la place du cerveau.

— Les gens qui s'énervent suffisamment pour tuer leurs semblables ne réfléchissent pas très clairement, des fois. Ce sont ceux que nous arrêtons.

Moon se tourna pour fixer Gorman qui était assis tête baissée à l'arrière de la voiture de police :

— Ça me coûte de le reconnaître, mais on dirait que J. E. Hoover avait raison depuis le début, cette fois. Tout compte fait (ajouta-t-il avec regret), peut-être que ce petit coq de basse-cour va m'apprendre quelque chose.

— Je suppose que tu tiens à annoncer toi-même la nouvelle à l'incorruptible, fit Parris avec un sourire narquois. Ça va lui faire très plaisir.

— Je vais aller informer Gorman de ses droits, rétorqua Moon. Tu peux aller lui dire, à Hoover, ce que tu as trouvé.

14

Moon roulait dans Main Street. Il tourna sur la droite dans Park Avenue, leva le pied et laissa la Blazer ralentir jusqu'à ce qu'il ait atteint la limite de vitesse autorisée.

Parris posa un regard sur son ami ; l'Indien n'avait pas prononcé une parole depuis leur départ d'Ignacio.

— Quelque chose qui ne va pas, Charlie ?

Moon remua sur son siège et adopta une position plus confortable. Il observa un gigantesque banc de lourds cumulus qui arrivait du mont Hesperus, à l'ouest.

— J'aime pas tellement les hôpitaux.

Il s'engagea sur le parking du centre de soins.

— Je sais ce que tu ressens. Je n'apprécie pas beaucoup tout ce qui touche à la maladie. Dès que j'aperçois une infirmière avec une grosse aiguille hypodermique, j'ai le nombril qui est aspiré de l'intérieur. Cette jeune femme, c'est quelqu'un qui compte beaucoup pour toi ?

Moon claqua la portière.

— Ouais.

Il fit halte pour regarder, par-delà l'étroite voie ferrée, les eaux bouillonnantes des Animas. Deux charognards décrivaient des cercles paresseux au-dessus d'une petite île de la rivière.

Une infirmière débordée, les cheveux gris et les pieds douloureux, s'interrompit suffisamment longtemps dans son travail pour leur indiquer comment ils pouvaient se rendre à la chambre de Benita, dans l'aile 2E. Moon attendit devant la porte tandis qu'une bénévole repartait avec un plateau à déjeuner qui ne semblait pas avoir été touché. Il regarda dans la pièce. Un petit homme maigre en costume noir tenait la main de Benita pendant qu'ils priaient ensemble. Les policiers s'éloignèrent jusqu'à ce que les supplications adressées au Seigneur fussent achevées. Le prêtre finit par prendre conscience que des représentants de la loi attendaient dans le couloir. Il sortit de la chambre et serra la main du policier ute.

— Charlie, chuchota-t-il. Benita va être tellement heureuse de vous voir !

— Euh, fit Moon prudemment, je l'espère.

Il désigna d'un signe de tête un paquet enveloppé dans du papier marron, sous son bras.

— Gorman m'a demandé de lui apporter quelques affaires.

Le prêtre détecta quelque chose sur son visage qu'il ne parvint pas à identifier tout à fait ; il n'était jamais parvenu à devenir proche de l'imposant policier. Il tendit la main à Parris.

— Qui donc est votre ami ?

— Je vous présente mon collègue, Scott Parris. (Avec un sourire il ajouta :) C'est le patron des flics de Granite Creek. Mais il a accepté de me seconder durant quelques semaines.

Le chef de la police par intérim fit la grimace ; ce n'était pas si éloigné de la vérité. Ils échangèrent une poignée de mains.

— Le Père Raes est le prêtre de l'église catholique d'Ignacio.

— Je l'ai vue. Jolie église, dit maladroitement Parris. Je ne suis pas à proprement parler catholique, mais...

Ses paroles, sans le soutien de la pensée, retournèrent au néant.

— Je l'ai su tout de suite, dit Raes en gardant son sérieux. Nous autres, catholiques, nous avons une poignée de mains secrète, voyez-vous.

Le prêtre se tourna vers Moon :

— Elle est très malade... Gorman vous en a parlé ?

— Il m'a dit qu'elle souffrait d'une sorte d'infection. Mais ils ont des tas de médicaments miracles pour ça, non ?

Raes regarda en direction du lit.

— Il paraît que les microbes évoluent plus vite que les antibiotiques.

Il inclina la tête et scruta Moon avec curiosité :

— J'ai d'autres malades à passer voir. Pourquoi ne restez-vous pas avec elle quelques minutes ? Je reviendrai tout à l'heure.

C'était sa manière de respecter ce qui lui semblait relever du domaine policier.

Moon toucha le bord de son chapeau en signe de respect.

— Merci, mon Père. Je n'en ai que pour quelques minutes. Mon ami (et il désigna Parris de la tête) adore les hôpitaux, mais moi, ils me donnent la trouille.

— Que Dieu vous bénisse tous les deux.

Raes appliqua une petite tape sur le bras de Moon et étouffa un rire avant de s'éloigner à grandes enjambées dans le couloir pour apporter un souffle de grâce à une autre âme en peine.

Parris suivit Moon dans la chambre de Benita ; l'Indien écarta un léger rideau bleu qui la dissimulait aux regards curieux des gens de passage dans le couloir. À l'exception de sa respiration précipitée, elle ne bougeait pas. Comme une poupée décorant un lit. Sa tête reposait dans un petit creux au centre de l'oreiller. De ses traits délicats, seuls ses grands yeux marron semblaient vivants. Ils s'animèrent d'un sourire lorsqu'elle vit le grand Ute.

— Charlie, murmura-t-elle comme dans un rêve, Charlie Moon.

Il s'agenouilla à côté du lit ; Parris se retira dans un angle et tenta, sans succès, de passer inaperçu. Benita posa un regard intrigué sur cet inconnu et Moon expliqua une fois de plus qui était son compagnon. La présence du policier insuffla progressivement un peu de force dans le corps de Benita. Elle essaya, sans y parvenir, de se relever sur un coude. Moon appuya sur les boutons qui commandaient le lit jusqu'à ce qu'elle soit en position semi-assise. Elle posa sa main sur celle de Moon ; Parris fut certain d'avoir vu son ami trembler.

— Je suis si faible, fit-elle.

— Ton père m'a demandé de t'apporter des affaires, dit Moon en déposant le paquet sur le lit. Il y a ta Bible et des... des trucs à porter.

Benita sourit devant cette réticence à mentionner ses vêtements de nuit.

— J'espère que Papa prend un peu de sommeil... Il est resté à mon chevet toute la journée et toute la nuit. Il est si fatigué.

Une seule larme laissa une trace humide sur sa joue.

S'il ne lui disait pas, quelqu'un d'autre allait s'en charger. Et les ennuis dans lesquels se trouvait son père seraient largement exagérés par les commérages d'Ignacio. Si cela était possible. Il regarda la lampe au-dessus de sa tête.

— Il y a quelque chose qu'il faut que je te dise... Benita.

Il avait envie de dire *ma chérie* mais les mots restèrent coincés dans sa gorge.

— Ça concerne Gorman.

Les yeux brillants de Benita s'agrandirent de crainte.

— Papa... il va bien ?

Moon prit ses deux mains dans les siennes et adressa un faible sourire à son joli visage.

— Oh, ce n'est pas un problème de santé. C'est juste qu'il est... euh...

Il fixa le mur derrière le lit, compléta dans un soupir :

— ... Ce qui se passe, c'est qu'il est en prison.

Benita n'émit aucun son lorsque ses lèvres formèrent des mots. Puis elle retrouva la voix.

— Il n'est quand même pas retourné...

Elle se mordit la lèvre.

— Il n'y a pas de quoi t'inquiéter. Je ne voulais pas te le dire, mais tu l'aurais appris, de toute façon, en ne le voyant pas venir.

Elle humecta ses lèvres sèches.

— Pourquoi... qu'est-ce qu'il a fait ?

— Euh, c'est à un jury de décider s'il a fait quelque chose ou non.

— Charlie, dit-elle avec toute la fermeté qu'elle put rassembler, de quoi Papa est-il accusé ?

— Il semblerait... ils pensent...

Il lutta pour parvenir à prononcer ces mots :

— ... qu'il aurait pu tuer Arlo Nightbird.

Elle retint sa respiration et porta la main à sa bouche ; son corps frêle fut secoué de sanglots.

Moon se tourna vers Parris avec un regard implorant.

— Il faut que je sorte... chercher un verre d'eau.

L'Indien quitta précipitamment la pièce. Parris approcha une chaise du lit.

— Mademoiselle Sweetwater, nous sommes vraiment désolés de devoir vous apprendre cette nouvelle concernant les ennuis de votre père. Je suis sûr que Charlie aurait préféré se couper le bras droit plutôt que de...

Benita se tamponnait les yeux avec un mouchoir en papier.

— Je sais. Dites-moi... Pourquoi ont-ils arrêté mon père ? Pourquoi pensent-ils que c'est lui qui a tué... monsieur Nightbird ?

— Je ne pense vraiment pas que ce soit le moment d'en parler... Quand vous vous sentirez mieux, vous pourrez vous entretenir avec votre père. Je suis sûr que tout cela va être élucidé...

Benita le dévisageait de ses grands yeux. Parris n'avait pas envie de ressentir sa détresse, mais il ne pouvait détourner le regard.

— Vous êtes l'ami de Charlie, n'est-ce pas ?

Parris répondit dans un murmure à peine perceptible.

— Oui. Absolument.

— Je suis son amie aussi. Alors dites-moi quelles preuves ont-ils contre mon père !

La logique de cet argument échappa au policier mais il n'en était pas moins irréfutable.

— Plusieurs vêtements appartenant à la victime... ont été retrouvés dans son véhicule.

Benita s'appuya sur l'oreiller et ferma les yeux.

— Ses vêtements... dans le pick-up de papa.

— Il se peut, reprit Parris avec douceur, qu'il y ait une raison tout à fait innocente pour expliquer leur présence à cet endroit.

Ses paroles lui firent l'effet d'être stupides :

— Je suis certain qu'il sera entendu avec impartialité...

— Bien sûr, dit-elle tout bas. Et les étoiles sont les larmes que les anges ont versées et qui se sont changées en glace.

Benita resta silencieuse un moment. Elle finit par ouvrir les yeux et se concentra sur les fissures dans le plâtre du plafond.

— Appelez Charlie. Je veux qu'il vienne... tout de suite. Et il y a autre chose.

Parris se pencha au-dessus du lit dans l'attente de ce qu'elle allait dire.

— Oui... et c'est ?

— Je veux que vous soyez là aussi. J'ai quelque chose à dire et je veux que Charlie ait un témoin.

Scott Parris trouva son ami qui se frottait les yeux assis dans une salle d'attente.

— Elle veut que tu viennes, tout de suite. (Parris attendit et n'obtint pas de réponse.) On y va, Charlie.

Moon se leva lentement, avec tout l'enthousiasme du condamné que l'on escorte à la potence.

Moon était assis sur la chaise, à droite de Benita ; Parris se tenait de l'autre côté du lit, se demandant ce qui allait se passer. Elle regarda Moon à travers ses larmes.

— Je veux faire une déposition.

Parris plongea la main dans sa poche et en ressortit son magnétophone à micro-cassette. Il n'avait pas de bande vierge, mais ça ne lui poserait aucune difficulté de réaliser un nouvel enregistrement de *The Shooting of Dan McGrew.* Celui-ci ne lui avait pas été très utile de toute façon. Il n'avait pas réussi à aller plus loin que « T'es-tu jamais trouvé dans la Solitude Infinie, quand la lune était d'une terrible clarté... » Ici, dans cette chambre d'hôpital nue, il ressentit la présence de la Solitude Infinie. Palpable. Parris leva le magnéto pour le montrer à Benita.

— Ça vous ennuie si je le mets en marche ?

D'un signe de tête elle exprima son accord. Moon suivit les préparatifs d'un regard vide ; il se faisait l'impression d'être extérieur à la scène. Parris appuya sur le bouton ENREGISTREMENT et parla lentement. Il énonça son nom, la date, consulta sa montre.

— Il est environ quatorze heures vingt et je me trouve au Centre médical de la Pitié, à Durango, avec le sergent Charlie Moon. Nous sommes dans la chambre d'une patiente, mademoiselle Benita Sweetwater, qui nous a demandé de prendre sa déposition. Elle a exprimé son accord pour que celle-ci soit enregistrée.

Il fixa le magnétophone miniature sur la chemise de nuit que portait la jeune femme.

— Est-ce bien exact, mademoiselle ?

— Oui, répondit-elle d'une voix enrouée, je veux faire une déposition.

— Vous comprenez, énonça Parris d'une voix douce, que votre père... que Gorman Sweetwater a été arrêté pour le meurtre d'Arlo Nightbird ?

— Ce n'est pas papa qui a fait ça, dit-elle fermement.

Les yeux de Scott Parris rencontrèrent un moment ceux de Moon. Le policier ute n'appréciait visiblement pas la tournure que prenait la conversation.

— Vous comprenez, poursuivit Parris, que tout ce que vous allez dire peut être utilisé pour...

Moon leva une main et hocha la tête. Parris s'apprêta à protester puis serra les lèvres. Charlie ne voulait pas que les propos éventuellement tenus par Benita puissent être recevables dans le cadre d'une quelconque action en justice future intentée contre elle. C'était, pour le moins, du travail de policier bâclé. Au pire, une décision qui pouvait lui coûter son poste. Mais ils se trouvaient sur le territoire du policier indien. Et il était évident qu'il s'agissait là d'une jeune femme qui présentait pour lui une importance toute particulière.

Benita les observa avec une expression de curiosité.

— Vous voulez savoir ce qui s'est passé ?

— Bien sûr, affirma Parris. Racontez-nous tout ce que vous savez.

Elle ferma les yeux ; Parris se demanda si elle se remémorait. Ou si elle inventait.

— J'ai perdu la notion du temps. Je crois que c'était mercredi après-midi. On avait l'impression qu'il allait pleuvoir et il fallait porter des blocs de sel au bétail dans le *Cañon del Espiritu*... Vous savez... les Herefords de papa ?

— Je suis au courant pour les bêtes de votre père, dit Parris.

— Papa avait de la tendinite aux épaules ; ça avait commencé à se manifester avant l'arrivée de la pluie. Ça lui faisait vraiment mal. J'ai décidé d'emporter moi-même le sel dans le canyon.

Elle marqua une pause, sa respiration était précipitée.

— Les blocs... ils étaient déjà dans le pick-up, tout ce que j'avais à faire, c'était ouvrir l'abattant et les pousser dehors.

— Vous vous rappelez à quelle heure vous êtes partie ?

— Pas vraiment... mais c'était à peu près au moment où il a commencé à pleuvoir. C'était une pluie drue.

Elle se tut, revoyant les gouttes qui bombardaient le pick-up, les essuie-glace qui étalaient une pellicule de liquide gras sur le pare-brise.

— Et après, qu'est-ce qui s'est passé ? demanda Parris.

— J'y étais presque... (Elle ouvrit les yeux.) J'ai vu sa décapotable, en dehors de la route... sur le bas-côté. Il pleuvait mais le toit était abaissé et il se tenait là, comme ça, avec les mains dans les poches. Il était vraiment en piteux état. Il m'a fait pitié.

— Qui avez-vous vu ? insista Parris en se penchant pour parler dans le micro.

— Monsieur Nightbird. Arlo Nightbird. Je me suis arrêtée et je lui ai demandé s'il avait besoin d'aide. Il m'a dit que sa voiture chauffait, qu'elle n'avait plus d'eau, il m'a dit qu'il fallait qu'il trouve quelqu'un pour le conduire à Ignacio. Il était mouillé et il avait froid.

— Et vous l'avez emmené ?

— Je lui ai dit que je devais aller dans le canyon porter les blocs de sel pour les bêtes, mais que je le prendrais au retour. Il m'a dit que d'ici là il aurait attrapé une pneumonie alors je lui ai dit, « montez ». Une fois qu'il a été dans le camion, j'ai senti l'odeur du whisky. Je lui ai dit que je ne pouvais pas le prendre parce qu'il avait bu, alors il a proposé de s'installer sur le plateau, à l'arrière.

— Il est allé à l'arrière ?

— Oui. Il s'est allongé sur la paille.

Elle s'interrompit pour rassembler ce qui lui restait de forces. Des gouttes de transpiration parsemaient son front.

— Je pensais que ça allait lui passer en dormant, alors je suis remontée dans le canyon et j'ai trouvé les bêtes. Quand j'ai grimpé à l'arrière et que j'ai ouvert l'abattant, il s'est levé et... et...

Elle s'arrêta et grimaça à ce souvenir.

— Benita, l'encouragea doucement Parris, dites-moi exactement ce qu'il a fait... Je sais que c'est difficile, mais n'omettez rien.

— Monsieur Nightbird avait déjà enlevé ses bottes. Puis... il a défait son pantalon.

— Est-ce qu'il a dit quelque chose ?

— Oui, fit-elle avec un frisson, il a dit que cela faisait longtemps qu'il avait l'œil sur moi. Il a dit qu'il ne s'était...

Elle posa un regard sur Parris qui, gêné pour elle, baissa la tête.

— ... il a dit que ça faisait une éternité qu'il ne s'était pas envoyé un pucelage.

Moon gémit et cacha son visage dans ses grandes mains.

— Qu'est-ce que vous avez fait ?

— Je me suis mise très en colère... je lui ai ordonné de descendre du camion. Il a sorti un couteau... il m'a dit qu'il allait me frapper avec si je ne... coopérais pas. Je crois que c'est à ce moment-là que j'ai essayé de m'enfuir.

— Il vous a poursuivie ?

Benita éclata en sanglots.

— Oui. Il m'a rattrapée et a déchiré mon corsage. J'ai essayé de lui donner un coup de pied entre les jambes et il est tombé mais il m'a retenue par la cheville. C'est là qu'il a été pris de fureur et qu'il l'a fait.

— Qu'il a fait *quoi* ?

— Qu'il m'a frappée avec le couteau.

Moon était abasourdi.

— Il t'a donné un coup de couteau ?

— À la jambe... ici.

Elle montra du doigt sa cuisse gauche enflée.

— Ça m'a fait mal et ça a saigné, mais pas trop. Je suppose que ça s'est infecté... Je ne veux pas qu'ils m'amputent la jambe.

Moon fixait le magnétophone comme s'il représentait une présence inconvenante dans ce qui aurait dû être une conversation très privée.

Parris hocha la tête en la regardant.

— Continuez.

— Je me suis échappée à nouveau et je me suis enfuie vers le lit de la rivière. Il y avait déjà de l'eau à cause de la pluie. J'ai glissé sur une pierre et je suis tombée dedans. Monsieur Nightbird, il s'est jeté sur moi... il était tellement lourd. C'est là que je l'ai fait.

— Que vous avez fait quoi ?

— Que je l'ai frappé.

Parris avait un sourire ravi.

— Vous avez frappé ce sal... vous l'avez frappé ?

— Avec une pierre que j'ai trouvée par terre. Il est tombé sur le côté. Après j'ai couru pour rejoindre la route et il me pourchassait, mais en titubant. Je me suis tordu la cheville et j'ai compris que je ne pourrais pas m'échapper. Je me suis arrêtée et je l'ai attendu... J'avais toujours la pierre à la main. Quand il s'est approché, je l'ai frappé à nouveau, vraiment fort. J'ai entendu l'os de son crâne qui craquait et il s'est écroulé en lâchant le couteau. J'ai compris qu'il ne me ferait plus de mal. Alors je suis remontée dans le camion et je suis rentrée chez moi.

— Il y a quelque chose qu'il faut que je vous demande, Benita, fit Parris qui cherchait les mots appropriés. Quelque chose qui concerne le corps de monsieur Nightbird...

Elle n'avait pas entendu le policier *matukach.*

— Quand je suis arrivée chez moi, ma jambe me faisait atrocement mal.

Sa voix s'affaiblissait ; c'était une petite fille perdue dans un mauvais rêve.

— Papa a vu le sang qui coulait sur ma jambe et il a commencé à pousser les hauts cris. Je lui ai dit que c'était Arlo Nightbird qui m'avait fait ça... Que je l'avais frappé à la tête avec une pierre... et après... après...

La tête de Benita roula sur un côté. À cet instant, une infirmière entra avec un plateau d'instruments et une tasse en carton contenant deux minuscules cachets jaune.

— Oh, fit-elle en fronçant les sourcils, j'espère que vous n'allez pas la tourmenter, elle a besoin de dormir.

Parris rangea le magnétophone dans sa poche.

— Loin de moi cette pensée.

Moon remit le paquet à l'infirmière.

— Je suis un ami de la famille ; je suis juste passé déposer quelques affaires à elle.

Elle défit le paquet et entreprit de ranger les vêtements de nuit dans un placard. Elle s'interrompit quand elle vit la Bible rouge.

— Oh, dit-elle. La pauvre petite n'a pas arrêté de la demander. Merci beaucoup.

Elle se tourna pour regarder Moon.

— Elle n'arrête pas de réclamer son père, aussi ; ils ont une immense affection l'un pour l'autre. Est-ce que vous savez quand il va revenir ?

Parris se frotta le menton d'un air pensif.

— C'est difficile à dire, répondit-il.

Moon avait posé ses mains sur le rebord de la fenêtre. Il n'y avait ni terre, ni ciel. La pluie tombait à la verticale, à travers un brouillard gris immobile. Il apercevait à peine la rive du *Rio de Los Animas Perdidas...* la Rivière des âmes perdues.

Ils étaient à mi-chemin d'Ignacio quand Parris exprima de vive voix ce que tous deux pensaient.

— Il y a un grand trou dans son histoire.

Son compagnon hocha la tête.

— Les parties du corps qui ont été coupées ?

— Je ne peux pas croire que cette fille l'ait mutilé.

— Non, confirma Moon.

Il était impensable que Benita ait pu faire une chose pareille.

Parris poursuivit son idée.

— Mais quelqu'un l'a fait.

C'était l'évidence même, mais Moon ne voulait pas affronter cette vérité.

— Admettons que son père la conduise aux urgences à l'hôpital. Il n'est pas trop inquiet pour sa fille, pas pour une blessure superficielle à la jambe. Il n'avait aucun moyen de savoir qu'une infection grave s'était développée. Il bout un moment, puis il décide d'aller dans le canyon. Il trouve Nightbird. Mort ou inconscient. Il comprend que sa fille risque d'avoir des ennuis avec la justice. Il découvre peut-être le couteau d'Arlo juste à côté. Il lui vient une super idée : Pourquoi ne pas lui faire subir ce que quelqu'un a fait à Big Ouray ? Comme ça, ça donnera l'impression que le cinglé qui a mutilé son taureau a également assassiné Arlo. Ce que Gorman Sweetwater ignore, c'est qu'Arlo a laissé ses bottes, son pantalon et ses sous-vêtements à l'arrière de son pick-up !

— Ouais, fit Moon tristement. Ça a pu se dérouler exactement comme ça.

— Il va falloir que nous ayons un long entretien avec monsieur Sweetwater.

Moon, perdu dans ses pensées, ne l'avait pas entendu. Elle *va* se remettre. Demain, elle fera le tour de sa chambre, elle voudra rentrer chez elle.

Benita Sweetwater consacra presque toutes ses forces à se tourner sur le côté gauche tandis que l'infirmière de nuit soulevait les couvertures et lui enfonçait une aiguille hypodermique dans la fesse. La jeune femme accueillit avec soulagement la piqûre ; cela allait bientôt dissiper la douleur... au moins assez pour qu'elle puisse bénéficier de quelques précieuses heures de sommeil. Elle se remit sur le dos et poussa un soupir ; l'infirmière aux yeux sombres dit quelque chose concernant le bouton d'appel si elle avait besoin d'aide, puis elle disparut. Ce fut à ce moment-là que Benita sentit la présence dans la chambre.

Elle se souleva sur un coude ; en écarquillant les yeux, elle regarda la silhouette âgée d'un homme aux jambes arquées, debout à côté de son lit.

— Nahum Yaciiti... c'est toi !

— C'est moi, confirma-t-il simplement.

— Mais tout le monde pensait que tu étais mort depuis que la tempête s'est abattue sur ta pâture, l'année dernière... Certains ont dit que tu étais tombé dans les Animas... Ça doit être un rêve que je fais. Tu n'es pas réel.

— Touche-moi, tu verras, dit-il doucement en tendant sa main juste au-dessus de celle de la jeune femme.

Elle leva sa main frêle et toucha le bout des doigts chauds du vieil homme.

— Tu es vraiment là.

Des larmes montèrent à ses yeux.

Nahum s'assit sur le lit dont les ressorts grincèrent.

— Je ne peux pas rester longtemps, dit-il.

Il était loin de chez lui.

— Je suis très malade. Le docteur veut...

— Amputer ta jambe ?

Nahum fronça les sourcils en touchant son front brûlant.

— Je ne le laisserai pas faire, dit-elle d'un ton de défi. Je ne le laisserai pas me couper la jambe !

— C'est à toi de décider, lui répondit son visiteur. On marche sur le chemin qu'on s'est choisi.

— Ma décision est prise.

Il n'en attendait pas moins. Cette fille tenait beaucoup de sa mère. Il se releva du lit.

— C'est une affaire réglée.

— Est-ce que tu reviendras me voir ?

— Je reviendrai, dit-il en lui tapotant la main.

15

Scott Parris arriva au poste de police au moment où Charlie Moon raccrochait le téléphone. L'Indien leva les yeux, le visage fendu par un large sourire.

— Que la matinée vous soit propice, monsieur le chef de la police des Utes du Sud par intérim.

— Tu es d'une gaieté écœurante, ce matin, assez pour me couper l'envie d'avaler un petit déjeuner. Il y aurait du café fraîchement passé dans le coin ?

— Lis ça. Fraîchement sorti du fax.

Moon lui tendit la mince liasse de papiers.

Parris tint le document à bout de bras et cligna des paupières.

— Il faut que tu t'achètes des lunettes de lecture, lui conseilla Moon.

— Il faut juste que j'aie les bras plus longs. C'est une photocopie du rapport du médecin légiste concernant Nightbird ?

— Du rapport préliminaire. Ça vient du bureau de Granite Creek, mais la signature de Doc Simpson ne figure pas dessus.

— Simpson prend son congé annuel dans le Pacifique Sud, fit observer Parris en lisant. D'habitude il se fait remplacer par quelqu'un pendant les deux semaines où il séjourne aux îles Sandwich. Voyons... ça dit ici que monsieur Arlo Nightbird a été tué par un coup porté à la tête. Ça, nous le savions déjà.

— Jette un coup d'œil à la page suivante.

Parris tourna un feuillet.

— Ici, ça dit qu'il y avait « ...des marques de l'intervention d'animaux prédateurs sur les doigts de la main droite et à la lèvre inférieure ». C'est plutôt macabre.

Parris leva la tête pour regarder Moon qui arborait toujours son expression de satisfaction joviale.

— Je ne vois pas en quoi ça te rend si heureux d'entendre que l'un des vôtres s'est fait boulotter par les coyotes.

— Continue à lire.

Parris remua les lèvres en parcourant le texte, puis son visage s'illumina.

— Ça alors, je veux bien être pendu. Le rapport dit « des prédateurs sont probablement responsables des mutilations. Des coyotes ou des vautours... ont très bien pu arracher les oreilles et les testicules. » (Parris sentit un pincement de solidarité à l'entrejambe.) Mais le médecin légiste dit seulement *probablement*... ce qui laisse quand même la possibilité que Gorman Sweetwater soit retourné castrer Nightbird...

— Laisse Hoover essayer de présenter ça devant un tribunal, ricana Moon. Le point important, c'est que le rapport officiel dit que des animaux ont très bien pu faire le coup. Hoover n'a plus aucune chance maintenant de faire tenir son accusation contre Gorman. S'il ne dispose pas de nouveaux éléments de preuve. Tout ce que nous avons corrobore la déclaration de Benita. Arlo a laissé ses bottes et son pantalon dans le camion de son père, il l'a pourchassée avec un couteau. Elle lui a asséné un coup sur la caboche, il a dit adieu à son sale petit esprit pourri et après, les coyotes sont arrivés et ils l'ont un peu grignoté. Et c'est tout.

— Qu'est-ce que nous attendons, alors ? Allons trouver Hoover à Durango : il sera obligé de relâcher Sweetwater et on pourra s'offrir une franche partie de rigolade. Bien sûr (ajouta-t-il pensivement), j'imagine qu'il va te falloir deux heures pour avaler un petit déjeuner avant d'envisager de mettre le harnais.

— Je n'ai pas faim. Nous mangerons quelque chose après être passés à l'hôpital.

Parris le suivit sur le parking.

— À l'hôpital ?

— Je dois communiquer la bonne nouvelle à Benita ! cria Moon par-dessus son épaule. Quand elle apprendra que son père est tiré d'affaire, elle se remettra en deux temps trois mouvements ! Oui, les gars et les filles (fit-il en levant les bras au ciel et en braillant faux), c'est une meeer-veillllllleuse journée pour les gens du quartier !

Le ciel avait été d'un bleu incroyable durant tout le trajet de Durango ; et l'air d'une fraîcheur vivifiante. Mais dès l'approche du parking, Parris eut la sensation que quelque chose d'horrible se passait au Centre médical de la Pitié. Une étrange brume grise, à peine visible, planait sur le bâtiment ; la consternation semblait avoir investi les longs couloirs où les sons résonnaient comme dans le vide. Parris se sentit oppressé par cette atmosphère mélancolique, mais Moon ne remarqua rien d'anormal avant qu'ils fussent presque parvenus à la chambre de Benita. Puis la démarche énergique du policier ute perdit tout ressort. Les deux hommes firent halte à la porte ; un petit prêtre joufflu lisait à haute voix dans un livre noir relié cuir. Sa voix portait comme s'il s'adressait à une vaste congrégation.

— Il te couvre de ses plumes, tu as sous son pennage un abri...

— Ce n'est pas le père Raes, murmura Moon à Parris.

Benita parla à travers des lèvres tremblantes, d'une voix qui aurait pu être celle d'une enfant.

— Je ne craindrai ni les terreurs de la nuit... ni (elle respira à fond) la flèche qui vole... de jour.

Moon ôta son chapeau dont il tripota le bord et proposa :

— Restons ici, dehors, jusqu'à ce qu'il ait fini.

Le prêtre récitait quelque chose qui avait trait à *la peste qui marche en la ténèbre.*

— Ça me convient, dit Parris.

La voix de Benita montait et descendait comme la houle

sur les vagues du temps ; ils l'entendaient clairement, puis ses paroles s'effaçaient, partant vers quelque lieu lointain :

— ... Il a pour toi donné ordre à Ses anges de te garder en toutes tes voies...

— Sur leurs mains ils te porteront, entonna solennellement le prêtre, pour qu'à la pierre ton pied ne heurte.

— Je n'aime pas ça, marmonna Moon sans s'adresser à personne.

Ils perçurent la voix de Benita.

— Assurément... la Grâce et le Bonheur me suivront.

La jeune femme prononçait ces mots avec familiarité, comme si de longue date la Grâce et le Bonheur étaient de proches compagnons. Enfin les policiers entendirent le prêtre refermer la couverture du petit volume sur ses pages liserées d'or. Moon regarda Benita un moment ; elle donnait l'impression de dormir. Le prêtre se signa puis se tourna pour partir.

Moon lui adressa un signe de tête respectueux.

— Vous n'êtes pas le père Raes.

Le petit homme replet leva les sourcils.

— Non, assurément.

Sa voix avait l'agréable modulation de l'accent irlandais.

— Alors vous devez être le prêtre catholique de Saint...

— Non, assurément, l'interrompit l'homme d'Église dont les yeux bleus pétillaient.

— J'abandonne, fit l'Indien qui se présenta avant de faire de même pour son ami.

Le prêtre tendit le bras pour serrer vigoureusement la main de Moon.

— Je suis le père Rory O'Dinnigan ; je suis désolé de vous décevoir, mais je n'appartiens pas à l'église catholique. Je suis épiscopalien. Je remplis les fonctions officieuses d'aumônier à l'université de Fort Lewis. Cela fait maintenant plus d'un an que Benita suit nos classes d'études bibliques ; le père Raes m'a appelé hier et m'a mis au courant de sa maladie.

Le policier ute eut un petit signe de tête en direction de la frêle silhouette allongée dans le lit.

— Comment... va-t-elle ?

Il avait marqué une interruption dans sa question, comme s'il ne souhaitait pas entendre la réponse.

— Hier, le chirurgien voulait lui amputer la jambe, dit O'Dinnigan. Il disait que s'il n'amputait pas, l'infection allait s'étendre.

Même sous le drap, la jambe infectée semblait désormais beaucoup plus grosse que l'autre.

— Quand vont-ils le faire ? interrogea Moon.

— Ils ne vont pas le faire. Benita a refusé de signer quoi que ce soit. Je suis allé voir son père à la prison, et je l'ai adjuré de signer les papiers ; il a fait des remarques désobligeantes sur mes géniteurs et m'a bien fait comprendre que si je m'approchais assez pour ça, il me casserait les deux jambes. (Il se tourna vers Benita.) Monsieur Sweetwater ressent beaucoup d'amertume ; il croit que Dieu n'aurait pas dû laisser cette épouvantable calamité s'abattre sur sa fille. Le Père Raes et moi (conclut-il avec tristesse), nous représentons ce Dieu qui l'a trahi.

Moon se moquait éperdument des problèmes théologiques de Gorman.

— S'ils ne lui coupent pas la jambe, demanda-t-il, qu'est-ce qui va lui arriver ?

— Elle va mourir.

Chaque jour, le prêtre cheminait avec la Mort qui lui chuchotait à l'oreille.

Benita appela :

— Charlie !

Il fut à son chevet aussitôt ; elle s'était redressée sur un coude. Son visage brillait d'une lueur que Moon supposa en rapport avec la fièvre. Parris, qui se tenait à la porte, voyait un pâle halo de lumière se développer, onduler telle une brume de givre autour de sa tête. Le père O'Dinnigan était de l'autre côté du lit, mais Benita ne semblait pas remarquer sa présence.

Elle paraissait aveugle.

— Charlie... je t'ai entendu parler... tu es là ?

— Je suis là, juste à côté de toi... ma chérie.

Il la reposa délicatement sur l'oreiller qui était trempé de sueur.

— Cher Charlie, dit-elle, Nahum est venu ici hier soir.

Scott Parris cligna des yeux avec incrédulité en regardant ce qu'il voyait approcher du lit ; il essaya de parler mais sa gorge était nouée.

Moon, qui n'avait pas remarqué la vision révélée à Benita Sweetwater et, à un degré moindre, à Scott Parris, posa sa grosse main sur le front de la jeune femme.

— Tu es brûlante de fièvre.

Elle leva une main qui tremblait vers le pied de son lit.

— Tu ne les vois pas ?

Moon était bouleversé par ces propos fébriles.

— Je ne vois pas qui ? Le père O'Dinny... le prêtre est ici ; et mon ami Scott Parris, à côté de la porte.

Elle montra du doigt un mur nu :

— ... Ooooh, fit-elle avec un petit cri de ravissement, c'est *pian*. Est-ce que tu vois...

Moon voulut parler mais n'y parvint pas.

— Elle est ici, *pian* est ici pour m'emmener chez nous.

— Qu'a-t-elle dit ? chuchota O'Dinnigan.

— C'est un mot ute, répondit Moon d'une voix rauque. Ça signifie « ma mère ».

— Charlie... Charlie, chantonna-t-elle comme si le son de ce prénom était une douce musique.

Elle rit.

— Donne-moi un baiser d'adieu, Charlie Moon.

Il hésita puis l'embrassa tendrement sur le front.

— L'Ombre de la Mort, dit-elle, elle s'approche. Mais je n'ai pas peur.

Charlie Moon, lui, avait peur.

Le prêtre effrayé la prit par la main :

— Car l'Agneau qui se tient au milieu du trône sera leur pasteur... et les conduira aux sources des eaux de la vie... (Les yeux de O'Dinnigan étaient humides.) Et Dieu essuiera toute larme de leurs yeux. (Il essuya les siennes.) Amen.

Benita se tassa ; sa tête roula latéralement sur l'oreiller mouillé tandis que ses lèvres s'écartaient légèrement. Le prêtre continua sa prière ; les policiers étaient changés en statues. Parris ne voyait plus les apparitions.

Le père O'Dinnigan posa un doigt sous la mâchoire de Benita pour tenter de prendre son pouls à la carotide.

— Elle nous a quittés, dit simplement le petit homme. Accorde-lui, Seigneur, le repos éternel.

Moon s'écarta du lit et tourna le dos.

Le prêtre referma sa main sur le coude du policier.

— Il va falloir que quelqu'un l'annonce à son père. Je ne crois pas qu'il soit prêt à voir un homme d'Église. Pas aussi vite.

Moon s'appuya contre le mur, la main sur les yeux. Gorman Sweetwater était la dernière personne qu'il avait envie de voir.

Parris se tourna vers la porte.

— Je vais aller lui annoncer.

N'importe quelle excuse pour sortir de cette chambre. Il se hâtait dans le couloir comme engourdi, à peine capable de sentir ses pieds qui touchaient le sol, quand il rencontra Emily Nightbird. Elle était flanquée de Harry Schaid, le vétérinaire, et de Herb Ecker qui portait un bouquet de roses jaunes ; Emily leva une main délicate pour arrêter Parris.

— Nous sommes venus voir Benita, la pauvre petite. Comment va...

— Je suis désolé, dit-il en luttant contre la boule qu'il avait dans la gorge, elle vient de nous quitter.

Il fut parti avant qu'Emily ait eu le temps de réagir.

— Monsieur Sweetwater... je suis Scott Parris. J'étais avec Charlie quand vous avez été arrêté...

Ça sonnait mieux que *C'est moi qui ai aidé Charlie à vous plaquer au sol et à vous passer les menottes.*

Le vieil Ute était assis jambes croisées sur le plancher de sa cellule où il remuait ses lèvres en une litanie silencieuse. Il ne leva pas les yeux vers son visiteur.

— Je crains d'être porteur de mauvaises nouvelles, poursuivit celui-ci d'une voix douce.

Gorman se leva lentement, avec cette manière prudente qu'ont les hommes âgés. Il s'approcha de la fenêtre en boitillant et hocha la tête pour montrer quelque chose à l'extérieur

— Vous voyez ce gros arbre ?

Parris jeta un regard par-dessus son épaule à travers les barreaux rouillés.

— Le tremble ?

— Ce matin, juste avant les premières lueurs, elle est venue.

— Qui est... qui est-ce qui est venu ?

Parris n'était pas certain de vouloir entendre la réponse. La journée avait déjà eu son comptant d'apparitions, lesquelles pourraient, à la moindre incitation, revenir le hanter.

— Sœur chouette, répondit Gorman.

C'est ainsi que saint François aurait appelé l'oiseau. Sœur chouette.

— Elle est venue me voir ce matin.

— Oh, fit Parris avec soulagement, une chouette.

Juste une chouette.

— Elle s'est perchée là, fit Gorman en pointant le doigt sur une branche morte, et elle a lancé son nom.

Le vieil homme leva les yeux sur le policier *matukach* pour voir s'il comprenait :

— Elle a lancé le nom de ma fille.

Il ne voulait pas le prononcer à voix haute ; cela dérangerait son fantôme.

— C'est pour cette raison que je suis là. Il s'agit de votre fille.

— L'esprit de ma fille s'en est allé. C'est pour ça que la chouette est venue, pour me dire qu'elle allait nous quitter aujourd'hui, avant que le soleil se couche.

Parris tripota son chapeau, le regard posé sur une tache de graisse, sur le sol en béton gris. La cellule empestait l'urine et le désinfectant.

— Je suis désolé.

Gorman s'assit sur le banc de bois, accroché par deux chaînes rouillées au mur en parpaings verts.

— Ch... Charlie, bredouilla Parris, il se sent très mal. Il n'a pas pu supporter l'idée de venir vous voir tout de suite... c'est pour ça quc jc suis là.

— Charlie Moon est quelqu'un de bien, fit Gorman qui sourit à de doux souvenirs. Benita, quand elle était toute petite, voulait l'épouser. Je lui ai dit d'attendre et de trouver quelqu'un de plus... de plus...

Le vieux rancher sortit un bandanna rouge de sa poche et essuya ses yeux injectés de sang.

— S'il y a quoi que ce soit que je puisse faire... moi ou Charlie..., commença Parris.

Il se couvrit le visage de ses mains.

— Je craignais d'avoir une de ces cor... euh... attaques cardiaques et de mourir. Parce qu'alors ma petite fille serait une oriphine. Maintenant, c'est moi l'oriphine.

Pour la première fois, il regarda le policier dans les yeux, se demandant si ce *matukach* avait une flasque d'alcool dans sa poche.

— Vous avez quelque chose à boire ?

— Non.

— Alors faites-moi sortir de ce trou puant pour que je puisse me dénicher une bouteille.

— Je vais faire mon possible, répondit Parris d'un ton hésitant. Il y a une chose que vous devriez savoir.

Gorman Sweetwater avait le regard braqué amèrement dans le vide.

— C'est quoi ?

— Votre fille a dit que quelqu'un (il marqua une pause pour se racler la gorge), Nahum Yaciiti... était venu la voir la nuit dernière.

— Il y a eu une vilaine tempête l'an dernier... On n'a jamais retrouvé son corps. Elle a dû voir le fantôme du vieil hommc, conclut-il avec un léger frisson.

L'idée qu'un fantôme vienne rendre visite à quelqu'un était horrible pour l'âme ute de Gorman Sweetwater. Mais l'âme chrétienne du vieil homme n'était pas surprise que l'esprit de Nahum vienne guider sa fille vers l'autre rive de la profonde rivière. Benita avait été proche du vieux berger bizarre. Plus proche peut-être que de son propre père.

Parris avala sa salive.

— Juste avant que votre fille... ne nous quitte... elle a vu quelque chose.

Scott se sentait le souffle étrangement court.

Gorman tourna la tête, scruta le policier. Cet homme blanc *savait* quelque chose.

— Dites-le moi, jeune homme. Vous vous sentirez mieux après.

— Une femme est venue.

Parris gardait le souvenir de silhouettes lumineuses. D'apparitions impossibles reflétant la lumière de l'arc en ciel.

— Benita a dit que c'était sa mère.

Il en avait dit assez. Peut-être trop. Ce serait inconvenant de mentionner qui l'accompagnait.

16

Hoover rembobina la bande et écouta la voix défaillante de Benita pour la troisième fois. Ses traits étaient dépourvus d'expression à l'exception de la dureté habituelle de ses yeux gris.

Parris se pencha sur sa chaise, s'efforçant de saisir chacun des mots murmurés par la jeune femme.

Charlie Moon était assis, le regard dans le vague, le menton appuyé sur ses mains entrecroisées.

Hoover, qui faisait tourner un stylo à bille dans sa main, finit par rompre le silence.

— Bon. Voyons ce que nous avons là. La fille de Gorman Sweetwater avoue que c'est elle qui a tué Arlo Nightbird...

— Ce ne sont pas véritablement des aveux de sa part, l'interrompit Parris. Cette jeune femme se défendait d'une tentative de viol qualifié.

— Elle avoue, sur son lit de mort, avoir tué Arlo Nightbird, poursuivit Hoover, permettant de la sorte à son père, qui a été arrêté pour le meurtre de ce même individu, d'être blanc comme neige.

Il tenta de déchiffrer le visage impassible de Moon et conclut :

— Très à propos.

Parris hocha la tête.

— Le fait est...

— Le fait est, l'interrompit Hoover, que dans la mesure où

mademoiselle Sweetwater se trouve maintenant au nombre des défunts, il n'est même pas possible de l'interroger sur ce (il désigna de la main le magnétophone)... sur cette déposition. Loin de moi l'intention de suggérer qu'elle ait pu concocter toute cette histoire dans le but d'éviter à son père une longue peine de prison.

Moon demeura assis placidement. Benita était morte. Disparue. Par rapport à ça, pas grand-chose n'avait d'importance.

— Mais tout se tient, protesta Parris. La blessure que Nightbird avait au crâne, les habits qu'il a laissés dans le camion du père de la jeune fille. Bon Dieu, son père aurait jeté ces saletés s'il avait su qu'elles étaient là !

— Considérons, reprit Hoover, que la jeune fille ait effectivement lutté pour se soustraire à une tentative de viol et que, ce faisant, elle ait été blessée. Elle rentre chez elle, raconte à son père ce qui s'est passé et qui lui a fait ça. Nightbird est en rade dans le canyon, sans moyen de transport pour en sortir. Le père disjoncte, il fonce au canyon ventre à terre, trouve Nightbird, lui défonce la tête et lui coupe les bijoux de famille. Exactement comme il avait menacé de le faire.

Moon parla enfin.

— Ça aurait pu se passer ainsi, mais ça n'a pas été le cas. Je la connaissais depuis qu'elle était haute comme ça... elle ne m'aurait jamais menti. Pas même pour éviter à son père d'aller en prison.

— Ça a été un sacré coup de chance, renchérit Parris, qu'on lui ait parlé à ce moment-là. Un jour de plus et on n'aurait peut-être jamais su exactement ce qui est arrivé à monsieur Nightbird.

— Oh, je ne sais pas, fit Hoover. Je suppose que la chance, on y contribue soi-même. (Il posa sur Moon un regard légèrement ironique.) Est-ce que vous contribuez à votre propre chance, sergent Moon ?

— Nous, les Utes, nous sommes comme les Irlandais, répondit Moon d'un ton égal. Nous avons nos propres lutins.

Il se pencha en avant, acceptant le regard de l'agent fédéral :

— Et notre propre chance.

Parris, mal à l'aise, changea de position sur son siège ; la tension rendait l'atmosphère électrique. Le moindre déséquilibre pouvait déclencher la foudre entre ces deux hommes.

— Avec ces aveux... cette déposition surgie bien à propos, je n'ai plus aucune chance de faire accuser son père pour la blessure au crâne infligée à Nightbird. Mais il reste la question de la mutilation. (Hoover sourit de ses lèvres minces.) À aucun moment la fille ne dit qu'elle a coupé les oreilles et les couilles de Nightbird. Même si l'histoire qu'elle a racontée est vraie, je vous parie à dix contre un que Gorman Sweetwater est retourné dans le canyon et qu'il a concrétisé sa menace de castrer monsieur Nightbird.

Parris inclina la tête.

— Selon le médecin légiste, ce sont les coyotes qui ont arraché les parties du corps manquantes.

Le visage de Hoover vira au rose ; il n'avait pas envisagé que Parris ait pu voir le rapport.

— Il n'existe, ajouta ce dernier d'un ton ferme, aucune accusation circonstanciée valable à l'encontre de monsieur Sweetwater à quelque niveau que ce soit, dans ce malheureux épisode. De plus, ce vieux monsieur doit sortir de prison afin de pouvoir assister aux funérailles de sa fille.

— Je les emmerde, ses funérailles, répondit Hoover d'un ton brusque.

Parris vit Moon se raidir ; l'Indien se leva de sa chaise, ses gros poings crispés. Était-il capable de l'empêcher de briser le cou de Hoover ? L'agent spécial ne prêtait aucune attention au policier ute ; il semblait ne pas avoir conscience du danger. À moins qu'il ne voulût inciter Moon à agir.

— Écoutez, fit Parris en s'interposant. Il n'y a aucune raison qui justifie le maintien en détention de Sweetwater. Pourquoi ne pas le libérer afin qu'il puisse assister au service funèbre ? Si de nouvelles preuves sont découvertes, vous pourrez obtenir son inculpation et le remettre derrière les barreaux.

Hoover s'appuya au dossier de son fauteuil rembourré. Il

posa une botte immaculée sur le dessus de son bureau en chêne surmonté d'une plaque de verre.

— Je ne pourrais pas le libérer, même si je le voulais. Il semble que Tom Parris et Huckleberry Moon aient oublié quelque chose.

— Oh, répondit Parris d'un ton neutre, et on peut savoir de quoi il s'agit, monsieur l'Incorruptible ?

Hoover sortit une longue cigarette sans filtre d'un étui en argent. Il rit en silence et inséra le cylindre blanc entre ses lèvres.

— Au cours du processus consistant à s'opposer à son arrestation...

Il fit tourner la molette d'un briquet plaqué or sous son pouce.

— ... monsieur Sweetwater a frappé votre serviteur... qui se trouve être un représentant du gouvernement.

Il approcha la flamme de la cigarette, inhala et poursuivit :

— Même s'il obtient une remise de peine pour bonne conduite, ce qui est peu vraisemblable, il va passer au moins dix-huit mois dans un établissement fédéral en raison de cette petite marque d'incivilité.

Moon lui tourna le dos, grommelant d'un ton menaçant en langue ute.

Parris se gratta le menton d'un air songeur.

— Êtes-vous sûr, demanda-t-il, que monsieur Sweetwater avait effectivement l'intention de vous frapper ? (Il marqua un temps d'arrêt comme pour tenter de se souvenir.) Voire même qu'il vous a *vraiment* frappé ?

Hoover se leva d'un bond.

— Qu'est-ce que ça veut dire, bon Dieu... vous l'avez vu tous les deux, que cet espèce de sauvage mal dégrossi m'a expédié un coup en traître au moment où je ne regardais pas !

— Maintenant que ça me revient, dit Parris, c'est comme ça que vous l'avez appelé : « sauvage mal dégrossi ». Mais si vous l'accusez de coups et blessures, je suis certain que son avocat ne manquera pas d'insister lourdement sur l'insulte raciale. Sweetwater sortira peut-être libre, ou il fera peut-être ses dix-huit mois...

Parris pointa son doigt sur la poitrine de l'agent spécial.

— ... mais votre carrière comme agent du Bureau ne dépassera pas dix-huit jours.

Hoover se détourna avant de dire à voix basse :

— Je vais libérer Sweetwater, mais s'il charcute quelqu'un d'autre, c'est vous qui en serez responsables. Fichez le camp de mon bureau.

— Je te remercie d'avoir tiré Gorman de prison, dit Moon à Parris au moment où ils sortaient.

— On a eu de la chance pour cette fois, mais à un moment ou à un autre, ici ou ailleurs, ce serpent va piquer l'un d'entre nous.

Il regarda son ami ute avec un sourire et ajouta :

— J'espère bien que ça sera toi.

Daisy y voyait à peine au-dessus du tableau de bord.

— Il va sûrement y avoir presque tout le monde à son enterrement.

Ils ne voulaient ni l'un ni l'autre prononcer le nom de la jeune femme morte.

Moon observa le silence pendant plusieurs minutes, tout occupé à éviter les nids-de-poule de la route caillouteuse. Quand la Blazer s'engagea sur le bitume, il lança un regard à sa tante.

— La voiture d'Arlo avait un phare cassé. Il y avait un trou dans le radiateur.

Daisy détourna les yeux vers les eaux agitées de la Piedra, à l'ouest de la Route 151. Elle entreprit de fredonner un air qui ressemblait vaguement à *Amazing Grace.*

Moon poursuivit tranquillement, comme s'il parlait du temps.

— Nous avons trouvé un petit fragment provenant du

phare d'Arlo devant ta maison. Tu as dû ramasser tous les gros morceaux. Ceux que tu as repérés.

La vieille femme jeta un rapide coup d'œil vers le policier ute.

— Mes yeux sont plus ce qu'ils étaient. Je me dis que je commence peut-être à avoir ces trucs de cataracte.

Charlie était si intelligent ; elle était fière de son neveu.

Moon donna un petit coup sur la pédale de frein lorsqu'un dindon sauvage traversa tout à coup la chaussée.

— Comment c'est arrivé ?

À ce souvenir, les lèvres de Daisy se pincèrent de fureur.

— Arlo est venu m'ordonner de quitter ma maison.

Charlie soupira.

— Alors, qu'est-ce que tu as fait ?

— Je lui ai jeté un pied-de-biche. Sauf que je l'ai raté.

Il y avait un soupçon de regret dans sa voix.

— Le pied-de-biche a heurté sa voiture... cassé le phare ?

— Et le radiateur aussi, sûrement. Pendant un moment, il a rien dit du tout, on aurait dit qu'il avait une arête en travers du gosier. Après, il est monté dans sa voiture de luxe en jurant comme... comme il jurait toujours quand il était ivre.

Elle posa ses mains sur ses oreilles pour supprimer le souvenir de ces grossièretés.

— Il m'a dit qu'il allait me faire jeter en prison. Ou me faire expédier chez les fous.

Elle chercha une marque de compréhension sur le visage de Moon, n'en trouva pas et continua :

— J'ai nettoyé les bouts de verre pour qu'il puisse pas prouver que le phare avait été cassé près de ma maison. Et après je suis montée passer la nuit avec les Trois Sœurs. Il me fallait du temps pour réfléchir. J'étais horriblement fatiguée... je me suis endormie profondément. En me réveillant plus tard, j'ai cru entendre le camion de Gorman qui entrait dans le canyon, mais je ne savais pas que c'était sa fille qui conduisait. Et ce qu'il y a de sûr c'est que je ne savais pas qu'elle avait Arlo avec elle. (Elle secoua tristement la tête.) La pauvre petite, quelle imprudence.

— Et après le camion de Gorman, demanda Moon, est-ce que tu as entendu autre chose ?

Daisy fit un gros effort pour se remémorer les événements de cette nuit-là ; elle savait que ça devait être important.

— Je me souviens de rien après ça. J'ai dû me rendormir ; je me suis pas réveillée avant le milieu du jour suivant.

Le cimetière était bordé, sur le côté orienté au crépuscule, par le ruban sinueux du Piños qui, en cette saison, était à peine plus gros qu'un ruisseau. Au printemps, le torrent grondait tel un train de marchandises sans fin, charriant le limon alimenté par la fonte des neiges, mais pour l'instant, les eaux paisibles chuchotaient et riaient sur les gros rochers glissants. Du côté du cimetière faisant face au lever du soleil, voitures et pick-up étaient garés sur un kilomètre cinq le long de l'accotement de la route goudronnée. Pratiquement tous les Utes d'Ignacio, ainsi que bon nombre d'Anglos et de Chicanos, étaient venus assister au service funèbre. Daisy Perika avançait à petits pas traînants entre Gorman Sweetwater et Charlie Moon ; la vieille femme-médecine se cramponnait fort au bras de son neveu, rigide comme un pieu. Scott Parris suivait, le chapeau à la main. Il avait fallu toute la force de persuasion de Daisy pour convaincre Gorman d'assister à l'enterrement de sa fille ; le vieillard ne voulait « plus rien avoir affaire avec ces prêtres et leur religion qu'a pas été capable d'empêcher ma fille de mourir ». Quand elle avait fini par lui dire que la cérémonie aurait lieu, qu'il soit là ou non, et que le Peuple n'aurait pas une haute opinion d'un père qui n'assistait pas aux funérailles de sa fille, il avait cédé à contrecœur. Le rancher grincheux s'était fortifié à l'aide d'une pinte de whisky canadien ; il marmonnait avec fureur tout en avançant d'un pas incertain aux côtés de Daisy.

La foule s'écarta pour faire place à la vieille femme respectée et à son cortège. Des mots de condoléance pleins de tendresse furent destinés à Gorman qui ne sembla pas les avoir entendus. Des rumeurs prétendaient que le vieil homme allait « dire sa façon de penser » au cimetière, et certains étaient présents au service dans l'espoir d'assister à un étalage scandaleux qui alimenterait les conversations d'Ignacio durant les années à venir.

Taxi, qui griffonnait avec frénésie sur un bloc de papier jaune de l'administration, se tenait derrière le gros de la foule endeuillée. Il donna un coup de coude loqueteux à Daniel Bignight et murmura :

— Je prends des notes.

Le policier ne réagit pas, ce qui ne découragea pas Taxi.

— Est-ce que vous saviez, reprit-il en le tirant par la manche, que le Malin a recommencé à rôder ?

Il se frappa sur la poitrine :

— Satan va encore se repaître de sang frais. Je le sais sans l'ombre d'un doute, je rédige un synopsis sur ses activités. Une continuité, comme on dit dans le métier.

Le policier retint son souffle et s'écarta d'un pas de ce personnage bizarre qui puait la charogne, le tout rehaussé de quelque âcre odeur de produit chimique.

Encouragé par cette réaction, Taxi se rapprocha, son manteau crasseux frottant contre l'uniforme immaculé du policier.

— J'ai un nouvel agent maintenant. Elle a des contacts sérieux à Hollywood. Je serais prêt à faire *n'importe quoi* (fit-il avec un soupir), pour réussir à Hollywood.

Daniel Bignight ferma les yeux et pria en silence. *Seigneur, aie pitié... il sent la viande morte. Je t'en prie, fais-le partir.*

Taxi s'éloigna sans but particulier au milieu de la foule ; les gens s'écartaient sur son chemin telles les eaux obéissant à la main de Moïse.

Daisy et son groupe se tenaient devant la fosse béante. Moon était d'une immobilité absolue ; il refusait de regarder le cercueil. Gorman se murmurait des paroles incohérentes ; il chancelait comme s'il allait s'effondrer.

Le Père Raes s'avança devant le rancher.

— Gorman, fit-il d'une voix ferme au vieillard voûté, regardez-moi !

Gorman posa un regard glacial sur le petit prêtre mais ne parla pas.

— Benita s'en est allée dans l'autre monde. Elle n'a pas besoin de ces funérailles. Cette cérémonie est pour sa famille et ses amis, ceux qui l'aimaient, qui l'aiment encore. Vous comprenez ?

Gorman marmonna quelque chose d'incompréhensible et eut un hochement de tête presque imperceptible.

Raes se rapprocha encore et baissa la voix pour s'exprimer dans un murmure.

— Je sais que vous êtes rempli d'amertume et je sens le whisky dans votre haleine, mais je vous fais cette promesse solennelle : si vous perturbez cet office sacré, je donnerai pour instruction au sergent Moon de vous évacuer de ce lieu. Et (ajouta-t-il d'un ton menaçant), vous serez à jamais un sujet d'opprobre aux yeux de ceux du Peuple.

Les paupières de Gorman n'étaient que deux fentes, sa mâchoire crispée comme le granite. Le prêtre abattit son atout caché.

— Témoignez du respect, Gorman, sinon la Vierge Marie en sera offensée.

Il observa un instant de silence, contraignant le vieil éleveur à se soumettre sous son regard, puis il demanda :

— Vous me comprenez ?

Gorman, qui vénérait la Vierge Marie, eut un mouvement de tête docile et abaissa son regard vers le crucifix en argent accroché au cou du prêtre. Il ne pouvait effacer de son esprit l'image de sa fille qui souffrait. Pauvre Marie, elle avait regardé son fils souffrir horriblement avant qu'il ne meure sur le bois de l'arbre, des clous de fer plantés dans ses poignets et dans ses pieds. Une représentation qui avait de quoi vous faire reprendre vos esprits.

— Très bien, dit Raes sur un ton plus compréhensif. Alors, commençons.

Il retourna au cercueil drapé de fleurs et posa la main sur l'épaule du prêtre joufflu qui contemplait la congrégation avec un sourire radieux.

— Celui qui se trouve à mes côtés, déclara Raes, est le Père Rory O'Dinnigan qui vient de Durango. Le Père O'Dinnigan appartient à l'église épiscopalienne.

Il y eut un murmure de surprise de la part des membres de l'assemblée qui appartenaient à l'église catholique hispanique.

Raes prit une longue inspiration et poursuivit :

— Le Père O'Dinnigan est notre frère devant le Christ et un ami très cher de Benita à l'université de Fort Lewis. À la lumière de l'expérience qu'a connue Benita, tirant sa nourriture spirituelle de deux branches distinctes des Vignes du Seigneur, nous allons célébrer un service œcuménique.

Le Père Raes ferma les yeux et pria en silence.

Il y eut plusieurs commentaires murmurés parmi les Utes les plus âgés qui n'étaient pas offensés par la présence d'un ministre du culte protestant, mais pensaient que c'était une très mauvaise attitude que de prononcer le nom des défunts.

Le Père Raes leva la main pour réclamer le silence.

— Plus tard, durant l'office, nous réciterons l'un des psaumes de David. Le Père O'Dinnigan nous lira la traduction en anglais et je le suivrai ligne après ligne avec la version catholique en espagnol. Nous faisons circuler des exemplaires de la liturgie et du psaume pour ceux qui souhaitent le lire à haute voix en notre compagnie.

Harry Schaid, l'un des membres du chœur enrôlé par le prêtre catholique, distribuait le texte. Le vétérinaire circulait à travers la foule. Il en remit des copies à Emily Nightbird et à son père ; Fidel Sombra roula le document en un cylindre bien serré et l'utilisa pour se gratter l'oreille. Schaid remit des feuillets au président du conseil tribal, puis à Daisy Perika. Il en tendit un exemplaire à Gorman qui le froissa immédiatement et le laissa tomber à terre.

Le Père Raes n'en tint aucun compte et poursuivit :

— Beaucoup d'entre vous savent que ma connaissance de la langue ute est à peine suffisante pour soutenir une conversation simple...

Plusieurs membres de la tribu sourirent à l'idée exagérée que le petit prêtre se faisait de ses talents linguistiques.

— ... mais peut-être l'un de nos frères indiens acceptera-t-il de m'aider à traduire le psaume et la prière du Seigneur dans la langue ute pour des messes futures. Nous serons alors à la hauteur de notre réputation de communauté regroupant trois cultures. Et maintenant (poursuivit le prêtre en décrivant un large arc de cercle avec son bras pour englober la foule des assistants), souvenez-vous de l'épître de notre frère Paul aux Galates : « Il n'y a ni Juif ni Grec, il n'y a ni esclave ni homme libre, il n'y a ni homme ni femme... car tous vous ne faites qu'un dans le Christ Jésus. »

Scott Parris accepta une copie du texte liturgique que lui tendait Schaid ; il plia soigneusement le feuillet et le glissa dans sa poche.

Le Père O'Dinnigan leva les bras dans un geste de supplication ; quand la foule eut fait le silence complet, il commença :

— Je suis la résurrection et la vie, dit le Seigneur, qui croit en moi vivra bien qu'il soit mort ; et qui vit et croit en moi jamais ne mourra.

La voix du prêtre gronda comme le tonnerre au-dessus du cimetière, étouffant toute conversation futile.

Le Père Raes sourit et leva les yeux vers les cieux.

— Je sais que mon Rédempteur vit et qu'il se dressera sur la terre au Jour du Jugement.

— Loués sont les morts qui meurent dans le Seigneur, tonna O'Dinnigan, car alors même que le dit l'Esprit, ils se reposeront de leurs peines.

Scott Parris fut surpris par un déferlement de joie... Il se sentit léger... Reposé de ses peines.

Daisy Perika avait les yeux fermés ; ses lèvres remuaient en silence. Charlie Moon lisait les mots à voix haute ; mais il gardait l'œil sur Gorman qui oscillait comme un roseau sec au souffle du vent.

— Le Seigneur soit avec vous, lança Raes à la congrégation.

Parris fut brusquement rappelé à la réalité quand les assistants répondirent à l'unisson ; leurs voix multiples se gonflaient en une ample rumeur déferlant sur le cimetière :

— Et avec votre esprit !

Une brise odorante parcourut l'assistance ; les jupes des femmes se soulevèrent, les hommes se saisirent du bord de leur chapeau.

— Maintenant... prions, dit Raes.

La foule devint silencieuse, tout comme le vent.

Dans certains cœurs, les fragments de phrases dansèrent avec légèreté... *une miséricorde qui ne peut se mesurer... entrée au royaume de la lumière... l'allégresse et la camaraderie de tes saints.* À nouveau Parris se sentit emporté par un sentiment de légèreté et de joie.

Il y eut quelques instants de silence. Seules s'entendaient les eaux du Piños.

— Nous allons maintenant lire ensemble le psaume de David, annonça Raes.

— Le Seigneur est mon berger, clama O'Dinnigan d'un ton de défi à l'adresse des Puissances des Ténèbres et des Royaumes du Mal. Rien ne me manque.

— *El Señor me pastorea,* entonna Raes, *nada me faltara.*

Un murmure monta de la foule quand plusieurs membres de l'église catholique de Saint-Ignatius se joignirent à la lecture.

— Sur des prés d'herbe fraîche il me parque, proclamèrent d'une voix enjouée les assistants de langue anglaise avec O'Dinnigan.

— *El me ha colocado en lugar de pastos !* leur répondirent les Chicanos.

Gorman Sweetwater pleurait sans s'en rendre compte.

Fidel Sombra émit un bruit méprisant ; il tira une demi-pinte de whisky bon marché de son manteau, mais renfonça à regret la bouteille dans sa poche lorsqu'Emily lui jeta un regard furieux. Cela n'empêcha toutefois pas le vieil éleveur de ronchonner intérieurement et d'imaginer des manières de se venger de son austère fille.

— Vers les eaux du repos il me mène, psalmodièrent-ils.

Le Père Raes s'arrêta un instant ; il entendit quelque chose de si lointain et de si proche cependant. Était-ce son imagination ? Légèrement décontenancé, le prêtre poursuivit :

— *Me ha conducido junta a unas aguas que restauran y recrean.*

Abe Workman oublia sa timidité et se joignit au cœur :

— Il y refait mon âme !

Les membres de la congrégation de langue hispanique lui firent écho :

— *Convirtio a mi alma.*

Parris avait à peine conscience de son corps, mais il savait que son âme avait retrouvé la paix et l'espoir. La proclamation suivante retentit :

— Il me guide aux sentiers de justice.

Daisy tremblait ; elle tira sur la manche de Moon.

— Là, dit la chamane d'une voix pressante, là... tout près...

Le policier ne l'entendit pas.

Harry Schaid offrit à Gorman Sweetwater un autre exemplaire du texte.

— Passerais-je un ravin de ténèbres...

— *De esta suerte, aunqe caminase yo por medio de la sombra de la muerte...*

La voix grave du Père O'Dinnigan résonna au-dessus de la multitude comme une immense trompette :

— Je ne crains aucun mal car tu es près de moi.

Raes guida les Chicanos avec un égal élan :

— *No temeré ningun desastre porque tu estas conmigo.*

— Oui, grâce et bonheur me pressent tous les jours de ma vie ! cria O'Dinnigan, ma demeure est la maison du Seigneur en la longueur des jours.

Les derniers mots du prêtre épiscopalien revinrent en écho... *Des jours.*

Charlie Moon adressa une requête solennelle à Dieu. Où que soit Benita Sweetwater, il pria que la Grâce et le Bonheur y résident avec elle. En la longueur des jours.

L'assistance endeuillée s'était dispersée avec mélancolie par petits groupes de deux ou de trois, essuyant avec des gestes gênés leurs yeux humides, parlant tout bas de l'incertitude de la vie en ce monde cruel.

Finalement, à l'exception du trio de gaillards massifs qui se tenaient à l'écart avec leurs pelles boueuses, seul le petit homme vêtu de noir resta dans le cimetière. Le Père Raes se tenait au-dessus de la fosse, fixant le cercueil. Il percevait encore quelque chose de très étrange... un murmure... une cadence familière... qui se répétait inlassablement. Non, se dit-il, ce n'est rien de plus que les fluctuations de la brise dans les branches du frêne qui domine la tombe. Ou le bruit des eaux du Piños qui ruissellent sur les rochers. Le vent qui joue ses petits tours à mon imagination, les eaux miroitantes de la rivière qui m'appellent.

Pendant qu'il nourrissait ces explications rationnelles, le chant murmuré s'atténua et se fondit dans le silence. Le Père Raes rabattit la couverture de la Bible, se signa rapidement puis fit demi-tour pour s'éloigner du cercueil.

Le trio d'hommes en vêtements de travail s'approcha de la tombe, leurs pelles prêtes à entrer en action.

Le Père Raes ouvrit la portière de sa vieille voiture et se retourna pour englober le cimetière du regard. Ça ne pouvait véritablement être que le souffle léger du vent dans les feuilles ou les bruits joyeux de l'onde sur la roche... grossis par son imagination. Et suscités par l'âme du prêtre qui, en sa jeunesse, avait senti la respiration même de Dieu. Aujourd'hui qu'il avait dépassé le milieu de sa vie, il appelait de ses vœux le plus infime murmure de la Source de l'infini mystère. Mais que cela fût réel ou qu'il n'y eût là qu'exceptionnelle harmonie de l'air et des eaux, le prêtre ne perçut pas la voix du vieillard.

Une voix qui psalmodiait les mots du psaume du Roi David avec les accents gutturaux de la langue ute.

17

Charlie Moon réconfortait Gorman Sweetwater qui semblait sur le point de s'effondrer. Le policier marmonna à l'oreille de Parris :

— Il ne doit surtout pas rentrer chez lui au volant ; il a toutes les chances de plier son vieux camion autour d'un poteau de téléphone. Je vais le reconduire... Est-ce que tu veux bien raccompagner Tante Daisy à ma place ?

— Avec plaisir.

Daisy prit le bras de Parris tandis qu'ils regardaient Moon guider un Gorman vacillant vers la Blazer. Cela déclencha une onde de murmures inquiets parmi les Utes qui se demandèrent si le vieux rancher se trouvait à nouveau en état d'arrestation.

— Gorman devrait arrêter de boire des alcools forts, dit Daisy d'un ton détaché.

Comme Parris ne réagissait pas, elle haussa la voix :

— Vous vous souvenez de ce que je vous ai dit ?

— À quel sujet ?

— Sur ce que le *pitukupf* m'a montré.

Il lui ouvrit la portière de la Volvo.

— L'ombre qui se change en oiseau ?

— Oui.

Elle s'installa sur le siège et boucla sa ceinture de sécurité.

— Et qui tue quelqu'un avant de se changer à nouveau en

ombre. Cette ombre a étendu ses ténèbres sur le cimetière, aujourd'hui.

Parris baissa les yeux pour regarder la petite femme dans sa robe imprimée bleue.

— Est-ce qu'il y a quelque chose que vous souhaitez me dire ?

Ses doigts jouaient sur un rosaire qu'elle remit dans son sac. Elle scruta le visage du policier afin d'y lire s'il avait conscience de la présence maléfique qui se trouvait si près d'eux. Le *matukach* n'était pas encore à même de comprendre ce qui s'était passé dans le cimetière.

— Non, lui répondit-elle.

Il n'était pas prêt à l'entendre. La Bible le disait à juste titre : il y a un temps pour vivre, un temps pour mourir. Il y a une saison pour chaque chose.

En chemin, Daisy ne parla pas. Lorsque Parris eut escorté la vieille femme jusqu'au perron de sa maison, elle se retourna et fronça les sourcils d'un air méditatif.

— Tout le monde pense qu'une fois qu'on a enterré le corps, tout est terminé.

Son regard disait qu'il en allait autrement. Le policier ne répondit pas, mais il le sentait, lui aussi. Quelqu'un à la volonté inflexible était... quelque part dans la nature. À attendre. Avec une infinie patience.

Pour la première fois depuis des jours, Scott Parris parvint à se détendre en rentrant à Ignacio. Il repoussa loin de lui Daisy et ses craintes. Arlo Nightbird était mort, point à la ligne. Ce salopard avait eu ce qu'il méritait. Benita lui avait défoncé le crâne avec une pierre. Il était mort et avait été grignoté par des coyotes. C'était moche, mais c'était une sorte de justice à l'ancienne extrêmement satisfaisante. L'esprit de Gorman, avec le temps, guérirait progressivement. J. E. Hoover n'aurait plus aucune raison de se mêler du fonctionnement de la police des Utes du Sud. Bientôt, Severo reviendrait de vacances. Parris n'avait pas oublié qu'il avait lui-même deux semaines de congés en retard à prendre. Il irait voir Anne à Washington. Il tenta de se souvenir de son sourire resplendissant, de ses yeux marron lumineux.

Mais, eh là ! Ils étaient bleus, ses yeux. Les yeux marron étaient ceux de la veuve Nightbird. Il serra davantage le volant et tenta de se souvenir des yeux d'Anne, mais ce qui lui revint fut le contact des doigts fins d'Emily Nightbird. Quand il parvint au quartier général de la police des Utes du Sud, il tentait encore de chasser l'image d'Emily de ses pensées. À sa console radio, Nancy Beyal lui fit signe. Il s'appuya au chambranle et soupira, se demandant si la culpabilité se lisait sur son visage.

— Du nouveau, au standard ?

Elle farfouilla dans les papiers qui couvraient son bureau jusqu'à ce qu'elle ait trouvé le carnet réglementaire où elle notait les messages.

— Vous connaissez un... docteur Simpson ?

— Un peu que je le connais. Un vieux copain de pêche. C'est le médecin légiste de Granite Creek.

Nancy plissa les yeux en regardant le papier qu'elle retenait prisonnier entre ses ongles vernis.

— Le docteur Simpson est rentré de vacances ; il a appelé il y a environ une heure. Il dit que vous devriez passer le voir chez lui.

— Est-ce qu'il a dit pourquoi ?

— Non, mais il veut que vous veniez tout de suite.

Elle agita le message comme s'il s'agissait d'un drapeau :

— C'est urgent.

Il n'était pas d'humeur à supporter les sarcasmes du docteur Simpson.

— Je vais l'appeler.

— Il m'a dit que vous alliez dire ça. Il m'a dit que vous ne deviez pas l'appeler mais vous contenter de traîner votre... (elle rougit), votre personne jusque chez lui. Sans retard.

18

Parris cogna du poing contre le lourd battant de chêne. Après avoir attendu en vain qu'un bruit se produise à l'intérieur, il appuya sur la sonnette. Aussitôt il entendit la démarche heurtée du vieux médecin légiste. Walter Simpson ouvrit la porte et le regarda avec colère sous ses sourcils en broussailles.

— Il t'en a fallu, du temps.

Il se détourna et s'éloigna en se déhanchant dans le long couloir qui menait à sa cuisine.

Parris repoussa la porte avec son talon.

— C'était difficile de ne pas venir, quand on connaît ta réputation d'hospitalité.

— Quand on est vieux, lui rétorqua Simpson, on n'a pas à faire des efforts pour se montrer aimable, surtout quand on est célibataire et qu'on fait soi-même sa lessive. Ça me plaît, à moi, d'être un vieil emmerdeur.

— Eh bien, tu dois souvent t'amuser.

— Du thé ?

Simpson fit jaillir la flamme d'une allumette avec l'ongle de son pouce, l'approcha de sa cuisinière à gaz archaïque. Le brûleur hésita puis s'enflamma avec un *woufff* tout à fait audible.

Parris huma l'odeur piquante de l'additif au gaz naturel.

— Tu devrais faire réparer ça. Il y a un truc qui ne fonctionne pas normalement.

— Brillant diagnostic. Tu aurais dû être plombier. Tu serais peut-être arrivé à quelque chose.

— J'y aurais gagné en salaire, remarqua Parris d'un ton bon enfant. Mais on fait beaucoup appel à mes capacités ces temps derniers. Les Utes du Sud m'ont demandé de remplacer le chef Severo pendant ses congés.

Simpson gloussa :

— Je suppose que tu étais loin sur leur liste. Tous les policiers indiens ont dû décliner la proposition.

La pique toucha sa cible.

— Si tu voulais seulement m'insulter, une carte postale aurait suffi.

Simpson cherchait des sachets de thé dans une série de petites boîtes métalliques colorées.

— Tu connais le docteur Sol Addison ?

Parris ferma les yeux et interrogea sa mémoire.

— Le nom me dit quelque chose. C'est un des chirurgiens de l'hôpital ?

— Un jeune, très doué. Tout juste sorti de l'université du Nouveau-Mexique, il y a deux ans. Un gars très brillant.

— C'est bon à savoir, fit Parris avec un soupçon de cynisme. Si j'ai besoin d'une ablation des amygdales, c'est à lui que je ferai appel.

— Financièrement, il ne s'en tire pas très bien, il commence à peine. Quand j'en ai la possibilité, je lui procure du travail.

Parris comprit tout à coup.

— C'est lui qui a examiné le corps d'Arlo Nightbird pendant que tu prenais le soleil à Hawaii ?

— En fait, cette année, je suis allé à Tahiti. Bien moins développé. J'ai parcouru des kilomètres et des kilomètres de plage. J'ai rencontré une indigène bien en chair, même pas la cinquantaine. Elle s'appelle Lea-Lea. Elle se promène seins nus. Elle s'est offerte pour prendre soin de moi et de mes vieux jours.

Parris ricana.

— Tu es un vieux vicieux vulgaire. Et je ne crois pas un traître mot de ce que tu racontes.

Simpson détacha un sucrier de la toile cirée collante.

— Le docteur Addison est un jeune gars très doué. Il m'a assisté à plusieurs occasions pour des autopsies. Avec un peu plus d'expérience, il pourrait devenir un excellent médecin légiste.

— Mais pour l'instant ?

Parris trempa les lèvres dans son thé qui paraissait trop léger et avait néanmoins un goût amer.

— Pour l'instant, et je m'exprime ici en toute confidentialité... le jeune docteur Addison a encore des bricoles à apprendre en ce qui concerne le travail d'autopsie.

— C'est donc Addison qui a pratiqué l'autopsie sur Arlo Nightbird. Il s'est planté ?

— Nous autres, docteurs en médecine (fit Simpson en posant un regard glacial sur Parris au-dessus de ses lunettes à triple foyer), nous ne nous « plantons » jamais. Mais parfois... étant humains... nous commettons des erreurs d'appréciation minimes.

— Avant d'enterrer les traces, compléta Parris.

C'était une vieille plaisanterie éculée, et Simpson fit comme s'il ne l'avait pas entendue.

— Je suis rentré il y a deux jours. J'ai lu une copie du rapport que le docteur Addison a adressé au FBI, pour l'autopsie de Nightbird. Il a conclu que le décès de la victime était dû au traumatisme subi au niveau de la boîte crânienne.

— Une jeune femme qu'il importunait lui a frappé sur la tête avec une pierre.

— J'ai jeté un regard à la dépouille mortelle.

— Et ?

— Il y a des blessures à la tête qui correspondent bien à des coups portés à l'aide d'une pierre.

— Alors ?

— Les oreilles et les testicules n'ont pas été arrachés par des prédateurs. Quelqu'un s'en est chargé avec la lame d'un couteau. Une lame très longue. Il semble que coyotes et rongeurs aient pu, par la suite, grignoter à l'endroit des blessures ; c'est sans doute ce qui a dû égarer mon jeune collègue moins expérimenté.

— Ce sont de mauvaises nouvelles. Nous avons un suspect qui avait menacé de châtrer la victime.

Gorman Sweetwater allait effectuer son grand retour au sommet de la liste des suspects de Hoover. Et c'était une très courte liste.

— Ce n'est pas tout, fit Simpson d'un ton qui n'annonçait rien de bon.

— Je ne suis pas sûr d'avoir envie d'en apprendre plus.

— Ce n'est pas le traumatisme crânien qui a entraîné la mort.

Parris posa sa tasse sur la toile cirée sale.

— Tu plaisantes.

— Je suis quelqu'un d'extrêmement sérieux quand il s'agit de mon domaine d'activité professionnelle. Les blessures à la tête donnaient l'impression d'être la seule cause possible de la fin prématurée de la victime. C'était une erreur logique pour un débutant. Comme c'est le docteur Addison qui a pratiqué l'autopsie, je vais lui notifier mes conclusions. Question de courtoisie entre confrères, tu comprends. Il lui appartiendra de produire un rapport d'autopsie remanié et de le communiquer au FBI.

— Je suppose que tu vas t'en préoccuper immédiatement.

— Il y a un petit problème en l'occurrence. Le docteur Addison participe à un symposium en Égypte. Après, il part au Pakistan. Il ne sera pas de retour avant cinq ou six semaines. Je me suis dit que tu voudrais peut-être savoir... officieusement... avant qu'il revienne au bout de tout ce temps, qu'il étudie à nouveau le cadavre et remette son rapport après l'avoir modifié.

— Est-ce que tu vas en avertir le FBI ?

— Certainement pas. Ce n'est pas mon travail. Et je compte sur toi pour observer la discrétion la plus absolue. Théoriquement, mon distingué collègue peut décider de ne pas modifier son rapport à destination du FBI. Il en est seul juge.

— Il va falloir que je le dise à Charlie Moon.

— Je n'ai jamais accepté de te laisser transmettre cette information.

— Je n'ai jamais accepté de ne pas le faire.

Simpson fronça les sourcils.

— Ton père devait être un de ces fichus avocats retors.

— Ne t'inquiète pas, Charlie est la discrétion même. Il gardera le silence jusqu'à ce que le rapport modifié soit remis. Je m'en porte garant.

— Il a intérêt, sans ça je ne te ferai plus jamais de fleur comme ça.

— Tu ne m'as toujours pas dit comment Nightbird est mort.

— Il semblerait qu'il soit décédé de suffocation.

Parris appuya ses deux mains sur la table pour se lever.

— Il a avalé sa langue ?

Après un traumatisme crânien, ce n'était pas si rare que ça.

— Un bon moment après qu'il se soit pris ces coups sur la tête, reprit Simpson, le « suspect », comme vous dites dans la police, lui a enfoncé quelque chose dans la gorge. La victime était peut-être inconsciente, mais elle était indéniablement vivante.

— Et qu'est-ce que vous avez trouvé, dans sa gorge ? demanda lentement Parris.

Simpson ouvrit son réfrigérateur, chercha sur les rayonnages envahis d'une douzaine de variétés de condiments, de tranches de viande froide moisie, et de briques de lait vieilles de plusieurs mois.

— Ha ha, fit-il, nous y voilà, derrière le fromage.

Il posa une boîte en plastique opaque sur la table. En fit sauter le couvercle et poussa négligemment le récipient sur la toile cirée comme s'il invitait son ami à choisir un chocolat.

— Tu sais ce que c'est ?

Parris se pencha avec prudence. Il inspecta le contenu de la boîte. Un court instant, il demeura désorienté. Puis il comprit. Et il sentit son estomac se soulever.

19

Moon tapait laborieusement, avec deux doigts, un rapport sur un ivrogne qu'il avait arrêté. L'infortuné individu avait été dénoncé parce qu'il se livrait à une séance d'exhibitionnisme dans les toilettes pour femmes du Sky Ute Motel. Il prétendait avec véhémence qu'il s'était cru dans les toilettes hommes. Moon le croyait. Il leva les yeux pour découvrir Scott Parris qui semblait perdu dans ses pensées.

— T'as bien failli m'avoir par surprise, mon vieux.

Le policier avait perçu le cliquetis des soupapes fatiguées du moteur de la Volvo avant même que Parris ne s'engage sur le parking.

Le *matukach* s'assit sur une chaise en bois qui fit entendre un craquement. Il ôta son chapeau, passa ses doigts dans ses cheveux moins fournis qu'autrefois.

— Je suis allé à Granite Creek.

Moon poursuivit sa frappe.

— Tu y es allé pour voir comment tes gars s'en tirent, au poste ? Je parie que tu ne les croyais pas capables de se débrouiller sans toi.

— Le lieutenant Leggett fait un super travail en mon absence. Tu connais ma standardiste, Clara Tavishuts ?

— Encore heureux que je la connaisse. Nous sommes cousins au deuxième degré.

— Elle m'a dit que Leggett a mis de l'ordre dans tous les dossiers, optimisé le système informatique des contraventions. Il a même convaincu la municipalité de débourser suffisamment d'argent pour acheter deux nouvelles voitures de patrouille.

— On dirait qu'ils s'en tirent drôlement bien sans toi.

Parris poussa un soupir.

— Le temps que je rentre, ils auront oublié mon nom.

— Ça me paraît normal. C'est pour ça que tu as l'air aussi déprimé ?

L'Indien savait que la raison était ailleurs. Nancy Beyal lui avait parlé de la convocation urgente auprès du médecin légiste.

— J'ai obtenu des informations... liées au meurtre d'Arlo Nightbird. Strictement confidentielles. Il va falloir qu'on garde le silence là-dessus jusqu'à ce que le FBI reçoive le rapport d'autopsie officiel corrigé.

Moon perdit tout intérêt pour sa machine à écrire. Parris évitait de le regarder ; ce n'était pas bon signe.

— Doc Simpson a étudié la dépouille de Nightbird. Le médecin légiste remplaçant a commis une erreur.

— Tu m'inquiètes, fit Moon.

— Monsieur Nightbird n'est pas mort d'une fracture du crâne. Ses oreilles et ses couilles n'ont pas été bouffées par des animaux.

Moon sentit un frisson courir le long de sa colonne vertébrale.

— Tu en es sûr ?

— On ne peut plus sûr. Simpson est un des meilleurs spécialistes du Colorado.

Cette fois, il regarda Moon :

— Tu n'as pas entendu le pire.

— Je t'écoute.

— Monsieur Nightbird est mort étouffé.

— Qu'est-ce qu'il a fait ? Avalé sa langue ?

— Pas sa langue. Celui qui lui a coupé les couilles...

Moon ferma les yeux.

— Tu ne veux pas dire... comme ce que le Viêt-cong faisait à nos gars, là-bas ?

Parris hocha la tête.

— Celui qui l'a mutilé lui a enfoncé ses testicules dans la gorge et... il a cessé de respirer.

Moon s'extirpa de son siège. Il marcha de long en large derrière son bureau. Finalement, il s'arrêta et regarda par la fenêtre d'un air impassible.

— Arlo Nightbird n'était assurément pas quelqu'un qu'on se serait vanté de connaître, fit-il, mais il ne méritait pas de finir comme ça.

— Personne ne mérite ça. Comment penses-tu que les choses en soient arrivées là ?

Il se demanda si Moon accepterait enfin de regarder l'évidence.

— Il y a l'explication que tu as suggérée depuis le début. Pendant que Gorman conduit... sa fille à l'hôpital, elle lui raconte tout. Il revient, il trouve Arlo à demi-vivant. Gorman se souvient de la menace qu'il lui a faite, il le castre et...

— Je vois. Et les oreilles, alors ? Tu crois que monsieur Sweetwater lui a coupé les oreilles pour donner l'impression que c'est le type qui a mutilé le taureau qui s'est aussi acharné sur Nightbird ?

— À mon avis, Gorman n'a pas autant d'imagination que ça, fit Moon lentement. Mais s'il y a une chose qu'on apprend dans ce métier, c'est qu'on ne connaît pas vraiment les gens.

Il avait le regard fixé sur un corbeau au plumage d'un noir bleuté qui déployait son aile gauche au soleil.

— Pas même les vieux amis.

— Alors, demanda Parris, qu'est-ce qu'on fait maintenant ?

— Tant qu'il n'y a pas de nouveau rapport médical, on ne fait rien.

Mais il allait surveiller de près Gorman Sweetwater.

Il restait deux heures avant les premières lueurs du jour. Jojo était certain d'avoir détecté la présence du cerf. La promesse de la venaison fraîche, rôtissant lentement au-dessus des braises rougeoyantes de son feu de camp, le faisait saliver à l'avance. Des années auparavant, pendant les toutes dernières semaines de la campagne en Arabie Saoudite puis dans le sud de l'Iraq, c'était cette vision qui lui avait permis de garder le contact avec le pays. La traque du cerf, silencieuse, implacable, à la manière d'un cougar. Jojo était un romantique. Le jeune Ute se déplaça dans les ténèbres, respirant le parfum âcre du bosquet de pins pignons. Il n'avait trouvé leurs excréments que la semaine précédente, mais connaissait déjà leurs déplacements par cœur. Les cerfs ressemblent beaucoup aux gens qui se lèvent pour aller au travail et qui rentrent se coucher. Ce groupe, composé de moins d'une demi-douzaine de bêtes, dormait pendant la plus grande partie de la journée dans un creux protégé par des arbres au sommet de la Mesa des Trois Sœurs. Au crépuscule, ils descendaient dans le canyon du Serpent pour s'abreuver au petit cours d'eau. Là, ils se nourrissaient de l'herbe galleta qui tapissait les zones basses proches du ruisseau. Un peu avant l'aube, ils grimpaient la piste pentue, sur la paroi de la Mesa des Trois Sœurs, broutaient les herbes sèches pendant encore une heure environ, puis se couchaient durant tout le milieu de la journée. Il serait facile de les tuer à l'endroit où ils dormaient, mais un membre du Peuple ne s'abaisserait pas à ça. Violer les lois régissant la chasse qui avaient été imposées aux Utes était une chose totalement différente. Le jeune homme savait que ces restrictions avaient un sens, mais il ne pouvait attendre. C'était presque comme s'il avait sur la langue le goût fort de la venaison, comme s'il voyait la graisse bouillonner au-dessus des flammes. Ses mains tremblaient dans l'attente impatiente de cette faible pression sur la détente de la Winchester qui concrétiserait son rêve.

C'est à ce moment-là qu'il entendit le bruit étrange. Il provenait du côté de la Mesa des Trois Sœurs qui dominait le canyon du Serpent. Jojo était curieux, mais sa prudence lui interdisait d'approcher le rebord de la mesa. Cela pourrait effrayer les bêtes si elles s'étaient déjà engagées sur le versant. Il appuya sa carabine contre la fourche d'un genévrier et attendit, essayant de chasser ce bruit bizarre de ses pensées. Tout à coup, il l'entendit à nouveau. Jurant tout bas car il craignait que les cervidés n'aient déjà été effrayés au point d'abandonner leur trajet habituel, il rampa jusqu'au bord d'une roche en surplomb. Il se plaqua sur le ventre, exactement comme il l'avait fait quand il avait guetté les blindés iraquiens sur le désert alcalin recuit par le soleil. Par-dessus le bord de la falaise, il glissa un œil vers le méandre sinueux de la rivière. Comme il n'y avait pas de lune, il s'attendait à ne rien voir du tout. Mais il distingua un infime vacillement de lumière ; ce devait être un feu de camp. « Enfer et damnation », grommela-t-il de manière prophétique. Il se contorsionna pour défaire son sac à dos, y trouva ses jumelles, les appuya contre ses orbites et tourna la molette de mise au point jusqu'à ce qu'il voie clairement.

— Non... oh, non, gémit-il.

Le jeune Indien, qui n'avait guère connu la frayeur quand il avait combattu au corps-à-corps les Iraquiens que la soif rendait fous, fut pris d'une terreur si intense qu'il ne s'aperçut pas qu'il avait perdu tout contrôle sur sa vessie. Il avait vu ce que nul mortel ne devait voir... Il allait assurément mourir.

20

Pendant des heures, Charlie Moon avait écouté les bruits de la rivière, mais même la douce berceuse chantée par le Piños n'avait pas suffi. Il ne se souvenait pas du moment où ça lui était arrivé pour la dernière fois... il ne parvenait pas à dormir. L'aurore était encore cachée derrière le manteau de la nuit quand il finit par capituler et par rouler au bas de son lit étroit. Sous ses pieds, le sol carrelé lui fit le même effet que de la glace. Il enfila son jean, mit ses chaussures puis entoura ses épaules d'une vieille couverture qui avait appartenu à sa mère. Il frotta une allumette sur sa boucle de ceinture et alluma une lampe à pétrole en ajustant la mèche jusqu'à ce que la flamme crépitante ait à peine la taille de l'ongle de son pouce. Il approcha ce qu'il restait de l'allumette d'un fragment de bois de pin sec dans la cheminée métallique située au centre de la pièce. Presque aussitôt, des flammes léchèrent les bûches. Bientôt, le rugissement du feu fut ponctué par des claquements semblables à des pétards lorsque les braises rougeoyantes éclatèrent au contact de l'âtre de tuiles brutes. Il s'assit sur une chaise en bois à dossier droit pour se chauffer les mains, faisant du regard le tour de la pièce qui aurait dû constituer le centre de sa maison. Et de son univers. Avec elle.

Il avait construit cette structure d'adobe circulaire sur un petit tertre, à l'intérieur d'un méandre en épingle à cheveux décrit par la rivière. Le Piños fournissait un système de rafraîchissement naturel par évaporation qui était le bienvenu par les journées d'été ensoleillées, mais la nuit, la maison sans chauffage était comme le fond d'un puits. La cheminée de pierre, au-dessus du foyer, traversait le toit conique exactement en son centre ; de massives poutres de séquoia divergeaient depuis ce point tels les rayons d'une immense roue de chariot. Un collier de piments rouges pendait à l'une d'elles, un petit panier d'oignons à une autre, la lampe à pétrole à une troisième. Il avait prévu d'installer une chaudière au gaz et de construire deux pièces supplémentaires. Une cuisine carrée côté nord, une chambre circulaire côté sud avec une jolie vue sur les rapides. Il y aurait l'électricité et, quand elle viendrait vivre avec lui, le téléphone. Ces plans ambitieux lui paraissaient désormais idiots. Pathétiques, même. Elle n'habiterait jamais dans cette maison. Mais une part d'elle était là, elle hantait ses rêveries sur ce qui aurait pu être. Il se couvrit les yeux de ses mains.

— Va-t'en, *uru-ci*, chuchota-t-il. Tu n'existes pas.

Charlie Moon trouva la cafetière en émail bleu qui contenait les restes du café de la veille au soir. Il la plaça sur la grille de fer, au-dessus du feu déjà réduit à un tas de braises crépitantes. C'était une manière de vivre terriblement solitaire. Surtout la nuit. Celle-ci avait été remplie d'étranges images qui troublaient ses pensées. Un bison qui disparaissait sans laisser de traces. Un taureau hereford mutilé au crâne défoncé. Arlo, étendu presque nu sous un arbuste... et des parties intimes disparues qu'un éleveur furieux avait menacé de trancher. Une merveilleuse jeune femme à la jambe enflée... qui n'était plus. Elle n'était plus.

Et, bien sûr, il y avait toujours Tante Daisy. La vieille femme qui rêvait d'une ombre ténébreuse se transmuant en une sorte d'oiseau nocturne pour mutiler bêtes et hommes. Et Oswald Oakes, le vieillard excentrique qui, dans un effort pour greffer quelque organisation sur le sombre chaos, avait donné un nom à cette ombre innommable. Caïn.

Et aussi, songea amèrement Moon, un policier ute qui ne disposait d'aucune piste. Mais il détectait quelque chose. Un indice ténu qui vrombissait autour de son esprit tel un minuscule moustique. Il en percevait l'agaçante vibration, mais cela restait toujours juste hors d'atteinte. Quelque part, parmi toutes les choses qu'il avait vues et entendues depuis la disparition de Tonnerre-qui-Gronde, se trouvait une solution à cette étrange énigme. Une réponse semblable à une étoile de faible luminosité qu'il parvenait à peine à percevoir du coin de l'œil. Et lorsqu'il se tournait de ce côté, elle n'y était pas.

Par la fenêtre, il regarda la première promesse du jour, à l'est, sur l'horizon.

Scott Parris sortit cinq cartouches calibre 38 de la chambre de son Smith & Wesson à canon court et les mit dans sa poche. Il enfonça avec soin, sur toute la longueur du canon, la brosse elliptique composée de fils métalliques, enduisit la surface bleuie de l'arme avec un chiffon imbibé de graisse. Il fut interrompu par Nancy Beyal qui posa bruyamment une pile de fiches sur son bureau, à côté du matériel d'entretien.

— Appréciations des compétences individuelles, annonça-t-elle d'un ton enjoué. À rendre aux bureaux de l'administration tribale d'ici vendredi. Nous allons avoir besoin de votre paraphe sur les rapports provisoires.

Il rangea le revolver dans son étui et tourna un regard inexpressif vers le tas de dossiers individuels posés sur le bureau de Roy Severo, essayant de les en chasser par l'imagination. Mais il connaissait la procédure. S'il s'en acquittait avec retard, le conseil tribal, pour ne pas mentionner les bouffeurs de stats des Affaires Indiennes, serait très mécontent. Il parcourut quelques-uns de ces dossiers : Roy Severo avait déjà rédigé des appréciations détaillées sur les capacités démontrées par chacun des membres de son équipe. Il s'agissait avant tout de translater ces informations sur les formulaires adéquats. Parris se souvint de ses rêves, quand il avait voulu quitter la police de Chicago pour une vie plus simple, plus tranquille, au Colorado. Les tâches administratives sans fin n'avaient pas trouvé leur place dans cette représentation. Et ce genre de travail n'était pas franchement ce qu'il avait dans l'idée quand il avait accepté le poste par intérim chez les Utes du Sud. Il chercha dans le tas jusqu'à ce qu'il y trouve le dossier personnel de Charlie Moon. Rien de particulier en l'occurrence. Moon était policier depuis seize ans, il avait un bon dossier, il bénéficiait d'augmentations annuelles qui arrivaient régulièrement juste au-dessous du taux de l'inflation. Une demande de disponibilité accordée pour rejoindre son unité de réserve et servir huit mois pendant la Guerre du Golfe. La même chose que ce que l'on pouvait trouver dans n'importe quel poste de police du pays. Des représentants de la loi s'appauvrissant avec une belle régularité tandis que les fournisseurs de drogues qui détruisaient le cerveau des toxicomanes généraient d'énormes comptes bancaires aux Bahamas. Il feuilleta le dossier jusqu'à ce qu'il trouve la demande remplie par son ami quand il avait postulé à cet emploi. Le papier était jauni et craquelé sur le pourtour. Cinq ans à l'université de Fort Lewis. Ça, alors... Sous la rubrique laissée en blanc qui correspondait à « nom d'emprunt et autres pseudonymes », quelqu'un avait inscrit plusieurs lettres au crayon. Un mot ute ? Peut-être deux. Il sentit des yeux sur sa nuque et jeta un regard derrière son épaule. Nancy Beyal était de retour.

— Je peux vous aider ?

— Ouais. Vous avez une idée de ce que c'est que ça ? demanda-t-il en pointant le doigt sur l'inscription tracée au crayon.

Elle fronça les sourcils en déchiffrant.

— Ça doit être le nom indien de Charlie. Je suis surprise qu'il figure dans son dossier. En général, les noms indiens, c'est quelque chose de très personnel.

— Vous savez ce que ça veut dire ?

— Hum. *Ka-Nawaa-vi.* Mon ute est un peu rouillé, mais je crois que ça signifie quelque chose comme « Ne-Laisse-pas-de-Traces ».

Parris sourit. L'idée de ce grand type marchant sans abandonner d'empreintes était comique.

— Ne-Laisse-pas-de-Bouffe serait mieux adapté, commenta-t-il.

Charlie Moon et Scott Parris arrivèrent chez Angel pour y découvrir Homer Tonompicket qui, assis dans un box d'angle, délivrait un permis de pêche à un touriste. La bouche pâle du visiteur, atteint d'un coup de soleil, en restait béante ; ses yeux fuyants trahissaient l'anxiété.

— Comment ça, des truites-visons ?

Homer répéta ses instructions avec la patience qu'exigeait sa profession.

— Vous pouvez prendre la truite arc-en-ciel et la fario, expliqua le garde-pêche d'une voix égale, et également la gorge-coupée à dos vert, l'omble de fontaine et la Dolly Varden. La taille du panier et la maille sont marqués ici, sur ces documents. Aucune limite pour les poissons-chats, les carpes ou les perches. Mais...

Il afficha un air sévère qui fit remonter d'épaisses rides au-dessus de ses sourcils.

— ... pas de truite-vison. Il y a une grosse amende si vous en attrapez une.

Homer ne s'était pas aperçu que Moon était derrière lui et il conclut :

— Mais y a sûrement pas beaucoup de chances que *vous* en attrapiez une. Elles sont plutôt rares.

Le garde-pêche reporta son attention sur son petit déjeuner et fit volontairement abstraction de la présence du gogo. Ce dernier hésita puis commença à mordre à l'appât.

— Rares, vous dites ?

— La truite-vison, dit Homer comme si cela allait de soi, est sur la liste des espèces en voie d'extinction depuis 1975.

Il versa un sachet bleu de faux sucre dans son café.

— C'est une espèce locale, ajouta-t-il avec fierté.

Moon alla au comptoir et annonça à Angel ce qu'il voulait pour son déjeuner ; Parris demeura derrière le garde-chasse et observa son numéro.

— Et pourquoi on l'appelle truite-vison ? demanda le pêcheur d'un ton de doute.

— À cause de la fourrure, répondit Tonompicket avec le léger agacement de celui qui doit expliquer l'évidence à un ignare. La truite-vison a de la fourrure.

Le touriste ouvrait des yeux ronds de stupéfaction.

— De la fourrure ? Vous voulez vraiment dire... comme des poils ?

Ce type n'était pas né de la veille. Peut-être de l'avant-veille.

— Ben, expliqua Tonompicket patiemment, c'est plus comme...

Il se tut un instant et observa les prémices d'une barbe future sur le menton de son jeune interlocuteur.

— ... une sorte de très court duvet. Comme la peau d'une pêche.

Il enfourna une pleine fourchette d'œufs brouillés dans sa bouche.

— C'est ce qu'on appelle la daptation. Leur robe s'épaissit en hiver quand les cours d'eau gèlent en surface. Ces minuscules petits poils retiennent des bulles d'air ; pour l'isolation.

Il se pencha en arrière avec un sentiment de triomphe, ayant fourni une explication lucide à ce merveilleux phénomène naturel.

Le touriste secoua la tête.

— Eh ben, c'est bien le truc le plus dément que j'aie jamais entendu.

— La dernière fois qu'on a fait une enquête, fit Homer en étalant un tas de confiture de fraise sur sa *sopaipilla*, le service du gibier et des poissons de l'État a estimé qu'il restait moins de quatre cent visons dans les Animas, pas plus de deux douzaines dans la Piedra. Ça fait un sacré moment qu'on m'en a pas signalé dans le Piños.

Il mordit dans son beignet avant de tourner à nouveau son regard vers le touriste déconcerté.

— Ça serait très surprenant que vous en voyiez le poil ou la peau d'une. Mais si jamais ça se produit, poursuivit Tonompicket en agitant sa fourchette d'un geste empreint d'une austère mise en garde, vous feriez mieux de la rejeter à l'eau. Il y a une sacrément grosse amende si vous gardez une vison. En 1983, un juge fédéral de Denver a condamné un prédicateur de Salt Lake City à quinze cents dollars et il lui a collé trente-quatre jours de prison.

Le touriste, qui était notaire, n'avait aucune sympathie pour ceux qui ne respectaient pas la loi.

— Eh bien, il l'avait bien cherché. Le premier imbécile venu devrait être capable de reconnaître un poisson qui a de la fourrure sur le corps.

— Pas forcément, fit Homer d'un ton appelant à la prudence. En été, la truite-vison perd presque toute sa fourrure. Elle retrouve son épais manteau seulement quand surviennent les grands froids de l'hiver. Entre la fin mai et, disons, le milieu octobre, un pêcheur inexpérimenté (il regarda le touriste avec insistance) peut prendre une vison pour une fario. N'empêche que ça change rien aux yeux de la loi. L'ignorance (annonça-t-il d'un ton ferme en cognant sa tasse contre la table pour attirer l'attention d'Angel) n'est pas une excuse.

Le touriste s'éloigna en secouant la tête. Il serait peut-être plus prudent de louer un bateau sur la San Juan. Les guides, là-bas, sauraient reconnaître une vison s'il avait la malchance d'en prendre une à l'hameçon. Ça devenait vraiment un problème de pêcher.

Moon se pencha au-dessus de l'épaule du garde-chasse :

— Bonjour, Homer.

— Tiens, bonjour, Charlie, fit-il en accueillant le policier d'un hochement de tête aimable. Posez-vous un moment, les gars.

— C'est sympa de voir que tu t'occupes de nos visiteurs comme il se doit, dit Moon.

— Bien obligé. Le tourisme est l'industrie numéro un, ici.

Les responsables tribaux avaient depuis longtemps perdu tout espoir de le convaincre que sa façon de leurrer les touristes allait à l'encontre du but recherché et n'avait rien de professionnel ; rire aux dépens des innocents visiteurs était l'une des rares distractions qui l'amusaient encore. D'une voix tonitruante, il héla Angel qui, avec célérité, vint lui remplir sa tasse. Après avoir remué son café, il regarda Moon, attablé en face de lui.

— J'ai failli oublier de te dire. Je viens de boucler mon neveu dans ta prison.

Moon préleva une *sopaipilla* sur l'assiette de Homer. Il l'ouvrit avec le manche d'une cuiller et injecta dans le beignet creux du miel contenu dans une petite bouteille en plastique collante.

— Lequel ?

Le garde-chasse disposait d'une réserve de neveux inépuisable. Angel posa une assiette devant Moon.

Homer regarda le policier manger la *sopaipilla* et il se lécha les lèvres.

— Jojo.

— Jojo ? Qu'est-ce qu'il a fait ? s'enquit Moon avec un clin d'œil pour Parris. Il a pris une truite-vison ?

— Il est pas idiot à ce point, répondit Tonompicket sans sourire. Je crois qu'il braconnait le cerf. Sur la Mesa des Trois Sœurs.

— Tu *crois* qu'il braconnait le cerf ? fit Moon en témoignant d'un intérêt renouvelé pour le *chile verde.* Tu as des preuves qui résisteront à l'examen du magistrat instructeur ?

Homer avait le regard perdu dans le lointain.

— Je l'ai pris en train de courir sur la grand-route, la nuit dernière, sa carabine à la main.

— Une chance que tu te sois trouvé là.

Homer avait une propension surnaturelle à se trouver à l'endroit exact où sa présence était requise. Sauf quand Tonnerre-qui-gronde avait disparu.

— Jojo dissimulait une carcasse de cervidé sur sa personne ?

— Non. Mais je l'ai arrêté quand même, je l'ai enfermé dans ta taule. J'ai pensé que tu aimerais l'entendre raconter son histoire avant qu'il soit remis en liberté.

Moon repoussa son assiette.

— Tu me caches quelque chose, Homer ?

— Il serait préférable que ce qu'il a à dire, tu l'entendes directement de sa bouche.

Jojo Tonompicket était assis sur le banc de sa cellule, épaules voûtées, le visage entre les mains. Il ne réagit pas lorsque

Moon pénétra dans la pièce faiblement éclairée ; il murmurait quelque chose que les représentants de l'ordre ne pouvaient entendre clairement, à l'exception d'un bref passage qui ressemblait à « ... pardonnez-moi mon Père parce que j'ai péché... ». Parris attendit à l'extérieur, espérant que le prisonnier ne remarquerait pas sa présence.

Moon referma sa grosse main sur l'épaule du jeune homme.

— Qu'est-ce qui se mijote Jojo ? Comment ça se fait que tu me prennes de l'espace dans ma prison ?

L'adolescent ne prêta aucune attention à la présence du policier.

— Il va peut-être falloir que je te fasse payer un loyer ; c'est un de mes studios de luxe.

Il s'assit à côté de Jojo ; les chaînes qui soutenaient le banc protestèrent.

— Ça se loue quinze dollars la journée. Dix si t'arrives à avaler la nourriture.

Le jeune homme leva des yeux humides et injectés de sang.

— Bon Dieu, Charlie, tu vas le casser, le banc, et après on va tous les deux tomber sur le cul.

Soudain, Jojo se rappela la situation dans laquelle il était.

— Mais ça fait plus aucune différence, d'une façon ou d'une autre. Je vais mourir.

Moon hocha la tête devant cette logique.

— Hum. Et tu penses que ça va arriver quand, ça ?

— Bientôt. Sans doute à minuit.

Les choses désagréables se produisent toujours à minuit.

Moon fronça les sourcils en regardant le prisonnier.

— T'es malade ?

— Mon âme est partie pour le royaume des morts, dit le jeune homme avec une expression théâtrale. Tout ce qui reste de moi est un corps. Une enveloppe vide qui n'abrite plus d'âme.

Il entoura ses genoux de ses bras et se balança d'avant en arrière en gémissant.

Moon parla normalement, comme s'ils discutaient de la perte d'un chiot.

— Quand est-ce que ton âme a été en toi pour la dernière fois, Jojo ?

— Quand je chassais le cerf. Sur la Mesa des Trois Sœurs.

— Ma façon de voir les choses, c'est que tuer un cerf en dehors de la saison de la chasse, ça va te valoir trente jours, et si tu réponds à ton oncle Homer, il va te confisquer ton fusil.

Il marqua une pause :

— Ça va pas te coûter ton âme.

Jojo frissonna en se remémorant l'apparition.

— Il s'agit pas d'une connerie de cerf.

— On va te laisser partir pour cette fois, à condition que tu promettes de ne plus moissonner les animaux de la tribu hors saison. Maintenant raconte-moi ce qui t'est arrivé cette nuit sur la mesa.

Jojo se balançait en gémissant de manière pitoyable.

— Tu veux un petit déjeuner ? J'ai des doughnuts avec du sucre glace. Je pourrais te dénicher du café noir.

Jojo s'arrêta entre deux gémissements.

— Pas le genre de café que vous servez dans ce piège à rats.

Moon sourit. L'âme du garçon était bel et bien vivante.

— Parle-moi de cette nuit.

— Ça servira à rien, je vais mourir. Un homme peut pas vivre sans âme.

— Eh bien, ça nous aidera, nous, à remplir notre devoir de policiers. Si tu m'en parles, je vais faire en sorte que ça n'arrive à personne d'autre. Tes frères, ils chassent là-haut, du côté des Trois Sœurs. Tu voudrais pas qu'il y ait quelqu'un de ta famille qu'ait le même problème, si ?

Jojo réfléchit.

— Non...

Il se frotta les yeux avec le dos d'une main dégoûtante.

— ... sûrement pas.

— Alors, dis-le moi. Si tu fais ce qui est bien, je te parie à cinq contre un que ton âme va revenir.

Le jeune homme emplit ses poumons d'air pour se donner du courage.

— C'était avant qu'il fasse jour. J'ai entendu un horrible cri perçant, comme un hurlement de douleur... j'ai rampé jusqu'au bord et j'ai regardé en bas dans le canyon du Serpent, et j'ai vu cette chose qui dansait autour d'un feu en faisant ces bruits épouvantables.

Jojo frémit.

— Qu'est-ce que c'était ?

— Ça avait plein de poils et une queue. Et...(il plaça un doigt à côté de chacune de ses tempes pour illustrer ce cauchemar) ça avait des cornes.

Moon eut soudain le sentiment que son sang s'était changé en glace. Il parla doucement :

— Des cornes ?

— C'était *Kwasigeti*, énonça Jojo entre ses lèvres tremblantes. J'ai vu danser le Diable.

Il se tourna vers le policier :

— Et tu sais quoi d'autre ?

— Quoi, Jojo ?

— Le Diable... il avait qu'un seul œil.

— Un œil ?

Moon sentit ses poils se hérisser sur sa nuque. Voilà qui commençait à faire un diable intéressant.

Jojo reprit sa position fœtale, serrant ses genoux contre lui.

— Un œil. Et il était rouge. Comme un gros charbon ardent tout droit sorti de l'enfer !

Après avoir refermé la porte de la cellule, Moon évita le regard de Parris.

— T'as entendu ça ?

— J'ai entendu. On peut le croire sur parole, ce gamin ?

— C'est un gosse bien. Il boit de temps en temps, mais il ment pas en général.

— Où il est, ce canyon du Serpent ?

— Juste sur l'autre versant de la Mesa des Trois Sœurs, par rapport au *Cañon del Espiritu.*

— Près de l'endroit où le taureau a été mutilé ? Et où Nightbird a été...

— Juste de l'autre côté de la mesa.

Les mains de Parris lui semblèrent bizarrement engourdies ; il fléchit les doigts pour favoriser la circulation de son sang.

— Tu penses que ce gamin a vu l'auteur des mutilations ?

— Il y a de grandes chances.

Ça ou autre chose.

— Eh bien, fit Parris, je te parie dix dollars, à deux contre un, qu'il a également vu l'individu qui a découvert Arlo Nightbird après le départ de Benita Sweetwater. Celui qui a saisi l'occasion pour lui sectionner les oreilles et les bijoux de famille.

Le cauchemar du policier ute dansa à nouveau devant ses yeux. Un corps nu, sans défense... pendu la tête en bas à un arbre. Une bête à cornes avec du sang qui gouttait de ses lèvres... démembrant lentement sa victime humaine. Des hurlements. Il se détourna et réprima un frisson. Il tenta de sourire, mais l'effort pour y parvenir mit ses traits au supplice.

— C'est quand même drôle... le gosse croit qu'il a vu le Diable.

— Ce n'est sûrement pas *le* Diable qu'il a vu. Mais qui sait, poursuivit le policier *matukach* avec une expression pensive, peut-être qu'il a aperçu l'un des petits copains du Malin.

Caïn par exemple.

21

Parris s'abrita les yeux ; il leva les yeux vers le rebord vertical du *Cañon del Espiritu* et vers les profils trapus, moroses, des Trois Sœurs au sommet de la mesa.

— Il reste un bon moment avant la nuit, dit-il d'une voix incertaine. Pourquoi on roulerait pas jusqu'au canyon du Serpent pour attendre que cette chose... que quelqu'un fasse son apparition ? Ça serait quand même mieux que d'escalader cette montagne.

— Il n'y a aucun moyen d'entrer en 4x4 dans le canyon du Serpent, lui répondit Moon, il n'y a qu'une piste de cervidés le long du lit de la rivière. En plus, la chose... euh... la personne que Jojo a vue, peut-être qu'elle est tapie dans le canyon. Elle pourrait en surveiller l'accès.

Il parcourut du regard le rebord de la mesa avant de poursuivre :

— Nous allons grimper jusqu'au sommet afin de pouvoir dominer ce qui se passe au fond. Si nous repérons l'individu poilu avec ses cornes et sa queue, nous nous approcherons sans faire de bruit et...

Sa voix se tut sur un accent d'incertitude, comme s'il n'était pas certain de la procédure policière qu'il convenait d'appliquer dans le cas où un agent se trouverait en présence du Diable Dansant.

Parris haussa les épaules.

— C'est ton territoire.

Moon brancha le bouton anti-parasites sur son émetteur-récepteur portable et approcha l'appareil de son visage.

— Allô la base ? Ici unité mobile trois. Vous me recevez ?

Il y eut une réponse inintelligible, perdue dans un océan d'électricité statique.

— Cette petite radio est à peu près aussi utile qu'une ancre de bateau, ici, au fond du canyon. Mais elle devrait marcher correctement une fois que nous serons au sommet de la mesa.

Le grand Ute enfila son sac à dos et montra du doigt une étroite piste qui serpentait sur la paroi du *Cañon del Espiritu.*

— Nous allons monter là-haut. C'est la piste que Jojo a empruntée.

— Moi, ça me convient, répondit Parris.

Il ne distinguait même pas la piste à laquelle Moon pensait. Le policier indien ajouta :

— Le seul truc, fais gaffe où tu mets les pieds.

— La pente est raide, hein ?

— Un petit pas de travers et tous tes soucis sont terminés, répondit Moon d'une voix basse.

Parris eut un rictus. Ça allait sûrement être du gâteau. Erreur. À mi-pente, il sentit le froid s'insinuer dans ses membres tandis qu'il s'appuyait contre la paroi de grès, souhaitant qu'une monstrueuse mutation eût pourvu l'extrémité de ses doigts de ventouses. La piste qui s'effritait était, par endroits, à peine plus large que ses chaussures. Moon, en dépit de sa masse imposante, semblait à l'aise sur l'étroite corniche. Quand ils eurent enfin franchi le rebord entre deux des massives formations rocheuses qui constituaient les Sœurs, une sueur froide coulait de son front mais ce n'était pas la transpiration franche de l'effort physique. Il s'appuya contre un rocher de grès de la taille d'une maison et inhala profondément la brise vive qui balayait le sommet de la mesa.

Moon appuya sur le bouton de transmission de sa radio.

— Allô la base ? Ici unité mobile trois. Vous me recevez ?

La voix de Nancy Beyal lui répondit dans un crépitement sur fond de silence artificiel.

— Cinq sur cinq, Charlie. Où vous êtes ?

— Assis sur les genoux des Trois Sœurs. Je rappellerai dans... (il consulta sa montre) un peu après minuit.

— Message reçu.

Moon rangea l'appareil dans son sac.

Parris étudiait l'immense trio composé par ces monolithes de grès aux formes torturées, sculptées par le vent. Postées à jamais au sommet de la mesa... telles des sentinelles éternelles.

— Comment ça se fait qu'on les appelle les Trois Sœurs ? Ça pourrait aussi bien être les Trois Chiens. Les Trois Grenouilles. Les trois tout ce que tu voudras.

— À ce qu'on m'a raconté, dans les années mille six cents, trois femmes pueblos, elles étaient sœurs, se sont réfugiées ici pour échapper aux Apaches au cours d'un raid. Les Apaches ont tué tous les hommes, ils ont volé les femmes, les enfants et le maïs. Mais avant qu'ils repartent vers le sud (d'un signe de tête, il montra la direction de la frontière mexicaine), un des jeunes guerriers a repéré les trois femmes pueblos. Il s'est écarté discrètement du parti de ses compagnons et a grimpé la pente jusqu'ici. Il faut comprendre que c'était vraiment pas un sort enviable pour ces sœurs pueblos, de se retrouver prisonnières d'un brave de la nation apache.

— Alors, qu'est-ce qui s'est passé ?

Moon s'appuya contre un pin pignon noueux et croisa les bras.

— Les femmes ont adressé une prière à Sina-wa-vi.

— À qui ?

— Sina-wa-vi, répéta Moon en détachant chaque syllabe. Sina-wa-vi est un esprit très important ; les Anciens pensaient qu'il habitait dans le ciel. Enfin bon, les femmes l'ont supplié de leur permettre d'échapper à l'Apache. Sina-wa-vi a dû les entendre, en tout cas, c'est ce que raconte le Peuple.

— Leurs prières ont donc été exaucées ?

— Tu peux parier ton cheval et ta selle que oui, mon vieux. Sina-wa-vi, il a lancé trois gros éclairs du haut du ciel (Moon tendit le doigt vers la voûte céleste) et il les a changées en pierre, en un clin d'œil. Les Apaches, tous sauf celui qui avait escaladé la mesa, ont pris la fuite en quatrième vitesse, poussant des hurlements de terreur et activant leurs chevaux de la voix, et ils sont plus jamais revenus.

Et Moon d'ajouter d'un ton inquiétant :

— À ce jour, aucun Apache n'accepte de poser le pied à moins de quinze cents mètres des Trois Sœurs.

Parris savait qu'il était en train de se faire avoir, mais il remplit consciencieusement son rôle d'étranger crédule.

— Qu'est-il advenu du guerrier apache qui avait grimpé la mesa tout seul ?

La figure de Moon exprima la surprise.

— Je ne te l'ai pas dit ? Eh bien, c'est pas qu'il ait pas essayé de se tirer vite fait bien fait, mais Sina-wa-vi a projeté un nouvel éclair qui l'a changé en pierre. Pas une masse aussi imposante que les trois sœurs et de loin, mais il l'a quand même changé en pierre. C'est en plein sur lui que tu es appuyé, là.

Parris s'écarta du gigantesque rocher.

— C'est vraiment une histoire à dormir debout. Je te parie dix contre un que tu viens de l'inventer il y a pas deux minutes.

— Content qu'elle t'ait plu, mon vieux.

Le soupçon de sourire malicieux sur le visage de Moon fut englouti par le crépuscule qui s'étendait sur le sommet aplati de la mesa.

Daisy Perika alluma trois petites bougies d'anniversaire roses devant une effigie en plâtre de saint François ; le moine italien avait un minuscule oiseau bleu perché sur le poignet. Elle ferma les yeux et serra ses mains l'une contre l'autre à la manière des catholiques. Pour la femme-médecine qui communiait avec le *pitukupf*, il n'y avait aucune contradiction dans cet acte de prière. Même le nain connaissait les pouvoirs du Verbe qui était devenu chair ; aussi longtemps que le petit homme recevait son occasionnelle offrande de cigarettes et de babioles, il se moquait totalement des activités spirituelles de Daisy. Le nain pouvait se montrer vindicatif, et même dangereux, mais il n'était pas idiot. Le *pitukupf* savait rester à sa place.

— Oh, toi, Petit Frère qui aime les animaux, murmura-t-elle, intercède auprès de Notre-Seigneur afin qu'il protège les pauvres créatures qui sont dehors sous la tempête.

Elle ouvrit un œil et le braqua sur le saint pour voir s'il était attentif. Satisfaite, elle le referma.

— Protège de la flèche de feu qui transperce les nuages mon neveu têtu trop vite monté en graine et son ami *matukach* ignorant... protège-les de la bête cornue à l'haleine fétide qui danse dans la nuit... et (ajouta-t-elle avec une urgence toute particulière) protège-les de l'ombre des ténèbres qui s'étend sur nous !

La chamane ouvrit à nouveau un œil ; elle était certaine que saint François avait souri.

Il y eut un mouvement. Dans un petit arroyo, au fond du canyon du Serpent. Sous un tas de branches de pins pignons fraîchement coupées. Très léger, ce mouvement était... suffisamment discret pour rester inaperçu des créatures naturelles qui vivaient en ce lieu. La présence répartit son poids autrement avec un bruit neutre, très semblable au craquement d'un vieux pin qui ploie sous le vent. Puis il y eut un gémissement audible... l'éveil d'une conscience malfaisante. Une conscience mue par un désir dévastateur. Une faim dévastatrice. Une soif aussi.

Moon rampa jusqu'au rebord de grès en surplomb. Il ôta son chapeau, sortit une paire de jumelles de son sac à dos et scruta le paysage en contrebas. Parris apparut à ses côtés.

— Je ne vois rien dans le lit du canyon, rien sur la paroi opposée, lui confia Moon. Les ruines autour de la kiva semblent tout ce qu'il y a de plus désertes.

Parris tenta d'y voir à travers les ténèbres qui drapaient le fond du canyon du Serpent.

— Ça a l'air terriblement calme.

— Je ne distingue pas grand-chose de la paroi qui se trouve de notre côté, poursuivit Moon. Quelqu'un pourrait être caché dans l'une des grottes que les Anciens ont habitées.

— Qu'est-ce que tu en penses ?

— J'en pense qu'on attend, fit Moon avec un clin d'œil à son ami. Si j'en crois ce qu'on m'a dit, ces diables cornus et poilus qui ont une queue... ils ne dansent que tard dans la nuit.

Moon s'écarta vivement du bord du précipice. Il fouilla dans son sac jusqu'à ce qu'il y ait trouvé deux sandwiches au jambon. Il en lança un à Parris.

— Je suppose que la nuit va être longue, fit celui-ci en essayant sans succès de distinguer l'expression de Moon.

Sa main n'arrêtait pas de chercher le revolver Smith & Wesson calibre 38 rassurant qui était sanglé sous son aisselle. Il espérait que son ami ne s'en apercevait pas.

— Ouais, répondit ce dernier.

Il observait de lourds nuages tendus sur les monts San Juan. Une enclume grise se tordait et dardait sa bigorne au-dessus de la Mesa des Trois Sœurs.

— Pourvu qu'il ne pleuve pas, ajouta-t-il.

À peine Moon avait-il prononcé ces paroles que Parris sentit ses cheveux le chatouiller comme s'ils étaient dressés à la verticale sur son crâne. La preuve de la présence d'importants champs électriques entre le nuage et le sommet de la mesa ? Il repoussa cette explication et attribua ce phénomène à la frousse. À ce moment-là il y eut une explosion retentissante. Un fin doigt de foudre se matérialisa entre le nuage-enclume et le guerrier apache en grès, arrachant à la formation rocheuse un éclat de la taille d'une pastèque. La déflagration fut semblable à celle d'une charge de dynamite ; Parris se retrouva au sol, le visage pressé contre un tapis d'aiguilles de pins fraîches à l'odeur âcre. Il se releva sur les genoux et tenta de parler, mais ses poumons essayaient désespérément d'aspirer de l'air.

Moon, qui avait été projeté sur le dos, leva le regard vers l'enclume et grommela.

— On dirait que Sina-wa-vi en a pas encore fini avec ce

bon-à-rien d'Apache. (Il toussa et se frotta la nuque.) Je suppose qu'on ferait mieux de ficher le camp du sommet de cette mesa.

Parris enfonça dans ses poches ses mains qui tremblaient.

— Je suis d'accord.

— Il y a une vieille grotte juste sous le rebord de la falaise, du côté du canyon du Serpent.

Parris était debout et il s'époussetait. L'odeur âcre de l'ozone imprégnait tout... La promesse d'impacts de foudre à venir ?

— Qu'est-ce qu'on attend ?

Il valait mieux affronter le Diable Dansant que se faire embrocher par un éclair lancé par Sina-wa-vi !

Au moment où ils se glissaient dans la grotte peu profonde, une averse légère piqueta de grosses gouttes la terre, juste à l'extérieur de leur abri. La « grotte » avait été creusée de la main de l'homme. C'était la pièce de derrière d'une demeure troglodytique pueblo, bâtie à flanc de falaise, qui s'était depuis bien longtemps écroulée dans le canyon. Elle avait la forme d'une ruche et son plafond en dôme n'était pas tout à fait assez haut pour permettre à Moon de se tenir debout. Leurs chaussures laissèrent des traces profondes dans la poussière des âges. L'Indien gratta une allumette. Il l'abrita derrière sa main pour cacher la lumière vacillante à quiconque se trouverait dans le fond du canyon. Les murs avaient autrefois été enduits d'une argile qui avait craquelé depuis et tombait par plaques. Des silhouettes représentant d'étranges animaux étaient tracées dans la suie noire qui recouvrait cet enduit. Il s'agissait de représentations rudimentaires de créatures à quatre pattes, et de surprenantes créatures à deux pattes qui pouvaient être des oiseaux. L'une de ces dernières semblait atteinte de malformation ; la créature bossue jouait de la flûte.

Moon posa son sac et s'assit, le dos appuyé au mur de la petite caverne. Il abaissa le bord de son chapeau sur ses yeux.

Parris s'assit près de l'entrée et, à travers la brume, plongea son regard vers le délié sinueux du canyon du Serpent.

— Ce diable-là ne sort peut-être qu'une fois par mois. À la pleine lune.

— La lune n'était pas pleine quand Jojo a vu cette apparition.

— Si il est déjà là, il nous a peut-être vus franchir le bord de la falaise pour venir dans ce trou.

— Tu ferais aussi bien de te détendre, lui conseilla Moon.

Pourquoi les Blancs éprouvaient-ils autant de difficultés à accepter le silence ? Il fallait absolument qu'ils le remplissent par des mots.

Parris scruta les trois kivas ; la plus grande avait été restaurée et se trouvait à moins de cent mètres de leur refuge, dans la paroi du canyon.

— Je pense que c'est une embrouille, fit-il en tournant la tête pour voir comment Moon allait réagir à cette contestation.

Son ami respirait lentement, très régulièrement. Il dormait. Parris bâilla et s'appuya contre l'enduit noirci par la suie. Il prêta l'oreille aux bruits du canyon du Serpent. Les grillons orchestraient un grand chœur synchrone. Une chouette hululait. Un coyote poussait sa lamentation plaintive dans le lointain. Le vent émettait des soupirs à travers les grands ponderosas qui parsemaient le sol en contrebas. Les feuilles des trembles de Fremont vibraient telles des dents qui s'entrechoquent. Le canyon chantait un chant obsédant et rythmé qui parlait de la vie... et de la mort. Parris frissonna. Le matin allait être long à venir.

Une chouette était perchée, immobile, au sommet du tronc d'un sapin de Douglas frappé par la foudre. Cette descendante ailée des dinosaures engloba le décor reproduit sur ses rétines haute résolution dans l'attente d'un mouvement qui signifierait, pour elle : souris ou lézard. Il y eut une légère ondulation à l'intérieur du cercle de pierres où le petit rapace s'offrait souvent ces mets délicieux qu'étaient les tamias au sang bien chaud ou, après la saison des pluies, les salamandres tigres qui se tortillaient... mais, cette chose était bizarre. La tête de la chouette décrivit un demi-tour, revint à sa position initiale. Elle cligna des yeux avec étonnement ; jamais elle n'avait vu spectacle aussi surprenant !

Scott Parris, le dos inconfortablement arrondi contre l'entrée de grès menant à la pièce de derrière de l'ancien pueblo, était perdu dans un rêve. Il marchait avec sa femme, le long de Jackson Park Beach. Helen se trouvait à son bras gauche et sur sa droite s'étendait l'immense dépression rabotée par les glaciers. Le vent mordant véhiculait les odeurs entêtantes du lac Michigan jusque dans les rues mornes de Chicago. Helen portait une robe blanche dans une matière pelucheuse que les rafales fouettaient comme du papier crépon. Helen ? Mais Helen était morte ! Sa femme avait péri au Canada, il y avait presque trois ans. Il se tourna pour regarder son visage. Elle avait l'air déçue qu'il se soit rappelé ce départ. Maintenant, le charme était rompu, la magie dissipée. Elle lui lâcha le bras et fit demi-tour... sa robe blanche disparaissant dans la vaste forêt. Il la suivit, tentant de crier son nom. Aucun bruit ne sortit de sa bouche. Il se retrouva dans un bouquet de grands ormes et d'érables, debout à la lisière d'une petite clairière circulaire où l'herbe était tondue de frais. Un arbre tout tordu avait planté ses racines en plein cœur de la pelouse. Au moment où il regardait, une brume de ténèbres s'étendit sur l'espace dégagé. Alors, une ombre ondulante se déplaça sous le couvert de l'arbre. Il y eut le battement aisément reconnaissable d'ailes énormes tandis qu'un oiseau gigantesque prenait son essor. Les ailes de cette créature devinrent rigides ; l'oiseau s'éleva puis fondit directement sur lui. Il vit des serres jaunes incurvées, et de ces serres gouttait un liquide rouge. Il sentit l'odeur du sang !

Parris se réveilla avec un frisson convulsif. Il lui fallut un long moment avant de comprendre où il se trouvait... avant de se convaincre qu'il ne vivait pas la continuation de son cauchemar. Il y avait pourtant quelque chose de changé. Il s'entendait respirer, il sentait même son cœur battre sous ses côtes. Mais il ne percevait rien d'autre. Rien ! Le canyon était plongé dans un silence total. Pas un grillon ne stridulait ; chouettes et coyotes étaient aussi muets que les Trois Sœurs de pierre. Jusqu'au vent qui s'était tu. Les rayons argentés de la lune envahissaient l'ouverture béante de l'habitation archaïque dans la paroi du canyon. Il voyait chaque pierre et chaque brindille sur le sol poussiéreux. Les aiguilles de sa montre lui révélèrent qu'il avait dormi jusqu'aux petites heures du matin. Impossible ! Mais la lune était bien là, un croissant couleur abricot surpendu haut dans le ciel au-dessus de la mesa opposée.

Il se tourna pour voir si Charlie Moon dormait encore, mais celui-ci n'était pas là.

— Comment tu t'y es pris pour sortir sans me marcher dessus ? grommela-t-il.

À la lumière crue du clair de lune, il aperçut les empreintes de pas de son ami sur le sol. Mais uniquement celles qu'il avait laissées en entrant... Il n'y avait pas d'empreintes sortant de la grotte.

22

Scott Parris essaya de repousser le sentiment croissant d'irréalité qui l'envahissait ; il se frotta les yeux et s'efforça de chasser de son esprit les vapeurs du sommeil. Moon était-il parti traquer l'auteur des mutilations ?

Au pied de la pente d'éboulis, un chêne solitaire se tenait aussi immobile qu'une pierre tombale alors même que son ombre valsait au clair de lune. En ce lieu, un homme pouvait facilement penser que les lois logiques de la nature avaient été supplantées par des sortilèges pernicieux plus anciens que la terre elle-même. Le silence intense faisait peser une tension épouvantable, comme si toutes les créatures du canyon du Serpent étaient dans l'attente imminente... de quelque événement inimaginable. Mais il y avait des dizaines de raisons pour expliquer le silence des grillons. Plusieurs explications pour rendre compte de la fuite du coyote et de la chouette... et il n'était pas extraordinaire que le vent tombe.

— Non, murmura Parris, il faut que je remette mon cerveau au travail.

Il sortit de la petite anfractuosité et tenta de chasser la raideur qui s'était emparée de son dos, parcourut du regard le fond du canyon. Là-bas... pas bien loin. Quelque chose avait bougé ; il en était certain. Près de la grande kiva centrale. Tiens donc. Moon inspectait le sol du canyon sans lui. Peut-être le policier ute avait-il jugé préférable de laisser le *matukach* dormir dans la caverne. Faire en sorte que le gars de la ville ne coure aucun danger. Il était hors de question de lui offrir cette chance de le tourner en ridicule en disant qu'il était resté caché dans la grotte pendant que son ami partait seul chasser celui qui mutilait taureaux et hommes ! Il se fraya prudemment un chemin vers la kiva en ruines au bas des éboulis, le crissement de chacun de ses pas violait le silence austère du canyon.

Daisy Perika se redressa dans son petit lit. Le vieil homme aux jambes arquées, la tête et les épaules soulignées par une lumière brillante qui n'éblouissait pas la chamane, était assis sur le petit coffre de genévrier à moins d'un mètre et demi d'elle. Comme toujours, il était la patience personnifiée.

Quand elle voulut parler, elle eut du mal à trouver son souffle. Ce devait être un rêve.

— Nahum ! Nahum Yaciiti ! Est-ce bien toi ?

Il hocha la tête et sourit. Ils posaient tous la même question.

— Tu es mort ?

Il contempla pensivement ses mains, pliant ses doigts maigres.

— Ça en a pas l'air.

Daisy fit le signe de croix.

— Quand le grand vent est venu, Armilda Esquibel, elle a dit que tu avais été tué. Que tu avais été emporté.

Sur un ton de doute, elle ajouta :

— Par des *anges*.

Le vieux berger ne réagit pas.

Elle remonta son vieil édredon autour de ses épaules.

— Pourquoi es-tu ici ?

— Pour parler.

— Parler ?...

— De Charlie Moon. Et de son ami *matukach*.

Cela ne surprit pas la femme-médecine ; Nahum avait toujours su ce qui la tracassait.

— Je suis inquiète pour eux. Ils sont là-bas, dans le canyon du Serpent. À eux deux, ils n'ont pas pour une once de sens commun. J'ai le mauvais pressentiment qu'il va y avoir un échange de coups de feu avec...

— Celui qu'ils recherchent, interrompit le vieil homme d'un ton ferme, n'a nulle crainte des balles.

— Dans ce cas, insista Daisy dont les doigts étaient crispés sur l'édredon en coton, il faut que tu fasses quelque chose.

Le berger avait toujours donné le sentiment de savoir exactement ce qu'il convenait de faire. Et de s'en acquitter. Ses yeux étaient emplis d'une étrange mélancolie qu'elle ne gardait pas le souvenir d'y avoir vu.

— Cette nuit, dans le *Cañon del Serpiente...* un saignera, un autre pleurera. (Il inclina la tête.) Le sang, soupira-t-il, sera salé par les larmes.

Parris ne distinguait plus aucun mouvement, et il commença à avoir des doutes. Ce qu'il avait aperçu auparavant, était-ce une erreur ? Ou Moon était-il descendu dans la kiva ? Il n'y avait absolument aucun bruit. Pas un souffle d'air ne chuchotait dans le canyon du Serpent.

Il ne vit pas la présence, dans son dos, ne l'entendit pas non plus. Il la *détecta.* Tout à coup, il sentit déferler sur lui toute la terreur du petit garçon qui imagine un monstre tapi sous son lit et veut se dissimuler sous les couvertures. Mais il n'était pas un petit garçon. Et il n'y avait rien pour se cacher. En se retournant, le policier sortit le Smith & Wesson de l'étui sanglé sous son bras gauche.

Tout d'abord, il ne vit qu'une ombre vague. En la scrutant, son esprit tenta d'identifier l'apparition et lui conféra une forme. Des épaules larges. Des poils. Une tête énorme. Cette tête avait des cornes. Et une seule braise rouge qui diffusait une lumière vive d'abord, puis atténuée. Un cyclope. Il sentit que sa respiration devenait hâchée ; le revolver était comme de la glace dans sa main.

— Qu'est-ce que c'est, marmonna-t-il, bon Dieu qu'est-ce ?...

Quelque chose qui ressemblait à des bras... ou à des ailes, se détacha de la forme ténébreuse. C'était un geste presque gracieux... une invitation.

Le policier recula d'un pas, braquant le revolver sur le centre de l'apparition.

— Ce n'est pas réel, dit-il dans un souffle.

Mais c'était nier l'évidence.

Les ailes-bras s'élevèrent davantage ; la silhouette inconsistante avait maintenant l'apparence d'un oiseau de proie géant. Qui brandissait quelque chose... un immense sceptre ?

Il ne vint pas à l'idée du policier de lancer un cri de semonce. Pareil formalisme n'a pas lieu d'être quand on se trouve confronté au Diable. Il appuya sur la détente. Le marteau percuta un cylindre vide. Il se rappela qu'il avait nettoyé l'arme ; les balles étaient encore dans sa poche ! L'ombre grandit au point d'obturer le ciel nocturne en s'approchant de lui. En silence, presque inconsciemment, il pria. *Seigneur protège-moi de la terreur sans nom...*

Il entendit une voix familière derrière lui.

— Qu'est-ce qui se mijote, mon vieux ?

23

Parris jeta un regard sur Charlie Moon par-dessus son épaule.

— Fais gaffe, Charlie, je le tiens !

Les doigts de Moon trouvèrent la poignée en os de son magnum 357.

— Tu tiens quoi ?

Parris fit signe avec son revolver vide.

— Là.

Mais il n'y avait plus rien ni personne. Les grillons reprirent leurs stridulations. Perchée quelque part sur la paroi du canyon, une chouette hulula.

À regret, Parris rangea son calibre 38.

— Tu ne l'as pas vu ? Un grand costaud, avec des épaules larges comme ça. (Il écarta les bras, comme un pêcheur racontant des mensonges.) Deux mètres dix de haut, peut-être même deux mètres cinquante. Et (il baissa la voix presque jusqu'au murmure)... des cornes. Un gros œil rouge, un seul.

Il commença à trembler, espérant que Charlie Moon ne le remarquerait pas.

Le policier ute inclina la tête d'un air interrogateur.

— Des cornes ? Un seul œil ?

Les traits de Moon étaient cachés dans l'ombre.

Parris le soupçonna de sourire.

Mais l'Indien ne souriait pas.

— Des cornes, répéta Parris avec entêtement. Et un seul œil rouge.

Le silence de Moon lui parut une réaction suffisante.

— Des cornes, dit-il encore. Le jeune Tonompicket a dû voir la même chose. Pas étonnant qu'il ait cru voir le Diable qui dansait.

— Eh bien, commenta Moon, on dirait que ce spectacle effrayant t'a fait serrer les fesses à toi aussi.

Parris sourit.

— Reste sur tes gardes sans bouger, fit Moon en se détournant. Je vais jeter un coup d'œil.

— Attends une minute...

Mais son ami avait disparu, englouti par les ténèbres. Parris jura tout bas contre son entêtement. Et contre ses propres jambes vacillantes. Pour s'orienter, il dirigea son regard vers les Trois Sœurs. La kiva restaurée n'était qu'à quelques mètres sur sa droite ; c'était un bon endroit pour débuter ses recherches. Ne se préoccupant plus de se déplacer avec discrétion, trébuchant sur un petit rocher, repoussant une branche de genévrier, il traversa l'espace couvert de sauge pour s'approcher du bord de la ruine. Quand il y fut parvenu, il plongea le regard dans les profondeurs de la structure circulaire. Rien. En tout cas, rien de discernable pour un œil humain. Mais un bruit, oui. Derrière lui. Un bruit lent et cadencé. Le bruit de pieds qui dansaient. Il tendit la main vers son revolver, puis se souvint que les chambres étaient vides. Il mit la main dans sa poche, cherchant désespérément les cinq cartouches de calibre 38 au milieu du fouillis de pièces de monnaie et de clefs. Ses doigts avaient repéré deux charges creuses quand la silhouette fit son apparition, à deux pas de lui à peine. Elle ne paraissait plus aussi imposante cette fois : la différence était nette. Il n'y avait pas d'œil rouge. Cette fois, c'était un homme aux cheveux plaqués et mal coiffés, décorés de deux plumes glissées sous un bandeau. Mais seulement un homme. Quelque chose qu'il lui était possible d'affronter. Il braqua le revolver vide sur la silhouette.

— Bougez pas d'un poil !

— Je suis... venu danser, marmonna l'individu en levant la jambe gauche et en se tenant en équilibre sur la plante du pied.

Il commença, avec une grande application, à exécuter un simple pas sur place. Les accents gutturaux de son chant ressemblaient vaguement à ce que Parris avait entendu lors d'une danse du Bison exécutée par des Utes.

Il s'apprêtait à héler Moon lorsque le danseur chancela tel un homme ivre. Il se heurta au chef de la police, se rattrapant instinctivement à son poignet. Au moment où le calibre 38 lui échappait des doigts, Parris tenta une clef au bras de l'inconnu qui se débattit et se libéra. Parris se jeta de tout son poids sur l'homme qui lui était inférieur en taille ; ils basculèrent sur un buisson d'herbes-aux-antilopes. Le policier atterrit en plein sur son adversaire qui gigotait en tous sens et dont la tête fit un bruit sourd en cognant contre une pierre plate. Le corps devint mou comme si un circuit, dans son cerveau, avait été coupé. Parris posa un doigt sur le côté de son cou ; le pouls était soutenu.

Quand Moon arriva, Parris se tenait triomphalement au-dessus de sa proie.

— Je l'ai eu, cette fois.

— Tu as dû le frapper drôlement fort. Il est vivant ?

— Oui. Et il s'est cogné la tête contre une pierre.

Le policier ute dirigea le faisceau d'une lampe stylo sur le visage inconscient de l'homme, un masque pâle avec trois marques rouges peintes sur chaque joue. Il s'accroupit, toucha une des plumes blanches.

— On dirait qu'il les a arrachées à une aile de poule, fit-il avec un large sourire. Je suppose que ce sont ces plumes de poule que tu as prises pour des cornes.

Parris se hérissa.

— Écoute, Charlie, personne n'apprécie ceux qui pratiquent l'ironie facile...

— Hé, mon vieux, si les plumes de poules te font peur, moi ça me dérange pas, fit Moon d'une voix exagérément conciliante. Ça veut dire que quand ta mère était enceinte de toi, elle a été effrayée par un coq.

Il se pencha tout près pour scruter le visage de l'inconnu :

— Tu sais qui c'est ?

Parris se pencha pour regarder.

— Le poète qui vend des assurances ? Bien sûr... Celui qui m'a piégé avec son pari à la con sur la mémoire.

— Double bonne réponse. Herb Ecker. (Il souleva la paupière du jeune homme inconscient.) Ses pupilles ont la taille de pièces de dix *cents*. Il est camé jusqu'aux yeux.

Il orienta le faisceau de la lampe vers un petit sac de cuir fixé par une courroie à la boucle de ceinture d'Ecker, puis tira d'un fourreau de cuir orné de perles un couteau de chasse aiguisé comme un rasoir :

— Tu crois qu'il avait l'intention de s'en servir sur toi ?

— Je n'avais pas remarqué qu'il avait un couteau, grommela Parris.

La procédure policière appliquée n'avait assurément pas été celle que recommandent les manuels. Parris se leva.

— Bon. On dirait bien que ce jeunot est notre coupeur de couilles. Peut-être qu'il y a le sang de Nightbird sur la lame.

L'Indien se tourna avec un grand sourire vers son ami.

— On dirait que tu l'as bien sonné, dans le second round. Évidemment, tu pèses environ quinze kilos de plus et tu as une allonge supérieure de trente centimètres.

— Je ne l'ai pas frappé, assura Parris avec une grimace triste, mais je dois reconnaître qu'il m'a paru sacrément plus imposant... quand il s'est montré la première fois.

— Enfin bon, dit Moon d'un ton apaisant, je suppose que j'aurais la trouille, moi aussi, si je rencontrais un type décoré de peintures de guerre et de plumes de poule. (Il marqua une pause comme pour réfléchir.) Si c'était la nuit. Et si j'étais Blanc. (Il se racla la gorge.) Et si je venais de la grande ville.

Parris était sur le point de répliquer lorsqu'il entendit un gémissement faible. Ecker était sur un genou, et l'instant d'après il filait à quatre pattes vers la kiva. Avant que les deux hommes n'aient pu réagir, il en avait franchi le bord et avait disparu dans la semi-obscurité qui régnait en contrebas.

Parris se rua en avant.

— Je m'en occupe. C'est mon prisonnier.

— Vas-y, mais fais doucement cette fois, le frappe pas aussi fort. Tu peux pas t'en tirer plus d'une fois en allant raconter qu'il est tombé contre une pierre.

Parris descendit dans la kiva. Ecker, qui était encore à quatre pattes, traversa l'espace souterrain de biais, à la façon des crabes, puis fit volte-face pour affronter ses poursuivants. Moon, debout au-dessus d'eux au niveau du sol, braqua sa lampe sur le visage du fugitif. Le jeune homme avait une expression de folie terrifiée dans le regard. Il avait également un pistolet à canon court à la main. Il pointa l'arme vers la lampe de Moon.

— Écoute, Herbie, dit calmement celui-ci, c'est moi. Charlie Moon. Pose ton pistolet.

En même temps, il sortait lentement sa propre arme de son étui de cuir brut.

— C'est pas un problème, affirma Parris, je suis capable de me...

Ecker, entendant sa voix, pointa le .38 sur lui.

Moon braqua son lourd revolver sur le jeune homme accroupi.

— Lâche ton arme... tout de suite !

Ecker marmonna des mots incohérents ; le policier ute vit les muscles de son bras se raidir tandis que son doigt appuyait sur la détente. Parris hurla à son ami :

— Non, ne tire pas !.. Il n'est pas...

Il y eut une détonation assourdissante provenant du revolver de Moon. Le corps d'Ecker fut projeté contre la paroi de la kiva.

— ... pas... chargé, murmura Parris.

Ils s'agenouillèrent au-dessus du corps pâle que peignaient désormais des rigoles de sang chaud : le liquide semblait d'un noir de jais sous les rayons crus et argentés de la lune.

— Merde, fit Moon qui tremblait, où il l'a trouvé, ce flingue ?

— C'est le mien, reconnut Parris.

— Il allait te *descendre*, fit Moon dans un murmure hébété, comme si l'idée même que quelqu'un puisse ouvrir le feu sur son ami était inconcevable.

— Je sais.

Parris posa la main sur l'épaule de Moon :

— Merci, Charlie.

Le policier ute secoua la tête avec une immense tristesse. Il posa sur Parris des yeux embués.

— Je n'ai jamais tiré sur quelqu'un alors que je portais l'insigne.

— Tu n'avais pas le choix, dit Parris. Tu m'as sauvé la mise, mon vieux.

C'était un mensonge absolument nécessaire.

Moon se leva et avala plusieurs fois avec difficulté avant de pouvoir parler.

— Je vais remonter au sommet de la mesa et appeler des secours par radio.

— Bien sûr, fit Parris d'un ton neutre, je vais rester avec lui.

Il comprenait maintenant ce qu'était cette perte de l'âme que Jojo Tonompicket ressentait. Il se sentait creux en dedans. Son esprit l'avait déserté.

Un lourd nuage s'étendit sur le canyon, mais il ne fit pas obstacle à la pâle lumière ambrée de la lune qui était maintenant bas dans le ciel, à l'ouest. Un nouvel orage grondait sur les San Juan. Moon se détourna.

— Au moins, c'est fini, cette fois.

Ses mots furent ponctués par un éclair, puis par la violente déflagration du tonnerre qui se répercuta sur les falaises de grès. Il disparut en haut du mur de la kiva et la nuit l'engloutit.

Parris n'était pas si naïf. Rien n'était jamais fini.

Herb Ecker roula des yeux et toussa. Une écume sanglante jaillissait par à-coups réguliers de la blessure qu'il avait à la poitrine, à l'endroit où saillait une côte brisée. Les yeux du jeune homme avaient perdu leur aspect vitreux. Il était désormais lucide et murmurait quelque chose. Parris se pencha pour l'écouter.

— Qu'y a-t-il, petit ?

— Je me... meurs.

— Je sais.

Parris appuya son mouchoir sur la poitrine du poète dans une tentative vaine pour étancher le flot de sang. Le liquide tiède avait une odeur suave, écœurante ; le policier repoussa une soudaine envie de vomir.

Ecker grimaça de douleur. Il s'écria dans un élan soudain :

— Je suis venu danser !...

Il aspira une grande goulée d'air qui ressortit aussitôt en bouillonnant par la blessure de sa poitrine.

— ... danser avec...

Il lutta pour trouver de l'air :

— ... une ombre... danser... mais une ombre est survenue, vive et menaçante, sombre et terrifiante...

Parris voulut parler. Il n'y avait pas de mots.

Le pitoyable jeune homme s'accrocha à la manche du policier, les yeux remplis de terreur.

— Je pars vers... je ne sais pas... Oh ! Seigneur... ne m'oubliez pas.

La mâchoire d'Ecker s'affaissa tandis qu'un ultime souffle secouait son poumon perforé. Son visage était un masque figé, ses yeux semblables à des pierres.

Plus que toute autre chose, Scott Parris désirait fuir ce lieu horrible. Et oublier. Mais une dernière tâche restait à accomplir. Il dégagea le revolver vide de la main que la mort avait crispée, remplit les chambres avec les cartouches qu'il sortit de sa poche. Quand il replaça l'arme dans la main froide d'Ecker, il frissonna. Mais ce n'était pas dû à la pluie glaciale qui avait commencé à se déverser en rideaux. Il scruta, impuissant, le visage privé de vie. Sa responsabilité était engagée dans la mort de ce jeune homme écervelé. Non. Pire que ça. C'était de sa *faute.* Le policier, à genoux, pleura. Ses larmes tombèrent sur la poitrine d'Ecker, se mêlant au sang du poète.

La forme cornue se dressait sur une saillie de grès qui dépassait de Paiute Mesa, en face des silhouettes moroses et trapues, de l'autre côté du *Cañon del Serpiente.* Dévorée de fureur, la créature poilue brandit un lourd bâton en direction des cieux sombres et prononça des jurons obscènes qui furent aussitôt couverts par le grondement purificateur du tonnerre. La présence maléfique avait eu ses propres projets pour ce petit Homme au Livre, une mort douloureuse... et une mutilation rituelle. Et, pensa-t-elle en se léchant les babines, un délectable acte de cannibalisme. Maintenant, cette précieuse cérémonie, cette ode sacrée à l'Ange des Ténèbres était une occasion à jamais perdue. L'imposant Homme de la Lune à son Croissant aurait dû être le suivant. Mais il lui faudrait attendre... un temps. Avec dans le regard une haine renouvelée, la silhouette singulière fixait le canyon, au loin, et la minuscule forme de Scott Parris. Le policier montait stupidement la garde devant le corps pâle du poète comme s'il était investi d'une quelconque valeur. L'Homme Agenouillé vivait.

Mais il y avait moyen de remédier à cet état de chose.

24

Agence locale du FBI, Durango

James Hoover scruta les visages sombres des policiers et s'interrogea : Qu'est-ce qui ne tourne pas rond là-dedans ? Ces deux empotés bénéficient d'un coup de chance... ils épinglent l'auteur des mutilations. Ils devraient être fous de joie. Se vanter de leur réussite. Me coller le nez dans mon caca. Mais ils se comportent comme si leur chien de chasse préféré venait de crever. Ces sales dissimulateurs me cachent quelque chose. Mais quoi ?

Il se racla la gorge et fit jouer la lame du couteau de chasse d'Ecker sur le dessus en verre de son bureau. Le laboratoire d'analyse n'y avait pas découvert de sang. Ce qui signifiait que ce déséquilibré d'Ecker était quelqu'un de très méticuleux. Il nettoyait son arme. Hoover toussa légèrement pour attirer leur attention.

— Vous voulez savoir ce que je pense ?

Aucune réaction.

— Je vous fiche mon billet qu'Ecker est l'auteur des mutilations pratiquées sur le taureau de Sweetwater. Et (ajouta-t-il d'un ton ferme) du meurtre et de la mutilation de monsieur Arlo Nightbird.

Scott Parris s'autorisa un sourire amer.

— Ecker, poursuivit Hoover, était visiblement le démon dansant de monsieur Jojo Tonompicket.

Il se tourna vers le policier :

— Nous avons examiné le petit sac de saloperies que vous avez trouvé attaché à sa ceinture.

Moon parla d'une voix douce, comme à son propre usage.

— Ça devait être l'idée qu'il se faisait d'une bourse à médecine.

Hoover vida le contenu du sac de cuir sur son bureau. Une petite pipe en céramique dont le fourneau était noirci. Des feuilles de plantes sèches enveloppées dans un mouchoir en ouate de cellulose. Une demi-douzaine de petits cailloux de quartz rose, un fragment de charbon de bois. Il utilisa la lame du couteau pour séparer ces objets.

— Il y avait des traces de crack sur le fourneau de la pipe. Et ces... herbes séchées. De l'herbe-aux-serpents. De la bannière dorée. Deux plantes empoisonnées. Il devait fumer ces trucs-là en même temps que la cocaïne.

— Il était chargé jusqu'aux yeux quand on l'a trouvé, confirma Parris.

— Nos génies en psychologie ont analysé son journal. Ils ont diagnostiqué qu'il souffrait d'un dédoublement de la personnalité. Le jour, nous avons affaire à un vendeur de polices d'assurance au comportement doux et mesuré, un écrivaillon poète, un étudiant en anthropologie. Une fois le soleil couché, le côté sombre de son être s'exprime. Activités occultes. Visions étranges. Danses bizarres. Quand le besoin s'empare de lui, Ecker se livre à une mission très particulière : tuer et mutiler le premier animal venu. Cette expérience aiguise son appétit et il se cherche une victime se situant à un niveau plus évolué sur la chaîne alimentaire. Finalement, l'occasion lui en est donnée lorsque madame Nightbird téléphone et lui dit que son mari n'est pas encore rentré chez elle. Ecker sait que son patron est parti rendre visite à madame Perika. Il prend la direction du canyon, surprend Nightbird sans son pantalon. Il exécute sur son patron la même petite opération que sur le taureau. Sauf (ajouta Hoover avec un regard lubrique) qu'il apporte une légère variante à ce thème de départ.

L'agent spécial savait désormais que le docteur Simpson

avait trouvé les testicules enfoncés dans sa gorge. Il en allait de même pour quiconque vivait à Ignacio.

— C'est une belle théorie, remarqua Parris. Mais il n'y a aucun élément de preuve tangible pour associer ce jeune Belge à la mutilation du taureau hereford, et encore moins au meurtre d'Arlo Nightbird.

— J'aurais bien aimé, répliqua Hoover d'un ton acerbe, qu'on trouve les oreilles de monsieur Nightbird dans la bourse à médecine d'Ecker, mais en général les choses ne fonctionnent pas de manière aussi évidente dans le monde très réel des enquêtes criminelles.

L'agent spécial s'exprimait d'une voix lente, précise, comme s'il s'adressait à un gamin attardé.

— Nous disposons d'un adolescent qui hurle à la lune, qui fume tout ce qui lui tombe sous la main, qui s'affuble de peintures de guerre et de plumes, et qui danse dans les bois à minuit. Il porte sur lui un couteau aiguisé. Quand il plane, il n'a peur de rien. Pas plus de tuer ou de mutiler un taureau que (il marqua une courte pause)... de taillader un autre être humain... ça donner puissante médecine.

Hoover rangea soigneusement les différents objets dans la bourse d'Ecker et poursuivit :

— Ce qui s'est passé, c'est que Tom et Huckleberry ont eu de la chance et sont tombés par hasard sur l'assassin.

Une note de menace apparut dans sa voix.

— Alors ne vous avisez pas de me mettre des bâtons dans les roues maintenant.

Charlie Moon garda le silence, mais une lueur d'amusement brillait dans ses yeux.

Parris comprit. Si Ecker était coupable du meurtre et des mutilations d'Arlo Nightbird, Gorman Sweetwater n'était plus suspect. Pour Ecker, cela ne faisait plus aucune différence, et Moon ne voulait pas que Hoover persécute Gorman. C'était aussi simple que ça.

— Tout à fait officieusement, compléta l'agent spécial en s'adressant à Moon, je suis heureux que vous lui ayez fait sauter la cervelle. Ça va permettre à l'État de gagner beaucoup de temps et de faire plein d'économies.

Il prit plaisir à voir le visage du policier ute se changer en pierre.

— Évidemment, ajouta Hoover avec une nuance de regret feinte, il n'aurait pas été nécessaire d'abattre le suspect si Ecker n'avait pas trouvé moyen de soulager votre acolyte de son revolver...

Scott Parris ouvrit la bouche, changea d'avis et décida de serrer les dents.

Hoover souffrait par moments de sa mâchoire. Surtout durant les heures du petit matin où son univers était plongé dans le vide et le noir éternel. Et privé du réconfort du sommeil. Le poing de Scott Parris avait laissé une mince fêlure dans l'os juste au-dessous de la dent de sagesse. Et une profonde cicatrice psychologique.

— Mon rapport écrit, poursuivit-il en savourant chaque mot, reflétera le fait que monsieur Parris s'est révélé incapable de maîtriser le suspect par la force. (Il fixa un regard glacial sur sa victime.) Il faut un homme jeune et vigoureux pour assurer les aspects physiques du métier de policier. Vous n'avez peut-être plus les compétences suffisantes. Mais attendez... (Il se tapa le front avec la main.) L'explication évidente m'avait échappé. Ecker n'avait pas les bras pris dans sa veste. Bien sûr. C'est ça. (Une intense douleur lancinait sa mâchoire.) Vous n'avez pas eu l'occasion de lui expédier un coup de poing en traître.

— Euh... vous n'êtes peut-être pas si loin de la vérité, remarqua Parris dont le front plissé exprimait la réflexion, j'ai dû perdre mes compétences.

Il entrecroisa les doigts et posa sur la moquette en laine usée un regard embarrassé :

— Mais je pense que c'est parce que je manque d'entraînement. C'est dur de se maintenir en forme quand on n'a affaire qu'à des gamins et des débiles.

Il leva les yeux sur Hoover. Et esquissa un sourire.

— Le problème c'est... que je n'ai pas eu l'occasion de me battre contre un homme digne de ce nom depuis plus d'un an.

Ils étaient à mi-chemin d'Ignacio quand Parris marmonna, davantage pour lui que pour son ami.

— Y a un truc que j'arrive pas à comprendre.

— Seulement un ? fit Moon en mettant les essuie-glace.

— Que Ecker ait joué à l'Indien, d'accord. Les plumes de poule dans les cheveux, la peinture de guerre sur la figure, les herbes qu'il fumait dans sa petite pipe. Mais quel intérêt ça pouvait avoir pour lui de... de castrer le taureau ? Et Arlo Nightbird ?

— Qui sait ?

Moon secoua la tête devant ce mystère. Les Blancs faisaient vraiment des choses absolument *délirantes*. Mais ce n'était pas à Herb Ecker qu'il pensait. Il y avait quelqu'un d'autre en liberté. Quelqu'un qui avait du sang sur les mains.

À l'aide de sa manche de veste, Parris essuya la buée qui couvrait la vitre poussiéreuse ; il plongea le regard dans la brume. Le soleil pourpre s'installait confortablement sur un oreiller de cumulus duveteux qui planait au-dessus de Cortez telle une immense plume. Ce spectacle resplendissant, encadré par la vitre de la Blazer, aurait disparu d'ici une minute. Pour l'instant, il apportait une chaleur... un apaisement. Les neiges automnales ne tarderaient plus. Puis ce seraient les vents stridents et la morsure de la neige fondue de décembre. Au plus profond de la moelle de ses os, il savait que l'hiver serait long et rigoureux.

La voix de Nancy Beyal crépita au milieu des parasites de la radio.

— Base à voiture trois-trente-neuf. Charlie ?

Moon régla le micro et le porta à sa joue.

— Qu'est-ce qui se mijote, Nancy ?

— On a reçu un appel d'Emily Nightbird. Elle se trouve à la clinique pour animaux ; elle veut que le chef Parris passe la voir là-bas.

Moon freina sur l'allée gravillonnée qui menait à l'entrée de derrière de l'établissement du docteur Schaid. Il coupa le contact et posa le regard sur Parris.

— Elle a sans doute entendu les rumeurs concernant Ecker. Elle veut savoir si c'est lui qui a tué son mari.

— Ouais. C'est sûrement ça.

Il se demanda pourquoi la veuve Nightbird avait demandé à voir le policier qui venait d'une autre ville. Vraisemblablement parce qu'il était, même si ce n'était que temporaire, le chef de la police. Les pauvres redoutent l'autorité, mais les riches et les puissants préfèrent être en contact avec quelqu'un qui se situe au sommet de l'échelle.

Moon étudia attentivement le visage de son ami.

— Dans ce cas, je continue jusqu'au poste. Appelle-nous quand tu en auras terminé. On enverra quelqu'un pour te chercher.

Parris mit pied à terre ; il marqua un temps d'arrêt avant de claquer la portière.

— Tu es sûr que tu ne veux pas venir ?

— Absolument, répondit Moon. J'ai des gens à aller voir.

L'entrée était déserte à l'exception d'une femme aux cheveux argent avec un caniche nain au poil orangé, roulé en boule sur ses genoux. Emily était assise derrière son bureau où elle appuyait sur les touches d'un clavier d'ordinateur IBM ; une plaque neuve posée sur le meuble indiquait MS[1] SOMBRA. Avec le souvenir d'un mari tel que Arlo, il n'était pas surprenant que la veuve préfère désormais reprendre son nom de jeune fille.

Parris ôta son chapeau.

— J'ai appris que vous aviez recommencé à travailler.

— Je n'ai pas le temps de porter le deuil, lui répondit Emily. Nous avons beaucoup de travail. Le docteur Schaid a lancé une campagne à moitié prix sur l'intervention castration/ablation des ovaires. Nous sommes débordés de clients.

1. Ms (prononcé « miz ») : abréviation « neutre » remplaçant Mrs et Miss, destinée à abolir la discrimination entre femme mariée et femme célibataire. *(N.d.T.)*

Elle enregistra son fichier, puis lui adressa un sourire charmeur.

— Mais c'est vraiment très gentil de votre part de passer aussi vite !

Cette petite femme était assurément d'une rare beauté. Si gracile. Parris tenta de trouver une réponse mais buta sur les mots.

— Nous... Ch... Charlie et moi, nous... euh... avons reçu un appel nous disant que vous vouliez me voir... euh... voir quelqu'un de chez nous.

Emily éteignit son ordinateur et se leva, repoussant une mèche folle derrière son oreille.

— Je suis tellement fière de vous deux !

Elle attendit, sourcils levés, mais il la fixait sans rien dire.

— Bon, alors, l'aida-t-elle, ne me laissez pas dans l'attente.

— On vous a dit que Herb Ecker... ?

— Tout Ignacio est au courant. Tout le monde dit que... Herb...

Sa voix perdit en force puis se tut.

Il baissa les yeux sur ses mains. Les vents secs les avaient creusées de petites crevasses et ses ongles avaient besoin d'être coupés ; il se fit l'effet d'un jeune garçon venu au rapport devant son instituteur.

— Le FBI pense que c'est Ecker qui était l'auteur de...

Mais comment pouvait-il lui dire cela ?

Sentant sa gêne, Emily prit hâtivement la parole.

— Herb... c'est extrêmement stupéfiant.

La concentration plissa ses jolis sourcils.

— On ne connaît jamais vraiment les gens, n'est-ce pas ?

Elle se rapprocha de lui, posa la main sur son bras.

— Je voudrais que vous m'en parliez, mais pas maintenant et pas ici.

Il comprenait. Ou croyait comprendre.

— Ça peut attendre que vous soyez prête.

Elle lui caressa l'avant-bras :

— Passez chez moi ce soir. Vers l'heure du dîner.

— J'ai déjeuné tard, je ne crois pas que j'aurai très faim pour dîner.

— Ce que j'avais dans l'idée, murmura-t-elle à son oreille, c'était plutôt le *dessert.*

— Tu veux du café ?

Le ton neutre de Moon paraissait étrangement peu naturel.

Parris vida l'air de ses poumons comme s'il retenait sa respiration depuis une heure.

— S'il est fort.

— À faire fondre la cuiller.

— C'est exactement ce qu'il me faut.

Moon dénicha une tasse d'une propreté douteuse.

— Tu lui as dit, à Emily, pour Herb Ecker ? Que c'est lui qui a dû émasculer son mari et lui fourrer les...

— Je n'ai pas ton extraordinaire talent pour les expressions imagées, mais je crois qu'elle a saisi l'idée générale.

— Arlo n'a pas déserté le lit conjugal depuis bien longtemps, reprit Moon en scrutant l'expression lointaine sur le visage de son ami, mais la rumeur veut que la crête d'Emily rougisse déjà.

Parris leva les yeux.

— Sa crête ?

— Vieille observation de cour de ferme. Quand une poule est prête à recevoir le coq, sa crête vire au rouge.

— De cour de ferme, fit Parris avec un soupir, j'aurais dû m'en douter.

— Tu veux sortir manger quelque chose ? Angel a des tacos ce soir.

— Non, répondit Parris avec un grand bâillement fabriqué sur mesure pour la circonstance. La journée a été longue. Je crois que je vais aller me coucher tôt.

Mais peut-être, peut-être seulement... pas avant le dessert.

— Se coucher tôt, une bonne idée pour quelqu'un de ton âge.

L'Indien jeta un regard en coin sur l'horloge accrochée au mur. Le téléphone sonna. Sans attendre que Nancy Beyal s'acquitte de sa mission, il s'empara de l'appareil d'un geste vif et le porta à son oreille.

— Police tribale.

Il se tut et eut un grand sourire.

— Bien sûr qu'il est là, et il va être tout émoustillé.

Il adressa un clin d'œil à son ami :

— C'est pour toi.

— Parris à l'appareil.

— Scotty ?

C'était *elle.*

— Anne ? C'est vraiment toi ? fit-il en renversant son café sur son pantalon. Où es-tu ? Tu t'apprêtes à partir pour l'aéroport ? Tu seras à Denver dans... non, ne loue pas de voiture, j'y serai à... (il consulta sa montre) aux alentours de dix heures trente. Non. Dix heures.

Après avoir écouté un au revoir rapide, il laissa retomber le combiné et se tourna vers Moon en souriant.

— Anne arrive tout droit de Washington... je ne parviens pas à y croire !

Moon lui rendit son sourire.

— Ça alors !

— Je vais à Denver. La chercher en voiture. (D'un ton hésitant, il ajouta :) Tu sais que le chef Severo doit rentrer dans quelques jours. Tu pourrais peut-être prendre ma place comme chef par intérim jusque-là.

— Je vais m'arranger, mon vieux.

Sally Rainwater ferait une excellente chef de la police, par intérim ou pas.

Parris serra la grande main de Moon.

— Merci.

— Tu ferais bien d'y aller, fit celui-ci en affichant une expression inquiète. Tu veux que j'appelle Emily pour lui dire que tu ne passeras pas ?

Parris était interloqué.

— Emily ?

— Emily Nightbird, la femme avec laquelle tu avais un rendez-vous tardif ce soir. Tu te souviens, la pauvre veuve éplorée dont la crête rougit pour toi ?

Le visage de Parris s'empourpra.

— Comment tu as su... je veux dire pour notre... que je devais passer voir Em... madame Nightbird ?

Moon lui fit un clin d'œil.

— J'ai écouté la rumeur des tambours, mon vieux.

Lorsque Parris fut hors de vue, Nancy abandonna son poste à la console radio ; elle posa la main sur le coude de Moon.

— Scott va être sacrément furieux s'il apprend que tu as téléphoné à mademoiselle Foster pour lui dire de rentrer vite parce qu'elle lui manque tellement qu'il commence à faire n'importe quoi.

— C'est mon ami, expliqua Moon. C'est dur pour lui, qu'Anne soit aussi loin.

— Ou alors, poursuivit Nancy en faisant courir l'extrémité de ses doigts sur la manche du policier, tu veux peut-être que Scott ne soit plus dans les parages parce que tu t'intéresses toi aussi à Emily Nightbird.

Emily était une jolie femme. Et riche. Nancy enfonça ses ongles pointus à travers sa manche de chemise mais il ne le remarqua pas. Il était tout à ses souvenirs. Il était enfant, à la réunion autour du feu avec ses parents. Ils s'étaient assis sur des bottes de foin, sous les genévriers, pour écouter les paroles du grand-père navajo. Ce vieil évangéliste qui suivait la Route de Jésus avait transmis d'une voix tonitruante la Bonne Parole au petit groupe triste et abandonné dont les ancêtres avaient perdu leurs terres devant les multitudes d'envahisseurs venus d'Europe. Tout cela lui avait paru parfaitement étranger à l'époque, mais maintenant les mots qu'avait chantés sa mère vibraient à son oreille par-delà le silence des ans. Charlie Moon humait l'odeur forte et âcre des genévriers, il avait sur la langue le goût des alcalis présents dans la terre. Le petit enfant voyait l'évangéliste navajo lever les bras en signe d'adoration devant l'Origine de toute chose sacrée. Il se remémorait les moindres détails. Les larmes de son père. La voix douce de sa mère, si frêle et qui cependant s'élevait au-dessus des autres lorsqu'elle chantait.

« ... Rempli de Sa bonté... perdu dans Son amour... »

Il tenta de percer du regard le rideau des ténèbres. Loin,

si loin que c'en était impossible. Vers un lieu rempli de bonté. Parfumé d'une senteur de fleurs de printemps sauvages, rempli de la chanson de l'Esprit. Là où le Bon Berger essuyait toute larme dans les yeux de ceux qui l'aimaient. Là où vivait Benita Sweetwater.

Perdue dans Son amour.

25

Scott Parris se trouvait à la porte de débarquement lorsque le lourd avion de ligne vint s'y arrêter. Anne fut dans les premiers à en sortir, mais ils étaient encore dans les bras l'un de l'autre alors que tous les passagers avaient disparu. Si c'était possible, elle était encore plus merveilleuse que dans son souvenir.

Dès l'instant où ils sortirent la Volvo du parking, Anne parla sans s'arrêter : du renvoi du porte-parole du président, de la rupture de plus en plus profonde entre la Russie et l'Ukraine, des derniers bruits qui couraient sur la querelle opposant le vice-président à la NASA, et d'autres sujets d'une actualité brûlante. Ils étaient à une heure de route au sud de Denver quand elle commença enfin à s'essouffler.

— Je suis désolée, Scotty. Je t'ai à peine laissé le temps d'en placer une. Qu'est-ce que tu as fabriqué, à Ignacio, depuis que je suis partie ?

L'appel de Charlie Moon était resté très allusif, et même mystérieux. En réalité, l'Indien ne lui avait rien dit sinon que Scott avait besoin d'elle.

Pour la seconde fois en vingt-quatre heures, il rougit. Heureusement, il faisait trop sombre pour qu'elle s'en aperçoive.

— Nous sommes plongés dans une affaire vraiment bizarre. Un taureau mutilé, puis un homme assassiné et mutilé exactement comme le taureau. Pour couronner le tout, deux étudiants sont morts, une jeune Ute et un garçon venu de Belgique dans le cadre d'un échange. Et la vieille femme ute, Daisy Perika, qui fait ses rêves. Tu te souviens de Daisy.

— Comment est-ce que je pourrais l'oublier ? Mais un meurtre ! Vous avez arrêté l'assassin ?

Elle remarqua qu'il hésitait. Juste un peu.

— Le FBI pense que c'est le jeune Belge, camé à mort, qui a tué le taureau et l'homme.

Elle se blottit plus près de lui.

— Je veux entendre toute l'histoire. Jusque dans ses détails les plus atroces et les plus sanglants.

Il lui relata l'étrange vision qu'avait eue Daisy Perika, avec les ombres et la chouette qui tuait des hommes, puis la confession de Benita Sweetwater sur son lit de mort et la rencontre folle avec Herb Ecker. Il ne mentionna pas qu'Ecker était mort pour avoir menacé l'ami de Charlie Moon avec un revolver *vide*. Ce secret-là, il l'emporterait dans la tombe.

Anne l'écouta en silence. Quand il eut terminé, elle fronça les sourcils.

— Donc, ce Herb Ecker a tué le taureau, puis assassiné cet horrible individu, Nightbird ?

— Ça en a tout l'air.

Elle perçut une certaine réserve dans son ton. Il n'en était pas si sûr que ça.

Parris regardait la succession ininterrompue de phares qui se dirigeaient vers le nord, sur l'Interstate 25.

— Tu sais, dit-il, maintenant que tu es là, tout est absolument parfait. Rien ne pourrait se produire qui puisse gâcher cette nuit.

Sur la modulation de fréquence, la musique de jazz fut interrompue par une voix féminine enjouée.

— Vous êtes sur Nightbeat, le pouls de la métropole de Denver. Notre invité ce soir est l'agent spécial du FBI, James E. Hoover. Aucune relation de famille avec le célèbre J. E. Hoover.

Elle eut un rire d'automate, comme si cela figurait dans son texte.

Parris monta le volume.

— ... Il semble que le FBI ait résolu l'affaire de meurtre et de mutilations qui a eu lieu sur la réserve des Utes du Sud en identifiant un étudiant belge comme étant l'assassin. Ce doit être très satisfaisant pour vous...

— Bon, vous comprenez sûrement que je n'y suis pas parvenu tout seul. (Le ton de Hoover était assaisonné d'une humilité suave, presque sympatique.) En plus de l'excellent travail effectué par le laboratoire de police scientifique du Bureau, j'ai eu sous ma direction l'équipe entière de la police des Utes du Sud. Sans leur inlassable travail sur le terrain, la mise au jour des indices qui m'ont permis d'aboutir à Herb Ecker aurait vraisemblablement pris beaucoup plus longtemps.

Scott Parris eut un sentiment d'irréalité, de rupture avec ce qui s'était passé. Il n'en croyait pas ses oreilles.

La voix féminine reprit :

— Quels sont les indices qui vous ont amené à suspecter l'étudiant belge ?

La voix de Hoover trahit à peine son incertitude.

— Le suspect correspond très précisément au profil que nous avons établi pour ce criminel. Il avait le mobile, les moyens d'agir et l'occasion de le faire.

— Il semble que monsieur Ecker ait été tué avant de pouvoir être interrogé sur ces mutilations...

— Oui, confirma Hoover d'un ton de profonde tristesse. Les policiers qui ont la responsabilité de cette intervention n'opéraient pas sous ma supervision immédiate au moment du coup de feu. Une enquête sans concessions sera menée sur le décès de monsieur Ecker, mais le Bureau ne dispose d'aucun élément sérieux... euh... à l'instant où je vous parle... pouvant suggérer que les droits constitutionnels de monsieur Ecker aient été bafoués par les deux policiers responsables de sa mort.

Parris serra le volant, ses phalanges blanchirent.

— Cette espèce de fumier qui vient jouer les petits saints !

L'interview se poursuivait.

— On dit que vous êtes en quelque sorte une autorité sur la culture ute.

Hoover le lui avait dit lui-même au cours de l'entretien qui avait précédé l'interview.

— Écoutez, répondit-il modestement, j'ai encore beaucoup à apprendre, mais c'est vrai que je m'enorgueillis d'être à même de comprendre la psychologie des Utes. Ce sont vraiment des gens super. Avec un petit soutien de la part du Bureau, la police des Utes du Sud possède l'authentique potentiel pour devenir un organe du maintien de l'ordre de tout premier ordre.

— Est-ce que vous accepteriez de nous dire qui, parmi les policiers utes, vous a le plus aidé à résoudre cette affaire ?

— Eh bien... je serais extrêment heureux de citer des noms pour vos auditeurs, mais vous savez comment ça se passe, si on oublie ne serait-ce qu'une personne, bonjour les problèmes. (Il eut un petit rire sympathique.) Je souhaite seulement féliciter tous les membres de la police tribale pour l'aide remarquable qu'ils m'ont apportée dans cette affaire sensible qui relevait du FBI.

Quand l'interview fut achevée, la station de radio passa une publicité vantant un savon désodorisant. Anne secoua la tête, éberluée.

— Il vous a pratiquement accusés, Charlie Moon et toi, d'avoir commis une faute professionnelle. C'est absolument renversant.

— Pas quand on a appris à le connaître, fit Parris d'un ton amer. C'est du Hoover grand cru.

Il se demanda pourquoi Sam Parker ne fichait pas cet idiot à la porte. Est-ce qu'il disposait de soutiens politiques ?

Anne utilisait le miroir du pare-soleil pour apporter une retouche à son rouge à lèvres.

— Répète-moi encore une fois, mot pour mot, ce que Daisy Perika a dit sur la chouette qui trempait ses serres dans le sang ?

— Je ne peux pas en avoir un souvenir aussi précis que ça, répondit-il avec lassitude. Il y avait l'ombre qui prenait la forme d'une chouette. Qui tuait un Ute. Il devait s'agir d'Arlo Nightbird. Après, ça redevenait une ombre.

— Une chouette, reprit Anne dans un murmure. Des

ombres. Des symboles. Ses visions s'expriment par l'intermédiaire de symboles. Mais rappelle-moi ce que ce pauvre garçon a dit juste avant de mourir ?

— Il a dit qu'il était venu danser. Après, il a dit quelque chose sur une ombre qui venait. Vive et menaçante, sombre et terrifiante. Ce genre de chose.

— Une poésie de Robert Service, dit-elle d'une voix triste, *March of the Dead*. Pas particulièrement gaie.

Elle se pencha et l'embrassa dans le cou.

Il fit un écart sur l'accotement, revint sur la chaussée.

— Tu peux recommencer.

Ce dont elle s'acquitta aussitôt.

Daisy progressait péniblement sur la piste des cervidés. Quand elle atteignit la clôture en barbelés qui empêchait les Herefords de Gorman de sortir du canyon de l'Esprit, elle s'approcha de la paroi de grès verticale et se faufila derrière le dernier poteau en genévrier. En grimpant la pente douce qui permettait d'entrer dans le *Cañon del Espiritu*, la vieille femme s'arrêta à plusieurs reprises pour s'appuyer sur son bâton de chêne et reprendre son souffle. Année après année, le trajet lui paraissait plus long, la piste plus raide. Avant longtemps, sa respiration l'aurait abandonnée à jamais et elle cheminerait à travers *Na-gun-tu-wip*, là où vivent les esprits errants des morts. Sur son passage, des loups hurleraient et la menaceraient en montrant leurs crocs ; des serpents siffleraient à côté de ses pieds nus... mais si elle parvenait à garder courage, elle franchirait cet immense abîme pour gagner la terre de la lumière éternelle où elle revêtirait un corps neuf et fort. Un corps qui ne vieillirait jamais.

Mais cela viendrait plus tard, au moment voulu. Pour l'instant, elle était vieille et son dos la faisait souffrir. Daisy trouva un réconfort dans l'assurance que le chemin du retour vers sa caravane se ferait dans le sens de la descente.

Quand elle fut proche du trou de blaireau déserté qui constituait l'entrée de la maison du *pitukupf*, elle marqua un temps d'arrêt et fit précautionneusement tomber une offrande de pollen de maïs sur le sol sableux du canyon. La forme qu'elle traça avec le pollen était un cercle à l'intérieur d'un cercle : le soleil qui encerclait la lune. Cela fait, elle s'approcha prudemment du trou et s'accroupit, serrant son bâton contre elle avec un bras. Depuis combien de temps vivait-il là ? Mille ans ? Mille siècles ? La chamane sortit de la poche de son tablier un paquet entouré de papier marron qu'elle défit tout en adressant ses remerciements à l'Esprit Unique qui veillait sur toute la création. Elle déposa deux nouveaux paquets de tabac à pipe Flying Dutchman sur le sable, à côté du trou du blaireau. C'était la marque favorite du *pitukupf*, de loin préférable au *kinnikinnik*, le tabac sauvage qui poussait dans le canyon. Elle étendit une serviette en papier jaune à côté de ce don et posa en son milieu un couteau de poche brillant à poignée en plastique vert et rouge. Le canif ne coûtait presque rien, mais le nain n'avait aucune notion de ce qu'était l'argent. Et il apprécierait les couleurs vives. Il ne serait jamais venu à l'idée de la femme-médecine de douter que, aussitôt après son départ, la petite créature viendrait récupérer le tabac et le couteau.

Une fois sa tâche achevée, Daisy prit appui sur son bâton de chêne afin de se redresser. Avant d'entreprendre le long trajet du retour, elle se détourna pour contempler la falaise presque verticale décorée d'anciens pétroglyphes. Ses yeux, comme chaque fois qu'elle faisait halte en ce lieu sacré, parcoururent les silhouettes gravées sur la toile de grès. Elle fronça les sourcils et ferma à demi les paupières pour concentrer sa vision... Il y avait quelque chose d'anormal. Elle distinguait sur la paroi une silhouette qu'elle n'y avait encore jamais vue. Elle était très peu marquée, peut-être le soleil du soir se trouvait-il à l'emplacement voulu pour projeter des ombres dans ces lignes peu profondes creusées à même la pierre. Ou était-ce une image nouvelle ? Elle s'en approcha, levant le regard vers la gravure : une silhouette dont la surface était couverte de centaines de traits minuscules... une créature poilue. Une créature dotée d'une queue. Une créature avec des cornes !

Elle se signa et se hâta de rebrousser chemin.

26

Daisy Perika avançait d'une démarche raide sur le chemin qui conduisait à sa boîte aux lettres, reconnaissante à la brise fraîche qui soufflait du nord-ouest. L'automne avait été exceptionnellement doux, mais bientôt les premières gelées allaient tuer les taons qui lui piquaient les chevilles. Puis l'épaisse couche de neige étendrait son châle de douceur sur les Trois Sœurs qui, indéfectiblement, veillaient sur le *Cañon del Espiritu.* La vieille femme ouvrit la boîte métallique cabossée et en sortit un épais tas de courrier. L'individu très bizarre, de la vieille émission télévisée de Carson, qui tenait toujours à lui donner des millions de dollars. Une enveloppe d'aspect officiel en provenance du refuge pour alcooliques de Denver. Un appel de don envoyé par le père jésuite de New York. Elle soupira. Ces gens, on leur expédiait quelques dollars et ils ne vous laissaient plus jamais en paix !

Le journal tribal, en revanche, était quelque chose qu'elle avait plaisir à recevoir. Elle déplia le *Southern Ute Drum* et en lut la première page en rebroussant lentement chemin vers sa maison. Un pow-wow à Shiprock. Une promotion sur les tarifs de l'intervention castration/ablation des ovaires à la clinique pour animaux du docteur Schaid. Les Navajos qui lançaient un nouveau boycott contre les milieux d'affaires de Farmington. Elle tourna la page. Un concours de pêche au lac Capote. La compagnie d'assurances Nightbird qui allait rouvrir sous le nom de jeune fille d'Emily Nightbird. Ce fut quand elle tourna la page suivante qu'elle vit l'article. La Commission du développement économique avait l'intention de poursuivre l'action entreprise par Arlo Nightbird pour transformer le *Cañon del Espiritu* en « Centre de stockage de matières nucléaires irradiées ». Haaa... le *pitukupf* n'allait pas apprécier l'idée qu'ils mettent une décharge à l'endroit où il habitait !

La chamane s'attardait sur le chemin, tournant lentement les pages du journal, absorbant ces éléments d'information fascinants, établissant des corrélations entre eux, cherchant des liens. Il y avait quelque chose de caché là, mais elle ne parvenait pas tout à fait à discerner quoi. Presque inconsciemment, elle murmura : « Peut-être que le *pitukupf* me le montrera. »

La vieille femme fatiguée grimpait les marches de son perron avec le soleil qui lui chauffait le dos quand elle remarqua son ombre sur la paroi en aluminium de sa caravane.

Sa silhouette courtaude commença à grandir. Elle devint haute, avec de larges épaules.

Le courrier lui échappa de la main ; elle saisit ses jupes entre ses doigts froids et exsangues.

L'ombre leva les bras, des bras qui devinrent d'immenses ailes dont les plumes frémissaient, comme agitées par un souffle de vent.

La vieille femme se figea sur place, incapable ne serait-ce que de pousser un cri. En tremblant, elle regarda les ailes de l'ombre s'ouvrir comme pour un envol ; elles commencèrent à bouger selon un rythme lent et régulier. Allaient-elles l'emporter ?

Elle ferma les yeux.

— Seigneur Jésus, murmura-t-elle, vous pouvez la faire disparaître.

Quand elle les rouvrit, son ombre ordinaire était inscrite sur la paroi d'aluminium... celles de ses bras le long de son corps, à leur emplacement normal. La chamane comprit tout de suite la signification de cette vision. Elle sut qui avait tué Arlo Nightbird.

Cette nuit-là, agitée, elle se tourna et se retourna dans son lit en fixant alternativement le plafond et les ténèbres glaciales, par la petite fenêtre. Que faire ? Peut-être était-il préférable de garder secret ce sombre savoir. Ou de l'oublier complètement.

27

Elle frissonna. Le temps était aussi froid que de la bave de grenouille, ni plus ni moins. Le sommet de Chimney Rock commençait tout juste à refléter une faible lueur qui pointait à l'est. Daisy avançait péniblement, avec des pas mal assurés, impatiente de sentir la chaleur lumineuse du soleil qui se lèverait bientôt au-dessus du profil bleu de Eight Mile Mesa. La route goudronnée étirait son ruban foncé sur sa gauche, les eaux de la Piedra filaient sur sa droite. De temps à autre, elle s'arrêtait et s'appuyait sur son bâton de chêne pour attendre que sa respiration se calme. Ignacio était à des kilomètres de distance et, à cette heure matinale, il n'y avait pas de circulation sur la route.

Ses pensées inquiètes se tournaient vers sa vision : l'ombre foncée qui se muait en chouette. Et la chouette était redevenue une ombre vaporeuse. Parfois, ce que l'on voyait dans une vision n'était pas la chose exacte, mais simplement une indication de ce qu'elle pouvait être. C'était déjà le cas en cette très lointaine époque où Joseph avait expliqué la signification des rêves qui venaient troubler le sommeil du vieux pharaon. Les vaches grasses signifiaient de bonnes récoltes... les vaches maigres annonçaient la famine. Les ombres, les chouettes et autres symboles étaient comme des flèches pointées vers la vérité.

La chamane n'avait encore aucune explication pour la mutilation du taureau de Gorman, ou pour l'étrange disparition de Tonnerre-qui-gronde mais elle avait résolu une partie du puzzle. Elle n'avait aucun doute sur l'identité de la personne qui avait tué Arlo Nightbird. Mais Arlo était mort. Le *Cañon del Espiritu* était toujours vivant, lui. Et c'était le seul endroit que le nain eût jamais connu. Ou, supposait-elle, le seul qu'il pût jamais connaître. Comme Daisy, le *pitukupf* était trop vieux et trop ancré dans ses habitudes pour partir ailleurs. Hormis le nain, il y avait les vieux esprits paisibles qui habitaient l'ancien canyon. Comment pourraient-ils reposer si les *matukach* enterraient ces matières dangereuses sous le sol de leur demeure ? La vieille femme s'était réveillée avant la lumière du jour, envahie du sentiment tout-puissant qu'il lui fallait agir elle-même.

Tandis qu'elle réfléchissait à toutes ces choses, appuyée sur son bâton, la rivière entreprit de lui parler. La Piedra qui, d'ordinaire, murmurait dans ce langage secret que possèdent les cours d'eau, lui chuchotait maintenant des mots qu'elle pouvait saisir. *Tourments tourments tourments... sanglants sanglants sanglants*, disaient les eaux. Elle reprit sa marche. Au moment où ses pas hésitants lui faisaient côtoyer de petits rapides, les voix se firent plus fortes : TOURMENTS SANGLANTS... TOURMENTS SANGLANTS... TOURMENTS SANGLANTS. La chamane s'immobilisa ; elle contempla d'un air préoccupé la surface agitée de la rivière, qui prit brièvement une teinte rouge sombre sous les premiers rayons directs du soleil matinal. L'eau lui lançait une mise en garde ; aussi claire que les panneaux peints le long de la chaussée.

D'un bras qui tremblait, la vieille femme leva son bâton de marche en direction des montagnes.

— C'est moi, Dieu, dit-elle dans un murmure rauque. Je suis très vieille maintenant. Mes jambes me font mal quand je marche et mes chevilles gonflent. Mes mains... elles frissonnent comme les feuilles du tremble...

Elle en tendit une devant elle afin que Dieu puisse juger de cet involontaire frémissement.

— ... Je suis complètement épuisée... incapable de faire un pas de plus. C'est à toi de faire quelque chose.

Elle s'assit au bord de la route. Pour attendre.

Au bout de quelques instants, les voix pressantes surgies de la rivière s'apaisèrent pour se muer en murmure, puis se turent complètement. La surface de la Piedra devint semblable à une mare. La femme-médecine perçut, plutôt qu'elle n'entendit, une voix douce qui s'adressait à elle. Ce message aussi était clair. En raison de son obstination, Daisy serait autorisée à aller jusqu'à Ignacio afin d'être témoin de ce qui allait s'y dérouler. Pour en saisir toute la folie. Mais surtout, elle ne devait en aucun cas se dresser contre le conseil tribal pour sauver sa maison à l'entrée du *Cañon del Espiritu.*

Une autre demeure était déjà en préparation pour elle.

Dans la plupart de ses activités, Albert Gibbons était un homme au caractère fantaisiste, voire gai. Mais quand il voyageait, le révérend Gibbons devenait quelqu'un d'une extrême prudence. Il planifiait tout méticuleusement et s'y tenait. Albert était, tout au moins le croyait-il, en route pour Colorado Springs où il devait effectuer une docte communication qui aurait l'effet d'une décharge électrique sur la convention annuelle de la Société de théologie pour l'étude des textes de sagesse. En fait, il roulait sur la Route 151 en direction d'Arboles et de la pointe nord du lac Navajo. Le lobe droit de son cerveau révisait son discours érudit sur des parallèles subtils entre des fragments de l'Ecclésiaste et le *Samavedra,* tandis que le gauche soulevait des questions qui n'étaient pas sans une indéniable importance pratique :

Cette petite route étroite peut-elle être la voie à grande circulation qui va nous faire traverser Alamosa puis continuer jusqu'à Walsenburg et l'Interstate 25 ? Et le soleil ne devrait-il pas se lever droit devant ? Albert, réveille-toi !

Il fit passer son regard d'une carte routière chiffonnée à la chaussée puis à sa femme assoupie.

— Je n'arrive pas à comprendre comment on s'est égarés sur cette petite route secondaire, grommela-t-il.

C'était en partie de la faute de Pamela. Elle aurait dû rester attentive. Il jeta un coup d'œil vers le soleil qui se levait sur sa gauche.

— On roule sûrement vers le sud, là.

— J'ai envie de faire pipi, brailla le petit Billy sur le siège arrière.

— Albert, intervint Pamela, regarde cette vieille femme assise au bord de la route. (Elle le tira par la manche, provoquant une légère embardée.) Je crois que c'est une Indienne. Elle a l'air si... si désespérée.

Albert rectifia la trajectoire du véhicule.

— On va s'arrêter voir si elle a besoin d'aide.

— Génial, piailla Billy, j'en ai encore pas vu un seul, de vrai Indien !

Albert freina jusqu'à ce que le gros véhicule roule presque au ralenti.

Pamela appuya sur un bouton pour baisser la vitre.

— Ici, madame, lança-t-elle. Vous voulez qu'on vous dépose quelque part ?

— Il serait presque temps, fit Daisy d'un ton grognon en se redressant à l'aide de son bâton. Ouvrez-moi la portière.

— Je m'appelle Albert, déclara le conducteur en se résignant gaiement à son destin. Et voici Pamela. C'est notre fils Billy, sur le siège arrière.

— Je suis fatiguée, déclara la vieille femme en s'installant. J'ai mal aux pieds et aux genoux.

Elle remarqua le col clérical.

— Vous êtes pasteur ?

— À n'en point douter, répondit Albert.

Mais il ne souhaitait pas être confondu avec ceux qui sont chargés de tâches pastorales. Cette femme était très âgée et très affaiblie. Par ailleurs il y avait un soupçon de culpabilité dans l'expression de son visage. Le révérend n'avait aucune prédilection pour les derniers sacrements ni pour la confession.

— J'enseigne dans un petit séminaire en Arizona.

La vieille femme s'appuya sur son bâton et plissa les yeux pour étudier d'un œil soupçonneux ce *matukach* et la femme assise à ses côtés.

— On a un prêtre, nous autres, à Ignacio... mais ce Pape qu'ils ont là-bas, à Rome, il veut pas qu'il prenne femme.

Daisy tourna son regard de défiance vers le gamin au physique ingrat qui se trouvait sur le siège arrière et qui avait le nez écrasé contre la vitre ; elle frissonna intérieurement.

— Chez nous, c'est normal, ma chère, expliqua Pamela. Nous sommes luthériens.

— Eh bien... j'ai besoin d'être conduite quelque part.

Elle ne pouvait pas se permettre de faire la difficile, mais la tournure que prenaient les événements était pour elle un profond mystère. La région qui s'étendait entre Durango et Pagosa comptait assez de bons catholiques pour remplir une douzaine d'églises, et voilà que Dieu lui envoyait un protestant. Peut-être était-ce l'idée que l'Être du Grand Mystère se faisait d'une petite plaisanterie. Enfin bon, ça pouvait être bon signe. Un jour prochain, elle aurait quantité d'explications à donner et ça lui serait bien utile que Dieu ait le sens de l'humour.

— Nous nous rendons à Colorado Springs ! cria Pamela par-dessus son épaule.

Elle haussait toujours la voix pour s'adresser aux personnes âgées, comme si elles souffraient toutes sans exception de déficience auditive.

— Dieu veut que vous me conduisiez à Ignacio. J'ai quelque chose d'important à y faire.

Albert trouva Ignacio sur sa carte routière. Il finit par comprendre où il se trouvait, et poussa un soupir. La quarante-cinquième convention annuelle de la Société de théologie pour l'étude des textes de sagesse allait devoir attendre. Que Sa volonté soit faite.

Le petit Billy posait sur la femme ridée un regard de franche méfiance.

— T'es une vraie Indienne ?

— Aussi sûrement que Christophe Colomb était un étranger.

— Je crois pas que tu sois une vraie de vraie Indienne, contesta le gamin de sa voix rauque.

— Eh bien, fiston, le réprimanda son père, ce n'est pas une raison pour oublier les bonnes manières.

Billy n'avait pas grand-chose à oublier.

— Les vrais de vrais Indiens vivent à Calcutta, lui répondit la chamane.

Elle se pencha, approchant son visage de celui du garçon :

— Et en plus, ajouta-t-elle, comment tu reconnaîtrais un vrai Indien si tu en voyais un ?

Billy réfléchit un instant, puis regarda la menteuse présumée avec un sourire bête.

— Les vrais Indiens, ils savent faire du feu en frottant deux bouts de bois ensemble, fit-il en rapprochant ses petites mains malpropres pour illustrer son propos.

Il eut un large sourire révélant des gencives rouges et à peu près neuf dents :

— Jusqu'à ce qu'ils soient tout rouges et chauds !

Daisy inclina la tête et cligna de l'œil.

— Regarde.

Elle ferma les yeux, mit ses doigts en contact comme pour une prière.

— Ô, fantômes de mes ancêtres, psalmodia la chamane qui leva alors les bras dans un geste théâtral, mettez l'esprit du feu dans la main de votre fille !

Elle entrouvrit un œil pour surveiller le gamin qui attendait avec une appréhension certaine.

— Je vois pas de feu, dit-il d'un air renfrogné.

Au moment où il parlait, une petite flamme bleue jaillit de l'index de la chamane. Billy en fut estomaqué. Il en pissa dans sa culotte.

Albert arrêta la voiture et se tourna pour regarder la vieille femme derrière lui.

— Est-ce que cela vous rapproche assez de votre destination ? Ça ne nous ennuie pas de vous emmener...

Daisy défit sa ceinture de sécurité.

— Non. C'est parfait comme ça.

— Au revoir, ma chère, fit Pamela en lui adressant un signe de la main pendant qu'elle s'éloignait.

Puis, dans un murmure, elle demanda :

— Albert, comment tu crois qu'elle a fait ce truc avec le feu dans ses mains ?

Il effectua un demi-tour illicite.

— Sans doute un tour de magie propre aux Indiens.

Le pasteur, qui avait assisté à cet épisode dans le rétroviseur, sourit avec satisfaction. Il partageait un secret avec l'auto-stoppeuse : il avait vu la vieille femme dissimuler le briquet en plastique entre ses paumes.

Charlie Moon arriva deux minutes à peine avant la voiture des pompiers ; dans les deux cas il était trop tard pour influer en rien sur les conséquences. Le bâtiment du développement économique était englouti dans les flammes. La chaleur intense obligeait les curieux à garder leurs distances. Moon interrogeait des témoins potentiels quand il remarqua un visage familier sous un érable. Il demanda à Sally Rainwater de le remplacer dans sa tâche et se fraya un passage à travers la multitude des badauds pour rejoindre la silhouette solitaire. Il repoussa son chapeau d'un cran en arrière.

— Tante Daisy, qu'est-ce qui t'amène ici ?

La vieille femme leva les yeux et battit innocemment des paupières.

— Il fallait que je vienne en ville. Des choses à faire.

Moon ne doutait pas un instant que sa tante eût vu l'article paru dans le *Drum*. Elle avait certainement pris connaissance de la décision de la Commission du développement économique de reprendre le projet d'Arlo Nightbird pour convertir le *Cañon del Espiritu* en dépôt de déchets radioactifs. Les dossiers d'Arlo qui traitaient en détail de cette question étaient conservés dans le bâtiment. Maintenant, ces précieux papiers étaient réduits en cendres. Sans cette pile de documents, les plans concernant le canyon étaient pour ainsi dire anéantis. Le policier désirait poser la question à Daisy ; le neveu ne voulait pas entendre la réponse.

La vieille femme regardait les flammes. Elle avait l'air coupable. Extrêmement coupable. Moon se tourna pour voir s'écrouler les vestiges du bâtiment.

— C'est une bonne chose que ça se soit produit aussi tôt dans la journée ; il n'y avait personne à l'intérieur.

Il pencha la tête vers sa vieille tante.

— Tu n'aurais pas des secrets que tu souhaiterais partager avec ton neveu préféré ? demanda-t-il d'un air de ne pas y toucher.

— Si c'est des secrets que tu cherches, répondit-elle en gardant une expression impassible, tu devrais peut-être aller dans le *Cañon del Espiritu* et avoir une longue conversation avec le *pitukupf*.

— J'y ferai peut-être un saut plus tard, histoire de discuter avec le nain, répondit-il. Mais en attendant, il faut que je découvre comment cet incendie s'est déclenché. Tu n'aurais rien à me dire ?

— Je me rendais à l'épicerie, déclara-t-elle.

Elle avait appris ce truc-là en regardant les politiciens à la télévision. Quand quelqu'un leur posait une question embarrassante, ils répondaient à une *autre* question dans l'intention de semer la confusion. C'était un stratagème très intelligent qui marchait la plupart du temps.

Le front de Moon se plissa.

— L'épicerie est à l'autre bout de la ville, sur Goddard Avenue. Tu ne crois pas que tu es un peu loin de ton chemin, ici ?

Et parfois ça ne marchait pas.

— De la viande, insista-t-elle d'un ton grave, il faut que je trouve... de la viande fraîche.

Moon la regarda avec un grand sourire.

— Tu n'aurais pas des allumettes sur toi, par hasard ?

Daisy referma ses doigts dans sa poche sur le briquet en plastique.

— J'ai lu dans le *Drum* qu'il va y avoir un concours de pêche au lac Capote.

Parler de pêche suffisait toujours à détourner l'attention de son neveu.

— Hum, fit-il d'un air distrait. J'irai peut-être y tremper l'hameçon.

Le chef des pompiers, Abe Workman, s'approcha en se

dandinant dans ses bottes en caoutchouc démesurées. Il repoussa son casque en arrière, épongea son front où la suie se mêlait à la sueur, adressa un salut poli à Daisy Perika puis se tourna vers le policier ute.

— J'ai quelque chose pour toi, Charlie. La femme du Federal Express est venue livrer un truc, juste à côté. C'est une Navajo, elle s'appelle Martha George. Elle dit qu'elle a vu quelque chose... euh... quelqu'un près du bâtiment, juste avant de sentir la fumée.

Moon chercha du regard la camionnette familière du service postal mais ne la vit pas.

— Où est-elle ?

— Elle est déjà partie. Elle avait des machins à porter à Bayfield.

Moon connaissait Martha George de réputation. Cette Navajo, à en croire la rumeur, était du genre extralucide. Son père était un guérisseur traditionnel... il exécutait la Voie de la Bénédiction. Le policier sortit son calepin.

— Elle t'a fourni une description ?

— Ça ne va pas bien loin. Sauf que... elle dit que le suspect faisait... euh... pas plus de soixante centimètres de haut. (Workman rougit sous le regard pénétrant de Moon.) Ça devait être le gosse de je sais pas qui, Charlie. Peut-être qu'il jouait avec des allumettes.

— Ouais. Un gosse.

Le policier rangea le calepin dans sa poche de chemise.

Les traits de Daisy étaient impassibles. Les reflets des flammes dansaient dans ses yeux noirs.

28

Le visage de Parris, pensa Anne Foster, présentait une expression vide. Presque égarée.

Elle fronça les sourcils à la vue des cernes noirs sous les yeux du policier.

— Tu as l'air totalement épuisé, dit-elle en lui caressant la main. Il faut absolument que tu prennes quelques jours de repos. Que tu te libères des tensions du boulot.

— Je vais bien, fit-il avec un sourire forcé et douloureux. Tout ce dont j'ai besoin, c'est de quelques heures de sommeil profond.

Du sommeil sans rêves.

Mais avant, il avait du travail à faire.

Et des promesses à tenir.

Elle savait qu'il exigeait beaucoup trop de lui-même. Elle aurait été stupéfaite d'apprendre à quoi il passait chacun des moments de liberté dont il disposait. Mais elle ne le saurait jamais. Personne ne le saurait.

Pas à moins que les morts ne le sachent.

La femelle coyote s'arrêta un instant, perplexe, pour humer l'air, interrompant son opiniâtre recherche de l'odeur du lapin. La bête affamée se tourna, orientant ses oreilles sensibles vers l'origine de bruits à peine perceptibles. *Scratch-scratch.* Ces bruits s'arrêtaient, puis recommençaient.

Scratch-scratch. Depuis longtemps accoutumée à la menace des créatures à deux pattes et de leurs chiens, la femelle coyote sentit qu'un être plus sinistre encore s'avançait sur le sol du canyon. Elle alla se placer dans un bouquet d'herbes-aux-lapins et attendit avec une appréhension proche de l'hypnose tandis qu'approchait la cause de ces frottements. Quand elle aperçut la chose, elle inclina la tête, sans comprendre : l'apparition surnaturelle se déplaçait selon un mouvement ondulatoire telle une vague d'ombre sur le sable du canyon, éclairé par les rayons de lune. D'abord, la forme de l'intrus fut indistincte, plaque de brouillard sombre mal définie qui flottait au-dessus du sol. Puis, comme si elle pouvait changer de forme à volonté, la présence sembla acquérir subtance. La chose s'immobilisa, se redressa en position verticale... tel un grand ours. Mais ce n'était pas un ours... La créature avait de larges épaules, pas de cou, et une tête étrange, aplatie. Une tête pourvue de cornes. Et d'un unique œil rouge. Un instant il brillait d'une lumière vive, telle une braise dans un foyer. Puis il s'obscurcissait, comme si la créature avait baissé sa paupière. La femelle coyote était incapable d'appréhender des concepts abstraits, tels que le Bien et le Mal. Mais un instinct primitif profondément enfoui dans sa poitrine lui martelait sa mise en garde insistante : Ne bouge pas, ne bouge pas !

29

Il avait du sang sur les mains.

Pour la dixième fois en une heure, il se lava soigneusement, utilisant une brosse miniature pour frotter phalanges et cuticules. Il examina ses doigts attentivement dans la faible lumière... Ils avaient l'air propre mais il était certain qu'il restait des taches de sang. Avec patience, il couvrit à nouveau ses mains d'une couche de savon désinfectant et frotta avec la brosse jusqu'à ce qu'il ait l'impression que sa peau risquait de se détacher et de partir dans le lavabo. Il se rinça sous le robinet puis se sécha avec des gestes mesurés à l'aide d'une serviette en coton.

Tandis qu'il refermait la porte derrière lui, il songea qu'il allait sans doute manger quelque chose puis se coucher tôt. Mais d'abord, marcher dehors. Une longue promenade paisible sur les berges de la rivière. Occupé à envisager sa soirée solitaire, il ne remarqua pas la petite silhouette qui attendait à l'ombre frémissante du saule.

— Hé, fit-elle.

Il s'immobilisa, un pied en suspens, puis se pencha légèrement pour mieux la voir.

— Oui ?

Daisy avait le dos tourné au lampadaire, le visage dissimulé dans l'ombre.

— Faut que je vous parle.

Cette déclaration ne lui plut guère mais il adopta un ton neutre.

— Vous voulez entrer ?

Daisy étudia les fenêtres sombres. Comme des petits yeux carrés sur la face plate de la bâtisse. La porte était une bouche ouverte.

— Non, répondit-elle d'un ton brusque.

— Bon, alors, de quoi allons-nous parler ?

La femme-médecine prit conscience qu'elle ne s'était pas préparée à cette rencontre. Comment pouvait-elle formuler cela ?

— C'est à propos de ce que vous faites...

Elle s'interrompit, prit une profonde aspiration.

— ... à ces animaux.

Un avertissement prémonitoire glaça le sang de l'homme. Il inclina la tête et cligna des yeux en regardant sa visiteuse importune.

— Qu'est-ce... que vous voulez exactement ? lui demanda-t-il.

Elle le lui dit.

30

Ranch de Burnt Creek, Powderhorn, Colorado

Le contremaître du ranch n'avait pas les vaches en tête alors qu'il conduisait son pick-up Jeep cabossé entre les ornières de la route rocailleuse. Toby Aucliffe ne pensait même pas à la pluie ou, plus exactement, au manque de pluie, la préoccupation éternelle de l'éleveur dans l'Ouest. Le mégot d'un cigare coincé entre ses dents tachées de nicotine, il pensait à une femme. Une femme bien précise qui avait la peau aussi rose qu'une tranche de jambon frais, une femme dont la voix était basse et douce, comme l'épais sirop d'érable qui goutte d'une pile de crêpes chaudes. Roy adorait la nourriture presque autant qu'il aimait les femmes, et il avait tendance à comparer et associer ces deux plaisirs sans presque marquer de séparation entre eux. Il relâcha l'accélérateur et négocia un virage en épingle qui épousait les contours d'un profond arroyo.

Il sentit l'odeur de la carcasse avant de la voir.

Il claqua la portière du pick-up, jeta sur la route le cigare qu'il n'avait pas allumé et l'écrasa brutalement sous le talon de sa botte. Saloperies de vaches. Presque aussi emmerdantes que les chevaux. Dès qu'on tournait le dos, elles tombaient raides mortes, juste histoire de vous casser les pieds. Dans sa vision des choses, les bêtes tombaient malades ou mouraient exprès pour lui fiche en l'air son projet de passer son samedi soir en ville. Il hésita puis, d'un pas furieux et décidé, il s'avança sur la prairie sèche vers la forme immobile dans un lopin de sauge. De la route, on aurait dit un gros rocher, mais le cow-boy connaissait chaque caillou de son domaine. C'était une Hereford pure race, l'une des six cents têtes de bétail du ranch de Burnt Creek. En s'approchant de la carcasse, il comprit qu'il s'agissait d'un animal de taille imposante. C'était un des taureaux. Il jura tout bas. Les taureaux herefords pure race coûtaient un paquet de dollars. Le consortium de chiropraticiens de Dallas qui était propriétaire du ranch allait exiger un rapport complet et détaillé cette fois. « Un rapport écrit, recensant tous les détails pertinents ». grommela-t-il à part lui, imitant l'intonation plaintive de leur comptable à lunettes. Le cow-boy qui savait à peine lire et écrire détestait les comptables presque autant qu'il exécrait les bêtes qui crevaient sans raison valable. Il jura à nouveau, cette fois en dirigeant sa fureur contre les riches qui jouaient aux éleveurs.

Quand il ne fut plus qu'à quelques pas de la dépouille, il fit halte soudain, reculant comme un ivrogne qui vient de se cogner contre une porte vitrée.

— Oh, non...

Il se détourna, pris d'horreur, fermant les yeux pour effacer l'image de la mutilation. Puis l'individu coriace qu'il était vomit son petit déjeuner.

Le paquet arriva au poste de police de Granite Creek, apporté par un coursier de UPS. Scott Parris lut l'adresse de l'expéditeur : Nancy Beyal. Il coupa l'épais adhésif avec son couteau de poche, défit le papier d'emballage marron. À l'intérieur, il trouva le roman à l'eau de rose que la standardiste lisait le jour où il était arrivé au poste de police des Utes du Sud.

Parris sourit à la vue du message moqueur scotché sur la couverture aux couleurs criardes du roman d'amour mexicain :

Cher Scott P.

J'ai pensé que cela pourrait vous distraire un soir de solitude où Anne sera en déplacement.

Bien à vous. Nancy B.

Son sourire disparut lorsqu'il vit la couverture du livre. Il plongea la main dans sa poche. Le texte liturgique que Harry Schaid, le vétérinaire, avait distribué aux gens venus assister à l'enterrement de Benita Sweetwater s'y trouvait encore. Il parcourut la feuille de papier chiffonnée jusqu'à ce qu'il ait repéré les mots :

Passerais-je un ravin de ténèbres...
De esta suerte, aunge caminase yo por medio de la sombra de la muerte...

Emily chassa une mèche de cheveux humides et détourna son regard du profond sillon où elle plantait les bulbes de tulipes perroquets sous, très exactement, vingt-cinq centimètres de terreau légèrement fertilisé. Fidel Sombra claqua la portière du camion et s'assit au bord du perron. Il ôta son chapeau de paille et gratta sa tête grisonnante.

— Salut, fillette.

Emily essuya la terre qui maculait ses mains délicates.

— Bonjour, papa.

Elle plissa son nez et sourit. Le vieil homme n'avait pas pris de bain depuis une semaine ; il exhalait la même odeur que ses cochons.

— J'ai du café tout prêt. Tu veux que je t'apporte une tasse ?

— Non. J'en ai déjà bu tellement aujourd'hui qu'il me ressortirait par les oreilles.

Il avait éclusé un pack de six bières mexicaines. Il sortit un couteau de son étui de ceinture et utilisa l'extrémité incurvée de la lame luisante pour extraire la terre de sous ses ongles durs comme de la corne.

— En plus, ton café c'est de la p... Je veux dire, il est vraiment trop léger pour moi.

Elle observa son père et plissa le front ; elle réfléchissait.

31

Charlie Moon était assis en face de Scott Parris dans un box du restaurant d'Angel mais il ne s'intéressait plus du tout à sa part de tarte aux noix de pécan.

— Je ne peux pas procéder à une arrestation en me basant uniquement sur l'idée que tu te fais de la... euh... vision de Tante Daisy. C'est pas une preuve.

— Mais ça cadre pourtant bien avec le reste, insista Parris.

— Il est pas exclu que ça se soit passé comme ça, admit Moon avec prudence.

Parris se demanda si la vieille femme avait en fait assisté à la mutilation d'Arlo Nightbird du haut de son perchoir sur le versant de la Mesa des Trois Sœurs. Peut-être avait-elle rejeté cette scène atroce de sa conscience... et eu cette vision en rêve. Une succession d'images symboliques représentant la victime et l'auteur du crime.

— Alors qu'est-ce qu'on fait ?

Le visage de Moon était impassible.

— Hoover croit que c'est Herb Ecker qui a tué et mutilé le taureau de Gorman, répondit-il lentement. Et pareil pour Arlo Nightbird. Il a clos l'enquête.

Moon repoussa la tarte ; il plongea une cuiller dans la tasse contenant son café tiède. La fit tourner.

— Mais peut-être que je devrais remuer tout ça... voir ce qui remonte à la surface.

Cañon del Serpiente

Une fois encore, humecté de sang, le long doigt ressortit de la dépression séculaire dans la roche. Pour dessiner. Il y avait désormais une nouvelle représentation humaine sur le grès. Ce personnage-bâton était agenouillé au-dessus de la silhouette précédente de l'Homme au Livre. Le doigt écarlate traça de nombreux petits points entre les deux personnages ; des larmes. Homme Agenouillé versait des larmes de sang sur Poète Défunt.

Bientôt, ils seraient ensemble.

32

— Je vois pas en quoi ça pouvait pas attendre demain.

Le dos de Fidel Sombra le faisait souffrir et il ressentait un désir ardent de boire. De boire quelque chose de fort. Le vieux fermier passa une manche sale sur sa bouche.

— Y a plusieurs de mes cochons qui se sont échappés la nuit dernière, et ces espèces de saloperies, il a fallu que je leur coure après d'un bout à l'autre du comté de La Plata et jusqu'au fin fond de nulle part. Je suis complètement lessivé.

Il attendit vainement un mot de compassion.

Emily avait la main tendue, la paume en l'air. Elle cracha son accusation.

— Ce couteau dont tu t'es servi pour te faire les ongles, l'autre jour ; j'étais certaine de l'avoir vu avant. Cette nuit, ça m'est revenu. C'était le couteau d'Arlo. Donne-le moi. Tout de suite !

Elle avait cette expression inflexible qu'il se souvenait d'avoir vue sur le visage de sa mère. Il ne servirait à rien de mentir. Fidel sortit à contrecœur le couteau de son étui et le remit à sa fille.

— Moi, j'avais conclu que c'étaient des animaux qui avaient mangé les oreilles d'Arlo. Mais tu avais son couteau. Tu as dû lui... couper les...

Ses paroles furent interrompues par un frisson.

— Qu'est-ce que tu as fait de...

— T'as pas à t'inquiéter pour ça, fit-il avec un clin d'œil. Je les ai données aux cochons.

Elle ferma les yeux et secoua la tête avec incrédulité. Sa voix s'était adoucie, comme si elle tentait de communiquer avec un attardé mental.

— Papa... dis-moi ce que tu as fait de la turquoise qu'Arlo portait à l'oreille.

Fidel s'étira. Ça avait été son porte-bonheur favori depuis la mémorable visite dans le canyon de l'Esprit.

— Je l'ai plus.

— Ne me mens pas, papa. Je ne quitterai pas cette maison avant que tu m'aies donné la turquoise !

Elle serrait si fort le couteau de chasse que ses phalanges blanchissaient.

Emily tenait de sa mère et Fidel était sûr qu'elle savait quand il mentait.

— Je te jure, fillette. Je l'ai plus.

— Comment pourrais-tu ne *pas* l'avoir ? demanda-t-elle d'une voix égale.

Fidel tremblait ; il ne parvenait pas à quitter le couteau des yeux.

— Je... euh... Je l'ai perdue, on peut dire.

Emily s'aperçut qu'il était terrifié. Elle rangea le couteau dans son sac à main.

— C'est absurde, papa. Comment aurais-tu pu la perdre ?

Le vieux fermier lui expliqua très précisément pourquoi il n'avait plus la turquoise en sa possession. Au début, il sourit au souvenir de sa plaisanterie d'ivrogne. Puis des ricanements interrompirent son récit. À la fin, c'en fut trop pour lui. Fidel Sombra pouffa et s'étrangla de rire à en avoir mal aux côtes.

33

Charlie Moon s'interrogeait : avait-il été idiot de se lancer dans la carrière de policier ? Cela ne rapportait pas beaucoup et il n'avait rien de mieux à faire que de répondre à un nouvel appel urgent de Louise Marie LaForte. À croire qu'elle le considérait comme son policier attitré. La vieille dame était, sous son meilleur jour, pour le moins originale et, sous le pire, elle voyait des choses. Louise Marie voyait des apparitions. Elle voyait le *loup-garou.* Louise Marie avait probablement goûté l'alcool qu'elle fabriquait elle-même. Moon sourit : elle en avait peut-être goûté un litre entier. Il engagea la Blazer sur son allée et, par suite d'une longue habitude, posa un regard sur la maison voisine délabrée. Un rideau fut rapidement tiré devant la fenêtre de l'étage, dissimulant la lumière vacillante d'une lampe à pétrole. Ainsi donc, l'écrivain taxidermiste atteint de folie continuait, en dépit de mises en gardes réitérées, à espionner sa voisine. Taxi commençait à devenir pénible. La vieille femme attendait sur la balancelle de son perron. Des papillons de nuit dansaient une gigue effrénée dans la faible lumière jaune qui filtrait derrière un store baissé ; une petite cruche en faïence était posée sur un plateau, à côté du genou de Louise Marie.

Moon toucha son chapeau.

— Qu'est-ce qui se mijote, Louise ?

Elle désigna une tasse vide près du pichet.

— Vous voulez du thé ?

— Je ne bois jamais ce genre de chose. Quel est le problème, cette fois ?

Louise Marie finit sa dernière gorgée de « thé, » puis eut un petit hoquet délicat.

— Cette fois, c'est moche, répondit-elle avec l'air de se délecter de faire mystère, *très* moche.

— Qu'est-ce qui est moche ?

Elle agita sa petite main selon un arc de cercle théâtral pour désigner les cieux.

— J'ai vu les lumières du nord danser au-dessus de la planète, agiter leur longue jupe de flamme bleue.

Songeuse, elle marqua une longue pause avant de poursuivre. Louise Marie savait parfaitement ménager ses effets.

— J'ai vu le *loup-garou* à de nombreuses reprises. *Oui*, j'ai même vu, une fois, le grand monstre des eaux au long cou nageant dans la baie de Missisquoi, sur le lac Champlain, mais...

Elle se signa solennellement tandis qu'elle murmurait :

— ... comme je suis une bonne catholique je n'ai jamais cru à la réincarnation.

Certaines choses, évidemment, se produisaient, que l'on y croie ou non.

Moon s'assit à côté d'elle sur la balancelle. La chaîne réagit sous son poids par un craquement de mauvais augure.

— Vous voulez dire, par exemple, quand des gens qui sont morts reviennent sous les traits d'autres gens ?

Un vague souvenir passa qu'il ne parvint pas à saisir. Le souvenir d'un rêve.

— *Oui*, répondit-elle d'un ton lugubre, ou s'ils ont été méchants, ils peuvent revenir sous une *autre* forme.

Il ferma à demi les yeux en regardant le fin quartier de lune qui se levait au-dessus du Piños.

— Ben, je crois pas que j'aie jamais beaucoup réfléchi à ça.

Il posa le bras sur la balancelle, derrière la vieille femme, et lui appliqua une petite tape réconfortante sur l'épaule :

— Et c'est pour ça que vous m'avez appelé au milieu de la nuit, pour me parler de réincarnation ?

— Il est revenu, chuchota-t-elle.

Il y avait un doux parfum d'eau de vie de framboise dans son haleine.

— Le *loup-garou* ? Je croyais qu'il était parti pour de bon.

— Pire que le *loup-garou*, fit Louise Marie avec un frisson. Arlo Nightbird est revenu.

Moon cessa de se balancer et la vieille femme faillit plonger du nez sur le plancher de la galerie.

— Qu'est-ce que vous avez dit ?

— Arlo, répéta-t-elle en reprenant contenance, il est revenu.

Louise Marie s'interrompit pour verser dans sa tasse un peu de la liqueur écarlate que contenait le cruchon ; elle y trempa les lèvres pour se donner du courage.

— J'ai entendu un bruit étrange, un peu plus tôt. Je suis allée regarder avec ma torche. Je l'ai vu dans mon jardin. À ce moment-là, j'ai appelé la police.

— Vous savez, dit Moon d'un ton sévère, vous n'habitez pas sur le territoire qui dépend de la police des Utes du Sud et vous n'êtes pas une Ute. Vous n'êtes même pas indienne, ni de près ni de loin. Vous auriez dû appeler la police d'Ignacio.

— Les policiers de la ville me disent toujours « Appelez Charlie Moon », fit-elle d'un ton pitoyable. Vous êtes le seul qui accepte de venir aider une vieille et pauvre femme.

Louise Marie se rapprocha davantage de lui.

Il pencha la tête en arrière, observa les étoiles innombrables. Il ressentait presque la puissante rotation imprimée par les bras de la galaxie, projetant la terre dans l'espace sidéral.

— Qu'est-ce qu'Arlo venait fabriquer dans votre jardin ?

— Il fouissait, probablement en quête de vieilles patates. Ou de larves.

— Des larves ? grommela Moon. Je ne me représente pas bien Arlo dégustant ce genre de choses.

— *Oui.* Mais maintenant, il aime ça, dit-elle d'un ton patient. Il est revenu sous la forme d'un porc, voyez-vous.

Moon sourit à la Grande Ourse.

— Ça, je comprends qu'on puisse éprouver des difficultés à faire la différence entre Arlo et un cochon.

Les épaules de la vieille dame se raidirent.

— Ce n'est pas une chose que l'on peut prendre à la légère, Charles Moon. Ce cochon était Arlo Nightbird, revenu pour me tourmenter, il n'y a aucun doute là-dessus.

La raison, se dit le policier, était sa seule arme pour affronter les délires de la vieille femme.

— Mais pourquoi Arlo Nightbird viendrait-il vous voir *vous*, Louise Marie ?

Elle haussa les épaules, comme si c'était là un grand mystère. Mais elle n'avait aucun doute : cette visite était la vengeance d'Arlo. Après tout, elle l'avait traité de porc !

Moon tourna la tête pour scruter les petits yeux vifs qui le fixaient au milieu de ce visage ridé.

— Qu'est-ce qui vous rend aussi certaine que ce représentant de la race porcine soit Arlo Nightbird ?

— Eh bien, fit-elle avec une ferme assurance, ça ne pouvait être personne d'autre.

— Et pourquoi ça ?

— Ce cochon portait la grosse turquoise d'Arlo, fit-elle en touchant le lobe de son oreille gauche, ici exactement.

Charlie Moon contourna péniblement le bâtiment principal de la ferme, arrachant ses semelles à la boue qui allait se transformer en une couche dure sur ses bottes neuves. Il fit halte un instant, abrita ses yeux du soleil et lança :

— Fidel... tu es par là ?

Le vieux fermier apparut à la porte de la grange. Il retira son chapeau Farmall défoncé, chassa une petite mèche de cheveux gris collés sur son front mais ne prononça pas un mot. Moon s'approcha à grandes enjambées, espérant minimiser ainsi l'accumulation de boue sur ses bottes. En vain.

— Comment ça va, Fidel ?

Le policier s'assit sur une balle de foin moisie et tenta de nettoyer ses chaussures avec une poignée de paille.

— Beaucoup de corvées en souffrance, répondit le vieil homme d'un ton brusque. Qu'est-ce qui t'amène chez moi ?

— Il paraît que tu as des cochons qui se sont échappés.

Fidel Sombra crispa les poings.

— T'es venu me parler de cochons ?

Moon ne leva pas les yeux de sa tâche de nettoyage.

— Je voulais te parler du meurtre d'Arlo.

Le vieil homme sentit la cadence de son cœur s'accélérer.

— Tu es... tu es en dehors de ta juri... je sais pas comment vous appelez ça.

— Tu as sans doute raison, répondit Moon en essuyant son talon sur la balle de foin. Mais ce n'est pas une visite officielle. Plutôt amicale.

Le fermier augmenta la flamme d'un des brûleurs de son réchaud Coleman jusqu'à ce que le liquide noir contenu dans le pot de métal émaillé de couleur bleue commence à bouillir.

— Qu'est-ce que tu peux bien en avoir à fiche de ce petit trou-du-cul de mule ?...

— C'est un peu comme une devinette, je n'arrive pas à me la sortir de la tête.

— Tu te demandes pourquoi ce jeune étranger l'a tué ? s'enquit Fidel en versant du café dans une tasse en céramique sale. Ben quoi, ce gamin, il était fou et drogué jusqu'aux yeux, il en avait pas besoin, de raison.

— Ce n'est pas Ecker qui a tué Arlo, déclara Moon en continuant de nettoyer ses bottes. Nous le savons tous les deux, ce qui s'est passé, pas vrai, Fidel ?

Le fermier s'assit sur un tabouret à trois pieds qui servait pour la traite. Il fixa un regard torve sur le policier.

— Puisque tu en sais autant, dis-le moi, bon Dieu... comme ça on sera deux à être plus intelligents.

— J'ai consulté les relevés de la compagnie du téléphone. Tu as appelé ta fille le soir même où Arlo s'est rendu dans le *Cañon del Espiritu* avec... (Moon buta sur le nom de Benita et se reprit)... avec la fille de Gorman.

Fidel baissa les yeux sur le sol.

— Ça veut rien dire du tout. Ma fille, je l'appelle pratiquement tous les soirs.

— Emily t'a dit qu'Arlo était en retard pour leur rendez-vous d'anniversaire de mariage. Après, les relevés indiquent que tu as appelé la Compagnie d'assurances Nightbird. Tu as parlé pendant quatre minutes environ.

— J'ai foutrement le droit d'appeler qui je veux...

— Tu as menacé Herb Ecker jusqu'à ce qu'il te dise qu'Arlo était parti dans le canyon voir ma tante Daisy. (C'était une hypothèse raisonnable.) Tu savais donc où Arlo se trouvait et...

Le vieil homme se hérissa :

— T'as rien à faire ici. On est pas sur la réserve.

Puis il reprit un peu son sang-froid :

— En plus, ce que t'as, c'est qu'un tas de suppositions.

Moon sourit ; il se leva et glissa les pouces sous sa ceinture à pistolets.

— Et si je te disais que nous en avons retrouvé un, de tes cochons qui se sont échappés ? (Il vit une crainte soudaine luire dans le regard de Fidel.) Et si je te disais que c'est un porc tout ce qu'il y a de plus mode... qu'il portait la turquoise d'Arlo à l'oreille ?

Moon n'avait à aucun moment vu le cochon à l'oreille ornée du bijou, mais Fidel ne pouvait pas le savoir. Sauf s'il avait lui-même récupéré l'animal.

Le vieux fermier versa délibérément son café sur la paille ; il fixa des yeux le liquide répandu qui disparaissait progressivement dans la terre meuble.

— J'étais ivre comme une bête quand je l'ai décoré, ce cochon, murmura-t-il, mais à ce moment-là, il m'a semblé que c'était parfaitement adapté à la situation.

Il s'essuya les yeux d'une manche crasseuse :

— Qu'est-ce que tu vas faire ?

— Je ne peux pas laisser les choses en l'état. Il va falloir que je dise ce que je sais à Emily.

Fidel fit pensivement tourner sa tasse de café entre ses mains sales, étudiant l'objet de céramique comme s'il ne l'avait encore jamais vu.

— J'aimerais autant que tu laisses ma fille en dehors de ça.

Moon ferma les yeux et tenta de se souvenir du visage de Benita. Chaque jour, son image s'effaçait un peu plus dans sa tête. Mais il y avait une chose qui ne s'effaçait pas... Arlo était responsable de la mort de Benita Sweetwater. Arlo avait été assassiné lui aussi, cependant, et quelqu'un devait payer le prix de cette autre mort.

— J'y ai beaucoup réfléchi, dit-il. Il va falloir que je fasse ce qu'il convient de faire. (Il scruta le visage du fermier.) Tu comprends ?

— Bien sûr. Je sais.

Tout le monde à Ignacio savait que l'on pouvait compter sur Charlie Moon pour faire ce qui convenait. Fidel émit un juron puis brisa la tasse en mille fragments sous son talon.

La jolie employée de la boutique de fleurs de Durango adressa un sourire éblouissant à la grande silhouette quelque peu embarrassée qui faisait passer son poids d'une jambe sur l'autre et recommençait.

— Et quelle sorte de message souhaitez-vous que j'inscrive sur la carte ?

— Heu..., hésita-t-il, mettez simplement que c'est de la part de Charlie.

C'était ce qu'il convenait de faire.

La vendeuse écrivit sur le petit carton.

— Très bien, monsieur. Une douzaine de roses à longue tige, donc.

La jeune Chicano adressa un sourire radieux à l'homme imposant et regretta de ne pas avoir quelqu'un comme lui qui lui enverrait des roses.

— Elle a beaucoup de chance.

— Ouais, fit Moon. On doit pouvoir dire ça.

Les grands yeux marron de la jeune fille étaient presque aussi jolis que ceux de Benita, mais ses lèvres n'avaient pas la même sensualité. Ni sa voix la même harmonie... Cela, s'obligea-t-il à se dire, était de l'histoire ancienne. Une perspective perdue à jamais.

La jeune femme vit une ombre passer sur ses traits et se détourna pour répondre au téléphone. Il regarda sans les voir les personnages sur l'écran de la télévision portable. C'était la scène finale d'une histoire hilarante du vétérinaire James Herriot tirée des Yorkshire Dales. Siegfried était, comme d'habitude, furieux contre son frère cadet. Tristan avait terrifié le quartier en s'enveloppant dans une cape et en se matérialisant nuit après nuit dans un monastère en ruines, comme s'il était le « fantôme » torturé d'un moine accablé par le malheur. Un agent de police musclé, qui ne prêtait aucunement foi à des bêtises de ce genre, le tenait presque à sa merci. La scène fut brutalement interrompue par une publicité pour de la nourriture animale « approuvée par les vétérinaires ». « Votre chiot adorera les boulettes hyper-énergétiques de Peter », insistait l'annonceur. Le faux vétérinaire avec sa blouse blanche n'en finissait pas d'énumérer les bénéfices du produit qui contenait « des vitamines et des minéraux renforcés ». Cette publicité fut suivie d'autres. Des pick-up Ford avec remise du fabriquant. De la sauce épicée garantissait un cow-boy grisonnant, qui n'était pas de fabrication new-yorkaise. Une femme d'une beauté stupéfiante, appuyée sur un léopard naturalisé, vantait les mérites d'un nouveau parfum venu d'Italie. « Ma Confession, susurrait-elle, un parfum subtil qui frôle les confins de sa conscience. » Avec un sourire séducteur, elle défaisait le bouton du haut de son chemisier de soie.

La vendeuse raccrocha le téléphone et se tourna pour adresser un sourire au policier qui contemplait le poste de télévision en fronçant les sourcils.

— Bien, lui dit-elle, vous souhaitez régler en liquide ou par carte de crédit ?

Moon ne l'entendit pas. La révélation lui était venue comme l'illumination soudaine d'un paysage ténébreux présent depuis longtemps. La foudre qui tranperçait le ciel estival à minuit. Le policier ute savait déjà qui avait tué Arlo Nightbird. Maintenant, il pensait savoir comment le taureau hereford de Gorman avait trouvé la mort. Mais il n'avait pas le moindre soupçon de preuve.

34

Charlie Moon leva les yeux. Emily Sombra-Nightbird venait d'entrer dans son bureau sans faire de bruit. Ce n'était pas une visite inattendue.

— Bonjour, Charlie.

Il se leva et, de la tête, lui indiqua une chaise en bois inconfortable.

— Assieds-toi.

— Je suis passée pour te remercier. Pour ces roses splendides.

Elle tenait le bouquet entre ses mains, une question dans le regard. Pourquoi cette soudaine attention de la part du grand gars taciturne ?

Moon essaya de paraître détendu, mais son cœur cognait contre ses côtes.

— J'espérais qu'elles allaient te plaire.

Emily se rapprocha de lui.

— Je n'arrive pas à me souvenir de la dernière fois où quelqu'un m'a envoyé des fleurs.

Il hocha la tête sans prononcer un mot. Emily serait choquée si elle savait pour quelle raison il les lui avait achetées. Benita Sweetwater avait une dette envers elle ; les roses en étaient le témoignage symbolique.

Elle lui toucha la manche.

— Tu sais, j'ai toujours eu un faible pour... les hommes forts, résolus.

Moon déglutit avec difficulté.

— Il faut que nous parlions.

— J'espère qu'il ne s'agit pas de la mort d'Arlo, répondit-elle tandis que ses yeux devenaient ternes. J'aimerais laisser ça loin derrière moi.

Aussi loin que l'ouest peut l'être de l'est.

Moon étudia le visage de sa visiteuse.

— Je me suis livré à quelques vérifications, fit-il d'un ton qu'il s'efforça de rendre naturel en dépit de son pouls qui battait sous son col de chemise. Le soir où Arlo était en retard pour votre rendez-vous d'anniversaire, les relevés du téléphone indiquent que ton père t'a appelée, puis qu'il a téléphoné à la compagnie d'assurances.

Les sourcils d'Emily remontèrent sur son front. Son visage disait : *Et alors ?*

— Herb Ecker a dû lui indiquer où il pouvait trouver ton mari. Il semble que Fidel se soit rendu dans le canyon, qu'il y ait trouvé Arlo agonisant. Tout le monde sait que Fidel le détestait... Et ton père a un sale caractère.

— Mon père n'a pas... il n'aurait pas...

Elle hésita, ses lèvres dessinant une ligne rouge droite et crispée en travers de son visage.

— Je me suis rendu à la ferme de Fidel. Nous avons eu une longue conversation. À propos d'un cochon qui porte une turquoise à l'oreille.

Les traits d'Emily semblaient figés ; ses yeux, d'ordinaire expressifs, paraissaient vides.

— Il va falloir que tu fasses appel aux services d'un avocat pour défendre ton père.

Il marqua un temps d'arrêt afin de laisser ses paroles faire leur chemin puis il ajouta :

— Un très bon avocat.

Il attendit.

— Mon père, dit-elle enfin, n'a pas tué mon mari.

— Je comprends que tu veuilles le protéger, fit Moon avec un geste de la main pour désigner une liasse de feuilles agrafées ensemble sur son bureau. Mais les preuves qui pèsent sur lui sont sérieuses.

Elle suivit du regard l'impressionnant tas de documents qu'il rangeait dans un des tiroirs de son bureau. Et l'observa qui tournait la clef dans la serrure.

— Je peux fournir un alibi à papa.

— Bien sûr, fit Moon en faisant de son mieux pour adopter un ton de scepticisme. Si tu me dis qu'il était ailleurs, je t'écouterai attentivement...

C'était le moment crucial. Elle allait y venir, ou alors...

— ... mais je doute que cela aide Fidel.

— Comment je peux être sûre que tu n'utiliseras pas quelque chose que je vais te dire pour... pour me causer des ennuis ?

— Rien de ce que tu vas me dire ne figurera dans le dossier.

Il vit l'hésitation dans ses yeux :

— Je t'en donne ma parole.

Emily mit la tête entre ses mains et soupira. On pouvait avoir confiance en Charlie Moon. C'était l'une des rares certitudes à Ignacio.

— Herb Ecker a bien dit à mon père qu'Arlo était allé voir ta tante. Mon père et moi sommes partis à sa recherche, tôt le lendemain matin. Nous avons trouvé sa voiture en panne sur la route de graviers. Daisy n'était pas chez elle, alors nous sommes remontés plus haut dans le canyon. (Elle ferma les yeux.) Nous avons trouvé Arlo sous un chêne nain... presque nu... il saignait de la tête...

Moon s'exprima avec compassion :

— J'imagine que ça a dû te bouleverser.

Elle posa un regard furieux sur le policier.

— Évidemment, j'étais... pratiquement en état de choc.

— Et tu étais en colère ?

Emily écrasa une tige de rose, enfonçant une minuscule épine dans son doigt.

— En colère ? Pourquoi j'aurais été en colère ?

Elle aspira la goutte de sang qui perlait à son doigt.

Moon respira à fond. Maintenant ou jamais.

— Parce qu'il... euh... t'avait contaminée ?

Il n'avait pas eu l'intention de faire sonner ces mots comme une question.

Emily en resta bouche bée :

— Comment... comment tu as fait pour savoir ça ?

— Cecelia Chavez est passée te voir le soir où Arlo était en retard.

C'était exact. L'infirmière avait reconnu cette visite, mais rien de plus. Le moment était venu de prendre un grand risque : s'il se trompait, Emily comprendrait qu'il ne savait vraiment pas grand-chose et c'en serait fini.

— Elle est venue te dire que le sang que tu avais donné n'avait pas passé le cap des analyses.

Il observait son visage et vit ses pupilles se dilater presque imperceptiblement. Maintenant, il devait abattre son jeu.

— J'ai parlé à Doc Anderson.

Il affichait une expression confiante, comme s'il savait tout. Le médecin personnel d'Emily avait catégoriquement refusé de discuter de sa visite à la résidence des Nightbird, il avait même menacé de détruire le dossier médical d'Emily au premier signe d'injonction judiciaire. Le médecin dissimulait quelque chose, mais quoi ? Il y eut un silence prolongé. Moon se demanda s'il était allé trop loin. Trop vite.

Quand enfin elle s'exprima, ce fut à peine plus fort qu'un murmure.

— Alors tu sais.

Elle regarda une rose, caressa de son doigt les pétales fragiles.

— Séropositive. Cecelia m'a dit que c'était ce que les analyses pratiquées sur mon sang avaient révélé. (Elle trouva un mouchoir dans son sac.) Je suis restée sans dormir toute la nuit. Au début, j'ai pleuré. (Elle trembla à ce souvenir.) J'avais peur de mourir. Mais aux premières lueurs du jour, j'ai été prise de fureur. J'ai appelé mon père, je lui ai tout raconté. Quand nous avons trouvé Arlo, il avait une grosse bosse sur le crâne mais il n'était pas mort. Il a ouvert les yeux.

Elle comprima le mouchoir en une boule minuscule :

— Ce dégoûtant m'a fait son espèce de sourire ! J'ai dû perdre complètement la tête. C'était comme si je m'étais échappée de mon corps... comme si je flottais au-dessus... et que je regardais quelqu'un d'autre. Son couteau était par terre à côté de lui. Je m'en suis servie pour...

Elle ne put continuer.

— Ainsi donc tu l'as castré.

Inconsciemment, Moon serra les genoux.

Elle se tamponna les yeux avec son mouchoir, mais il n'y avait pas de larmes.

— C'était la manière la plus sûre de faire en sorte qu'il ne contamine personne d'autre.

Il se rendit compte que c'était d'une logique inattaquable.

— Mais... tu lui as enfoncé les bourses dans la gorge.

Le policier essaya d'avaler sa salive, sans succès.

— Il s'était mis à hurler. Il fallait que je l'en empêche, fit-elle d'une voix qui s'acheva dans un murmure. Charlie, tu dois me croire. Aussi furieuse que je l'étais à ce moment-là, je n'aurais rien fait de semblable... si j'avais disposé de tous mes esprits.

Tiens donc. Elle envisageait déjà de plaider la démence. Cela ne serait pas nécessaire. Elle avait sa parole que leur conversation ne figurerait pas au dossier. Mais cette promesse n'avait strictement aucune importance. Il ne lui avait pas rappelé les droits qui lui étaient garantis par la loi, ce qui rendait ses aveux irrecevables quoi qu'il advienne. Et aucun jury ne la condamnerait, au Colorado. Pas après que son mari lui eut transmis une maladie mortelle puis eut tenté de violer Benita Sweetwater. Moon avait les mains glacées ; il plia les doigts pour favoriser la circulation du sang.

— Et après, poursuivit-il d'une voix douce, tu... euh... tu lui as coupé les oreilles pour que ça donne l'impression que la personne qui a mutilé le taureau de Gorman avait aussi charcuté ton mari ?

Une stratégie bien élaborée pour une femme ayant perdu la raison.

Elle regimba en entendant le mot « charcuté », passa une main sur ses yeux comme pour effacer de sa mémoire ces épouvantables images.

— Je ne risquais pas d'avoir de plan. J'ai juste lâché le couteau et je suis retournée au camion de papa. Je ne me souviens plus de grand-chose après ça.

— Alors c'est Fidel qui a...

Elle eut un soupir.

— Il a pris le couteau d'Arlo. Et... je ne l'ai découvert que plus tard... il a aussi... sectionné ses oreilles.

Maintenant, ses yeux étaient vides, comme deux gros boutons noirs cousus sur le visage d'une poupée.

— Tu sais déjà ce qu'il a fait de la turquoise qu'Arlo portait à l'oreille.

Aux limites de l'hystérie, elle commença à pouffer de rire.

Moon se pencha pour poser une main sur son épaule. Quand elle se fut calmée, il reprit :

— Emily, on ne peut pas tuer son mari comme ça parce qu'il...

Son visage délicat était l'image d'un étonnement authentique :

— Pourquoi ?

Il essaya de trouver une raison qui pourrait paraître acceptable à cette femme fascinante, n'y parvint pas.

— C'est contraire à la loi, dit-il sans conviction.

Emily Sombra observa un long moment de silence avant de lever les yeux vers le visage du policier.

— Charlie, je te fais la promesse solennelle de ne plus *jamais* faire une chose pareille.

Elle attendit :

— Tu me crois ?

— Bien sûr que je te crois.

En tout cas, il n'avait pas plus d'une chance sur deux de se tromper. Si un futur mari se moquait d'elle, le meurtre serait beaucoup plus facile la seconde fois. Mais il ne voulait pas la mettre en état d'arrestation. Il y avait, après tout, de bonnes raisons de la laisser tranquille. Pour commencer, Arlo méritait bien ce qui lui était arrivé. Enfin, presque. Ensuite, elle était à moitié indienne, même si cette moitié était apache. Mais quelque chose le travaillait : James Hoover avait affirmé que la femme était l'auteur du crime (dans soixante pour cent des cas ?) lorsque le mari assassiné était infidèle. Moon se dit que s'il choisissait d'oublier le meurtre d'Arlo, cela n'était lié en rien à la détestable perspective de donner raison à l'agent fédéral. Néanmoins, les faits étaient là.

Elle emplit ses poumons du doux parfum des roses.

— Tu m'as piégée en me racontant cette histoire sur mon père, dit-elle sans laisser poindre d'accusation, juste de la curiosité. Tu savais que c'était moi qui l'avais fait. Mais comment ?

Il ne pouvait lui avouer que ça avait débuté quand Scott Parris avait reçu le roman d'amour de Nancy Beyal, *Le Village des ombres. Aldea del Sombras.* Parris avait l'intuition que l'ombre présente dans la vision de Daisy avait un rapport direct avec le nom du père d'Emily. *Sombra.* Ombre. Cependant, son ami *matukach*, qui voulait faire endosser le crime à Fidel Sombra, n'avait pas saisi toute la signification de la vision. Il y avait, aussi, la chouette avec du sang sur les serres. Mais Parris ignorait probablement qu'Emily avait repris son nom de jeune fille après la mort d'Arlo. Mystérieusement, Tante Daisy était allée en ce lieu de ténèbres et avait assisté à tout : Ombre se changeait en Chouette et plongeait ses serres dans le sang chaud du *Nuu-ci.* Puis redevenait Ombre. La femme qui portait le nom de Sombra avait épousé Arlo et était devenu Nightbird, Oiseau de Nuit. Alors, elle avait trempé ses mains dans le sang du Peuple. Depuis, elle était redevenue une Sombra. Une Ombre. Il se demanda si sa tante avait établi le rapport entre son étrange vision et Emily Sombra-Nightbird-Sombra.

— Ce n'est vraiment pas de ma faute, chuchota-t-elle presque en aparté, tout cela n'a été qu'une erreur stupide.

Moon leva un sourcil.

— Une erreur ?

— Absolument. J'ai appelé le docteur Anderson, je lui ai annoncé ce que l'infirmière m'avait dit, concernant mon don de sang. Il est venu, juste avant que toi et Scott... et monsieur Parris vous n'arriviez, et il a effectué un second prélèvement sanguin.

C'était donc à cela, comprit-il, que Parris avait assisté quand il avait pensé qu'Emily se faisait faire une injection.

— Tu nous as dit qu'il t'avait fait une piqûre, pour te calmer.

— Oui, répondit-elle sans montrer d'émotion, j'ai paniqué quand vous êtes arrivés en avance et que vous avez vu le médecin chez moi. J'ai menti.

Paniqué... c'était presque drôle. Cette femme avait des nerfs d'acier. D'acier froid, trempé. Moon remarqua les roses dans sa main ; elles se fanaient déjà.

— Enfin bon, ajouta-t-elle rapidement, le second test, pratiqué dans un laboratoire de Kansas City, n'a décelé aucune trace du virus du SIDA. Juste histoire d'être absolument sûr, le docteur Anderson a effectué un prélèvement supplémentaire et l'a envoyé à Atlanta, au Centre de contrôle des maladies, pour de nouvelles analyses. Celles-là aussi se sont avérées négatives.

Elle leva les sourcils en signe d'espoir, comme un enfant qui explique un bulletin scolaire à ses parents :

— Je suis donc en parfaite santé. Les scientifiques qui travaillent pour le ministère de la santé, à Atlanta, ont dit que le résultat du premier test était une « anomalie statistique ». Une stupide erreur. Arlo ne m'a pas contaminée, en fin de compte. Je me sens tellement *bête*.

Elle s'interrompit pour s'essuyer les yeux. Toujours aucune trace de larmes.

— Charlie, j'espère que tu garderas ça pour toi. Je t'en serais éternellement reconnaissante.

— Ce que tu m'as dit est entre nous. Je n'ai pas l'intention de prendre des mesures officiellement. À moins que de nouveaux éléments surgissent, qui soient liés à la mort d'Arlo.

Ça ne risquait pas. Bien sûr, il y avait toujours le cochon en cavale avec sa turquoise dans l'oreille...

— Oh, non, fit-elle en écartant ses paroles d'un geste de sa petite main, je ne voulais pas parler de la façon dont Arlo est mort. Je sais que tu ne mentionneras pas ce que je t'ai dit sur sa fin. Ce que je voulais dire, c'est que je ne voudrais pas que quelqu'un apprenne que j'ai eu un test positif pour le SIDA !

Le policier secoua la tête, stupéfait. Les femmes apaches

avaient leurs propres règles bien particulières pour guider leur vie. Pour donner naissance et pour enterrer. Pour cuisiner et pour se laver. Et pour régler le problème des maris infidèles.

— Tu es une femme étonnante.

Il était d'une sincérité absolue.

— Eh bien, je te remercie, Charlie Moon. Mais je sens bien que... je te déçois.

— C'est parce que je n'adhère pas franchement à l'histoire que tu m'as racontée sur la raison qui t'a incitée à lui enfoncer les...

— Mais, Charles, c'est parce que tu es un homme et que tu ne comprends pas comment une femme réagit quand elle est soumise à une tension aussi monstrueuse. J'étais furieuse contre Arlo. Tu n'as pas le droit de me juger avec autant de rigueur.

Elle mit son mouchoir dans son sac qu'elle referma d'un geste brusque :

— Tu ne peux pas comprendre à quel point c'était horrible pour moi. Pour le savoir, il fallait y être.

Le dos de Moon se raidit comme s'il avait reçu une décharge électrique intense.

— Quoi ?

— Je disais juste...

Sa voix se tut un instant tandis qu'elle s'interrogeait sur l'expression étrange de son visage. Quel homme surprenant, intriguant.

Le policier fixait sa visiteuse sans la voir vraiment. C'était ça. Exactement comme elle venait de le dire. Pour le savoir, il fallait y être !

Elle eut une moue aguichante :

— Est-ce que tu vas continuer à m'en vouloir toujours ?

Moon l'entendit à peine. Maintenant, il était sûr de savoir qui avait tué et mutilé Big Ouray. Mais il ne disposait pas de preuve suffisante pour procéder à une arrestation. Et ce tueur d'animaux pourrait se révéler très dangereux. Plus dangereux encore que cette femme.

— Charlie Moon ! Tu n'écoutes pas un seul mot de ce que je te dis.

Elle se rapprocha de lui de telle façon que sa jupe frôle le genou du policier.

— Tu sais... je me sens extrêmement seule dans cette grande maison, une fois le soleil couché.

Elle toucha la manche du policier, eut un sourire timide.

— Pourquoi tu ne passes pas ce soir... vers l'heure du dîner ?

Moon n'avait pas faim.

— Merci, dit-il. Je n'ai pas très envie de dîner.

— J'avais dans l'idée quelque chose qui s'apparenterait plutôt à un... *dessert.*

Nancy Beyal enfonça le bouton qui clignotait sur sa console.

— Police des Utes du Sud.

La standardiste écouta la voix excitée du correspondant qui demandait à parler à « Charles » Moon.

— Non, monsieur Oakes. Charlie est en congé.

Tout en prêtant l'oreille à ses questions, elle griffonna quelques mots sur son bloc de feuilles de couleur jaune.

— Une semaine. Peut-être deux.

Elle hocha la tête comme s'il pouvait la voir.

— Charlie a dit qu'il allait emprunter un chien, peut-être partir à la chasse.

Elle écouta à nouveau, avec une patience caractéristique. Oakes était tout excité, il prétendait qu'il était « sur un truc ».

— D'accord, je vais le noter. Il appellera peut-être pour se faire communiquer ses messages.

Elle se tut pour prêter l'oreille à une nouvelle question urgente.

— Non, Scott Parris n'est plus ici... mais je peux vous donner son numéro à Granite Creek.

Ce qui sembla satisfaire le correspondant agité.

Avec son couteau de poche, Scott Parris coupa l'adhésif du paquet que lui avait envoyé Charlie Moon. Au toucher, ça ressemblait à un livre. Il enleva l'épais papier marron. C'était une photocopie du journal de Herb Ecker. Un mot du policier ute y était fixé :

AMICALES PENSÉES

JE SAVAIS QUE TU VOUDRAIS LE LIRE

Charlie

Parris feuilleta les pages agraphées. Les entrées étaient couchées d'une écriture méticuleuse facile à lire. Il y avait des fragments de poésie, des vers sur le caractère inévitable de la mort et de la décomposition. Le ton allait du lugubre au grotesque. Sauf lorsque Ecker avait composé des vers romantiques qui parlaient d'une jeune femme. Benita. Gêné par cette violation de l'intimité d'un mort, il passa rapidement les passages sentimentaux. Il y avait des précisions concernant les dépenses du jeune homme. Loyer. Courses. Une nouvelle batterie pour sa moto, un assortiment de livres. Et des notes. Des pages de notes. Certaines de ces entrées étaient aux franges du mystique.

Incident intéressant à environ 12 km au sud-est de Dulce. Cheval quart de sang apache tué et mutilé. Langue, queue, organes sexuels tranchés. Mais ce n'est pas l'œuvre de la Bête à Cornes.

Il y en avait une datée du lendemain du jour où le Cabinet d'assurances Nightbird avait appris la mort du taureau de Sweetwater.

Le père de Benita signale mort Big Ouray. Selon docteur Schaid, la mutilation est l'œuvre des coyotes. Le vétérinaire dissimule la vérité. B. à C. frappe à nouveau ! Benita, princesse adorée, est venue et m'a parlé.

Quelques jours plus tard, Ecker avait inscrit :

De tous les habitants d'Ignacio, je suis seul à comprendre le mystère de la Bête à Cornes ! Le Savoir Absolu est synonyme de Pouvoir Absolu !

Parris tourna les pages, parcourant d'autres vers étranges, d'autres listes de prix d'articles d'épicerie et des quittances de loyer. La main d'Ecker avait quelque peu tremblé quand il avait enregistré le décès d'Arlo Nightbird.

Monsieur Nightbird est mort. C'était prévisible. Il avait offensé les Dieux !

Puis figurait l'ultime annotation :

Jojo Tonompicket arrêté pour braconnage : affirme avoir vu le « Diable Dansant » dans le canyon du Serpent. La police le croit fou. Non ! J.J. a vu la Bête à Cornes. Ce soir je vais utiliser la vision-médecine. Je vais danser la danse d'autrefois, chanter le chant d'autrefois, je vais voir dans les tréfonds des ténèbres.

Que signifiait donc tout cela ? Les psy du FBI avaient-ils raison ? Le cerveau d'Ecker abritait-il deux personnalités, le poète le jour, la Bête à Cornes la nuit ? Ou bien... y avait-il une autre présence, lâchée dans la nature ? C'était une pensée particulièrement dérangeante. Ecker n'avait certainement pas tué Arlo Nightbird. Mais il s'était rendu dans le canyon du Serpent pour danser. Était-il un danseur solitaire ou avait-il eu pour intention de danser avec... avec quoi ? Et il était mort. Mort parce qu'il était allé danser. Non. Reconnais la vérité ! Mort parce qu'un policier inattentif avait perdu un revolver déchargé au cours d'une bousculade. Parce que le caractère placide de Charlie Moon avait ses limites. Moon était prêt à tuer pour protéger son ami.

Le téléphone déchira le silence. Il porta le combiné à son oreille.

— Parris à l'appareil, aboya-t-il.

— Oswald Oakes, annonça son correspondant d'une voix qui vibrait d'excitation mal contenue. J'ai appelé la police des Utes du Sud ; mademoiselle Beyal m'a appris que vous étiez retourné à Granite Creek. Elle m'a donné votre numéro personnel.

Il fallut un long moment à Parris pour associer le nom avec la personne. C'était le type que Moon appelait « Oz ». L'excentrique collectionneur d'antiquités. Le joueur qui avait une collection d'objets d'artisanat indien et les fichiers d'ordinateur sur les mutilations d'animaux. « Faudra que je pense à remercier Nancy pour ça », marmonna-t-il. Puis :

— Qu'est-ce qui vous arrive ?

— Il y a eu une nouvelle mutilation pratiquée sur un taureau. Dans un ranch du comté de Gunnison, juste au sud de Powderhorn. Exactement comme pour l'animal de Sweetwater. Les oreilles et les testicules ont été prélevés.

Parris sentit une nausée nouer le creux de son estomac. Il maudit en silence la décision qu'il avait prise d'accepter ce remplacement dans la police ute.

De ses doigts, Oswald martelait nerveusement le plateau de marbre d'une table ancienne dans l'attente d'une réponse.

— Il y a des aspects extrêmement intrigants dans cette mutilation bien précise ; j'étais sûr que vous voudriez vous... vous en rendre compte par vous-même. Vous pourriez me retrouver sur les lieux.

Il attendit. Ce policier à l'esprit lent ne s'intéressait-il donc pas du tout à l'identification du mutilateur ? Il insista :

— Je vais m'y rendre dans l'heure qui vient.

Parris hésita.

— Je ne sais pas... il ne reste plus que deux heures environ avant le coucher du soleil et...

— Comme vous voudrez, l'interrompit Oswald d'un ton cassant, mais cette mutilation pourrait fournir des indications primordiales. Il y a des indices inhabituels qui pourraient mener à l'identification de l'auteur de ces actes.

— Euh... j'aimerais voir ce que vous avez trouvé. Mais c'est loin de ma zone d'intervention et j'ai énormément de travail actuellement. (Des promesses à tenir.) Charlie Moon ne veut pas aller jeter un coup d'œil, lui ?

— Le redoutable sergent Moon ne se trouve pas à son poste. Votre collègue indigène est en congé.

Le ton de Oakes trahissait sa contrariété.

— Entendu, fit Parris avec un soupir. Dites-moi où je peux vous retrouver.

Il était revenu.

Louise Marie LaForte se tenait dans un carré désolé de plants de tomates grillés par le gel ; ses mains frêles tremblaient. Elle ferma un œil et visa le long du canon rouillé et démesuré de son antique revolver. Elle avait mal aux poignets. Elle s'apprêtait à faire feu mais le poids de l'arme faisait inexorablement baisser le canon et sa visée en était faussée. La petite femme s'efforça de lever la mire bien au-dessus de sa cible, puis elle attendit que la gravité fasse son effet. Quand elle appuya sur la détente, la détonation fut si forte et le recul si inattendu qu'elle poussa un petit cri perçant et lâcha l'arme. Le cochon couina lui aussi ; il fit plusieurs pas chancelants, puis s'écroula dans le potager. Elle se pencha, mains appuyées sur ses genoux arthritiques. Oui, c'était bien le cochon dont elle avait signalé la présence à Charlie Moon. La turquoise brillait à son oreille. Le menton de Louise Marie trembla pendant qu'elle posait sur le porc un regard furieux.

— Va-t'en au diable, Arlo Nightbird.

Elle se redressa avec un gémissement, gratta son cou ridé. *Oui*, c'était un difficile problème auquel elle était confrontée là. Tout bon citoyen se devait de signaler ce genre de chose à la police. Ils pourraient alors venir chercher la carcasse de l'animal et s'en débarrasser à leur convenance. La démembrer. La brûler ! Mais s'ils se contentaient d'enterrer cette créature... l'esprit malfaisant d'Arlo pourrait s'échapper du corps du cochon... Il pourrait revenir la hanter... sous une autre forme, encore plus terrifiante ? Son imagination macabre était excellemment douée pour conférer à ses craintes une stupéfiante ampleur. Louise Marie se représenta un long serpent à rayures, aussi large de diamètre qu'un tonneau de saindoux. Le reptile se glisserait sous sa maison la nuit... il s'insinuerait à travers un trou dans le plancher de sa chambre. Se glisserait sous les couvertures durant son sommeil... et à ce moment-là ? Jamais ! Elle prit conscience de l'urgence qu'il y avait à détruire le corps du cochon de telle sorte qu'il n'en reste plus aucune trace. Il y avait une solution particulièrement tentante. Et la turquoise constituerait un ajout magnifique dans le coffret où elle rangeait ses trésors.

— Mais non, je ne dois pas, murmura-t-elle en cédant avec une satisfaction profonde à un apitoiement soudain, même si je ne suis qu'une pauvre vieille femme qui ne dispose que d'une maigre pension pour subsister.

Elle se représenta du lard frais, de tendres tranches de jambon d'un beau rose... le goût du jus rouge foncé lui monta à la bouche... celui des côtes de porc lentement grillées au four. Elle se mit à saliver. Mais c'était presque comme... (elle hésitait à se l'avouer)... comme du cannibalisme ! Sa conscience combattit cette solution.

La faim eut le dernier mot.

35

Oswald Oakes ressentait une impression de griserie confinant au vertige. Sa décapotable roulait dans un vrombissement de moteur sur l'étroite route goudronnée, avalait les côtes peu accentuées, l'aiguille du compteur oscillant autour des cent dix kilomètres à l'heure. Il expédia un mégot consumé par la portière, alluma un nouveau cigare, aborda un virage qui contournait un léger relief. Les pneus à sculpture radiale de la Miata collaient avec ténacité au revêtement de la chaussée, comme si la gomme était aimantée à la route. Il se sentait merveilleusement bien... mais il y avait autre chose. Quelque chose qui le titillait à la base du cerveau, la partie animale de l'individu qui sait les choses sans savoir comment elle fait pour les savoir. Il jeta un coup d'œil dans le rétroviseur, mais il n'y avait personne en vue. Il tenta d'évacuer l'idée absurde qu'il était suivi. Traqué comme un animal. Il n'y avait rien, personne derrière lui. Il comprit que cette suggestion avait été implantée dans son esprit par le rêve récurrent. Le cauchemar dans lequel il était poursuivi à travers les étendues vallonnées du plateau du Colorado. Pourchassé par quelqu'un qui allait le tuer une fois que le soleil aurait plongé derrière les monts granitiques déchiquetés. Pour tenter de repousser la peur qui s'emparait de son esprit, le joueur se rappela qu'il était un homme de raison.

Mais c'était derrière lui, sur la route, tout près.

Scott Parris leva le pied de la pédale d'accélérateur et la Volvo s'approcha au ralenti de la route de terre qui bifurquait à l'est de la Route 149. Il consulta le plan approximatif qu'il avait établi selon les instructions d'Oswald et tenta de trouver un schéma directeur dans les indications qu'il avait griffonnées à la hâte. Il n'était pas impossible que les renseignements fournis par le vieil excentrique aient été erronés. Oswald, à moins qu'il ne soit déjà arrivé, devait suivre la 149 en roulant droit vers le nord après avoir fanchi le col de Slumgullion, alors que Parris, lui, roulait vers le sud, en provenance de Gunnison. Le policier négocia le virage pour s'engager sur la voie sinueuse qui épousait la rive affaissée d'un arroyo à sec.

Il jeta un regard sur sa droite. Il y avait une ligne de crête peu élevée qui correspondait assez bien à ce qu'avait décrit Oswald, une colonne vertébrale de basalte fracturé qui alimentait une maigre population de genévriers et de pins pignons. Quand il eut, selon son compteur kilométrique, parcouru six kilomètres après avoir quitté la route principale, il vit le panneau en bois rongé par le temps cloué sur un pin ponderosa :

RANCH DE BURNT CREEK — HEREFORDS PURE RACE

Le taureau mutilé, à en croire les indications, devait se trouver à moins de cent mètres de ce point. Mais où était Oswald ? À ce moment-là, Parris aperçut un éclair bleu ; c'était une petite voiture décapotable garée à l'écart de la piste derrière un bouquet de chênes nains.

La portière de la Miata était ouverte, comme si le conducteur l'avait quittée à la hâte. Pourtant il n'y avait aucune trace d'Oswald. Parris sourit en imaginant la hâte du vieil homme à découvrir la carcasse du taureau mutilé. Tous les goûts étaient dans la nature. Le policier n'éprouvait aucun empressement à se trouver en présence d'une demi-tonne de viande bovine en décomposition. Mais c'était un plaisir d'étirer ses jambes raides. L'air était piquant et doux à la fois ; les seuls bruits étaient un léger souffle de vent qui jouait dans la sauge et le chant d'un oiseau qu'il ne put identifier. Le soleil de fin d'après-midi, qui s'apprêtait à disparaître derrière un épais banc de nuages sur l'horizon, lui chauffait agréablement le visage. Il observa le reflet argenté d'un avion qui glissait silencieusement vers le sud à neuf mille mètres d'altitude, et qui rencontrant des vents intermittents traçait un ruban de vapeur d'eau condensée, sinueux et discontinu. Il prit appui sur la Miata ; le capot était chaud sous sa paume. La clef de contact toujours en place. Étrange. Portière ouverte, trousseau de clefs sur le tableau de bord, aucun signe d'Oswald. L'étonnant personnage avait visiblement été très pressé de quitter sa petite voiture.

Puis, de manière subite et inopportune, les ténèbres affirmèrent leur emprise. L'angoisse lui souffla son haleine froide sur la nuque... appliqua son doigt glacé sur son bas-ventre. L'oiseau solitaire interrompit son chant harmonieux et s'envola dans un battement d'ailes bruyant et frénétique. Parris sortit son revolver de son étui d'épaule. Il vérifia le barillet pour s'assurer que le Smith & Wesson calibre 38 était complètement chargé, puis le renfonça d'un geste décidé sous son aisselle. La première chose à faire, se raisonna-t-il, consistait à trouver Oswald. Il n'avait aucune idée de ce que pourrait être la seconde.

Il laissa la Miata et s'écarta à angle droit du chemin pierreux. Il allait peut-être y avoir une sorte de piste à suivre, une empreinte de talon dans le sable. Mais le soleil caressait maintenant le nuage sombre qui étendait sur les reliefs une ombre prématurée. Il ferma son blouson de cuir pour se protéger de la fraîcheur qui tombait, heureux de disposer de la doublure en laine. Ce vêtement coûteux était un cadeau d'anniversaire d'Anne. Il se demanda où elle se trouvait en cet instant. Il espéra qu'elle était en sécurité.

Le paysage presque désertique était ponctué de pins pignons torturés, de genévriers odorants, de faisceaux de tiges de yucca et d'imposants blocs de basalte noir. À l'ouest, un cours d'eau boueux coulait dans une vallée peu profonde. Le policier obliqua vers le nord, parallèlement à la route. S'aidant de ses mains, il progressait dans l'ombre projetée par un affleurement de grès massif quand il buta sur la carcasse en décomposition du taureau hereford. Il recula instinctivement, se protégeant le visage de la puanteur qu'il n'avait pas détectée à quelques mètres de distance. Le profil découpé de l'animal, pattes dépassant tels d'énormes cure-dents plantés dans une prune gargantuesque, était surnaturel. Un décor de théâtre amateur. Le policier s'injuria tout bas d'avoir accepté cette rencontre hâtive avec Oswald. Qu'est-ce que ça pouvait bien lui faire si un monstre pervers prenait plaisir à tuer et mutiler des bovins ? Des milliers de ces animaux étaient abattus chaque jour pour assouvir la passion que le pays nourrissait pour les hamburgers. De plus, les mutilations pratiquées n'avaient rien à voir avec le meurtre d'Arlo Nightbird. Il fit halte pour s'appuyer, presque en position assise, contre le flanc est du bloc de basalte. L'ombre du monolithe s'allongeait de ce côté-là au fur et à mesure que la lumière du soleil filtrée par les nuages plongeait sous la ligne d'horizon. C'est drôle, songea-t-il en observant l'ombre qui s'étirait devant lui, il y a un arbre au sommet du rocher. Mais comment un arbre pourrait-il pousser sur un bloc de basalte ? À ce moment, un rayon de soleil perça à travers une échancrure dans les nuages, projetant une ombre plus nette de la masse rocheuse. Et de la Chose qui se dressait au sommet, derrière le policier. Ce n'était pas un arbre. Grand. Large d'épaules. Pas de jambes visibles. Un bras qui brandissait quelque chose dans les airs, comme pour un salut. Et la tête de la bête était cette face terrifiante qui hantait ses rêves. Une tête monstrueuse, pareille à celle d'un gigantesque viking wagnérien, avec des cornes.

À peine capable de respirer, il descendit lentement la fermeture éclair de son blouson, approcha l'extrémité de ses doigts de la courte crosse du calibre 38. Elle était à des centimètres de distance. À des kilomètres. Au bout d'une éternité, il sentit la surface rugueuse de la poignée guillochée au contact de sa peau.

Puis le ciel lui tomba dessus.

Lorsqu'un soupçon de conscience lui revint, Scott Parris se retrouva noyé dans un rêve impossible. Son univers était à l'envers. Le ciel nocturne était tombé très loin sous ses pieds, la terre se trouvait en équilibre juste au-dessus de sa tête. Il avait les mains fermement attachées derrière le dos. Il tenta de parler mais sa bouche était remplie d'un mélange grossier de sable et de petits cailloux. Un vent glacial secouait les branches du pin pignon ; il eut un frisson convulsif. Ce fut à ce moment que Scott Parris prit conscience qu'il était entièrement nu.

Une silhouette sombre sortit des ténèbres ; la bête elle aussi était à l'envers. La créature hirsute avait patiemment attendu que sa victime soit pleinement consciente du sort qui la menaçait. La fantomatique présence au corps poilu se rapprocha, agitant son énorme tête, ses petites cornes incurvées lançant des reflets diaboliques au clair de lune. L'unique œil rouge cligna à deux reprises, puis disparut. Parris sentit quelque chose empoigner ses cheveux ; la bête présenta une longue lame d'obsidienne devant ses yeux, lui laissant tout le temps nécessaire pour la voir et comprendre. La lame disparut à sa vue ; le policier en sentit le bord dentelé bouger sous le lobe de son oreille droite. *Non*, pensa-t-il en fermant les paupières et en serrant les dents sur la terre qui lui remplissait la bouche. Non. Ce n'est pas pour de vrai. Dans un instant, je vais me réveiller. Et je saurai que, Dieu merci, ce n'était qu'un épouvantable cauchemar.

La lame d'obsidienne commença son mouvement de va-et-vient sous son oreille. Lentement. Avec application. La bête n'avait aucune intention d'abréger cet instant mémorable.

Ce n'était pas un rêve. Scott Parris n'était possédé que par un seul et absolu désir, et ce n'était pas que la douleur cesse. Par-dessus tout, il voulait pouvoir se défendre. Une possibilité qui ne lui serait pas offerte. Il tenta de pousser un cri, mais cela aussi lui était impossible. Un sang rouge foncé ruisselait de son oreille partiellement tranchée, imbibant ses cheveux et tombant à grosses gouttes sur le sol au-dessous du pin pignon.

Cette vue excita la bête qui approcha son doigt du liquide,

le porta à ses lèvres affamées puis recommença à couper. Avec davantage de vigueur.

Parris n'avait aucun doute sur son avenir immédiat. Lorsque son oreille droite aurait été tranchée, viendrait le tour de la gauche. Il ne savait que trop quelles parties de son corps seraient coupées ensuite. Il lutta de toutes ses forces contre les liens qui enserraient ses poignets. Il y eut un petit bruit sec, à donner la nausée, lorsqu'il se déboîta l'épaule droite. *Dieu de miséricorde*, pria-t-il en un cri silencieux, *viens à mon aide !*

La bête interrompit son travail et lécha le sang frais directement sur la blessure.

L'esprit de Parris commença à se distancier de cette horreur. Il n'avait plus conscience du ciel parsemé d'étoiles au-dessus de ses pieds, pas plus qu'il ne voyait la terre dépourvue d'éléments identifiables sous sa tête ; tout cela était remplacé par une houle de vagues d'un bleu iridescent qui se brisaient sur une plage de sable volcanique noir. Puis par un ciel turquoise au-dessus de sommets couverts de neige. Maintenant, il se trouvait dans un autre lieu, debout sur la berge d'une large rivière. Les eaux couraient sur des rochers d'ébène ; les eaux lui murmuraient un chant. D'allégresse et de paix. Ses oreilles étaient remplies de sonorités douces et anciennes... et survenait une grande lumière. Tout cela n'attendait que lui, de l'autre côté de la rivière. Quelque part, sur la lointaine rive, un petit enfant riait... il y avait le bruit immédiatement identifiable d'une chute d'eau... puis une voix de femme. Une voix qu'il ne reconnaissait pas, qui chantait, cristalline, sur fond de vide infini, qui l'appelait : ... *échos de pitié... murmures d'amour...*

Maintenant il était debout, libéré de ses liens. Seul sur la mousse, au bord de cette immense rivière agitée. Empli d'un ardent désir de traverser pour atteindre l'autre rive. Les souvenirs du monde révolu s'effaçaient.

Puis il y avait une petite lumière de l'autre côté. Cette lumière grossissait, se faisait plus brillante. Plus attirante. Viens à Moi.

Oui. Tout de suite ! Il marchait vers l'eau.

À ce moment-là, Scott Parris entendit le bruit sec d'une carabine que l'on arme. Et celui d'une autre voix, familière celle-là. Elle était forte mais provenait d'un lieu situé infiniment loin... un lieu appartenant à cet autre monde qui renfermait de ténébreuses terreurs.

Une fois de plus, Charlie Moon était prisonnier de son cauchemar.

— Écarte-toi de lui.

Je sais qui tu es. Je ne veux pas faire ça. Pas à nouveau.

La sombre silhouette fit pivoter ses épaules massives pour poser son regard furieux sur Ne-Laisse-pas-de-Traces. Elle agita sa tête hirsute et cracha du sang en direction du policier. Moon regarda la créature lever les bras, brandir une lourde massue dans une main, une lame scintillante dans l'autre. Mais cette lame n'était pas de flamme bleue comme dans son cauchemar. Et la seule barrière entre lui et la Bête était une frayeur intense. De la mort reçue. Et donnée.

La Bête se mit en arrêt, comme pour attaquer.

Moon ne recula pas.

— C'est terminé, fit-il tout bas.

La Bête savait qu'il disait vrai.

Moon accompagna son ordre d'un mouvement du canon de la carabine :

— Écarte-toi.

Il y eut une hésitation infinitésimale avant que la silhouette hirsute ne plonge sa lame d'obsidienne vers la gorge de l'homme suspendu à la branche de pin pignon. Au moment où la lame entrait en mouvement, Moon appuya sur la détente. La Bête ne tressaillit pas, ne poussa pas un cri. Il arma la carabine et tira à nouveau. Et encore.

Parris était allongé sur le dos, et il voyait les contours du policier indien se détacher en sombre au-dessus de lui. Il roula sur lui-même et se redressa sur un coude. Il toussa, cracha ce qu'il avait dans la bouche, s'étranglant à moitié. Il saignait et se sentait très faible ; ses mains étaient semblables à de la glace et ses pieds toujours insensibles. Mais la vie n'avait jamais été aussi douce qu'à cet instant. Il percevait même encore les notes lointaines du chant de la femme. Peut-être, lui opposait son cerveau, n'était-ce que le vent dans les pins pignons.

— Non, dit-il dans un demi-murmure, c'est pas le vent.

Charlie Moon était à ses côtés, sur un genou.

— Qu'est-ce que tu as dit ?

— C'est... c'est pas le vent.

Moon hocha la tête.

— Non. Sûrement pas. (Il n'y avait rien de surprenant à ce qu'il délire, étant donné ce qu'il venait d'endurer.) Je te suis vraiment très reconnaissant, mon vieux, d'avoir gardé le prisonnier en état d'arrestation en attendant que j'arrive, mais tu as bien failli y laisser une oreille.

Il n'était pas franchement nécessaire de mentionner quelles autres parties de son anatomie son ami avait failli perdre. Moon appuya fermement un mouchoir contre la tête de Parris.

— Appuie-le bien dessus. Tu as saigné pas mal.

Parris prit conscience d'une forme sombre à demi recouverte d'une grande peau d'animal.

— Qu'est-ce que... qui est-ce ?

Caïn, bien sûr.

Moon ne voulait pas regarder en direction du cadavre ni prononcer le nom du mort.

— Il est là. Tête, cornes, queue et tout.

Enveloppé dans une peau de bison. La peau de Tonnerre-qui-gronde.

Moon alluma sa torche ; il éclaira le cadavre. Le visage portait une moustache soigneusement taillée. C'était Oswald Oakes. Son corps tout entier était peint en noir, à l'exception de cercles jaunes autour des yeux. Une courroie de cuir brut ornée de dents de wapiti, de coquillages et de piquants de porc-épic entourait son cou. Et il y avait des trophées accrochés à ce collier : les oreilles ratatinées de cerfs, de wapitis, de chevaux et de taureaux. C'était le Diable Dansant de Jojo, le *loup-garou* de Louise Marie et... et la bête qu'il avait vue dans le *Cañon del Serpiente.* La bête avec laquelle Herb Ecker était venu danser.

— Il m'a attiré ici pour me montrer un taureau mort, fit Parris en crachant de la salive souillée.

— Je sais, dit Moon. Ça fait à peu près une semaine que je le surveille.

Parris s'entendit répondre ; il se sentait étrangement détaché de sa voix.

— Qu'est-ce qui t'a retardé ?

— J'ai cassé la courroie du ventilateur sur la route. Il a fallu que je vienne à pied.

Il approcha un petit objet du visage de son ami.

— Il avait toujours un de ces trucs-là collé entre les lèvres.

Parris battit des paupières et renifla. C'était un mégot de cigare ; le bout encore fumant était une braise d'un rouge terne. C'était donc là l'unique « œil » rouge de la bête qui clignait en synchronisme avec sa respiration.

— Comment as-tu fait pour deviner qui c'était... ? demanda Parris qui laissa sa question en suspens dans l'air nocturne.

— Une intuition.

Moon ramassa un tas de vêtements froissés aux pieds de Parris. Plus tard, quand le moment s'y prêterait, il raconterait à son ami que l'inspiration lui était venue dans une boutique de fleuriste. En regardant une publicité pour un parfum à la télévision. Ma Confession. C'est à ce moment-là qu'il s'était souvenu d'Oswald lui suggérant d'un ton sarcastique de prier pour recevoir une confession. « Ma Confession, avait murmuré la femme sublime sur l'écran de télé, un parfum subtil qui frôle les confins de sa conscience. » Et, bien sûr, c'était la façon exacte dont la confession avait été proposée au policier ute. Avec subtilité. Frôlant les confins de sa conscience.

La « confession » d'Oswald était passée et repassée dans sa mémoire, exactement comme les paroles d'une vieille chanson dont on ne parvient pas à se débarrasser : « ... L'auteur des mutilations te confessera certainement ses crimes. Mais ce n'est qu'un jeu, ne voyez-vous pas ?... Tu as eu tout à fait raison de venir me consulter... Je peux te décrire avec précision la façon dont ce taureau a été mutilé... » Le vieil homme avait décrit le criminel comme s'il le connaissait intimement. Mais le policier ute avait repoussé ces déclarations, croyant au délire d'un excentrique exagérément zélé... un vieillard qui s'abusait lui-même, s'imaginant comprendre le cerveau d'un dément qu'il n'avait jamais rencontré.

Et qu'est-ce qu'Oswald avait dit, à peine franchi son seuil ? Qu'il voulait tenter un nouveau défi, « quelque chose qui stimule l'intellect ».

Le dernier indice donné par le joueur compulsif refit surface dans l'esprit de Moon ; il était chuchoté dans le souffle de vent glacial qui secouait les petits arbres : ... *Ce n'est qu'un jeu, ne voyez-vous pas ... ne voyez-vous pas ... ne voyez-vous pas ?*

Mais Moon n'avait rien vu. Ce joueur sûr de lui avait volontairement présenté ses cartes à ses adversaires. Et, à sa grande honte, Moon se rendit compte qu'il n'avait même pas pris la peine de les regarder. Oswald était allé jusqu'à montrer aux représentants de la loi l'arme dont il s'était servi pour tuer Big Ouray. Il s'était donné la peine de les détourner de leurs fausses suppositions concernant la force physique requise pour défoncer le crâne du taureau, expliquant avec insistance qu'un enfant de douze ans pouvait manier la massue avec assez de force pour obtenir ce résultat. C'était uniquement une question de précision, et cela requérait du courage. Une qualité dont Oswald n'était en aucun cas démuni.

Tonnerre-qui-gronde avait probablement été tué de la même manière, pour fournir à Oswald la peau dont il avait besoin dans ses errances du milieu de la nuit. Moon se baissa pour ramasser la massue maya dont la pierre était un quartz jaune fumé. Oswald était allé droit au livre qui contenait l'image d'un crâne de bovin, il leur avait indiqué l'épaisseur de l'os, avait précisé l'endroit exact où un coup mortel devait être porté. Il avait dû bien s'amuser avec ce petit jeu cynique qui consistait à exposer aux policiers plutôt faibles d'esprit de quelle manière précise il avait assommé les animaux. Tout en sachant qu'ils ne comprendraient pas la signification profonde de son témoignage. Assuré qu'il finirait par remporter la partie. Et il s'en était fallu de peu. De très peu.

Mais c'était Emily Nightbird qui, sans en avoir conscience, avait libéré le savoir vital enterré profondément dans son subconscient. C'était ce qu'elle avait dit pour justifier la façon dont elle avait brutalement castré et étouffé son mari. « Pour le savoir, il fallait y être. » Pratiquement au moment même où elle avait prononcé ces mots, Moon s'était souvenu avec une clarté cristalline de la conversation qui s'était déroulée dans le salon d'Oswald. Le vieillard avait eu cette remarque narquoise : « ... Laisse-moi t'assurer que ce mutilateur n'était absolument pas le *pitukupf*. Ni l'un de ces anciens esprits anasazis défendant son lieu de repos. »

Oswald, l'infatigable collectionneur de faits ésotériques, ne pouvait manquer de savoir que le *pitukupf* vivait apparemment dans le *Cañon del Espiritu*. Et le canyon de l'Esprit était également le lieu où les Anasazis de la région avaient laissé leurs remarquables pétroglyphes sur les parois de grès verticales. Mais comment Oswald savait-il que le taureau hereford avait été tué dans le *Cañon del Espiritu* ? On lui avait seulement dit qu'il l'avait été dans un canyon. Il y en avait des centaines sur la réserve, des dizaines qui offraient suffisamment d'eau et d'herbe pour subvenir aux besoins du bétail. Pourtant Oswald connaissait avec précision l'endroit où Big Ouray avait été exécuté parce que c'était lui qui avait brandi la massue et brisé le crâne du taureau. C'était bien ce qu'Emily avait dit. Pour le savoir, il fallait y être.

Parris frissonna en boutonnant sa chemise, mais ce n'était pas à cause du froid.

— Je ne parviens toujours pas à me représenter ce vieillard s'attaquant à un taureau adulte... avec pour seule arme une massue de pierre.

— Des comme lui, il n'y en a pas deux, dit Moon.

C'était à espérer. Il y eut un long silence avant que Parris ne parle.

— Mais pourquoi ?

Moon aida son ami à se relever.

— Pour Oz, c'était un jeu.

Rien d'autre. La vie, avait souvent déclaré le joueur, était un jeu. Oswald avait rendu la mise plus intéressante pour son ultime défi. Et il avait perdu.

Parris désigna le corps peint.

— Il est mort ?

L'Indien hocha la tête. Entre la Lune-de-l'Herbe-Nouvelle et la Lune-des-Feuilles-Mortes-qui-Tombent, il avait tué deux hommes. Il était temps d'envisager un autre métier.

Parris eut l'impression qu'il venait de voir une jambe secouée d'un mouvement convulsif.

— Tu es sûr qu'il est mort ?

Dans les films d'horreur, c'était à peu près le moment où le corps du monstre s'apprêtait à reprendre vie.

— Oui.

Moon, qui se souvenait de son accablante détresse lorsque Benita était morte... d'autant qu'il ne pouvait rien contre Arlo Nightbird, était persuadé que son ami souhaitait qu'Oswald vive. Pour pouvoir enserrer de ses mains une gorge où la vie battait encore.

Mais il se trompait. La haine, tant que vivrait la vision, n'était pas possible. De lointains échos du chant paisible imprégnaient encore les sens de Parris comme les derniers effluves d'un parfum délicat. Une musique d'une pureté infinie, plus belle qu'on n'en pouvait concevoir en rêve. Le policier *matukach* ferma les yeux et pensa avoir aperçu une dernière lueur de cette éblouissante lumière, sur l'autre berge de la rivière qui chantait.

Mais il s'interrogeait : qu'entendait l'esprit d'Oswald Oakes, quelles épouvantables visions lui apparaissaient ? Et quelle ténébreuse demeure avait été préparée dans la maison de *son* père... sur la rive lointaine de cette autre rivière ?

Scott Parris inclina la tête et ferma les yeux. Et il pria. Pour les âmes perdues.

36

Daisy Perika tenait le *Southern Ute Drum* dans les rayons de soleil qui ruisselaient par la fenêtre de sa cuisine, illuminant un billion de minuscules particules de poussière en suspension. Elle lut attentivement l'article de la première page, formant chaque mot avec ses lèvres. Oswald Oakes avait tué le bison de la tribu pour se procurer sa peau... puis il avait tué et mutilé le précieux taureau hereford de Gorman ! Mais elle se souvenait de quelque chose concernant Oakes : c'était l'homme avec lequel Charlie Moon jouait au poker. Oakes était un joueur obsessionnel. Elle réfléchit à cet aspect des choses et sourit. Bien sûr. Et l'esprit du bison lui avait désigné cet homme ! La chamane ferma les yeux et rappela ses souvenirs. Elle voyait la forêt profonde... et le squelette semblable à de la craie qui laissait tomber les rectangles de poterie sur la mousse puis qui les scrutait avec anxiété pour voir le résultat. Le squelette se livrait à une sorte de pari avec son propre spectre, comme un guerrier d'autrefois jouant à *wisa-nipi* avec ses disques de bois peints. Le squelette était un joueur.

Elle soupira. Il fallait un monde bien rempli de ténèbres pour que quelqu'un puisse s'y livrer à des parties morbides comme celle où s'était égaré Oswald Oakes. C'était à vous donner envie de pleurer. Mais il y avait eu assez de larmes versées. Ce dont une vieille femme avait besoin, de temps à autre, c'était de rire un bon coup.

L'agent spécial James E. Hoover, accompagné de Sam Parker, fut escorté jusqu'à sa table habituelle, à côté de la vitrine. Le propriétaire, qui faisait également office de cuisinier, de serveur et de portier de ce minuscule établissement de dix tables, essuya ses mains poilues sur un tablier dégoûtant et adressa son sourire de guingois à ce client régulier.

— ... 'reux de vous voir, monsieur Hoover.

Il eut un bref regard pour Parker.

— Qu'est-ce que ce sera, messieurs ?

— Quelque chose de sain, Percy, répondit Hoover. J'ai amené mon chef, alors aidez-moi à faire bonne impression.

Percy feignit un petit rire.

Parker inclina la tête pour lire le menu écrit à la main à travers la partie inférieure de ses lunettes à double foyer.

Hoover déplia une serviette.

— Alors, qu'est-ce qu'il y a de bon ce soir ?

— Eh bien, pour huit dollars cinquante, je pourrais vous faire griller un steak accompagné de pommes de terre au four avec de la crème fraîche. Et le barbecue est à six dollars quatre-vingt-quinze, il est servi avec des frites. Ou encore (ajouta-t-il d'une voix enjôleuse), vous pourriez essayer le plat du jour.

Les sourcils de Hoover se relevèrent :

— Le plat du jour ?

Les traits de Percy se déformèrent en un rictus mauvais. Hoover était un pingre qui laissait des pourboires ridicules. Et qui commandait toujours le plat du jour parce que ce n'était pas cher.

— C'est notre S-Q spécial. Saucisses fraîches à la purée de pommes de terre en sauce et aux deux légumes, pour trois dollars vingt-cinq.

Hoover hésita.

Percy se pencha en avant :

— Et si vous prenez le plat du jour, le dessert est gratuit ! Tourte aux cerises. Avec glace à la vanille.

L'agent spécial considéra le prix et mordit à l'hameçon.

— Va pour le plat du jour.

Il regarda son chef :

— Et vous, Sam, vous prendrez quoi ?

Sam Parker étudia le menu.

— Je vais peut-être prendre le spécial. Et un décaféiné.

— Désolé, mon gars, fit Percy en secouant la tête. Le plat du jour, il en reste plus que pour une personne. Essayez le barbecue. Ou alors j'ai du beau jambon cuit dans du sucre de canne et des tranches d'ananas.

À l'exception de quelques échanges de paroles parcimonieux, ils avalèrent leur repas en silence.

Les mains de Hoover tremblaient légèrement ; un muscle de sa joue tressaillait selon un rythme inadapté au lieu et au moment. Il était visible que les autres clients de l'établissement ne prêtaient aucune attention aux représentants du FBI, mais il ne pouvait se débarrasser de la désagréable impression que des yeux dissimulés surveillaient chacun de ses gestes. Il regardait fréquemment par-dessus son épaule vers la vitrine sale, mais il lui était impossible de distinguer ce qui pouvait être tapi dans les ténèbres, au-dehors. Seul était discernable l'éclair intermittent des phares.

Mentalement, Sam Parker relevait diverses observations concernant son insupportable subalterne. Les yeux injectés de sang. Les signes de nervosité dans son élocution. Le tic de sa joue. Il y avait eu d'autres indices subtils pour suggérer que l'agent spécial était... émotionnellement perturbé. Hoover était irritable. Nerveux. Avec une tendance paranoïaque. Mais, pire que tout, il avait tenté d'attirer l'attention des organes de presse. Le débutant le plus naïf savait que la publicité était du ressort exclusif de son supérieur chargé des relations publiques. Non seulement Hoover avait annoncé publiquement, sans autorisation préalable, que Herb Ecker était coupable du meurtre de Nightbird, mais il semblait bien qu'il s'était trompé. Charlie Moon avait réuni des preuves indiscutables contre feu Oswald Oakes en ce qui concernait la mutilation du taureau hereford et la mise à mort d'un bison appartenant à la tribu. Et Oakes s'était livré sur la personne de Scott Parris à des agissements d'une cruauté extrême. Il semblait raisonnable d'extrapoler qu'il avait également tué et mutilé Arlo Nightbird. Mais Charlie Moon n'avait rien fait pour inscrire la mort d'Arlo sur le compte d'Oswald Oakes. Comme d'habitude, Parker soupçonnait Moon d'en savoir beaucoup plus qu'il ne souhaitait le dire. Peut-être était-ce un autre membre de la tribu qui avait mutilé et assassiné Nightbird. Mais ce n'était pas plus mal que les Utes lavent leur linge sale en famille. Parker possédait un rare talent ; il savait quand il était préférable de ne pas mettre son nez dans les affaires des Indiens.

Son problème urgent était James E. Hoover. Un seul inadapté social pouvait suffire à ternir l'image de milliers d'enquêteurs capables et dévoués qui risquaient quotidiennement leur vie pour protéger les citoyens de cette puissante république. La patience, tout tenait dans ce mot. Tôt ou tard, l'occasion se présenterait de rédiger un dossier sur ce petit salopard mesquin. Hoover avait flirté avec l'extrême limite de ce qui constituait une attitude tolérable ; il fallait quelque chose de plus concret pour se débarrasser de cet individu. Parker s'excusa et se rendit dans les toilettes dégoûtantes pour soulager sa vessie.

Pour la dixième fois en autant de minutes, Hoover regarda par-dessus son épaule et plissa les yeux avec suspicion en fixant la vitrine. À l'exception de quelques phares, rien ne bougeait dans la rue. Mais la peau de sa nuque le picotait. Pire encore, ses mains tremblaient de manière incontrôlable. Il sortit le petit flacon de sa poche intérieure et avala deux comprimés jaunes amers avec une gorgée de café tiède.

Percy réapparut, une cafetière à la main.

— Je vois que vous avez nettoyé vos assiettes. Prêts pour le dessert ?

Hoover appliqua sa main à plusieurs reprises sur la boucle de sa ceinture.

— Apportez la tarte, Percy. C'était mangeable.

L'agent spécial émit un rot.

Le cuisinier eut un large sourire. Comme un opossum, pensa Hoover.

— Heureux que ça vous ait plu.

— Elles ont du goût, ces saucisses. Faudra que j'en reprenne, à l'occasion. Mais je n'avais pas vu le S-Q spécial sur le menu : je suppose que le S, c'est pour les saucisses. Et le Q alors, c'est pour in... qualifiable ?

Percy eut un large sourire, affichant des dents tachées de nicotine.

— *Sarichi Cuquavi,* ça ne peut pas être inscrit au menu, fit-il d'un ton sarcastique. C'est pour ça que j'utilise le mot « spécial ».

Hoover enleva la serviette en papier glissée dans sa chemise et s'essuya le menton.

— Mon français est loin. Qu'est-ce que ça veut dire ?

— Euh, fit Percy en plissant le front comme pour réfléchir, *Sarichi Cuquavi* c'est... c'est en langue ute.

Hoover pâlit.

— *Ute,* vous avez dit ?

— Ne m'en demandez pas plus, poursuivit Percy en levant les paumes dans un geste de défense. Il paraît que ça sonne pas trop bien, traduit en américain.

Un solide éleveur ute qui se trouvait à la table voisine leva le nez de son poulet rôti et rit.

— C'est facile à traduire. Vous voulez savoir ce que ça veut dire ?

Hoover cacha sa tête dans ses mains et gémit :

— Non. Je vous en prie, non.

L'Indien, qui ne voulait pas rater cette occasion de démontrer son bilinguisme, le lui dit.

Une vague de nausée tordit les entrailles de l'agent spécial ; il retint un haut-le-cœur.

Les yeux de Percy s'agrandirent. Il l'apprenait, lui aussi, mais c'était bien fait pour ce fumier. De toute façon, il avait dans sa poche le billet de vingt dollars qu'on lui avait remis et ce n'était pas un crime de servir des spécialités indigènes dans son restaurant.

Pendant qu'il se hâtait de regagner sa cuisine crasseuse, Sam Parker revint des toilettes. Il fut pris d'inquiétude en voyant le visage de James E. Hoover ; il était de la couleur du coton sale. Et ses mains tremblaient.

Le corps de Hoover fut secoué d'un immense frisson.

— Ces salopards de Utes, prononça-t-il entre deux sanglots, vous savez ce qu'ils m'ont fait ?

Il piqua du nez et émit un long gémissement plaintif. Il voulait vomir mais ne le pouvait pas.

À ce moment-là, Parker remarqua, avec un étrange mélange d'embarras et de satisfaction, que plusieurs clients témoignaient un intérêt considérable pour l'attitude de Hoover. Des clients qui seraient susceptibles, le cas échéant, d'être cités comme témoins lors d'une procédure d'incapacité d'exercer.

Il posa la main sur l'épaule de Hoover qui était agitée de tremblements.

— Bien sûr, James. Je sais que ça a été dur pour vous.

Il eut un mouvement de tête pour s'excuser et murmura à l'adresse de la famille indienne assise à la table voisine :

— Il ne va pas bien.

L'homme eut un grognement et reporta son attention sur un morceau de poulet gras, mais sa femme obèse avait perdu tout intérêt pour son assiette de choucroute et de saucisses de Pologne.

Hoover s'essuyait les yeux.

— Si je vous le disais vous refuseriez de le croire...

Le problème de Parker était réglé.

— Ne vous inquiétez pas, James. Le Bureau n'abandonne pas ses hommes.

Daisy Perika, qui avait observé Hoover pendant qu'il savourait chaque bouchée, regagna en traînant les pieds l'endroit où sa nièce avait garé sa Saturne bleu-vert, dans une rue de Durango. Elle s'était appauvrie de vingt dollars, mais ça avait été un bon investissement. Le visage de la chamane lui faisait mal à force de se retenir, mais elle ne pouvait s'empêcher de sourire.

Sa nièce attentionnée aida la vieille femme à monter dans la voiture et démarra.

Daisy était une bonne catholique. Elle savait qu'il est mal

de se venger, mais elle s'était raisonnée en se disant qu'il s'agissait là d'un cas bien particulier. L'agent du FBI l'avait accusée de servir de la viande de chien à un invité et, ce faisant, il avait insulté le Peuple. Une telle attitude ne pouvait rester impunie. Justice devait être rendue. Parfois, évidemment, elle pouvait être servie sur un plateau. Avec de la purée de pommes de terre et en sauce. Maintenant la chamane riait. Elle riait au point que des larmes l'aveuglaient.

Sa nièce lui jeta un regard, mais elle n'osa pas lui poser de question. Quand la vieille femme venait de manigancer quelque chose, il était préférable de demeurer dans l'ignorance.

Daisy se rappelait l'expression extatique de l'agent spécial pendant qu'il engloutissait les délicieuses saucisses. Elle se souvenait également de l'expression inquiète du docteur Schaid quand il l'avait entendue formuler son étrange requête. Le vétérinaire avait redouté des problèmes avec les autorités. Il avait hésité jusqu'à ce qu'elle adopte son expression la plus solennelle et lui affirme avec force que ces spécimens anatomiques étaient nécessaires pour un rite sacrificiel secret. Les *matukach*, qui entretenaient d'absurdes notions sur les mystérieuses cérémonies indiennes, étaient extrêmement crédules.

Et, en un certain sens, elle ne lui avait pas menti. Il s'était bien agi d'un sacrifice. Les *sarichi* du coin hurleraient peut-être à la lune, cette nuit, mais ce qu'il y avait de sûr, c'était qu'ils ne se mettraient pas en quête de chiennes en chaleur. Pas après avoir sacrifié leurs *cuquavi* !

L'hilarité secoua la frêle ossature de la femme-médecine au point de la laisser épuisée et sans forces.

37

Scott Parris referma le col raide de son blouson de cuir sur son cou ; il plissa à demi les paupières pour protéger ses yeux contre la neige fondue qui le cinglait, poussée par le vent. Il enfonça son chapeau usagé sur sa tête jusqu'à ce que, des quinze points de suture à la base de son oreille droite, irradie une douleur fulgurante qui lui coupa le souffle.

La pente rocailleuse, dépourvue d'arbres, était défigurée par des touffes clairsemées de sauge et d'herbes-aux-lapins mortes. Les emplacements des tombes étaient d'une simplicité absolue. Ce cimetière désolé ne se composait pas de caveaux. C'était un cimetière de tombes nues. Des hectares délaissés où les corps des pauvres étaient enfouis dans des cercueils en plastique qui coûtaient soixante dollars aux bons citoyens du comté de La Plata. C'était un lieu de repos pour les anonymes. Les oubliés. Le policier s'en était fait la promesse : jamais il n'oublierait ! Chaque année, ce jour-là, si Dieu le voulait, il serait présent.

Cette sépulture, comme la plupart des autres, n'avait pas de pierre tombale. Un simple tube d'aluminium auquel était accrochée une pochette en plastique. Il repoussa une herbe-qui-roule qui était venue s'y appuyer. La carte, derrière la fenêtre de cellophane craquelée, indiquait en lettres dactylographiées :

HERBERT ECKER

La personne qui avait tapé ces lettres n'avait pas pris la peine d'indiquer la date de naissance. Ni celle du décès. Parris regarda derrière son épaule afin de s'assurer qu'il était seul. Mais ce n'était pas la peine de s'inquiéter d'une quelconque présence ; nul, pratiquement, ne venait jamais en ce lieu. Surtout ce jour-là. Il concentra son attention sur la carte, dans sa pochette plastique, et retint le bord de son chapeau quand une soudaine rafale fouetta les herbes mortes sur le léger monticule de la tombe. La voix stridente du vent promettait une tempête de neige avant que l'année ne soit nouvelle.

— Eh oui, mon gars, prononça Parris d'un ton rauque, le temps poursuit sa route, et il ne nous laisse pas vraiment le choix.

Le policier se sentait très gêné de parler ainsi sur une tombe... comme si les ossements pouvaient percevoir sa voix. Il ôta son couvre-chef, bravant la morsure des cristaux de glace.

— C'est déjà la veille de Noël. Tu vois, j'ai réussi avec un jour d'avance.

Il avait la gorge serrée ; il s'essuya les yeux avec sa manche, se tut durant quelques secondes, respirant à fond l'air glacial. Une promesse faite. Une dette impayée. Le petit recueil était dans la poche de son blouson, mais il était fermement décidé à ne pas y avoir recours. Après d'interminables heures passées à répéter, il allait réussir sans se tromper. Mot pour mot, du premier au dernier. Scott Parris se racla la gorge. Et commença...

Au Malamute Saloon les gars déchaînés faisaient la foire,
Le jeune à la boîte à musique passait une chanson à boire...

Cet ouvrage a été réalisé par

FIRMIN DIDOT

GROUPE CPI

Mesnil-sur-l'Estrée

pour le compte des Éditions 10/18
en avril 2001

Imprimé en France
Dépôt légal : mai 2001
N° d'édition : 3262 – N° d'impression : 55487